TAMMY COHEN

Heute wirst du sterben

TAMMY COHEN

HEUTE WIRST DU STERBEN

PSYCHOTHRILLER

Deutsch von Bernd Stratthaus

blanvalet

Die Originalausgabe erschien 2017 unter dem Titel
»THEY ALL FALL DOWN« bei Black Swan,
an imprint of Transworld Publishers, London.

Dieses Buch ist auch als E-Book erhältlich.

MIX
Papier aus verantwortungsvollen Quellen
FSC® C014496
FSC www.fsc.org

Verlagsgruppe Random House FSC® N001967

1. Auflage

Neumarkter Str. 28, 81673 München
Redaktion: Susann Rehlein
Umschlaggestaltung: © Johannes Wiebel | punchdesign,
unter Verwendung von Motiven von
Shutterstock.com (Shelli Jensen; Rocksweeper; Toluk)
und ts-fotografik.de/photocase.de
JaB · Herstellung: sam
Satz: Buch-Werkstatt GmbH, Bad Aibling
Druck und Bindung: GGP Media GmbH, Pößneck
Printed in Germany
ISBN 978-3-7341-0647-7

www.blanvalet.de

Für den Dienstag-Club – Ed, Steve und Jo.
Weil jeder Tag ein Dienstag sein sollte.

1

HANNAH

Letzte Woche hat Charlie sich die Pulsadern aufgeschnitten. Mit einem Stück karamellisiertem Zucker.

Vorher hatten wir unter Jonis wachsamen Blicken gemeinsam in der Klinikküche Bonbons gemacht.

»Deins ist so hart, daran kannst du dich glatt verletzen«, habe ich zu Charlie gesagt. Es war als Witz gemeint.

»Ob sie das wohl auf die Idee gebracht hat?«, kommentierte Odelle später spitz.

Nach Charlies Tod wurde Backen jedenfalls auf die Liste der verbotenen Aktivitäten gesetzt. Allerdings fühle ich mich nicht schuldig. Ich glaube nämlich nicht, dass Charlie sich umgebracht hat. Genauso wenig wie ich glaube, dass die arme Sofia sich umgebracht hat. In einer psychiatrischen Klinik mit Hochrisikopatienten wie diesen sterben ständig Leute. Es ist eines der hervorstechenden Merkmale der Klinik. Und das macht es für einen Mörder so leicht, sich hier vor aller Augen zu verstecken. Das und die Tatsache, dass wir die einzigen Zeugen sind und niemand uns auch nur ein einziges Wort glaubt. Man muss nicht verrückt sein, um einen Platz hier zu bekommen, aber … Moment mal, doch, das muss man. Ich habe Angst. Ich habe Angst, richtig zu liegen und die Nächste zu sein. Und sogar noch mehr Angst habe ich davor, falschzuliegen, denn in diesem Fall wäre ich dann wohl so verrückt, wie alle denken. Hier drin eingesperrt, bleibt mir als einzige Zuflucht mein eigener Kopf. Und was, wenn mein Kopf der gefährlichste aller Plätze ist?

Stella kommt in mein Zimmer und legt sich wortlos quer über das Fußende meines Bettes. Ihre Haut spannt über den scharfen Wangenknochen, und ich kann gar nicht hinsehen aus Angst, sie könnte reißen.

»Das stimmt nicht«, sage ich zu ihr.

Mein Zimmer liegt zur Seite des Gebäudes hinaus. Ich sitze am Fenster in dem beigefarbenen Sessel und blicke auf den Rosengarten hinaus, auf den halbherzig der Regen vom Flachdach des Tanzstudios hinabtropft, auch an der Front mit den verglasten Schiebetüren rinnt Wasser hinab. Alle Möbel in meinem Raum sind irgendwie beige. Ecru. Sandfarben. Eierschale. Das ganze obere Stockwerk ist in der Farbe von Mullbinden gehalten. Wahrscheinlich, um uns nicht über die Maßen anzuregen. Stella dreht den Kopf, sodass ihre großen blauen Augen mich direkt anblicken. Die Kette, die sie immer trägt, ist seitlich hinabgerutscht, sodass die kleine silberne Katze aussieht, als würde sie sich ins Federbett kuscheln.

»Woher weißt du das?«, fragt sie schließlich mit ihrer leisen, rauchigen Stimme.

Ich runzle die Stirn. »Mal ehrlich«, antworte ich dann. »Es geht um Charlie.«

»Ging«, korrigiert sie mich. Und bricht in Tränen aus.

The Meadows ist ein altes Landhaus im georgianischen Stil, inklusive efeuüberwucherter Fassade und Fenstern, die vom Boden bis zur Decke reichen. Wegen der halbkreisförmigen, gekiesten Auffahrt wähnt man sich am Set eines Jane-Austen-Films, erwartet jeden Moment, dass die große Eingangstür auffliegt und eine Horde kichernder junger Mädchen mit Hauben ins Freie strömt. Doch wenn man um das Haus herum zum Parkplatz fährt, wird dieser Eindruck von einem großen modernen Anbau an der Rückseite zerstört. Alles zusammen erzeugt denselben Effekt wie ein gut gekleideter Mann mit schlecht sitzendem Toupet.

Sämtliche Sprechzimmer und der Aufenthaltsraum sowie die Verwaltungs- und Behandlungszimmer befinden sich im alten Gebäude, während Cafeteria und Patientenzimmer im Anbau untergebracht sind. Sofia hat behauptet, im alten Teil spukt es, aber ich habe noch nie irgendwas Seltsames bemerkt. Allerdings muss ich zugeben, dass ich wie betäubt war, als ich hier ankam, sodass ein Geist sich direkt neben mich ins Bett hätte legen können, ohne dass ich davon etwas mitbekommen hätte. Wenn man an einem Ort wie diesem ist, an dem man zweimal täglich Gruppentherapie hat und ein Tagebuch über jeden einzelnen seiner Gedanken führen muss, ist man so sehr mit Innenschau beschäftigt, dass man blind für alles wird, was um einen herum vor sich geht.

Das erklärt vielleicht, wie zwei Frauen getötet werden konnten und niemand außer mir davon Notiz zu nehmen scheint.

Der Kunstraum liegt an der Rückseite des alten Gebäudes. Durch zwei riesige Fenster blickt man auf den Parkplatz, dahinter Blumengarten und Gemüsebeete. Der ganze Stolz von *The Meadows* – der wie mit der Nagelschere geschnittene Rasen, der zu einem See hinunterführt, Überbleibsel einer vergangenen, großartigeren Epoche des Hauses – ist durch den hässlich hervorspringenden Anbau auf der linken Seite versperrt. Mittwochmorgen um zehn haben wir hier Kunsttherapie. Laura holt die Wasserfarben raus und bittet uns, ein Selbstporträt zu malen. Das letzte Mal hat sie uns Plastikspiegel gegeben statt welche aus Glas, sodass unsere Spiegelbilder verwaschen wirkten, als würden wir uns selbst durch einen Rauchschleier hindurch betrachten. »Sorry«, sagte sie nur, als wir uns beschwerten. »Vorschriften. Ihr wisst ja.« Doch heute ist es anders.

»Ich möchte, dass ihr euch so malt, wie ihr euch mit geschlossenen Augen seht«, sagt sie. »Wo seid ihr? Was tut ihr? Was tragt ihr für Kleidung? Denkt nicht zu viel darüber nach. Und kümmert euch gar nicht um die Kamera. Vergesst einfach, dass sie hier ist.«

Die Filmcrew – die die meiste Zeit über nur aus dem Regisseur/Sprecher Justin Carter und seinem Kameramann Drew Abbott besteht – ist seit sieben Wochen in der Klinik, nur eine Woche kürzer als ich selbst. Ich bin am dritten Januarmontag hier angekommen, berühmt-berüchtigt als Schwarzer Montag, also ganz offiziell der deprimierendste Tag des Jahres, obwohl, wie man sich vorstellen kann, dieser Titel hier drin heiß umkämpft ist. Justin und Drew tauchten in der darauffolgenden Woche hier auf. Sie rückten in einem SUV an, der mit Ausrüstung beladen war, die sie vom verregneten Parkplatz aus hier hereintrugen. Dafür ließen sie die ganze Zeit die Tür zum Empfang offen stehen, sodass ein eisiger Wind durch das Gebäude pfiff und Bridget Ashworth, die stets skeptisch dreinblickende Verwaltungschefin, geschäftig hin und her eilte, um Thermostate anders einzustellen und die Putzleute anzuweisen, die schlammigen Fußspuren aufzuwischen.

Sie nennen es eine »Fliege-an-der-Wand-Doku«. Doch Dr. Roberts fand eine andere Wendung: »Ein wichtiger Film, um die Tabus rund um psychische Erkrankungen zu durchbrechen«, erklärte er. »Natürlich haben Sie alle das Recht, sich gegen das Gefilmtwerden auszusprechen, Sie können auch nachträglich herausgeschnitten werden. Aber denken Sie nur daran, was Ihr Beispiel für eine junge Frau bedeuten könnte, die gerade das durchmacht, was Sie durchgemacht haben, und das Gefühl hat, dass da draußen niemand ist, der sie auch nur ansatzweise verstehen kann.«

Am ersten Tag sagte Justin: »Stellt euch einfach vor, wir wären gar nicht hier.«

»So sind die meisten von uns überhaupt erst hier gelandet«, erwiderte Charlie, »weil sie Dinge gesehen haben, die nicht da sind; oder weil sie tatsächlich vorhandene Dinge nicht gesehen haben. Das könnte uns in unserem Genesungsprozess ziemlich zurückwerfen.«

Justin hatte gelächelt, sich aber nicht zu einem richtigen Lachen durchgerungen, nur für den Fall, dass das nicht angemessen gewesen wäre. Er kapierte nicht, dass Angemessenheit etwas ist, das man hier drin am Empfang abgibt.

Auf meinem Bild heute sitze ich auf dem niedrigen Samtsessel in Emilys Zimmer. Durch das Schiebefenster hinter mir sieht man einen marineblauen Himmel, an den ich noch einen vollkommen runden gelblich weißen Mond male, damit klar wird, dass Nacht ist. Ich schaue auf etwas zu meiner Rechten, das aber nicht im Bild zu sehen ist. Ich habe meinen hellblauen Morgenmantel an. Mein Gesicht ist ein rosa Schemen mit schwarzen Streifen, weil ich nicht lange genug abgewartet habe, bevor ich mit den Augen angefangen habe, und die Farbe noch nicht trocken war.

»Hübsches Kleid«, sagt Laura, als sie zu mir kommt, um mein Werk zu betrachten. »Ist das bei dir zu Hause? In deinem Schlafzimmer?«

Ich nicke. Die Wahrheit will ich ihr nicht sagen, denn sobald ich über Emily spreche, wird das notiert, und anschließend muss ich in der Gruppentherapie darüber reden. Dann neigt Dr. Roberts den Kopf und schreibt etwas in sein Notizbuch, und vielleicht muss ich dann länger hierbleiben. Also verrate ich ihr nicht, dass ich auf dem Bild in die rechte Ecke des Zimmers schaue, weil Emilys Krippe dort stand.

Stellas Gemälde ist vollkommen schwarz, und am unteren Rand liegt eine kleine Gestalt, die vollkommen nackt ist, bis auf ihr langes gelbes Haar, das ihren Körper bedeckt. Laura betrachtet es lange, legt dann die Hand auf Stellas schmale Schulter und drückt sie kurz, bevor sie weitergeht.

Seit Charlie tot ist, sind sämtliche von Stellas Bildern schwarz.

Wie üblich hat Odelle sich selbst abstoßend fett dargestellt. Sie trägt das gleiche schwarze Oberteil und die Skinny Jeans, die die wirkliche Odelle heute anhat, und blickt in einen Spiegel, aus dem ihr eine schlanke Version ihrer selbst entgegenblickt. Vielleicht ist es auch andersrum, und die schlanke Odelle ist die echte und die fette das Spiegelbild. Wie dem auch sei, es ist einfach nur eine Variation von Odelles einzigem Dauerthema: sie und ihr Körper.

»Das ist sehr … aussagekräftig, Odelle«, sagt Laura. Odelle blickt kurz zur Kamera hinten im Raum, sie will sichergehen, dass sie das hier aufnehmen. »Aber ich würde mir einfach mal wünschen, dass du dich wirklich gehen lässt. Bei der Übung geht es hierum«, Laura tippt ihr leicht gegen die Brust, »nicht hierum«, dabei tippt sie ihr gegen den Kopf.

Wegen dieses sanften Tadels beginnt Odelles Unterlippe zu zittern. Odelle hat die Tendenz, sich auf Leute zu fixieren. Das ist einer der Gründe, warum sie hier ist. Das und die Tatsache, dass sie nur knapp dreißig Kilo wiegt. Als Charlie hier angekommen ist, hat sich Odelle anscheinend kurz an sie geklettet, ist ihr überallhin gefolgt und hat sich ihr beim Abendessen und auf dem Sofa im Aufenthaltsraum fast auf den Schoß gesetzt. Doch meistens konzentriert sie sich auf Autoritätspersonen. Wenn es nach Odelle geht, ist Roberts so was wie Gott, und Laura kommt nur knapp dahinter. Nach den Stunden drückt sie sich immer noch im Kunstraum herum, bietet ihre Hilfe beim Aufräumen an oder bittet um zusätzlichen Einzelunterricht. In *The Meadows* glaubt man an Nischentherapie. Es gibt hier Leute, die uns mit Gartenarbeit, Musik, Backen oder Bewegung heilen wollen. Letzte Woche hat unsere Bewegungstherapeutin mit dem treffenden Namen Grace uns gebeten, so zu tun, als wären wir Blätter, die vom Wind umhergeblasen würden. Odelle hat doch tatsächlich angefangen zu flennen. »Ich fühle mich so bedeutungslos«, jammerte sie. Judith meinte, dass Odelle sich deshalb so aufgeregt hat, weil sie wegen ihres fehlenden Gewichts wirklich vom Wind rumgeblasen wird.

Im Grunde passiert hier drin nichts, was nicht in irgendeine Form von Therapie verwandelt werden kann. Es gibt sogar Freizeittherapie, die letzten Endes nur aus Fernsehen besteht. Zwischen Charlie und mir war das ein Running Gag. Statt mich zu fragen, ob ich zum Abendessen gehe, hat sie gefragt: »Kommst du zur Essenstherapie?« Als ich mal zu spät zum Frühstück kam, hab ich ihr erklärt, dass ich noch Kacktherapie hatte, und wir haben uns zehn Minuten lang schlappgelacht, bis Odelle uns anraunzte, wir wären kindisch und außerdem unsensibel gegenüber denjenigen, die »nicht so viel zu lachen haben«.

Laura ist die Therapeutin, die alle am meisten mögen. Früher hat sie als Krankenschwester gearbeitet, und sie strahlt noch immer etwas aus, das auszudrücken scheint: Ich kann dir helfen, dich besser zu fühlen. Sie hat ihr eigenes kleines Büro hinter dem Kunstraum. Darin gibt es einen Heizlüfter, einen Wasserkocher und verschiedene Sorten Tee. Man kann dort einfach reinplatzen, sich im Sessel unter der weichen Wolldecke zusammenrollen und ein bisschen plaudern, ohne gleich das Gefühl zu haben, dass alles, was man sagt, in einer Akte landet. Laura kann ein bisschen eso sein. Für diejenigen, denen so was zusagt, bietet sie außer der Reihe noch Meditation oder Entspannungstherapie an, was eigentlich nichts anderes ist als Hypnose. Charlie hat es in Lauras Raum geliebt. »Das hier ist der einzige Ort in der Klinik, an dem ich ich selbst sein kann«, hat sie mir mal gestanden. Odelle ist bei jeder Gelegenheit dort. Sie setzt sich in den Sessel, die karierte Wolldecke zusätzlich zu all den anderen Stoffschichten, in die sie sich normalerweise schon einhüllt, um sich gewickelt, und redet über ihr Lieblingsthema, sich selbst.

Laura bleibt kurz bei Nina stehen und flüstert ihr etwas zu. Nina sitzt zusammengesunken vor ihrem Blatt Papier, auf dem nichts weiter zu sehen ist als eine schwach gezeichnete ovale Form. Letzte Woche hat sie in Kunst sieben Bilder in einer Sitzung gemalt. Ihr Pinsel flog geradezu über das Papier, und die Farben flossen ineinander, aber heute kann sie kaum die Energie aufbringen, um ihren Kohlestift hochzuheben.

Frannie weint schon wieder, Tränen laufen ihr über die Wangen. Sie wischt sie gedankenlos weg. Auf ihrem Bild sind zwei Gestalten zu sehen, was nicht die Aufgabe war, aber niemand verurteilt sie dafür. Sie hat ein riesiges Gesicht mit langer, schmaler Nase, einem kleinen, vollen Mund und übergroßen grünen Augen gemalt, ihr eigenes Gesicht, doch in einem der Augen spiegelt sich ein zweites Gesicht. Es ist zu klein, um seine Züge zu erkennen, aber die schwarzen Locken zeigen an, dass es sich wohl um Charlie handeln muss.

»Weil du an sie denkst?«, fragt Laura.

Mein Brustkorb schnürt sich zusammen, wenn ich den akkuraten braunen Bob betrachte, den sie sich selbst auf dem Bild gegeben hat und der ihr bis knapp unters Kinn reicht. Die echte Frannie trägt eine blau-weiß gestreifte Mütze, aber darunter ist das Haar so spärlich und dünn und mit kahlen Stellen durchsetzt, dass es einem das Herz bricht, so verletzlich wie der weiche Teil am Kopf eines Neugeborenen.

Mein Baby hieß Emily.

Und jetzt will ich nicht mehr malen.

Später, in der abendlichen Gruppentherapie, fangen wir wie immer damit an, reihum zu berichten, ob wir die beiden an diesem Morgen selbst gesteckten Ziele erreicht haben. Meine waren, ein richtiges Buch anzufangen, statt ausschließlich Klatschmagazine zu lesen, wie ich es die letzten zwei Monate über getan habe, und mir die Haare zu waschen. Mit dem ersten bin ich gescheitert, die Buchstaben sind über die Seite gewimmelt wie Ameisenkolonnen. Doch immerhin beim zweiten Ziel kann ich einen kleinen Erfolg vermelden, da ich mich endlich unter die Dusche geschleppt habe, sodass mein Haar – obwohl immer noch verstrubbelt und zerzaust – nun wenigstens zum ersten Mal seit Wochen sauber ist. Ich verachte mich selbst für mein stolzes Strahlen, als Dr. Roberts mich lobt: »Gut gemacht, Hannah«, und alle in der Runde klatschen, als hätte ich gerade den Kilimandscharo bezwungen oder so was.

Nach ungefähr einer halben Stunde sind wir wieder bei Charlie gelandet. Odelle erzählt uns eine Geschichte über die Zeit, als sie hier ankam, ihre Familie vermisste und gerade ihre erste Mahlzeit hinter sich gebracht hatte, bei der jemand neben ihr saß und mit Argusaugen alles beobachtete, was sie sich in den Mund steckte. Später lag sie auf ihrem Bett und weinte ins Kissen – Odelle presst eine Hand gegen ihr Gesicht, um das zu veranschaulichen, sie ist von ihrer Geschichte sichtlich gerührt –, als Charlie bei ihr anklopfte, sich ans Fußende ihres Betts setzte, mit ihr plauderte und sie sogar zum Lachen brachte. So war das mit Charlie. Sie konnte einem Sachen erzählen, die einen so heftig zum Lachen brachten, dass man den Tee durch die Nase ausschnaubte. Dann ging sie in ihr eigenes Zimmer und biss sich in den Arm. Von all den Menschen, die ich jemals kennengelernt habe, war sie diejenige, die anderen gegenüber am nachsichtigsten, sich selbst gegenüber aber am unerbittlichsten gewesen ist.

»Aber umgebracht hat sie sich deshalb trotzdem nicht«, sage ich, als ich an der Reihe bin.

Dr. Roberts lehnt sich auf seinem Stuhl zurück, schlägt ein Bein über das andere und schlingt einen Arm über die Lehne.

Er hält einen Kuli in der Hand und klickt die Mine immer wieder raus und rein, während er mir nickend lauscht. Die Augen kneift er zusammen, sodass ich ihre Farbe nicht erkennen kann, aber ich weiß, dass sie je nach Licht blau oder grün sind. Sein braunes, aber großzügig mit Silbergrau durchsetztes Haar hat er sich aus dem Gesicht gekämmt, doch wenn er leidenschaftlicher spricht, fällt ihm oft eine

Strähne über das linke Auge. Sein kurz gestutzter Bart ist zu gleichen Teilen grau und braun, und wenn er lächelt, erscheinen zwei Grübchen auf den Wangen, und die Lachfältchen neben seinen Augen falten sich auf wie kleine Ziehharmonikas. Die Übertragungsrate – also dass Patienten sich in ihre Therapeuten verlieben – ist in unserer Klinik ziemlich hoch.

»Das ist eine sehr interessante Theorie, Hannah.« Seine Stimme klingt warm und sanft wie Honig. »Aber Sie wissen – wir alle wissen –, dass Charlie an ausgeprägten chronischen Depressionen litt. Nur weil wir sie geliebt haben, heißt das nicht, dass wir ihr auch hätten helfen können. Es ist unausweichlich für uns alle, eine gewisse Hilflosigkeit zu spüren, das Gefühl, versagt zu haben. Es ist viel angenehmer sich vorzustellen, dass sie gegen ihren Willen beseitigt worden ist, weil das nichts ist, was wir hätten verhindern oder voraussehen können. Tatsache ist allerdings, dass wir keine Verantwortung tragen. Es gibt nichts, was irgendwer hätte tun können.«

»Ja, wir müssen uns selbst vergeben«, fügt Odelle hinzu.

Ich sehe mich im Stuhlkreis um, in dem zwölf Frauen sitzen, die Beine verkrampft übereinandergeschlagen, die Köpfe gesenkt, die Hände nervös zappelnd. Frannie rupft sich ihre wenigen verbliebenen Wimpern aus. Sie betrachtet eine davon und steckt sie sich dann in den Mund. Stella starrt durch weit aufgerissene Augen vor sich hin. Heute trägt sie ein hellblaues Kleid, das oben eng geschnitten und am Rock ausgestellt ist. Ich versuche, nicht auf ihre Taille zu achten, die durch die Entfernung einer Rippe künstlich verschmälert worden ist, auch nicht auf ihre schmerzhaft aufgepumpten Brüste. Odelle, die ihren Körper mit Lagen von Kleidern verdeckt, lehnt sich mit ernstem Ausdruck, und nach

Zustimmung heischend, vor. Ich mustere Judith und Nina und die sieben weiteren Insassen – Bewohner der Einrichtung werden wir offiziell genannt –, sowie Justin und Drew, die jede unserer Bewegungen mit der Kamera verfolgen. Und obwohl ich mit dem Rücken zur Tür sitze, kann ich vor meinem inneren Auge durch die Scheibe aus Sicherheitsglas hindurch, den Gang entlang und die großzügige Holztreppe hinauf sehen, in den Gang, wo Dr. Chakraborty, der stellvertretende Klinikdirektor, in seinem Büro sitzt und mit traurigen braunen Augen Berichte durchliest. Zugleich sehe ich in den Behandlungszimmern im Erdgeschoss Laura und Grace und die anderen Teilzeittherapeutinnen. Hinter der Treppe, durch die Tür hindurch, die in das neue Gebäude, in die Cafeteria, die Küche, den Achtsamkeitsbereich und zu einem kleinen Zimmer für die Angestellten führt, in dem die Medikamente aufbewahrt werden, entdecke ich Joni und Darren, die psychiatrischen Pflegekräfte mit ihren Notizbüchern, Bridget Ashworth, die spröde Verwaltungschefin, sowie die wohlmeinenden freiwilligen Helfer, das Küchenpersonal und die übrigen Pflegerinnen und Pfleger. All die Menschen, die den Auftrag haben, auf uns aufzupassen. Und dann wird mein Blick wieder hierher gezogen, und ich sehe auf Dr. Roberts, Guru, Svengali, Heiliger, Weiser, Retter.

Mörder?

Er könnte es gewesen sein. Jeder von ihnen könnte es gewesen sein.

Passiert ist es jedenfalls.

Ich müsste doch verrückt sein, mir so was auszudenken.

Ich schleiche mich hinaus, während die anderen noch die Stühle aufeinanderstapeln. Nach acht Wochen hier macht mich die Opulenz der Eingangshalle mit dem Kristalllüster und dem großen Ölgemälde des Earl, dem das alles hier einmal gehört hat, nicht mehr fertig. Es benutzt sowieso niemand den Vordereingang, außer es handelt sich um irgendwen Wichtigen, oder es findet eine Fundraising-Veranstaltung statt. Der andere Eingang befindet sich an der Rückseite im neuen Trakt. Dort gibt eine Rezeptionistin Besucherausweise aus und durchsucht unter den Blicken eines lächelnden Oliver Roberts höflich die Taschen der Angekommenen.

Als ich aber durch die Tür gehe, die das alte Gebäude vom neuen trennt, gehe ich nicht geradeaus am Achtsamkeitsbereich und dem hellen Holz der Cafeteria vorbei dorthin, wo ein grell orangefarbenes Sofa die Besucher fröhlich begrüßt, als wollte es ihnen versichern, dass es sich hier nicht um einen Platz handelt, der düstere Gedanken befördert. Stattdessen öffne ich die erste Tür auf der linken Seite, durch die ich ins Treppenhaus mit den haferschleimfarbenen Wänden komme, und gehe dann schnell weiter zu den Zimmern. Meins ist das erste auf der linken Seite, aber ich gehe geradewegs daran vorbei und weiter den Korridor hinunter, vorbei an den gerahmten Naturfotos – die Großaufnahme eines Tautropfens auf einem Grashalm, eine Feder, die in einer schlammigen Pfütze treibt, Sonnenlicht, das durch ein grünes Blätterdach fällt. Die Bilder sind an die Wand geklebt, sodass wir sie nicht abhängen und dazu benutzen können, uns selbst oder einander zu verletzen. Das letzte Zimmer gehört Charlie. Wie oft habe ich in den letzten acht Wochen den Weg zwischen meinem und ihrem Zimmer zurückgelegt? Es überrascht mich fast, dass meine Füße keine Abdrücke auf dem Parkett hinterlassen haben. Doch jetzt habe ich ein komisches Gefühl, und ein Unwohlsein prickelt in meinem Nacken. Ich schiele hoch zur Linse einer Überwachungskamera. Die Kamera hat schon immer da gehangen, aber ich nehme gerade zum ersten Mal wirklich Notiz von ihr. Ihr lidloses Starren macht mich nervös.

An unseren Türen gibt es keine Schlösser. Aus offensichtlichen Gründen. Und dennoch bin ich überrascht, als sich Charlies Türknauf einfach so drehen lässt. Ich zögere kurz, bevor ich eintrete.

Ich habe mich dagegen gewappnet, dass aus ihrem Zimmer alles ausgeräumt sein würde, was es zu Charlies Zimmer gemacht hat. Aber ihre Sachen sind noch hier – das vergrößerte Foto von ihr und ihren kleinen Nichten im Garten ihres Elternhauses, die Köpfe dunkel vor einer gelben Hibiskusexplosion; der lebensgroße Aufsteller von Ryan Gosling, den ihr eine Exkollegin geschenkt hat; die altmodische Patchworkdecke auf dem Bett, ein Farbensturm inmitten der bedrückenden Beigeheit.

Doch während Charlie notorisch unordentlich war – Allerlei Taschenbücher waren immer zu wackligen Türmen neben ihrem Bett aufgestapelt, Jeans und Pullover einfach auf den Stuhl oder auf einen Haufen auf dem Boden geworfen – war das Zimmer inzwischen sorgfältig aufgeräumt worden. Alte Zeitungen und Zeitschriften und leere Chipstüten waren vom Schreibtisch entfernt worden, seine weiße Oberfläche wirkte nun fad und sauber. Das Bett war sonst immer zerwühlt gewesen, als wäre jemand gerade erst daraus aufgestanden, nun ist es ordentlich gemacht, die Patchworkdecke straff darübergezogen.

Ich lege eine Hand aufs Kissen, es fühlt sich weich und unnatürlich kalt an, abrupt reiße ich die Hand weg. Dann ziehe ich eine der Schreibtischschubladen auf. Leer. Der

Kleiderschrank hat keine Tür, seine Kanten sind abgerundet, falls irgendwer auf die Idee kommen sollte, sich an einer hervorspringenden Ecke aufzuhängen. Beinahe muss ich schreien, als ich ihre fuchsiafarbene Kaschmirjacke auf einem der seltsam geformten Pappkleiderbügel hängen sehe, an einer Kleiderstange, die so entworfen ist, dass sie unter »übermäßigem Gewicht« durchbricht. Wie sehr sie diese Jacke geliebt hat! Sie hat mir mal von einem Entrümpelungsratgeber erzählt, den ihr ihre Mutter als wenig subtilen Hinweis geschenkt hat. Schon aus Prinzip hatte Charlie sich geweigert, ihn wirklich zu lesen, doch immerhin hatte sie ihn grummelnd durchgeblättert und daraus tatsächlich eine Sache mitgenommen: dass man nur solche Dinge behalten sollte, die einen froh machen. »Das hier ist meine froh machende Jacke«, hatte sie mir erklärt.

Nun hängt sie mit leeren, schlaffen Ärmeln auf dem Bügel.

Die Abwesenheit jeglicher Freude ist spürbar.

Charlie hat ein Eckzimmer, und ich durchquere den Raum hin zu dem Fenster an der hinteren Wand, von dem aus man den abschüssigen Rasen und ganz unten dann den dunklen Fleck des Sees ausmachen kann. Es gibt Tage, an denen sich das Sonnenlicht auf der Wasseroberfläche spiegelt, sodass es so aussieht, als würde der See von innen leuchten. Heute allerdings nicht.

Die Heizung unter dem Fenster ist aufgedreht. An besonders kalten Tagen hat Charlie einfach ein Kissen auf den Boden geworfen und sich im Schneidersitz auf den Teppich gesetzt, den Rücken gegen die Heizung gelehnt. »Mir kann es gar nicht warm genug sein«, hat sie mir mal gestanden. »Ich bin wie eine halb aufgetaute Hühnerbrust mit einem noch harten gefrorenen Kern, der einfach nicht auftauen will.«

Ich hocke mich in ihrer üblichen Pose auf den Boden, versuche, mich in sie hineinzuversetzen, zu fühlen, was sie gefühlt haben muss. Hat sie an ihrem letzten Tag wirklich, die Heizung im Rücken, hier gesessen und darüber nachgedacht, wie sie sich am besten die Pulsadern aufschlitzen kann? Den geeigneten Winkel, die richtige Stelle? Ist es denn möglich, dass ich sie so falsch eingeschätzt habe?

Früher hatte ich mal ein sicheres Urteil, konnte mich auf mich selbst verlassen. Aber das ist lange her.

Ich ziehe die Knie zur Brust und schaukle eine Zeitlang vor und zurück. Manchmal beruhigt mich das, aber irgendetwas in diesem Raum macht mir ohne Charlies Anwesenheit Angst.

Draußen höre ich leise Schritte und Stimmen näher kommen.

»Wir haben so viel wie möglich weggeräumt, und ich kann Ihnen sagen, das Zimmer war ein Schweinestall. Aber bevor die Angehörigen da waren, können wir nicht mehr tun.«

Die Frau sagt »Angehörige«, als handelte es sich dabei um etwas eher Unangenehmes. Abrupt halte ich mit dem Schaukeln inne, lege meine Hand auf den Boden, um die Bewegung zu stoppen. Dabei streifen meine Finger einen Zettel, der hinter dem Heizungsrohr klemmt. Die Putzleute müssen ihn übersehen haben. Vor der Tür halten die Schritte inne, und ich bekomme einen trockenen Mund, als ich Dr. Roberts' vertrauten Bariton höre, der aber ungewöhnlich kurz angebunden und ungeduldig klingt.

»Wenn wir Glück haben, bleiben sie nicht so lange. Schnell rein und wieder raus, dann können wir all ihre Habseligkeiten verpacken. Montag in einer Woche kommt schon die nächste Patientin.«

Der Türknauf dreht sich, und ich habe gerade noch Zeit genug, um mir den Zettel zu schnappen und ihn im Ärmel meines Sweatshirts verschwinden zu lassen, bevor die Tür auffliegt.

Hastig rapple ich mich hoch, mit hämmerndem Herzen.

»In Ordnung, lassen sie uns kurz prüfen, ob … Hannah. Was machen Sie denn hier?« Sofort verfällt Dr. Roberts wieder in seine übliche langsame Sprechweise, und ich frage mich, ob die Frau neben ihm, die ich inzwischen als Bridget Ashworth, die Verwaltungschefin, identifiziert habe, den Wechsel in seinem Tonfall ebenfalls bemerkt hat.

Bridget Ashworth trägt einen strengen braunen Bob mit grauem Scheitelansatz, eine Brille mit violettem Gestell und eine dunkle Strickjacke. Sie umklammert ihren Schlüsselbund und blinzelt hinter ihren Brillengläsern hervor, als ob sie gerade einen Fuchs beim Durchwühlen ihres Küchenmülleimers erwischt hätte. Ich trete von einem Fuß auf den anderen.

Kaum vorstellbar, dass ich früher einmal Vorträge vor prall gefüllten Konferenzsälen gehalten, mich dabei im Raum umgesehen und freiwillig Blickkontakt mit irgendwelchen Fremden aufgenommen habe. Jetzt starre ich einfach nur zu Boden und stottere irgendeine Geschichte zusammen, dass ich das Bedürfnis hatte, Charlie noch einmal nah zu sein, und fühle, wie Bridget Ashworth ihren missbilligenden Blick über mich gleiten lässt.

Selbst als ich schließlich wieder in meinem eigenen Zimmer und in Sicherheit bin, kratze ich mich noch überall, um ihn loszuwerden.

2

CORINNE

»Sie hat doch sehr gut ausgesehen. Hattest du nicht auch den Eindruck, dass sie gut ausgesehen hat?«

»Na ja, schon.«

Corinne beschloss, das als Ja zu werten.

»Jedenfalls besser. Oder?«

»Hm.«

Corinne wusste, dass sie besser hätte still sein sollen. Direkt nach einem Besuch war Danny nie zum Plaudern aufgelegt. Aber die Wörter purzelten einfach so aus ihr heraus.

Als sie am Kreisverkehr zum Stehen kamen, zog er die Handbremse an. Im Schutz der Dunkelheit betrachtete Corinne sein Profil. Er hatte abgenommen. Er war schon immer ein schöner Mann gewesen. Als Hannah ihn zum ersten Mal nach Hause mitgebracht hatte, hatte sich Corinne heimlich Sorgen gemacht, ob er nicht vielleicht *zu* gut aussah. Sie selbst hätte sich schwergetan neben einem Mann, der so viel Aufmerksamkeit auf sich zog. Aber Hannah war immer selbstsicher gewesen. Eine ganz eigene Persönlichkeit. Das machte alles, was später passiert war, umso schockierender.

»Was ist mit ihr?«

Dannys Frage kam aus dem Nichts und bewirkte Corinne ein Gefühl, als hätte sie einen Eiswürfel verschluckt.

»Sie ist einfach nur müde. Emotional ausgelaugt. Das Baby …«

»Das hat nichts mit dem Baby zu tun. Dass sie sich so auf Mord versteift.«

»Naja, natürlich nimmt sie sich das zu Herzen. Es waren doch immerhin ihre Freundinnen.«

»Es waren Frauen mit Suizidneigung, die vorher schon Selbstmordversuche unternommen hatten und sich nun traurigerweise tatsächlich das Leben genommen haben. Natürlich geht ihr das nah, aber diese sture Weigerung, auf die Stimme der Vernunft zu hören, ist doch was anderes.«

Corinne wollte gar nicht wissen, was dieses andere sein konnte.

»Das ist normal, Danny. Mit den Frauen hatte sie täglich Umgang. Sie möchte nicht glauben, dass sie sich etwas angetan haben. Ich wäre genauso.«

»Wärst du nicht. Du würdest es nicht so pauschal abstreiten. Nicht, wenn die Tatsachen dir so klar vor Augen stünden. Wir müssen auf Anzeichen für eine Paranoia achten. Hat uns Dr. Roberts das nicht gesagt?«

»Schon, aber das ist keine Paranoia.«

»Wirklich nicht?«

Sie fuhren gerade am Alexandra Palace vorbei, der großen viktorianischen Sehenswürdigkeit, die sich auf einer der höchsten Erhebungen des Londoner Nordens ausbreitete. Zu ihrer Linken zeichnete sich das Gebäude vor dem trüben Himmel ab, während der Park des Palastes zu ihrer Rechten in die Dunkelheit hinein abfiel und die fernen Lichter der Stadt am Fuß des Hügels leuchteten.

Als Danny sie vor ihrem Haus absetzte, drückte Corinne ihm einen Kuss auf die Wange.

»Ich kann es kaum erwarten, bis sie da wieder rauskommt«, sagte sie zu ihm. »Dann wird alles wieder normal.«

Danny erwiderte nichts. Corinne hätte gern etwas Aufmunterndes gesagt, was ihn aus seiner steifen Distanziertheit gerissen hätte. Er hatte Schwierigkeiten, Hannah zu verzeihen. Das konnte sie verstehen. Er hatte sich selbst schon als Vater gefühlt, und jetzt war er kein Vater mehr. Wie konnte sich das nicht wie ein Verlust anfühlen, als wäre ihm etwas weggenommen worden? Hatte sie selbst nicht auch genug Probleme damit, keine Großmutter zu sein? Aber Hannah war nicht Herrin ihrer Sinne gewesen. Die Ärzte hatten das alles erklärt. Dissoziativ, hatten sie es genannt. Das Notizbuch, in das sie dieses Wort gekritzelt, es unterstrichen und ein Ausrufezeichen dahinter gesetzt hatte, lag auf der Kommode im Flur.

Halb saß sie noch im Auto, halb war sie schon ausgestiegen. Dabei suchte sie zögernd nach den richtigen Worten, um die Stimmung zu heben, doch ihr fiel nichts ein. Danny konnte einschüchternd wirken, wie besonders schöne Männer das manchmal an sich haben.

Wie immer, bevor sie ihr kleines Haus am unteren Rand des Palastgrundstücks betrat, lauschte Corinne angestrengt nach Madges aufgeregtem Jaulen, bevor sie sich siedend heiß daran erinnerte, dass der kleine Jack Russell, den sie als Welpen aus dem Tierheim geholt hatten und der sie über beinahe siebzehn Jahre begleitet hatte, nicht mehr da war. Es war inzwischen fast drei Monate her, seit Madges Herz endgültig versagt hatte, aber immer noch erwartete Corinne, an der Tür von einem Wirbelwind aus schwarz-weißem Fell begrüßt zu werden, der üblicherweise als Geschenk einen Schuh im Maul trug, als wäre sie wochenlang weg gewesen und nicht nur ein paar Stunden.

An diesem Abend fand Corinne keine Ruhe. Sie ging durch die paar kleinen Zimmer des Hauses, nahm irgendwelche Gegenstände in die Hand – hier ein Buch, dort ein Foto – und stellte sie dann wieder ab. Sie nahm den Telefonhörer von der Gabel und starrte ihn lange an. Wen sollte sie anrufen? Was sollte sie sagen?

Ich mache mir Sorgen, dass meine Tochter verrückt wird.

Ich mache mir Sorgen, dass meine Tochter schon verrückt ist.

Das waren die Worte, die sie nicht laut aussprechen konnte. Während sie sich auf ihr altes, durchgesessenes Samtsofa sinken ließ, an dem hier und da noch ein weißes Hundehaar hing, zog sie ihren Laptop hervor und überlegte, ob sie vielleicht mit Megs skypen könnte. Doch gerade als sie auf das grüne Telefonsymbol klicken wollte, fiel ihr die Zeitverschiebung ein. Wenn es jetzt 21.15 Uhr in London war, war es 17.15 Uhr in New York. Megs wäre noch in der Arbeit, vergraben in diesem komischen kleinen Büro, umgeben nur von Männern. Ihre jüngere Tochter war schon immer so sonderbar gewesen, dass Corinne sich schwergetan hatte, sich vorzustellen, welchen Karrierepfad sie einschlagen würde. Doch bei allem, was ihr über die Jahre hinweg in den Sinn gekommen war – das Schreiben von Scripts für Smartphone Games war nicht darunter gewesen.

Sie wusste, dass Megs alles stehen- und liegenlassen würde, um mit ihr zu sprechen, doch sie zwang sich, ihre Anrufe im Rahmen zu halten. Als die ganze schreckliche Geschichte mit dem Baby passiert war, hatte Megs gleich in das erste

Flugzeug heimwärts springen wollen. Corinne war sich sicher gewesen, dass angesichts der Situation das Zerwürfnis zwischen ihren Töchtern vergessen wäre, doch Hannah war nicht in der Lage gewesen, Besuch zu empfangen. Und als sie schließlich wieder einigermaßen sie selbst war, war sie zu dem Schluss gekommen, dass sie immer noch nicht bereit war, ihre jüngere Schwester zu treffen. Stattdessen tat Megan ihr Bestes, um Corinne von den Staaten aus zu unterstützen, aber sie war dort extrem eingespannt, hatte einen Job, den Corinne nicht richtig verstand, und einen Freund, den sie immer noch nicht kennengelernt hatte.

Ihr Handy klingelte und ließ sie aus der Stille hochschrecken. Corinne nahm es vom Couchtisch und hoffte, gleich Megans Stimme zu hören. Stattdessen leuchtete Duncans Name auf dem Display auf. Es hatte eine Zeit gegeben, in dem er in ihrer Kontaktliste unter »Idiot« aufgeführt war, doch das war Jahre her, als der Betrug noch ganz frisch gewesen war. Dieser Tage beschäftigten andere Dinge sie.

»Wie geht es ihr?«

Kein Vorspiel, keine Höflichkeiten. Aber wozu auch?

»Ihr geht's gut. Sehr gut sogar.«

Corinne wusste, dass sie Hannah vor ihrem eigenen Vater nicht in ein besseres Licht rücken musste, aber sie konnte sich trotzdem nicht dazu durchringen, ihm von dieser neuerlichen Sache mit den Selbstmorden zu erzählen. Da Duncan schon weit über fünfzig war, als er seine zweite Familie gegründet hatte – seine zweite Frau Gigi hatte unanständig schnell hintereinander zwei Babys bekommen –, hatte sie einen noch größeren Beschützerinstinkt in Bezug auf ihre eigenen beiden Töchter entwickelt, als stünden sie in irgendeinem unausgesprochenen Wettbewerb mit ihren kleinen Halbgeschwistern.

Corinne hatte sich damit abgefunden, dass ihr Mann sie nach dreißig Jahren für eine Frau verlassen hatte, die er bei einem Spiel von Arsenal London kennengelernt hatte. Welche Wahl hätte sie auch gehabt, nachdem Gigi schwanger und sie damit vor vollendete Tatsachen gestellt worden war? Sehr viel schwerer war es für sie zu akzeptieren, dass sie nun die Einzige war, für die Hannah und Megs das Zentrum des Universums bildeten. Duncans bis dahin ebenfalls uneingeschränkte Liebe zu seinen Töchtern war inzwischen an Bedingungen geknüpft, weil es diese anderen, bedürftigeren Wesen gab, die seine emotionalen Ressourcen anzapften.

Corinne hatte sich immer gefragt, ob unterschwellige Schuldgefühle ihn dazu veranlasst hatten, seinem Schwiegersohn einen Job zu verschaffen, der nun dabei half, den Sitz von Duncans Firma in Edinburgh aufzubauen. Hannah war nicht erfreut darüber gewesen, dass ihr Mann drei Tage pro Woche weg sein würde, aber anständige Jobs für Architekten waren dünn gesät.

»Hast du sie gefragt?«, wollte Duncan nun wissen. »Wegen dem Baby. Hast du mit ihr gesprochen? Hast du versucht, der Sache auf den Grund zu gehen?«

Das war typisch Duncan. Er war so sicher, dass am Ende ein Grund existierte, eine Logik hinter allem.

»Es ist noch zu früh, wir dürfen sie nicht drängen.«

»Zu früh? Sie ist jetzt seit acht Wochen da drin, Corinne. Es geht mir nicht ums Geld …«

»Das hab ich auch nicht angenommen, die Versicherung übernimmt ja den Großteil der Rechnung!«

Corinne war froh, ein Ventil für ihren Ärger gefunden zu haben.

»Das ist doch nicht der Punkt. Mein Gott, Corinne, ich

würde alles zahlen, was notwendig ist, um Hannah da durchzuhelfen, aber sie sollte inzwischen irgendwelche Fortschritte machen.«

»Sie macht Fortschritte. Kleine Schritte, sagt Dr. Roberts.«

Duncan schnaubte. »Vielleicht würde ihr es schon viel besser gehen, wenn Dr. Roberts mehr Zeit in seiner Klinik und weniger Zeit damit verbringen würde, aufwendige Fundraisings zu organisieren.«

»Er muss öffentlich sichtbar bleiben, sodass ihre Klinik weiterhin finanziert wird. Ansonsten müsste die Versicherung sogar *noch* mehr bezahlen.« Sie hatte es zugespitzt, damit die Botschaft bei ihm ankam. »Sie können von Glück sagen, dass sie ihn haben. Dr. Chakraborty sagt, er ist der Grund dafür, dass sie so hochqualifiziertes Personal bekommen.«

»Ich fang schon mal ohne dich an«, hörte sie eine Frauenstimme im Hintergrund sagen.

Er seufzte. »Ich muss Schluss machen. Wir gucken eine Serie.«

Eine Serie? Corinne spürte, wie sich jeder ihrer Muskeln anspannte. Sie schloss die Augen und atmete tief ein, bis der Moment vorüber war.

»Okay«, sagte sie und wollte schon auflegen.

»Corinne?«

»Ja.«

»Du musst das nicht allein durchstehen. Ich will, dass du das weißt. Mir liegt Hannah genauso sehr am Herzen wie dir. Ich bin an deiner Seite.«

Corinne war es peinlich, dass dieser unbeholfene Versuch, sie zu trösten, ihr Tränen in die Augen trieb.

»Okay.« Sie beendete das Gespräch, bevor ihre zitternde

Stimme sie noch verriet. Wütend richtete sie die Fernbedienung auf den Fernseher, der dröhnend mitten in einer Kochsendung ansprang, in der völlig fertige Kandidaten versuchten, mit dem Stress in einer professionellen Restaurantküche klarzukommen. *Ja, Chef! Nein, Chef!* Sie schaltete wieder aus. Es gab so viel zu tun. Sechsunddreißig Hausarbeiten mussten benotet werden. Noch vor fünf oder sechs Jahren waren die Studenten in Corinnes Sozialanthropologiekurs alle gebürtige Briten, hatten viele der kulturellen Bezugspunkte geteilt und alle einen ähnlichen Hintergrund. Doch inzwischen stammten neunundachtzig Prozent von ihnen aus dem Ausland. Zum Großteil aus China. Sie musste sich eine ganz neue Art der Vermittlung ausdenken, einen ganz neuen Blick auf den Lehrplan entwickeln und gleichzeitig noch die Forschungs- und Publikationsanforderungen erfüllen, die die Universitätsbürokraten ihnen allen auferlegten, um die Studiengebühren zu rechtfertigen. Corinne seufzte und schnappte sich den Laptop.

Als Hintergrund hatte sie ein Bild von sich und Hannah und Megan aus einem Kreta-Urlaub vor zehn Monaten. Sie waren in der Nebensaison gefahren, Mitte Mai. Es war ein Frauenurlaub gewesen, eine letzte gemeinsame Reise, nur sie drei, bevor Megs im darauffolgenden September ihren Job in New York angetreten hatte.

In diesem Urlaub waren sie glücklich gewesen, da war sie sich sicher. Nicht glücklich auf die Art, auf die man in der Rückschau im Urlaub immer glücklich ist, sondern wirklich glücklich. Es war vor Hannahs und Megs' Zerwürfnis gewesen, und dieses eine Mal war es den beiden gelungen, seit ihrer Kindheit eingeübte Kabbeleien und Verhaltensmuster beiseitezulassen. Normalerweise reagierte Megs schnell beleidigt und verfiel in eine Verteidigungshaltung, und Hannah übertrieb es mit der Neckerei manchmal. Corinne hatte sich zum ersten Mal wieder wie sie selbst gefühlt, seit sie auf Duncans Telefon diese seltsame Nachricht gefunden hatte und er zugeben musste, nicht nur eine Affäre, sondern diese auch geschwängert zu haben.

In diesem Urlaub hatte Hannah zufrieden gewirkt, in Einklang mit der Welt. Sie hatte nicht mehr unvermittelt wegen der Fehlgeburt zu weinen begonnen, die sie vor drei Jahren erlitten hatte, und wegen der erfolglosen künstlichen Befruchtung, die sich angeschlossen hatte. Sie hatte entspannt gewirkt und behauptet, dass Danny und sie so viel besser klarkämen, seit sie verabredet hatten, nicht mehr über Kinder zu sprechen.

Männer hatten sie umschwirrt. Hannah hatte schon immer Aufmerksamkeit auf sich gezogen, nicht etwa, weil sie schön war, obwohl sie das war, sondern weil sie sich so wohl in ihrer Haut fühlte. Megans Schönheit war weniger offensichtlich. Corinne hatte gesehen, wie die Menschen ihre jüngere Tochter wegen ihrer ernsten braunen Augen und ihres kantigen Gesichts nur flüchtig eines Blickes würdigten. Doch meistens hatten sie dann noch einmal genauer hingesehen. Ihre messerscharfe Intelligenz war unwiderstehlich.

Corinne war aus diesem Urlaub mit frischem Optimismus heimgekehrt. Zum ersten Mal seit Jahren hatte sie sich auf die Zukunft gefreut, statt den Eindruck zu haben, ihre besten Jahre lägen hinter ihr. Sie hatte schon Pläne geschmiedet, Megan im Frühjahr in New York zu besuchen, hatte sich sogar bereiterklärt, Internetdating auszuprobieren, und sei es nur, um auf diese Weise einen reichhaltigen Schatz neuer Anekdoten zu bekommen, die sie dann bei geselligen Abendessen zum Besten geben konnte. Am ersten Abend nach ihrer Rückkehr hatte sie im Spiegel ihres winzigen Badezimmers ihr leicht gebräuntes Gesicht betrachtet. Es war mit Sommersprossen übersät gewesen und hatte blasse weiße Fältchen an den Augenwinkeln gehabt. Offenbar hatte sie zu sehr und zu oft gelacht, als dass die Sonnenstrahlen dort hätten hingelangen können. Endlich hatte sie ihr Spiegelbild einmal gemocht. Das Leben war ihr voller Möglichkeiten erschienen.

Doch dann war Hannah schwanger geworden.

3

HANNAH

Charlie war die Erste, die ich hier drin kennengelernt habe. Wenigstens ist sie die Erste, an die ich mich erinnere. Die ersten vierundzwanzig Stunden waren ein einziges gefühlloses schwarzes Loch, in dem neue Leute zu einer gesichtslosen Masse verschmolzen. Auch danach befand ich mich noch in einem Schockzustand, mein Hirn fühlte sich taub vor Unglauben an. Ich habe damals nicht nach neuen Freunden gesucht, so überzeugt war ich, dass ich nicht lange bleiben würde. Sobald sie herausfinden würden, dass mit mir alles in Ordnung war, wäre ich wieder weg.

Ich gestattete mir nicht, an Emily oder an das, was geschehen war, zu denken. Stattdessen konzentrierte ich mich auf Danny und wie er bei der Anmeldung ausgesehen hatte, als er über Gesundheit und Krankheit geredet und dabei meine Hände mit seinen umschlossen hatte, sodass ich spürte, wie er am ganzen Körper zitterte. Ich dachte nicht an meine Schwester Megan, wollte nicht an sie oder an die Dinge denken, die sie über ihn gesagt hatte. Manche Sachen sind zu schlimm, um sie zu verzeihen.

Danny hat gewelltes braunes Haar. Er trägt es gern kurz geschnitten, sagt, dass es dann leichter zu bändigen ist, aber ich mag es lieber, wenn er es ein bisschen herauswachsen lässt und es ihm über die Augen fällt. Er hat breite Schultern, und ich kann auch mit beiden Händen seine Oberarme nicht umfassen. Seine Lippen sind voll und weich, und sein Kinn hat ein kleines Grübchen.

Danny würde mich schon hier rausholen.

Zu diesem Zeitpunkt hatte ich keine Ahnung, dass es Dannys Idee gewesen war, mich herzubringen.

Als Charlie dann also an meinem ersten vollständig hier verbrachten Tag zu mir herüberkam und sich vorstellte, war ich erst nicht sehr freundlich.

»Dein erstes Mal?«, wollte sie wissen. Unnötig zu fragen, wie sie das erraten hatte.

»Mhm.« Ich nickte. Ich wollte, dass sie ging, damit ich allein sein und den Nebel in meinem Kopf vertreiben konnte, um zu verstehen, was passiert war.

»Eigentlich ist es hier gar nicht so übel.« Sie hatte eine schöne, leise, melodische Stimme, unter deren Oberfläche immer ein Lachen perlte, als würde sie gerade an etwas Lustiges denken, das sie jeden Augenblick mit einem teilen würde. Ihre Locken hatten die Farbe frisch umgegrabener Erde, sie hatte grüne Augen und hohe Wangenknochen.

Ich machte ein genervtes Gesicht. Am ersten Tag konnte ich noch nicht über die verriegelten Türen hinwegsehen, über die abgerundeten Ecken der Möbel, die Tatsache, dass sie mir die Schnürsenkel aus meinen Converse gezogen hatten, sodass ich nun schlurfen musste, um sie an den Füßen zu behalten, darüber, dass meine Jeans nicht oben bleiben wollte, weil ich keinen Gürtel tragen durfte, und über das ausgemergelte Mädchen, das in der Ecke saß und ein Buch las, während sie von einer Maschine durch eine Nasensonde ernährt wurde.

Mein Körper trauerte um das verlorene Baby, meine Brüste schmerzten, meine Hormone spielten verrückt, sodass ich im einen Moment beinahe schmerzhaft wach war, im nächsten aber vor Kummer in mich zusammensank und die Tränen, die meine Wangen hinabrollten, gar nicht bemerkte.

Als ich dann schließlich die Klinik mit nüchternerem Blick betrachten konnte, verstand ich, dass sie recht hatte. Es gibt schlimmere Orte. Das hier ist eine Privatklinik, und man merkt an allen Ecken und Enden, was ein Platz hier drin kostet. Das alte Gebäude ist geschmackvoll eingerichtet, auf den breiten Eichendielen liegen dicke Teppiche, und bequeme Sofas stehen im Fernsehzimmer, in dem wir freitagabends sitzen und Filme schauen. Wir haben jede unser eigenes beigefarbenes Zimmer mit angeschlossenem Bad. Wir bringen Fotos von zu Hause mit, sowie fröhliche Drucke, um die Wände freundlicher wirken zu lassen, obwohl das Glas in den Rahmen nicht wirklich Glas ist.

Allerdings habe ich nichts von alldem bemerkt, als Joni mich nach unten brachte, obwohl ich darum bettelte, in meinem Zimmer bleiben zu dürfen.

»Niemand zwingt dich«, sagte sie. »Aber du solltest wissen, dass eine Weigerung als etwas betrachtet werden *könnte,* was näher beleuchtet werden sollte, was wiederum dazu führen *könnte,* dass du länger hier drin bleiben musst.«

»Ich bleibe nicht hier«, entgegnete ich. »Das ist wohl ein Missverständnis gewesen.«

Doch als sie in die Cafeteria voranging, folgte ich ihr schließlich doch.

Obwohl ich auf ihre Freundlichkeit ablehnend reagierte, wandte Charlie sich nicht von mir ab. Sie hatte das schon vorher erlebt. Außerdem verurteilte sie Leute grundsätzlich nicht. Darum mochten sie auch alle. Als es mir später besser ging, habe ich gern Witze darüber gemacht, dass ich neidisch auf ihre Beliebtheit sei. »Gut, dass du selbstmordgefährdet bist, andernfalls müsste ich dich umbringen«, habe ich einmal zu ihr gesagt. Damals haben wir uns darüber kaputtgelacht.

Heute erscheint mir das nicht mehr so lustig.

Odelle war die Nächste, die mich ansprach. An einem Ort wie diesem gibt es manche Leute – wie Charlie –, deren Wunden so tief im Inneren liegen, dass niemals jemand auf die Idee käme, dort nach Verletzungen zu suchen, ganz verformt und hart vernarbt. Und es gibt andere – wie Stella –, deren Beschädigung gleich erkennbar ist. Unübersehbar. Zu dieser Kategorie gehörte auch Odelle. Da sie schon lange magersüchtig war, saß ihr Kopf mit dem dünnen mausbraunen Haar wie das Ende eines Lutschers auf ihrem Hals. Ihr Körper war von übergroßer Kleidung umhüllt, T-Shirts und Pullover, die vorne unter dem Reißverschluss ihres Kapuzenpullis wie alte Tapetenschichten zu sehen waren. Aus der Nähe war zu erkennen, dass ihr Gesicht von einem feinen, hellen Flaum bedeckt war, weich wie Wildleder.

»Du darfst keine Angst haben«, erklärte sie. Und obwohl ich bis zu diesem Zeitpunkt keinerlei Angst verspürt hatte, da ich zu sehr in Selbstmitleid schmorte, schrillten plötzlich sämtliche Alarmglocken.

»Wir sind hier alle freundlich«, fuhr sie fort. »Halt dich an mich, und ich kümmere mich um dich.«

Während Odelle sprach, fiel mir wieder die Zeit ein, als wir von London nach Cambridge gezogen waren, weil Dad einen neuen Job hatte und ich deshalb die Schule wechseln musste. Mir war damals ein Mädchen zugeteilt worden, das mir an meinem ersten Tag alles zeigen sollte. Ich erinnere mich noch immer an die prahlerische Art, mit der sie mich wie ein neues Haustier durch die Flure geführt hatte. »Das ist Hannah. Sie ist neu hier«, posaunte sie überall herum, und die anderen Schüler warfen mir bedauernde Blicke zu.

Mit fünfundzwanzig ist Odelle sieben Jahre jünger als ich, also versuche ich, nachsichtig zu sein, doch manchmal fühlt sich ihre Gegenwart an, als würde jemand mit Sandpapier die Nervenenden einzeln abschmirgeln.

Odelle ist, was psychiatrische Einrichtungen angeht, ein alter Hase. Wenn es für Nervenkliniken Treuepunkte gäbe, würde sie das Freigetränk, die Kaffeemaschine und das Erlebniswochenende bekommen. »Es gibt nichts, was ich nicht weiß«, verkündete sie, während sie mich von Zimmer zu Zimmer führte. Psychiatriepatienten, erklärte mir Odelle, haben die Tendenz, verschiedene Stämme zu bilden: Emos wie Charlie, für die das Leben ein tiefer, dunkler Abgrund ist; Leute wie Odelle selbst, die mit Magersucht zu kämpfen haben und Tipps darüber austauschen, wie man die Waage austrickst, indem man zum Beispiel ganz viel Wasser trinkt, und die bezüglich konkaver Bäuche und Abständen zwischen den Oberschenkeln in Wettstreit stehen; dann gibt es Süchtige jeder Couleur; Zwangsneurotikerinnen wie Sofia mit ihren Angewohnheiten, ihren Ticks und ihren Gedanken, die sich wie besessen im Kreis drehen; Manisch-Depressive wie Nina, die in einem unendlichen emotionalen Bungeesprung von einem apathischen in einen überdrehten Zustand und wieder zurück wechseln. Und dann gibt es noch den ganzen Rest. Wir sind alle auf jeweils eigene Art beschädigt.

»Zu welcher Kategorie gehörst du?«, wollte Odelle wissen.

Ich erwog, ihr von Emily zu erzählen, doch die Wörter

türmten sich ungesagt in meinem Mund auf, bis ich fürchtete, daran zu ersticken.

»Das ist kompliziert.«

Sofia weinte, tiefe Schluchzer entwanden sich ihrer Brust.

Odelle hatte mich ihr später an jenem ersten Abend vorgestellt und erklärt, sie habe das Zimmer neben meinem. In jener Nacht lag ich im Bett, lauschte ihr und wünschte mich zurück in unsere Wohnung im ersten Stock in Harringway, im Londoner Norden, in Dannys Arme und mein Gesicht an seiner Brust vergraben.

An den Tagen, an denen wir beide nach London zur Arbeit fuhren, musste ich vor ihm aufstehen, um den Zug zu meiner Arbeit als Pressefrau eines Kinderbuchverlags zu erwischen. Danny lag stets noch im Bett, wenn ich aufbrach. Als ich so in meinem Zimmer in *The Meadows* lag und Sofia durch die Wand hindurch weinen hörte, musste ich daran denken, wie einsam er in diesem großen Bett ausgesehen hatte, den einen Arm nach mir ausgestreckt, obwohl ich nicht mehr da war.

Wenn er mich jetzt besuchen kommt, kommt er mir vor wie ein Fremder.

Als ich am nächsten Morgen zum Frühstück in die Cafeteria ging, stand Sofia bereits mit verquollenen Augen am Büfett. Nachdem sie sich Essen auf ihr Tablett geladen hatte (sie gehörte also nicht zu den Magersüchtigen), ging sie auf einen der drei runden Tische aus Kiefernholz zu, die alle tadellos gedeckt waren, wie in einem erstklassigen Hotel. Auf halber Strecke blieb sie ein paar Sekunden lang ganz still stehen. Dann machte sie mit entschlossenem Gesichtsausdruck kehrt und ging zurück zum Büfett, brachte ihr Joghurt und die Banane zurück, kratzte das Müsli in den Mülleimer, stellte dann ihren Teller und ihr Schälchen zum schmutzigen Geschirr und begann mit der ganzen Prozedur von vorn, wobei sie sich genau das Gleiche noch einmal aussuchte.

»Sie hatte einen schlechten Gedanken«, las Charlie mir die Frage vom Gesicht ab. »Wahrscheinlich darüber, dass einem ihrer Kinder etwas Schreckliches zustößt. Darum geht es bei ihr normalerweise. Sie muss dann alles mit dem schlechten Gedanken Infizierte loswerden. Manchmal bezieht sich das auf ihre Kleidung. Heute scheint es das Essen zu sein.«

Ich öffnete den Mund und wollte schon »aber das ist doch verrückt« sagen, schloss ihn dann aber wieder.

Als ich sie später besser kennenlernte, sagte Sofia mir, dass ich sie abstoßend fände, wenn ich wüsste, was ihr über Fremde, Freunde und Familie durch den Kopf ging. Widerwärtige Gedanken sexueller Natur, die sich ungebeten in ihren Kopf drängten. Ich entgegnete, dass mich gar nichts mehr abstieß. Aber das meinte ich eigentlich nicht. Was ich meinte, war, dass mich nichts mehr überraschte.

Wenigstens nicht, bis meine Freundinnen wie die Fliegen starben.

Sofia war Ende dreißig, aber die Zeit hatte es nicht gut mit ihr gemeint, sodass ich sie zunächst zehn Jahre älter geschätzt hatte. Äderchen waren wie Feuerwerkskörper unter ihrer blassen Gesichtshaut geplatzt, sodass ihre Wangen etwas Raues, Gerötetes hatten, und ihr schulterlanges krauses Haar, das sie sich mit einem Samtband aus dem Gesicht hielt, war von einem Blassorange, wie man es von Liegestühlen am Ende eines langen, heißen Sommers kennt. Sie hatte stabile Knochen und breite Schultern, trug ausgeleierte Strickjacken und formlose Röcke, die ihr bis übers Knie reichten.

Sie hatte zwei Kinder – einen neunjährigen Sohn und

eine zwölfjährige Tochter –, die jeden Sonntagnachmittag pflichtschuldig angetrottet kamen, begleitet von Sofias Ehemann Rob, einem kleinen, schmächtigen Mann, der stets den Eindruck erweckte, mindestens in den falschen Bus eingestiegen zu sein. Bei diesen Besuchen verrichtete Sofia eine Herkulesaufgabe, indem sie ihr zwanghaftes Verhalten im Zaum hielt – die Wiederholungen, das Umkehren, das ständige Umziehen. Doch die Anstrengung, die damit verbunden war, sich zu zügeln, zeigte sich irgendwann, und nach ein paar Stunden lehnte sie sich steif auf ihrem Stuhl nach vorn, wobei ihre Lippen sich bewegten, während sie seitlich gegen den Stuhl klopfte und die Schläge zählte.

Wenn sie dann wieder fort waren, hielten Charlie oder ich Sofia ein Weilchen im Arm, während sie unsere T-Shirts nass schluchzte.

Ich weiß, wonach das aussieht, aber so war es nicht. Sie wollte sich nicht umbringen. Sie wollte gesund werden. Für ihre Kinder.

4

LAURA

Die Blume war ziemlich hübsch. Dicke dottergelbe Blütenblätter streckten sich wie eine offene Hand vom Boden empor. Kleiner Winterling. Ein Zeichen dafür, dass der Frühling nicht mehr lange auf sich warten ließe.

Gott sei Dank.

Laura stieg über das Blumenbeet neben dem Parkplatz und atmete tief ein, hieß die kalte Luft willkommen, die ihren Atem zu Wolken um ihren Mund kondensieren ließ. Der Duft des morgendlichen Regens auf dem feuchten Kies vermischte sich mit dem Kohlgeruch, der aus den Luftschächten herüberwehte. Ihrer Erfahrung nach war es gleichgültig, wie teuer oder exklusiv eine Einrichtung war, die Küche roch immer so.

Sie drückte auf den Knopf ihres Schlüsselanhängers, und wie üblich besserte sich ihre Laune, als daraufhin ihr bonbonrosa Käfer mit den Scheinwerfern blinkte, als wollte er sie begrüßen. Bei ihrem Job brauchte man jede Aufmunterung, die man kriegen konnte, und ihr Auto ließ sie diesbezüglich nie im Stich. Sie fühlte eine wohlige Wärme, wenn sie es am Ende eines weiteren emotional auslaugenden Tages dort stehen und geduldig auf sie warten sah.

Laura machte sich Sorgen um Hannah.

Sie hatte erwartet, dass Stella mit Charlies Tod am schlechtesten würde umgehen können, doch Hannah schien diejenige zu sein, die am meisten Probleme damit hatte. Heute hatte sie sie in der Therapiestunde gebeten, ihre Namen kreativ auf die einzelnen Papierbögen zu setzen, die sie dann binden lassen und Charlies Eltern schenken wollte. Und die meisten von ihnen waren auch mit Leidenschaft bei der Sache gewesen. Odelle hatte sich ein kompliziertes, spitzenartiges Muster einfallen lassen, in das sie die Buchstaben ihres Namens hatte einfließen lassen. Frannies Karte sah wie das Cover eines Fantasyromans aus, das F hatte die Form eines Turms mit Zinnen, die Ns bildeten eine schneebedeckte, wolkenverhangene Bergkette.

Nur Hannah war lange gar nichts eingefallen. Halbherzig hatte sie die ersten drei Buchstaben ihres Namens hingekritzelt und mehrere Effekte ausprobiert – Spiralen und Blumen, eine Blätterranke, die sich um das »H« wand –, nur um dann alles zusammenzuknüllen und einen neuen Bogen zu fordern. Am Ende standen auf ihrer Seite grau und verwaschen nur diese drei Buchstaben.

»Keine Sorge, du kannst es beim nächsten Mal noch fertig machen«, hatte Laura sie beruhigt. Doch nachdem dann alle den Kunstraum verlassen hatten, hatte sie diese drei Buchstaben »HAN« mehrere Minuten lang angestarrt. Roberts würde die Gelegenheit nutzen, darüber zu sinnieren, was es bedeutete, dass Hannah sich selbst so halb fertig dort hingezeichnet hatte.

Beim Gedanken an Roberts – seine Stimme wie Ahornsirup, und die harten, blauen Augen – zog sich ihr Brustkorb zusammen, und sie verkrampfte die Finger um das pinke Leder des Lenkrads.

Sie zwang sich, an etwas anderes zu denken. Das hatte sie sich beigebracht. Man musste sich vorstellen, Schafe zu hüten und sie auf einen anderen Weg zu treiben. Gedankenvisualisierung war eine nützliche Technik.

Obwohl sie im Lauf der Jahre so oft hier gewesen war, staunte Laura immer wieder aufs Neue über die Diskrepanz zwischen der Art von Haus, das sie bei Annabel erwartet hätte, und der Wirklichkeit. An dem kleinen, ordentlichen modernen Einfamilienhaus war nichts *verkehrt,* und es war sicher praktisch, dass das Wohngebiet am äußeren Rand von North West London lag, wo man immer noch direkt vor dem Gebäude parken durfte. Annabel war so klug und gebildet. Wenn Laura sie gerade erst kennengelernt hätte, hätte sie sie sich in einem weitläufigen alten Haus auf dem Land vorgestellt, mit Bücherstapeln auf jedem freien Platz und einem Paar Gummistiefel neben der Eingangstür.

Laura wunderte sich über ihre Erleichterung, als sie Annabels seltsam plattes, quadratisches Gesicht mit den weit auseinanderstehenden braunen Augen und der Stupsnase sah, die fast darin verschwand, sodass ihr Profil eine gerade Linie von der Stirn bis zum Kinn war.

»Du hast ja keine Ahnung, wie froh ich bin, dich zu sehen«, sagte sie und umarmte Annabel stürmisch.

Annabel lächelte und machte sich dann sanft von ihr los.

»Willst du was trinken?«, rief sie, während sie durch den engen Flur voranging, in dem an einem einzelnen Haken ein einzelner Mantel und ein einzelnes Halstuch hingen.

»Wasser bitte«, antwortete Laura wie immer.

Während Annabel sich in der Küche zu schaffen machte, ging Laura ins Wohnzimmer und warf sich auf das hellblaue

Sofa, wobei sie ihren Schlüssel auf das Holztischchen neben sich fallen ließ. Dann lehnte sie den Kopf zurück und ließ sich von einem friedlichen Gefühl übermannen.

»Du siehst müde aus«, sagte Annabel und musterte sie vom Sessel gegenüber. In Lauras Kehle bildete sich ein Kloß. In letzter Zeit hatte sie sich Sorgen darüber gemacht, dass Annabel sich nicht mehr so sehr um ihre Gefühle kümmerte wie früher, also war ihr die heutige Fürsorglichkeit willkommen, kam aber auch überraschend.

»Glaubst du denn, dass du wieder zu wenig Abstand hast?«

»Nein. Doch. Ach, du weißt ja, wie ich bin. Ich versuche, Grenzen zu setzen, doch ein paar kommen immer durch.«

»Darüber haben wir aber gesprochen.«

»Ich weiß. Ich weiß. Und ich bemühe mich ja auch. Aber es ist dort so komisch, seit Charlie … verstorben ist … Die Atmosphäre ist furchtbar, und wenn man zu lange bleibt, fühlt es sich an, als würde man ersticken. Natürlich benutzt *er* es als Rechtfertigung dafür, den starken Anführer zu spielen, der allen Widrigkeiten trotzt und die Ruhe bewahrt.« Sie blickte zu Annabel hinüber, um einzuschätzen, wie sie das neue Gesprächsthema aufnahm, doch die Miene der älteren Frau blieb ausdruckslos. Wie üblich veranlasste der Mangel an Reaktion Laura dazu, selbst noch mehr zu reden.

»Seinem Ruf tut das gar nicht gut. Zwei Tote in den letzten beiden Monaten. Ein Elternpaar hat die Tochter bereits abgemeldet, weil sie es dort nicht mehr für sicher halten. Und Einkommensverlust ist etwas, das Dr. Robert außerordentlich ernst nimmt.« Sie warf Annabel einen vielsagenden Blick zu, den diese erwiderte.

»Vielleicht ist es Zeit, dir noch einmal klarzumachen, was genau du da tust, Laura. Erinnerst du dich an all unsere

Gespräche damals, als du dich dazu entschlossen hast, Therapeutin zu werden? Was hat dich als Krankenschwester dazu gebracht, diesen Schritt zu unternehmen? Was war der Grund für die Entscheidung, lieber Menschen helfen zu wollen, die psychisch statt physisch krank sind?«

Laura lehnte sich zurück und fuhr sich mit beiden Händen durch die stacheligen schwarzen Haare, wie sie es seit ihrer Kindheit tat, wenn sie mit schwierigen Fragen konfrontiert wurde. Annabel hatte stets diese Wirkung auf sie: Sie verwandelte sie in das ängstliche Kind zurück, das sie einmal gewesen war und das sich nach Liebe und Anerkennung sehnte.

»Weil sie mich brauchen«, erwiderte sie schließlich.

Annabel lehnte sich zurück. Blinzelte. Blieb auf ihre übliche Art stumm.

5

CORINNE

Hannahs erste Schwangerschaft war ein Unfall gewesen. Sie und Danny waren erst ein Jahr zusammen und immer noch in dieser magischen Zeitspanne, in der sie Dinge übereinander herausfanden. Es war ein Schock gewesen, doch Danny hatte sich zu allem bereit erklärt, was Hannah wollte. Und als sie einmal entschieden hatte, das Kind zu bekommen, hatten sich beide für die Idee begeistert. »Ich weiß, dass mir eigentlich schlecht sein und ich mich müde und krank fühlen sollte, aber ich liebe es verdammt noch mal schwanger zu sein«, hatte Hannah Corinne nach ihrer Untersuchung in der zwölften Woche erzählt. Kaum zwei Wochen später setzten heftige Blutungen ein, und eine weitere Untersuchung ergab, dass das Kind bereits mehrere Tage tot war.

Das hatte alle schwer getroffen, Corinne inbegriffen. Obwohl es nichts war, was sie so früh für sich geplant hatte, hatte sie sich selbst bereits als Großmutter gesehen, die an den Wochenenden babysitten und deren Küchentisch mit Fingerfarben bekleckst sein würde. Ihr kleines Häuschen wäre voller Leben und Lärm. Nach der Fehlgeburt hatte sie dieses neue Ich zusammengelegt und ganz hinten in eine ihrer Schubladen gestopft. Dann hatte sie sich ganz auf Hannah konzentriert, die ihr bei der Rückkehr aus dem Krankenhaus wie zusammengeschrumpft vorkam, als hätte die Maschine, die das abgesaugt hatte, was der Doktor als »Folgen der Schwangerschaft« bezeichnete, zugleich einen unverzichtbaren Teil Hannahs entfernt.

Corinne ging davon aus, dass sich Hannah nach einer Zeit der Trauer wieder aufraffen und noch einmal schwanger werden würde. Sie wusste, dass erste Schwangerschaften ziemlich oft mit Fehlgeburten endeten. Auch sie selbst hatte eine erlitten, bevor sie dann Hannah bekommen hatte, also verstand sie nur allzu gut diese besondere Qual und den Kummer über das kleine Wesen, das es jetzt nicht mehr gab. Doch Hannahs vergleichsweise späte Fehlgeburt, die dazu führte, dass sie den winzigen Fötus zur Welt bringen musste, ließ sie untröstlich zurück. Den Ärzten war es nicht gelungen, ihr eine befriedigende Antwort zu liefern, und sie hatten ihr einfach nur gesagt, dass es keinen Grund gebe, warum sie kein gesundes Kind würde zur Welt bringen können.

Da sie in ihre erste Schwangerschaft so ungeplant hineingestolpert war, entwickelte Hannah eine Fixierung auf eine zweite. Doch das sehnlich erwartete zweite Kind kam einfach nicht. Und über die nächsten drei Jahre hatte sich Hannahs ungezügelte Trauer in eine stille, hartnäckige Sorge verwandelt, die durch eine erfolglose künstliche Befruchtung nur noch vertieft wurde.

»Weißt du, Mum, ich habe noch nie bei irgendwas so richtig versagt«, gestand Hannah Corinne. »Meine Prüfungen habe ich mit guten Noten bestanden, meine Fahrprüfung gleich beim ersten Mal. Erinnerst du dich? Ich bin mit Danny zusammengekommen, obwohl alle meinten, er sei nicht meine Liga. Jetzt ausgerechnet bei dem zu versagen, was die meisten Frauen schaffen, ohne überhaupt einen Gedanken daran zu verschwenden … Das fühlt sich an wie eine Art böser Streich des Universums.«

Sätze wie diese brachen Corinne das Herz, also war sie zugleich ermutigt und erleichtert, als Hannah schließlich aufhörte, über Kinder zu sprechen, und allmählich wieder zu der unternehmungslustigen jungen Frau wurde, die sie vorher gewesen war. In ihren regelmäßigen Telefonaten ging es um Partys, die sie besucht, Signierstunden, die sie organisiert, und Filme, die sie gesehen hatte.

Als sie ihren Fiat dann zwei Tage nach ihrem letzten Besuch auf dem Parkplatz von *The Meadows* abstellte, ertappte sich Corinne bei der Hoffnung, dass ihr Schwiegersohn diesmal nicht da sein würde. In der Vergangenheit waren sie eigentlich gut miteinander ausgekommen, denn Corinne hatte sich geweigert, bei seinen häufigen Streitereien mit Hannah Partei zu ergreifen. Auch vor dem Hintergrund dessen, was passiert war, als Megs sich einmal nicht zurückgehalten hatte.

Doch seit Hannahs Zusammenbruch empfand sie Dannys Gegenwart als einschüchternd. Nur selten steuerte er freiwillig etwas zu einer Unterhaltung bei, und sie konnte nicht darüber hinwegsehen, dass die Besuche bei seiner Frau immer spärlicher wurden. Einerseits war sie erleichtert, dass ihr das unangenehme Schweigen zwischen ihnen erspart blieb, doch andererseits machte sie sich Sorgen, seine Abwesenheit könnte Hannahs Fortschritte zunichtemachen.

Du kannst ihr das, was passiert ist, nicht vorwerfen, wollte sie ihm sagen. *Es ging ihr nicht gut. Stell es dir wie ein Fieber vor.*

Nur war es eben kein Fieber gewesen.

Als sie sich in die Besucherliste eintrug, überflog Corinne rasch die anderen Unterschriften. Kein Danny Lovell. Hannah würde untröstlich sein, dass Danny nicht gekommen war.

Corinne runzelte die Stirn, als sie die Namen Justin Carter und Drew Abbott las. Als Hannah ihr zuerst erzählt hatte, dass in der Klinik eine Dokumentation gedreht werde, war Corinne entsetzt gewesen und hatte versucht darauf zu bestehen, dass ihre Tochter in dem Film nicht auftauchte. Doch sie hatte ihre Rechnung ohne Dr. Roberts' Überzeugungskraft und Hannahs Langeweile gemacht. »Wenigstens gibt es dann etwas zu tun«, hatte sie geblafft, als wäre Corinne daran schuld, dass sie überhaupt hier war. »Und wir können im Nachhinein auch immer noch Nein sagen, wenn es uns nicht gefällt.« Sogar Duncan hatte seine ursprüngliche Reserviertheit überwunden, als er herausgefunden hatte, dass Roberts einen Rabatt anbot, um die entstehenden »Unannehmlichkeiten« zu kompensieren.

Die junge Frau an der Rezeption teilte Corinne mit, dass Hannah draußen sei, sodass sie um das Gebäude herumging und unterwegs kurz innehielt, um den samtigen Rasen zu bewundern, der hinab zu dem großen See führte. Es existierte das Gerücht, dass darin ein rostiges Autowrack lag, das von einem betrunkenen Partygast dort versenkt worden war, als das alles hier noch als privates Wohnhaus gedient hatte.

Obwohl es kalt war und metallisch glänzende Wolken sich bedrohlich am Himmel auftürmten, traf Corinne Hannah neben Stella auf einer Bank sitzend an, die direkt vor dem Rosengarten stand. Corinne runzelte die Stirn, als sie die Zigarette in der Hand ihrer Tochter entdeckte. Bevor sie hierher gekommen war, hatte Hannah nicht geraucht, doch jetzt verbrachte sie Stunden im Freien, zog die Schultern ein, um sich vor der Kälte zu schützen, und teilte sich mit den anderen Zigaretten.

»Alle hier rauchen, Mum«, hatte sie erwidert, als Corinne das Thema zum ersten Mal angeschnitten hatte. »Es ist das einzige Laster, das uns erlaubt ist. Ich wäre doch verrückt, wenn ich das nicht ausnutzen würde.«

»Hi, Hannah, hi, Stella«, rief sie, als sie den Hang zu ihnen hinabging.

Hannah stand auf, um ihr einen Kuss zu geben, wohingegen Stella, die mit dem Rücken an der Armlehne der Bank dagesessen hatte, die Knie anzog und sie fest gegen ihren Oberkörper presste.

»Hallo, Corinne«, sagte sie in ihrer seltsam rauchigen Stimme. Sie trug ein enges, knielanges rotes Kleid, das ihre schmale Taille betonte, außerdem rote High Heels mit Plateau, die glitzerten, als sie vor und zurück schaukelte. Ihr langes blondes Haar war zu einem hohen Pferdeschwanz gebunden.

Als Corinne Stellas hübsches Gesicht mit der straffen Haut über den übertriebenen Wangenknochen betrachtete, der Mund wie eine Rosenknospe, das kleine, spitze Kinn und übergroße blaue Augen, fühlte Corinne erneut die widerstreitenden Gefühle, die Stella jedes Mal in ihr auslöste: entsetzte Faszination, gepaart mit dem heftigen Wunsch, sie zu beschützen.

Als sie zum ersten Mal die Klinik betreten hatten, in dieser furchtbaren ersten Woche, als Hannah nur dagesessen und immer wieder »es tut mir leid, es tut mir leid« geschluchzt hatte, bis Danny aufgestanden und gegangen war – Corinne hatte ihn später, den Kopf aufs Lenkrad gestützt, in seinem Wagen gefunden –, hatte sie einfach nicht aufhören können,

Stella anzustarren. So hübsch, aber irgendetwas an ihr stimmte nicht. Die Augen standen eine Winzigkeit zu weit auseinander. Die Gesichtszüge waren ein kleines bisschen zu symmetrisch. Später hatte Corinne es gewagt, nach der verstörenden blonden jungen Frau zu fragen, und war verblüfft über die Art und Weise gewesen, wie Hannah ihr ganz nebenbei geantwortet hatte: »Ach, Stella. Die ist süchtig nach plastischer Chirurgie.« Als wäre daran gar nichts Ungewöhnliches, als wäre es einfach ein Hobby, wie auf den Marathon zu trainieren oder Mandarin zu lernen. Noch etwas später erfuhr sie, dass Stellas reiche amerikanische Mutter sie bei *The Meadows* hatte einweisen lassen, nachdem medizinische Experten sie gewarnt hatten, jede weitere Schönheitsoperation könne Stella umbringen.

Corinne war davon vollkommen überfordert gewesen. Solche Sachen widerfuhren Menschen wie ihr nicht. Oder Familien wie der ihren.

Oder Frauen wie Hannah.

»Sie hat es nicht getan.«

Corinne verstand, warum Hannah nicht wahrhaben wollte, dass Charlie sich umgebracht hatte. Der Tod ist immer brutal, doch manche Todesfälle werfen einen mehr aus der Bahn als andere. Charlies Tod war von dieser Sorte gewesen.

»Ich weiß, das ist jetzt etwas, das du unmöglich akzeptieren kannst. Aber Charlie wurde von ihren bösen Geistern geplagt, wie wir alle.«

»Ihr.«

Corinne begriff nicht.

»Das willst du doch eigentlich sagen. Sie wurde von ihren bösen Geistern geplagt, wie *ihr* alle.«

Corinne hasste es, wenn Hannah sich so verhielt. Den Trumpf der Geisteskrankheit ausspielte. Und alles so in ein »wir gegen die« verwandelte.

»Ich glaube nicht, dass deine Mum damit irgendwas sagen wollte«, mischte Stella sich sanft ein, und Corinne fühlte eine warme Welle der Dankbarkeit. Soweit sie das beurteilen konnte, war Stellas Familie von ihr emotional ebenso distanziert wie örtlich. Sie zogen es vor, sie mit Geld, statt mit Zuneigung zu überschütten.

Corinne bemühte sich um einen versöhnlichen Ton. »Warum?«, fragte sie ihre Tochter. »Warum sollte denn irgendwer Charlie …«

Sie brachte das Wort »töten« nicht über die Lippen. Seine Ungeheuerlichkeit ließ ihr das Wort im Hals stecken bleiben.

Hannah zuckte mit den Schultern. »Vielleicht hat sie jemanden verärgert. Die Leute hier drin fühlen sich schnell angegriffen. Wir haben alle was zu verbergen. Jede von uns. Charlie hat mir das gesagt.«

Hannah klang paranoid, und Corinne fühlte einen Anflug von Übelkeit. Jedes Mal, wenn sie zu der Überzeugung gelangt war, es ginge ihrer Tochter besser, passierte etwas, das ihr bewies, wie weit der Weg noch war.

»Hier.« Hannah steckte die Hand in die Hosentasche und drückte Corinne dann einen Zettel in die Hand.

Corinne starrte ihn verständnislos an.

1. *Telefonanbieter wechseln*
2. *Tagebucheinträge für Dr. Chakraborty schreiben*
3. *WK googlen*
4. *Flüge nach Kroatien buchen (!)*

»Versteh ich nicht. Das sieht aus wie die To-do-Liste von irgendwem.«

»Genau. Es ist Charlies To-do-Liste. Von ihrem Todestag.«

Jetzt begriff Corinne. »Aber Liebling, das beweist doch gar nichts. Vielleicht hat sie versucht, sich normal zu fühlen, indem sie normale Dinge tat.«

Die Haut über der Nasenwurzel ihre Tochter faltete sich auf, sodass Corinne wusste, dass sie etwas Falsches gesagt hatte.

»Kroatien, Mum!«, rief Hannah aus. »Nächsten Sommer. Warum sollte sie Hunderte von Pfund für Flüge ausgeben, wenn sie wusste, dass sie eh nicht fliegen würde?«

Corinne begriff, dass sie jetzt eigentlich hätte nachgeben sollen. Doch alte Angewohnheiten lassen sich nur schwer ablegen.

»Wenn sie verzweifelt war, könnte sie die Flüge gebucht haben, um sich ans Leben zu klammern. Das verstehst du doch sicher, Hannah?«

»Vor meinem ersten Selbstmordversuch habe ich mir noch ein neues Kleid bei Asos bestellt«, meldete sich Stella auf ihre verträumte Art zu Wort. »Ich glaube, ich habe auf ein Zeichen gehofft«, fuhr sie fort. »Wenn sie meine Größe vorrätig haben oder gleich am nächsten Tag kostenlos liefern, dann mach ich es nicht. Aber du weißt, dass ich es trotzdem getan habe. Ich denke, das einzige Zeichen, das einen Unterschied gemacht hätte, wäre gewesen, dass ich plötzlich meine Haut hätte aufknöpfen können und darunter eine ganz andere Person gefunden hätte. Das ist aber nicht passiert.«

Stella sagte ständig solche Sachen. Als wäre es normal, die eigene Haut aufzuknöpfen.

»Siehst du?«, wandte Corinne sich übereifrig an Hannah.

»Charlie hat sich selbst auf die Probe gestellt. Nach Zeichen gesucht. Du darfst diesen Zettel nicht überinterpretieren.«

Hannah starrte sie ausdruckslos an, und Corinne wurde sich bewusst, dass sie nicht mehr zu ihr durchdrang. Bedauern durchströmte sie.

Nachdem Hannah in *The Meadows* aufgenommen worden war und Corinne sich der schrecklichen Wahrheit stellen musste, was ihre Tochter getan hatte, war sie unter dem Gewicht der Selbstvorwürfe beinahe zusammengebrochen. Was für eine Mutter war sie gewesen, dass sie nicht bemerkt hatte, was vor sich ging? Wenn sie doch nur eine zweite Chance bekommen würde, alles würde sie anders machen.

Doch jetzt stand sie hier, und Hannah entglitt ihr erneut. Nichts hatte sie gelernt.

6

HANNAH

3. WK googlen

Je länger ich auf den dritten Punkt von Charlies To-do-Liste starre, desto überzeugter bin ich, dass er der Schlüssel zu dem ist, was meiner Freundin zugestoßen ist. Mum ist wieder fort, und ich habe mich in einem eierförmigen Polsterstuhl im Achtsamkeitsbereich zusammengerollt. Das ist ein kleiner Raum gleich hinter dem Eingang zum Neubau. Ich sehe noch Charlies Gesicht vor mir, nachdem sie mir erzählt hatte, dass die Leute hier alle etwas zu verbergen haben. Als ich versuchte, mehr aus ihr herauszubekommen, hat sie nur den Kopf geschüttelt und mir einen dieser Blicke zugeworfen, die ausdrücken: Es ist besser, wenn du das nicht weißt.

Den Zettel in der Hand, schließe ich die Augen, als könnte er mir preisgeben, was passiert ist.

An manchen Tagen erkenne ich mich selbst nicht wieder.

Ich versuche, mich an den Tag vor fünf Tagen zu erinnern, den Tag, an dem Charlie gestorben ist. Ich hatte einmal ein phänomenales Gedächtnis. Messerscharf, vergangene Ereignisse standen mir hochaufgelöst vor Augen. Doch die Traumatisierung und meine allabendliche Schlaftablette haben meinen Geist abgestumpft. Wenn ich jetzt versuche, eine

Erinnerung heraufzubeschwören, ist es, als würde ich versuchen, ein Staubkorn aus der Luft zu fangen, und mich dann immer mit leeren Händen wiederfinden.

Ich weiß, dass ich sie beim Frühstück noch getroffen habe. Sie war wie immer. Ihr Haar war an der einen Seite platt gedrückt, weil sie es noch nicht gebürstet hatte. Sie trug karierte Hausschuhe, eine blaue Jogginghose und einen blauen Pulli. Nicht die froh machende Jacke. Nicht an diesem Tag. Ich frage mich, ob das wohl einen Unterschied gemacht hätte.

Wir saßen zwar zusammen, aber Charlie war beim Frühstück selten zum Reden aufgelegt. Sie brauchte morgens eine Zeit lang, bis sie in die Gänge kam. Das geht den meisten von uns so. Wir essen schweigend unseren Toast und die Croissants (oder schieben sie wie Odelle einfach auf unserem Teller hin und her) und warten darauf, dass sich der Diazepam-Nebel auflöst.

Wir haben uns dann in der Morgenrunde die Ziele für den Tag gesetzt, wie wir es immer tun. Ich zermartere mir das Hirn, komme aber nicht mehr darauf, was Charlies Ziele waren. Wahrscheinlich ihre Mutter anrufen oder so was. Die meisten ihrer Ziele hatten damit zu tun, ihre Mutter anzurufen. Ich kann mich erinnern, dass Nina an diesem Tag manisch war und alle niedergebrüllt hat. Sie kippelte mit ihrem Stuhl, bis es fast unmöglich schien, dass die Beine nicht gleich durchbrechen. Roberts hat ihre Medikamente abgesetzt, um zu sehen, wie sie sich unbehandelt verhält, und wir alle zählen die Tage, bis die Chemokeule sie wieder bändigt und die abrupten Stimmungsschwankungen aufhören. Ihr Ziel war es, ihr Buch fertig zu schreiben, das sie ihrer Aussage nach die ganze Nacht wachgehalten hatte und garantiert ein Bestseller würde. »Es enthält meine gesamte Lebensphilosophie«, erklärte sie. »Es wird das Leben verändern.«

Danach sind Charlie und ich gemeinsam in die Küche zu einer Stunde Kochtherapie gegangen, was im Grunde nur Kochen ist, aber alles hier heißt ja Therapie. Da haben Charlie und ich dann den Zucker karamellisiert, ihrer war zu dick und hart, und ich habe einen Witz darüber gemacht, dass man jemanden damit verletzten könne, und wir beide haben gelacht. Joni hatte an diesem Tag Aufsicht. Dem Pflegepersonal ist es nicht gestattet, Handys bei sich zu tragen, aber Joni wirkt immer so, als würde sie gerade Nachrichten oder Facebook-Postings in ihrem Kopf entwerfen. Sie ist nie ganz anwesend. Als Charlie sie dann aber über ihren neuen Freund ausgefragt hat, wurde sie ganz lebhaft und verriet uns, dass sie schon Sommerurlaub auf Mallorca gebucht hätten. All inclusive, tolles Hotel, fügte sie hinzu. »Man braucht doch was, worauf man sich freuen kann, oder?« Ich kann mich erinnern, dass Charlie daraufhin gelächelt und gesagt hat: »Stimmt genau.« Vielleicht hat das sie dazu gebracht, die Kroatientickets buchen zu wollen.

Aber Leute, die sich umbringen wollen, freuen sich auf nichts.

Wir haben dann noch einen Schokoladenkuchen gemacht und ihn mit dem Karamell verziert. Hat Charlie wirklich ein Stück davon abgebrochen und es sich in den Strumpf oder den Hosenbund gesteckt, und ich hab das übersehen, weil ich an andere Küchen dachte, andere Kuchen – andere Leben?

An dieser Stelle trübt sich in meinem Kopf alles ein, die Erinnerungen sind ganz weich an den Rändern.

Ich weiß noch, dass es einen Moment gab, in dem ich den fertigen Kuchen betrachtet und fast etwas wie Zufriedenheit verspürt habe. Als ich dieses Gefühl wiedererkannte, fürchtete ich einen Moment lang, ich könnte krank sein. Denn beinahe hätte ich mir erlaubt, glücklich zu sein. Und das nach allem, was ich getan hatte. Also wollte ich mich bestrafen, und Charlie musste das bemerkt haben, denn sie legte mir eine Hand auf den Arm und sagte: »Ist nur ein Kuchen, Hannah.« Dann sah Joni abrupt zu uns auf, weil sie nicht verstand, was vor sich ging, aber kein gutes Gefühl dabei hatte.

»Natürlich ist es Kuchen«, sagte sie. »Was soll es denn sonst sein?«

Nach dem Kochen hatten wir dann Einzeltherapie. Ich war bei Dr. Chakraborty und Charlie wohl bei Dr. Roberts. Es sei denn, er war außer Haus – bei einem Fundraising-Mittagessen in Mayfair, oder er hielt eine Rede vor Krankenkassendirektoren bei einer Tagung in Palm Springs. Ich mag Dr. Chakraborty. Er hat so eine Art, die Finger aneinanderzulegen und mich mit seinen traurigen braunen Augen anzusehen.

»Hannah, Hannah, Hannah«, sagt er. »Wie geht es Ihren Schwestern?« Dann lächeln wir beide. Zwar findet keiner von uns die lahme Anspielung auf den alten Woody-Allen-Film noch lustig, aber es ist dennoch zu einer Art Begrüßung zwischen uns geworden. Eine Abkürzung für: »Na, da wären wir also wieder hier, wir beide, und daran können wir nicht viel ändern.«

Dann gab es Mittagessen. Wir aßen immer gemeinsam am selben Tisch – Charlie und ich und Stella und Sofia, als sie noch lebte. Seit Charlie tot ist, verteilen Stella und ich unsere Teller auf dem Tisch und legen Pullover auf die freien Stühle, damit niemand sich zu uns setzt. Aber das hier ist eine kleine Klinik, und jede Woche kommt irgendwer Neues an, also wissen wir, alles ist nur eine Frage der Zeit.

Ich versuche mich an das zu erinnern, worüber wir an jenem Tag gesprochen haben, aber die inzwischen vergangenen Stunden und Tage haben sich um meine Erinnerungen gewickelt. Es liegt nahe, dass wir, nachdem wir den letzten Rest lauwarmen Kaffee ausgetrunken hatten, in unsere Zimmer zurückgegangen sind, wie wir es oft tun. Bevor ich hierherkam, konnte ich tagsüber nie schlafen, aber jetzt ergreife ich jede Gelegenheit, um mich hinzulegen. Die Schlaftabletten, die die meisten von uns wie die Oblate im heiligen Abendmahl jeden Abend brav einnehmen, wirken auch am nächsten Tag noch. Unsere Münder fühlen sich pelzig an, und unsere Hirne sind immer halb betäubt.

War das der Moment, in dem Charlie sich mit dem Rücken gegen die Heizung gelehnt und ihre Liste geschrieben hat? Obwohl ihr das scharfe Stück Zucker dabei in die Wade schnitt?

Der Stuhl, auf dem ich sitze, ist ergonomisch geformt, die Rückenlehne biegt sich bis über meinen Kopf, und ein weiches Kissen schmiegt sich in die halbrunde Sitzfläche. Hier zu sitzen fühlt sich geschützt an. Privat. Außerdem nutzt niemand sonst den Achtsamkeitsbereich. Er ist eher eine Art Statussymbol für Dr. Roberts, einer der Plätze hier, die er Privatinvestoren oder Medienleuten bei den regelmäßigen Klinikbesichtigungen zeigt. *Hier können unsere Bewohner allein sein und ein wenig Zeit für sich haben. In unserer Klinik glauben wir sehr an die guten Auswirkungen der Achtsamkeit, und die Bewohner können hierherkommen, um eine sichere, ruhige, gemütliche Umgebung vorzufinden, in der sie alle Gedanken außer die an das Hier und Jetzt hinter sich lassen können. Und das ist doch so wichtig für uns alle.*

Charlies To-do-Liste ist inzwischen ganz zerknittert, weil sie so oft zusammen- und dann wieder aufgefaltet worden ist. Trotzdem lese ich sie noch cinmal, wobei mir das alte Einstein-Zitat durch den Kopf geht, über die Definition von Wahnsinn: immer wieder das Gleiche zu tun und andere Ergebnisse zu erwarten. Es kommt mir auf eine ironische Weise lustig vor. Wenn man bedenkt, wo ich hier bin und wie mein Tag abläuft.

WK googlen.

Ich bin alle Freunde und Bekannten Charlies durchgegangen – wenigstens diejenigen, von denen ich weiß – aber zu keinem davon passen die Initialen. Ich habe sogar verschiedene Wortkombinationen, die mit W und K anfangen, ausprobiert, aber auch das hat zu nichts geführt. Und doch kann ich die Überzeugung nicht abschütteln, dass in diesen beiden Buchstaben der Schlüssel zu ihrem Gemütszustand an ihrem letzten Tag steckt. Und dafür, wie und warum sie gestorben ist.

Dann kommt mir eine Idee. Als ich in diesem eiförmigen Polsterstuhl sitze, der sich wie eine fleischfarbene Gebärmutter anfühlt. Charlies Laptop. Wenn ich ihren Suchverlauf durchgehe, kann ich herausfinden, wonach sie an diesem letzten Tag gegoogelt hat. In der Klinik gibt es kein Wi-Fi auf den Zimmern, wahrscheinlich um die Magersüchtigen daran zu hindern, sich die Pro-Ana-Seiten anzusehen, und den Rest von uns, sich Tipps von www.101artensichumzubringen.com abzuschreiben. Auch unsere eigenen Handys dürfen wir aus demselben Grund nicht benutzen. *Das Display kann einen ganz eigenen Suchtdruck entwickeln* ist einer von Dr. Roberts' Lieblingssprüchen. Wenn wir also mit jemandem telefonieren wollen, müssen wir uns an einem der Festnetztelefone im

Verwaltungsbüro anstellen. Dann tun alle so, als würden sie dir nicht zuhören, du weißt aber genau, dass sie es doch tun.

Charlie musste also auf eine der überwachten Wi-Fi-Stunden im Aufenthaltsraum gewartet haben. Von sozialen Medien sollen wir uns fernhalten. Der Druck, normal zu erscheinen, oder uns mit unseren erfolgreichen Freunden zu vergleichen, ist ungesund, behauptet Roberts. Man hält uns nicht für widerstandsfähig genug, um hinter die Hochglanzfassaden zu schauen, hinter denen sich die meisten Leute in den sozialen Medien verstecken, außerdem für zu sensibel, um mit den ständigen Spendenanfragen klarzukommen: den krebskranken Kindern, den ausgesetzten Welpen, dem ganzen Geziehe und Gezerre an unseren Herzen. Aber auf Google konnte sie problemlos zugreifen.

Charlie hatte ein Macbook. Eines dieser ganz leichten, die aussehen, als würden sie in zwei Teile zerbrechen, sobald man sie hochhebt. Ich kann mich nicht daran erinnern, es vor drei Tagen gesehen zu haben, als ich in ihrem Zimmer war, aber ich bin sicher, dass es dort irgendwo sein muss. Vielleicht verstaut in einer Schreibtischschublade.

Ich stehe auf und versuche, nicht daran zu denken, was beim letzten Mal passiert ist, als ich in ihrem Zimmer war, an mein pochendes Herz, als Bridget Ashworths kalter Blick mich umfing wie ein Netz. Ich erinnere mich daran, dass Charlie mir die Erlaubnis gegeben hat, jederzeit in ihr Zimmer zu gehen, und ignoriere die leise Stimme, die hinzufügt: *Aber Charlie ist tot.*

Ich gehe an meiner eigenen Tür vorbei und bis zum Ende des Flurs, wappne mich dabei gegen die plötzliche trügerische Hoffnung, dass ich gleich Charlies Stimme »Herein« rufen höre, eintrete und sie sehe, wie sie auf dem Bett fläzt oder gegen die Heizung gelehnt dasitzt, die Brille mit dem schwarzen Gestell fast bis auf die Nasenspitze heruntergerutscht.

Ich schiele zur Überwachungskamera hinauf, die ihren einäugigen Blick von der Decke aus auf mir ruhen lässt. Mein Mund ist staubtrocken, und als ich schlucke, erscheint mir das Geräusch ohrenbetäubend. Ich gehe direkt zum Schreibtisch. Das tue ich für sie, rede ich mir ein. Bis auf eine Packung Filzstifte und einen Notizblock ist die oberste Schublade leer. Schreibwaren sind an einem Ort wie diesem seltsame Gebrauchsgegenstände. Scheren sind nicht erlaubt, genauso wenig wie Büroklammern. Sogar Bleistifte wurden verboten, nachdem eine Frau viele Monate vor meiner Ankunft ihren 5H angespitzt und damit auf ihren Hals eingestochen hat, wobei sie nur knapp eine Arterie verfehlte. Als meine Mutter mir ein Ringbuch zum Tagebuchschreiben mitbrachte, wurde es am Empfang beschlagnahmt. »Eine der Patientinnen könnte den Draht rausziehen und sich damit verletzen. Verstehen Sie?«, erklärte ihr Joni.

In der zweiten Schublade liegt ein Stapel Fotos in einer Klarsichthülle. Beinahe werde ich von dem zuoberst liegenden Bild aus der Bahn geworfen, das eine junge Charlie zeigt, vielleicht dreizehn oder vierzehn, die in einem gepflegten englischen Garten von einem gestreiften Liegestuhl aus in die Kamera lächelt. Sie trägt Jeans und eine hellblaue Jacke, und ihre Augen sind so voller Leben, dass ich es fast nicht ertrage. Sie hat mir erzählt, dass sie mit sechzehn ihren ersten größeren depressiven Schub hatte und dass sich danach alles für sie geändert hat. Ihre Möglichkeiten wurden enger, als die Schübe stärker wurden und länger andauerten, es folgte ein Medikament auf das andere, ein Arzt auf den nächsten, während ihr Blick sich allmählich verschleierte.

Ohne nachzudenken, nehme ich das Foto vom Stapel und stecke es in die Tasche meiner Jeans.

Vom Flur her höre ich ein Geräusch, und mein Herz setzt für eine Sekunde aus. Eine Tür weiter den Flur hinunter geht auf und schließt sich wieder. Ich sinke vor Erleichterung zusammen. Die untere Schreibtischschublade klemmt, und ich muss ein paarmal an ihr rütteln, bis sie endlich nachgibt. Und da liegt Charlies Laptop, zerkratzt und zerbeult. Sie ist mit ihren Sachen stets so sorglos umgegangen. Sofia sah immer so aus, als würde sie gleich losheulen, wenn Charlie ihren Computer auf den Esstisch schmiss, als wäre er aus Gummi. »Es ist doch nur ein *Ding*«, sagte sie dann.

Als ich ihn raushole und auf den Schreibtisch stelle, überrollen mich die Erinnerungen. Charlie und ich, wie wir im Aufenthaltsraum sitzen und auf ihrem Laptop *Orange is the New Black* anschauen, bis Odelle uns bemerkt und Darren Bescheid sagt, der an diesem Tag Aufsicht hat. »Ich denke dabei nur an sie. Es ist so wichtig, dass wir Entscheidungen treffen, die gut für uns sind«, erklärte Charlie ihm rotzfrech. Charlie, wie sie über ihren Computer gebeugt dasitzt und mit einer E-Mail an ihre Mutter kämpft. »Ich möchte positiv klingen, aber ich möchte sie auch nicht anlügen. Weiter als ›Hallo‹ bin ich noch nicht gekommen.«

Als der Bildschirm flackernd zum Leben erwacht, sehe ich mich mit der Frage nach dem Passwort konfrontiert – etwas, das ich verdrängt hatte. Ich rate ein paarmal. Ihr zweiter Name Theresa? Leicester City, ihre liebste Fußballmannschaft. Immer noch nichts. Panik kocht in mir hoch. Konzentrier dich. Konzentrier dich.

Aus dem Nichts kommt mir eine Erinnerung in den Sinn. Wir sind bei der Gruppentherapie und machen Witze über unsere peinlichen Vorlieben. Frannie gibt schüchtern zu, dass sie einmal ganz verrückt nach *Made in Chelsea* war und sogar einen Kalender mit den Leuten aus der Serie an der Schlafzimmerwand hängen hatte. Nina ist in Paul Hollywood verliebt, und Charlie verrät, dass sie, wenn sie im Stress ist, Taylor Swift auf voller Lautstärke hört. »Was soll ich sagen, sie muntert mich auf.« Als daraufhin irgendwer hüstelt, beharrt sie: »Es ist einfach so. Ich liebe sie. Sie ist sogar mein Passwort.«

Meine Finger zittern, als ich die Buchstaben tippe. Es ist mein dritter Versuch. Einen weiteren kriege ich nicht. Es klappt. Halleluja. In mir brennt ein Feuerwerk ab, als der dunkelblaue Sperrbildschirm verschwindet und Charlies Hintergrundbild auftaucht, ein Strand in Thailand, den sie mal in einem früheren Leben besucht hat.

Wieder dringt von draußen ein Geräusch herein – Stimmen im Treppenhaus. Ich erstarre, bis unten eine Tür knallt und es erneut still ist.

Ich doppelklicke auf den Browser, und es folgt ein zermürbendes Warten, während das bunte Icon auf und ab hüpft, bis sich das Fenster schließlich öffnet. Natürlich gibt es kein WLAN-Signal, also kann ich nicht ins Internet, aber zu meiner Erleichterung kann ich den Verlauf aufrufen. Ein rascher Blick auf die Daten der obersten Einträge zeigt, dass sie alle fünf Tage alt sind – also von Charlies Todestag stammen. Die ersten Einträge haben mit Kroatien zu tun. Viele Reise- und Flugvergleichsportale. Kurz verspüre ich ein triumphierendes Aufglühen. Siehst du, Mum, möchte ich sagen. Ihre Recherchen beweisen, dass sie nicht einfach nur versucht hat, sich aufzumuntern. Sie hatte wirklich vor, diese Reise zu machen.

Ich durchsuche weiter ihren Browserverlauf, und mein

Finger hält mit dem Scrollen inne, als ich sehe, dass sie nach »Einsamkeit bekämpfen« gegoogelt hat. Einsam? Charlie? *Warum ist sie denn nicht zu mir gekommen?* Gerade will ich den Link anklicken, als ich höre, wie sich die Aufzugtüren am Ende des Flurs öffnen. Niemand benutzt sonst den Lift. Er ist klein und beengt, und es dauert doppelt so lange, ihn statt der zwei kurzen Treppen zu nehmen. Wahrscheinlich ist es eine von den Putzfrauen, rede ich mir ein. Die nicht den schweren Staubsauger die Treppen hochschleppen will. Doch als ich weiter die Liste durchgehe, macht sich in mir doch Panik breit. Jetzt höre ich Schritte den Flur herunterkommen. Sie werden lauter. *Atmen. Atmen.*

Mein Finger schwebt über dem Bildschirm, während ich die Liste durchlese, und zittert so stark, dass ich es am Anfang beinahe übersehe, dann aber noch einmal zurückscrolle. Ja. Da. *William Kingsley. WK.*

Doch nun ertönt unüberhörbar ein Geräusch vor Charlies Tür.

Mit klopfendem Herzen klicke ich auf »Herunterfahren«, und die Icons beginnen, mit nervenaufreibender Langsamkeit vom Bildschirm zu verschwinden. Als ich noch einmal klicke – *warum gehst du nicht aus* –, dreht sich der Türknauf, und Bridget Ashworth, die Verwaltungschefin, betritt zusammen mit einem älteren Paar den Raum. Von einem Foto her, das immer neben ihrem Bett stand, erkenne ich sie sofort als Charlies Eltern. Ich klappe den Laptop zu.

»Sorry«, sage ich. »Ich hab mir nur kurz Charlies Laptop ausgeliehen, weil meiner verrücktspielt.«

Bridget Ashworth runzelt die Stirn.

»Ich finde das nicht in Ordnung, Hannah, angesichts der Umstände. Wenn Sie dann bitte gehen, ich bin sicher,

Charlies Eltern würden es zu schätzen wissen, wenn sie in Ruhe Charlies Sachen ordnen könnten.«

»Ja, natürlich.«

Ich will zur Tür gehen, doch Charlies Vater macht einen Schritt nach vorn und versperrt mir den Weg. Er ist großgewachsen, ein Hüne mit kurz geschorenem grauen Haar und einer Brille mit dunklem Gestell, die seine braunen Augen vergrößert. Er trägt einen dunkelblauen Anzug und eine Krawatte, und ich muss daran denken, wie Charlie immer gesagt hat, dass ihr Dad keine Ahnung habe, wie er er selbst sein könne, und stattdessen immer nur die Person verkörpere, für die andere Leute ihn hielten: eine Person, die im Anzug zur Arbeit geht, Entscheidungen trifft und Anweisungen erteilt. Es sei ermüdend gewesen, sagte sie immer, dieses enorme Bemühen, jemand anders zu sein.

»Sie sind Hannah.«

Er formuliert es wie eine Feststellung, nicht wie eine Frage, also mache ich mir nicht die Mühe zu antworten. Oder auch nur zu lächeln. Denn sein eigenes Gesicht ist starr wie Beton.

»Ich bin Trevor Chadwick. Und das ist meine Frau Sandra. Charlotte hat Sie öfter erwähnt. Sie sagte, Sie seien eine Freundin gewesen.«

Ich nicke und schiele zu Charlies Mum hinüber, die die Züge ihrer Tochter trägt, nur dass sie schon verblasst und grau erscheinen wie bei einem Foto, das man auf eine Fensterbank gestellt hat. Sie legt ihrem Mann beschwichtigend die Hand auf den Arm, doch er schüttelt sie ab, als handelte es sich dabei um eine Fliege oder eine Wespe.

»Als ihre *Freundin*«, er überbetont das Wort, als wäre schon diese Idee einfach nur lächerlich, »warum konnten Sie sie nicht davon abhalten, das zu tun? Sie müssen ihren

Gemütszustand doch gekannt haben. Warum haben Sie niemandem davon erzählt? Oder ist das so bei Leuten wie euch? Ihr spornt euch alle noch gegenseitig an.«

Leuten wie euch.

»Trevor. Bitte!« In die Augen von Charlies Mum, die genauso aussehen wie die von Charlie, nur älter und trauriger, schießen die Tränen.

Ihr Ehemann tritt einen Schritt zurück und macht dann eine wegwerfende Handbewegung, als wollte er mit alldem nichts mehr zu tun haben. Ich versichere ihnen ein weiteres Mal, wie leid mir alles tut, und beeile mich dann, aus dem Zimmer zu kommen.

7

CORINNE

Corinne setzte sich in den blauen Plüschsessel, senkte den Kopf und hielt einen winzigen weißen Strampelanzug an ihre Nase, der mit lauter hellblauen Häschen bedruckt war. Sie atmete ein. Aber natürlich war da nichts. Kein Geruch nach Milch oder Puder, wie man ihn von Babys kennt. Sie legte den Strampler vorsichtig auf ihren Schoß, strich ihn glatt und legte ihn dann ordentlich zusammen, erst an den Seiten, dann klappte sie ihn in Dritteln ein. Sie legte ihn auf den Stapel auf dem Boden.

Sie war nun schon über eine Stunde dabei und hatte in der Zeit nur sieben kleine Kleidungsstücke aus der weißen Holzkommode genommen und auf den Stapel gelegt. Das Problem war, dass jedes davon seine eigene Geschichte hatte, jedes davon ließ ihr Herz schwer werden, und die Erinnerungen hingen ihr in der Kehle wie Toastkrümel.

Hannahs Gesichtsausdruck, als sie ihr mit einem breiten Lächeln von der Schwangerschaft erzählt hatte. »Ich habe auch schon etwas für das Baby gekauft, Mum. Für sie. Ich bin sicher, dass es ein Mädchen ist.« Corinnes eigene Bedenken, zu früh zu feiern, schmolzen angesichts des Glücks ihrer Tochter dahin. Hannah hatte einen Strampler mit Tigern drauf und einer Kapuze mit kleinen Öhrchen dran hervorgezogen und ihn hochgehalten. »Wie hätte ich da widerstehen können?«

Nun lag alles zusammengefaltet und ordentlich aufgestapelt auf dem Boden und wartete darauf, in zwei großen Plastikbehältern verstaut zu werden. Für einen Augenblick betrachtete Corinne den Stapel mit all seinen Erinnerungen und meinte, es nicht ertragen zu können.

Danny war nicht in der Lage gewesen, die Sachen selbst einzupacken. Er hatte gestern Abend Corinne angerufen, und sie hatte sich dabei ertappt, wie sie beim Aufleuchten seines Namens auf dem Display Ärger verspürte.

In letzter Zeit war ihr Verhältnis angespannt gewesen. Selbst wenn er theoretisch verstand, warum Hannah getan hatte, was sie getan hatte, konnte er es ihr nicht völlig verzeihen. Und das störte Corinne. Dieser Mangel an bedingungsloser Liebe.

Corinne stand auf und zog an dem am niedrigsten hängenden Tierchen des pastellfarbenen Mobiles, das Danny als Baby gehört hatte und das über dem leeren Platz hing, an dem vorher die Krippe gestanden hatte. Sie sah zu, wie es sich in Bewegung setzte, sodass die Schafe und Kühe und Pferde und Schweine anmutig an ihren unterschiedlich langen Schnüren herumschwangen.

Danny war auf kindische Weise aufgekratzt gewesen, als er es aus dem Haus seiner Eltern in St. Albans mitgebracht und stolz im Kinderzimmer aufgehängt hatte. »Weißt du, ich bin mir sicher, dass ich mich sogar selbst daran erinnere«, hatte er behauptet. Hannah hatte erwidert, das sei wohl nicht möglich, aber er hatte darauf beharrt: »Nein, ehrlich, ich kann mich an diese Formen erinnern.«

Corinne hatte gestaunt, dass Dannys Mutter es all die Jahre über aufbewahrt hatte, und auch noch in so einem guten Zustand. Nun starrte sie auf das Mobile und seufzte. Das wäre wohl als Nächstes dran. Unvermittelt traf da wieder die Erkenntnis sie, was sie hier gerade tat und was es bedeutete. Jede Spur von Emily einzupacken. Hannahs sämtliche Träume wegzuschließen.

Und ihre eigenen.

Abrupt erhob sie sich und trat ans Fenster. Danny und Hannah wohnten im obersten Stockwerk eines hübschen kleinen viktorianischen Reihenhauses an einer ruhigen Straße, das Teil eines Viertels war, das man als »die Leiter« kannte, weil es an beiden Seiten von Hauptstraßen begrenzt wurde, auf denen der Verkehr sich zu allen Tageszeiten zähflüssig dahinquälte. Sie hatten die Wohnung gemietet. Die lächerlich hohen Lebenshaltungskosten in London führten dazu, dass sie es nie geschafft hatten, genug für ein Haus anzusparen. Dass Hannah darauf bestanden hatte, für weitere künstliche Befruchtungen in einer Privatklinik Geld auf die Seite zu legen, hatte auch nicht gerade geholfen.

Es war so eine Erleichterung gewesen, als Hannah verkündet hatte, dass sie die ganze Idee aufgeben würden. Und dann war sie auf natürlichem Wege schwanger geworden. Es war allen wie ein Wunder erschienen.

Dannys und Hannahs Schlafzimmertür stand offen, und Corinne ging hinein. Der Raum war weiß gestrichen, hatte hohe Decken und zweiflüglige Fenster, durch die man einen Ausblick auf den Garten hatte. Eine Wand hing voller vergrößerter Hochzeitsfotos. Eine schwarz-weiße Collage aus Freunden, Konfetti und lächelnden Gesichtern.

Das Bett war groß, und darauf lag pralles weißes Bettzeug.

Auf dem Kissen, das ihr am Nächsten lag, war noch immer Dannys Kopfabdruck zu erkennen. Das Nachttischchen auf dieser Seite – eine niedrige Holzkommode mit abblätternder weißer Farbe, die eher schäbig als chic wirkte – war mit verschiedenen Gegenständen vollgestellt, die es zweifellos als Dannys zu erkennen gaben. Ein dickes Buch, das behauptete, eine Sozialgeschichte der ganzen Menschheit zu sein, lag aufgeschlagen auf dem Bauch, sodass der Rücken gebrochen war; eine Bierflasche, in der noch immer ein paar Schlucke der bernsteinfarbenen Flüssigkeit waren; ein bisschen Kleingeld, als hätte er seine Taschen geradewegs auf der Kommode ausgeleert; ein Handyladegerät, dessen weißes Kabel über das Sammelsurium der anderen Gegenstände hing.

Corinne ging um das Fußende des Bettes herum zu Hannahs Seite, die ordentlich gemacht war. Der Bettbezug lag glatt über dem Kissen, was anzeigte, dass Danny, trotz der langen Abwesenheit seiner Frau, immer noch auf seiner Seite blieb. Hannahs Nachttisch war keineswegs ordentlicher als der ihres Mannes. Verschiedene Schminkutensilien, zwei Haargummis (Corinnes Herz zog sich zusammen, als sie die blonden Haare sah, die sich in einem von ihnen verfangen hatten) und ein Roman, den Corinne sofort als einen erkannte, den sie selbst ihr ausgeliehen hatte. Sie tauschten oft Bücher miteinander und schrieben sich dann Nachrichten dazu.

Sie ließ sich auf die weiße Fläche der Bettdecke sinken, nahm das Buch in die Hand und öffnete es auf der Seite, deren obere rechte Ecke mit einem Eselsohr markiert war. Sie musste daran denken, wie verärgert sie immer war, wenn Hannah ihr ein geliehenes Buch zurückgab, dessen Seiten so markiert gewesen und dann glatt gestrichen worden waren. Wie kleinkariert ihr das jetzt vorkam.

Corinne schlug das Buch wieder zu und bemerkte zu ihrer Überraschung, dass zwischen zwei Seiten eine weiße Ecke hervorstand. Sie nahm die Ecke und zog ein Foto heraus.

»Oh!« Der Klang ihres eigenen Ausrufs, der durch die stille Wohnung hallte, erschreckte sie. Doch ihre Aufmerksamkeit war von dem Bild einer jungen Frau gefesselt, die Corinne noch nie zuvor gesehen hatte. Sie blickte von einem Sofa auf, als hätte jemand gerade ihren Namen gerufen, wirkte halb überrascht, halb belustigt, sodass auf einer Wange ein Grübchen erschien. Ihre wilden, dunklen Locken hatte sie sich hinters Ohr geklemmt, sie trug eine weiße Jacke und ausgewaschene Jeansshorts, die nackten Füße hatte sie auf den Couchtisch vor sich gelegt.

Es waren jedoch ihre Augen, die Corinne dazu gebracht hatten, einen überraschten Schrei auszustoßen. Vielmehr ihre Abwesenheit. Denn direkt oberhalb der Nase der Frau, dort, wo ihre Augen hätten sein sollen, hatte jemand einen roten Kugelschreiber immer wieder hin und her gezogen und dabei so fest aufgedrückt, dass in der Mitte ein Loch entstanden war.

Die Heftigkeit schockierte Corinne, und sie drehte das Bild mit einer bösen Vorahnung um. Nur ein einziges Wort war mit demselben roten Kugelschreiber darauf geschrieben, die einzelnen Buchstaben waren mehrfach nachgezogen worden, sodass auch hier eine Kerbe im Papier zurückgeblieben war.

SCHLAMPE.

8

PROTOKOLL

Achter Drehtag. Interview mit Dr. Oliver Roberts, Direktor von The Meadows, ***einer kleinen psychiatrischen Privatklinik ausschließlich für Frauen. Szene: draußen auf dem Klinikgelände. Dr. Roberts sitzt an einem Biertisch.***

JUSTIN (aus dem Off): Dr. Roberts, in Ihrer Klinik, in der nur fünfzehn Frauen wohnen, hat es in sechs Wochen zwei Selbstmorde gegeben. Das wirft kein allzu gutes Licht auf die Institution, oder?

ROBERTS: Natürlich gehen uns sämtliche Todesfälle sehr nahe. Wie Sie richtig bemerkt haben, sind wir eine kleine Klinik, was zu einem beinahe familiären Verhältnis untereinander führt. Zwei unserer Bewohner zu verlieren ist ein harter Schlag für uns alle. Doch wie Sie wissen, Justin, ist dies hier eine Klinik für Hochrisikopatientinnen. Die meisten Frauen, die zu uns kommen, haben entweder bereits einen Selbstmordversuch hinter sich oder damit gedroht, einen zu unternehmen, also wird die Wahrscheinlichkeit, dass so etwas hier passiert, immer hoch sein. Und wenn Sie sich dann unsere langfristigen Aufzeichnungen ansehen, werden Sie feststellen, dass wir vor den beiden kürzlichen Todesfällen vier Jahre lang gar keinen zu verzeichnen hatten. Natürlich ist jeder Todesfall einer zu viel, aber es ist auch wichtig, das alles im richtigen Kontext zu betrachten.

JUSTIN: Ist es nicht beunruhigend, dass nach so langer Zeit ohne einen einzigen Vorfall, nun zwei anfällige Frauen in Ihrer Obhut sich innerhalb von sechs Wochen das Leben genommen haben?

ROBERTS: Natürlich ist das beunruhigend, und wir sind dabei, sehr sorgfältig die Umstände zu durchleuchten, unter denen sich diese beiden tragischen Vorfälle ereignet haben. Doch ich möchte anmerken, dass Nachahmungstaten in Kliniken wie der unseren nichts Ungewöhnliches sind. Einige unserer Bewohnerinnen sind sehr beeinflussbar, und die Beziehung, die sie zueinander aufgebaut haben, kann stark sein.

JUSTIN: Sie glauben, dass Charlotte Chadwicks Selbstmord eine Nachahmungstat in Bezug auf Sofia Redding gewesen ist?

ROBERTS: Wie gesagt, führen wir eine sorgfältige Untersuchung der Umstände durch, die zu den beiden Todesfällen geführt haben. Und natürlich werden wir am Ende einen Bericht an den Mental Health NHS Trust liefern.

JUSTIN: Was würden Sie also den Familien der übrigen Bewohnerinnen sagen, die nun vielleicht Angst um die Sicherheit ihrer Lieben hier haben?

ROBERTS: Wir nehmen die Sorgen der Familien ernst, es gibt allerdings keinen Hinweis darauf, dass dies etwas anderes als zwei tragische, ansonsten aber in keinerlei ursächlichem Zusammenhang stehende Vorfälle waren. Beide Frauen hatten sich in der Vergangenheit selbst verletzt und Selbstmordversuche begangen. Obwohl ihr Tod also zutiefst betrüblich ist, passt er zu einem Verhaltensmuster, das bereits bestand, bevor sie hierhergekommen sind.

JUSTIN: Nun ist die Aufgabe einer Klinik wie dieser aber doch, solche gefährdeten Patientinnen zu überwachen, um sie vor sich selbst zu schützen. Und trotzdem haben Sie sie in unter zwei Monaten zweimal aus den Augen gelassen.

ROBERTS: Wenn ich Sie hier korrigieren darf, Justin. Es stimmt zwar, dass Charlotte Chadwicks Selbstmord in der Klinik stattgefunden hat, aber wir dürfen nicht vergessen, dass Sofia Redding einen Tag Ausgang hatte, als sie sich das Leben nahm. Wir waren nach langen Diskussionen mit Sofia und ihrer Familie zu dem Entschluss gelangt, dass sie stabil genug sei, um gelegentlich einen Tag bei sich zu Hause oder beim Einkaufen zu verbringen. Es war Teil des langwierigen Prozesses, sie allmählich wieder an das normale Leben zu gewöhnen. Es hatte schon mehrere solcher Besuche gegeben, ohne dass etwas passiert war. Unglücklicherweise musste in diesem Fall ihr Mann eines ihrer Kinder zum Zahnarzt begleiten, sodass er sie nicht selbst zur Klinik zurückbringen konnte. Er vertraute daher ihrer Versicherung, dass sie auch den Zug nehmen könne, eine Entscheidung, die er inzwischen natürlich bitter bereut.

JUSTIN: Für alle, die mit dem Fall nicht vertraut sind, Sofia Redding wurde in Harrow on the Hill abgesetzt, um von dort einen Zug zurück zur Klinik zu nehmen, doch dort kam sie niemals an. Einige Stunden später wurde sie im Gebüsch hinter einem mehrstöckigen Parkhaus in der Nähe des Bahnhofs aufgefunden. Sie hatte sich aus dem fünften Stockwerk in den Tod gestürzt.

ROBERTS: Sofia hat in ihrer Zeit hier große Fortschritte gemacht. Alle, auch ihre Familie, waren davon überzeugt, dass sie keine Gefahr mehr für sich selbst darstellte. Wir hatten sogar schon ein Entlassungsdatum in nicht allzu ferner Zukunft ins Auge gefasst. Es scheint so, als wäre sie einer spontanen Eingebung gefolgt, ihr Tod war etwas, das niemand vernünftigerweise hätte voraussehen können. Dies ist ein Thema, das ich ausführlich in meinem Buch *Frauen am Rande des Nervenzusammenbruchs* behandle. Ich fürchte, dass bezüglich der Weltsicht einer selbstmordgefährdeten Person die goldene Regel ist, dass es keine Regeln gibt.

JUSTIN: Ist das ein Zitat?

ROBERTS: Wie bitte?

JUSTIN: Aus Ihrem Buch?

ROBERTS: Ich schreibe dort etwas in der Art, aber ich kann mich wirklich nicht an die genaue Formulierung erinnern. Wie dem auch sei, haben Sie alles erfahren, was Sie wissen wollten? Mein Terminplan ist heute besonders prall gefüllt.

JUSTIN: Oh, aber ich hätte noch ein paar …

ROBERTS: Das müssen wir auf ein andermal verschieben. Würden Sie sich von meiner Sekretärin einen Termin geben lassen, bitte?

9

HANNAH

Wenn ich noch ein einziges Malbuch für Erwachsene zu Gesicht bekomme, explodiere ich. Dann findet man mich in kleinen Einzelteilen über den Aufenthaltsraum verteilt – hinter den Sofakissen und an den Fenstern, die sich nur ein paar Zentimeter weit öffnen lassen, sodass man sich an heißen Tagen fühlt, als ginge man auf wie Teig im Ofen. Bevor ich hierhergekommen bin, wusste ich schon, dass es so was gibt. Ich arbeite schließlich im Verlagswesen, und die Malbücher haben uns ein paar Jahre lang gute Profite beschert. Aber ich hatte mir vorher nie eines der Dinger angeschaut, geschweige denn benutzt.

Am ersten Tag kam meine Mutter mit einem riesigen Stapel Romane hier an und legte alles neben meinem Bett ab, doch ich habe keinen davon auch nur aufgeschlagen. Es kam mir vor, als wäre mein Geist im wahrsten Sinne des Wortes zerbrochen. Dann hat meine Kollegin Becks mir ein Päckchen geschickt, in dem drei Malbücher für Erwachsene waren.

»Ich dachte, vielleicht weißt du etwas Hirnloses zu schätzen«, schrieb sie dazu. Und das traf es erschreckend genau.

Geistig krank zu sein ist, als würde man ein Fremder im

eigenen Land. Enge Freunde und Verwandte fangen an, sehr deutlich und sehr langsam zu sprechen. Ihnen fällt nicht auf, dass es nicht am Verständnis hapert, sondern an der Umsetzung. Wenn alles, was einen ausgemacht hat, sich auflöst, ist es möglich, Dinge auf einer abstrakten Ebene zu begreifen, ohne auch nur den leisesten Schimmer zu haben, wie sie einen selbst betreffen könnten.

Die ersten drei Tage hier drin vergingen wie in einem stickigen Nebel, und ich erinnere mich nur noch an einzelne Momentaufnahmen, die wie Filmbilder aufblitzen und wieder verblassen: Danny sitzt auf einem Stuhl im Aufenthaltsraum und hat den Kopf in die Hände gestützt, er rauft sich die Haare, und ich habe nur Augen für den Spliss an den Spitzen. Mum redet betont fröhlich, ist begeistert von meinem Zimmer, als wäre es die Präsidentensuite im Ritz oder so was – »sieh nur, der Duschkopf ist doch der letzte Schrei, Liebling« –, und ihre Gesichtszüge entgleisen, als sie begreift, dass der ungewöhnlich weit versenkte Duschkopf kein Designfeature ist, sondern verhindern soll, dass sich jemand daran aufhängt.

Doch am vierten Tag schnappte sich einer der Pfleger – wahrscheinlich Darren, denn er ist der Einzige, dem hier irgendwas auffällt – eines der Malbücher von Becks, schmiss es auf den Tisch im Aufenthaltsraum und setzte mich mit einer Schachtel Filzstifte davor. Ob ich mich schon genug an mein Hiersein gewöhnt hatte, um einfach alles zu tun, was man mir vorschlug, oder ob ich wirklich dachte, dass es ein cooler Zeitvertreib wäre, etwas auszumalen, weiß ich nicht mehr – jedenfalls nahm ich mir einen der Filzstifte und legte los.

Und tatsächlich ist es, wenn auch nicht gerade ein cooler, so doch ein angenehmer Zeitvertreib. Die genaue Anzahl der Bücher, die ich seitdem ausgemalt habe, sorgfältig auch die winzigsten Flächen einfärbend und darauf achtend, dabei nicht über die Linien zu kommen, könnte ich nicht nennen. Ich weiß, dass es Danny auf die Palme bringt. »Früher hat sie Hilary Mantel gelesen und französische Filme ohne Untertitel angeschaut, und jetzt malt sie mit *Buntstiften!*«, hörte ich ihn einmal zu Mum sagen, als sie den Aufenthaltsraum verließen und dachten, ich könnte sie nicht mehr hören.

Aber ich kann es mir im Moment noch nicht abgewöhnen. Becks lässt sie mir von ihrer Assistentin schicken. Sie kommen alle paar Tage in braunen Umschlägen an, obwohl ich mich inzwischen ein bisschen dafür schäme.

Als die Tür zum Aufenthaltsraum auffliegt und Trevor und Sandra Chadwick hereingestürmt kommen, klappe ich das Buch so heftig zu, dass Stella, die mir an dem ovalen Holztisch gegenübersitzt und ihr Tagebuch für Dr. Chakraborty schreibt, erschrocken aufblickt.

Charlies Vater kommt direkt auf mich zu und stellt sich so hin, dass kein Licht mehr durch das Fenster auf mich fällt.

»Ich möchte wissen, was sie Ihnen erzählt hat«, sagt er und zwar nicht in einem freundlichen Tonfall. »Sie hat keinen Abschiedsbrief hinterlassen. Sie muss doch mit jemandem geredet haben. Sich jemandem anvertraut haben. Was hat sie gesagt?«

Sandra Chadwick steht hinter ihrem Mann. »Was Trevor sagen will, ist …«

»Was ich sagen will, ist, dass wir wissen wollen, warum. Warum hat sie das getan? Es schien ihr doch schon so viel besser zu gehen.«

»Ich glaube es nicht«, rutscht mir heraus. »Dass sie das getan hat, meine ich.«

Aus Stellas Mund dringt das Geräusch, das sie immer macht, wenn sie Angst bekommt. Eine Art aufgeregtes, kehliges Quieken, wie wenn man aus Versehen einem Hund auf die Pfote getreten ist. Ich beobachte Trevor Chadwicks Reaktion, als er Stella wahrnimmt. Erst steht in den vergrößerten Augen ein Schock, auf den eine Art wissender Blick folgt, der mich deutlich mehr aufbringt als der Schock. Ich möchte mich vor sie stellen, um sie vor ihm zu beschützen.

Stattdessen sage ich: »Das ist Stella. Sie war auch mit Charlie befreundet.«

»Oh ja«, sagt Charlies Vater und lächelt dabei nicht. »Wir haben *alle* von Stella gehört.« Dann wendet er seine Aufmerksamkeit wieder mir zu. »Was soll das heißen, Sie glauben nicht, dass Charlie das getan hat? Wollen Sie damit ausdrücken, Sie denken nicht, dass sie Selbstmord begangen hat?«

»Genau das. Ich war an dem Tag mit ihr zusammen. Es ging ihr gut. Es gab keinerlei Anzeichen …«

»Sie haben doch keine Ahnung.« Sandra Chadwicks Stimme klingt plötzlich laut und kalt. Ich erstarre. »Wussten Sie, dass Charlotte und ich am selben Tag Geburtstag haben?«, fragt sie in leicht verändertem Ton. Sie hat einen dünnen, straffen Hals, und ihre Augen springen hervor, als wären sie zu groß für ihr Gesicht.

Ich schüttle den Kopf.

»Nein? Es gibt eine Menge, was Sie über meine Tochter nicht wussten. Eine Menge, von dem sie nicht wollte, dass andere Leute es erfahren. Über ihren dreißigsten Geburtstag – meinen fünfundfünfzigsten – sind wir zusammen nach Cornwall gefahren, als Familie, und haben dort in einem wunderbaren Hotel mit Meerblick gewohnt. An unserem Geburtstag selbst schien die Sonne, als hätten wir sie extra gebucht. Wir haben in einem Restaurant am Strand zu Mittag gegessen – es gab gegrillten Fisch und eisgekühlten Champagner –, und Charlotte sagte, sie könne sich keine bessere Art vorstellen, ihren Geburtstag zu verbringen. Dann sind wir zurück ins Hotel gegangen, um uns für die Party am Abend fertig zu machen. Freunde von ihr und mir kamen extra dafür angereist. Als ich dann durch die Tür ging, die unsere beiden Zimmer miteinander verband, um zu sehen, was sie angezogen hatte, hatte sie sich eine Plastiktüte über den Kopf gezogen und öffnete gerade eine Gaskartusche, die sie in der Stadt im Campingladen gekauft hatte.«

»Exit-Bag«, sagt Stella mit ihrer rauchigen Stimme.

»Was?«

»So nennt man das. Wenn man sich eine Plastiktüte über den Kopf zieht und etwas Gas hineinlässt.«

Trevor Chadwick starrt sie an. »Ich glaube wirklich nicht, dass wir eine Gebrauchsanweisung brauchen, vielen Dank. Was meine Frau Ihnen zu erklären versucht, ist, dass es unmöglich war, Charlottes Gemütszustand einzuschätzen. Den ganzen Tag über hat sie damals völlig ausgeglichen gewirkt, und doch ist sie in das Campinggeschäft gegangen und hat sich Gas gekauft. Sie hat es geplant.«

»Aber ich denke trotzdem …«

Was immer ich gerade sagen möchte, wird durch Bridget Ashworths Ankunft übertönt, die rot angelaufen und außer Atem ist. Das Schlüsselband hat sie sich über die linke Schulter geschlungen. Direkt hinter ihr erkenne ich Dr. Roberts' blaue Augen.

»Da sind Sie ja. Ich habe überall nach Ihnen gesucht.« Bridget Ashworth hält abrupt inne, als würde sie sich gerade erst daran erinnern, dass sie mit trauernden Eltern spricht und nicht mit starrköpfigen Patienten. Ein dünnes Lächeln breitet sich über ihr Gesicht aus, als hätte sie den letzten Rest aus dem Lächelglas gekratzt. »Wie schön, dass Sie mit zwei von Charlies engsten Freundinnen Erinnerungen austauschen. Ich hoffe, sie haben ihnen von einigen der vielen besonderen Momente erzählt, die wir gemeinsam mit Charlie während ihrer Zeit hier genießen durften.«

Trevor Chadwick sieht mich mit seinen vergrößerten Augen an, und ich bin entsetzt darüber, wie sehr er mich offenbar verabscheut. Das gleiche Gefühl steht auch auf dem Gesicht seiner Frau geschrieben, das dem Charlies so sehr ähnelt. *Warum musstest nicht du dran glauben, sondern sie?*

»Ich bin so froh, dass ich Sie noch erwische, bevor Sie fahren«, sagt Roberts zu ihnen. »Ich wollte Sie auf den letzten Stand bezüglich der Schritte bringen, die wir unternehmen, um herauszufinden, was genau passiert ist. Sollen wir uns noch ein paar Minuten in mein Büro setzen?«

Die Chadwicks drehen sich zum Klinikdirektor um, machen allerdings keine Anstalten, seiner durch den ausgestreckten Arm zum Ausdruck gebrachten Einladung zu folgen.

»Ich mache Sie persönlich verantwortlich.« Trevor erhebt seine Stimme nicht, spricht die Worte einfach nur tonlos aus, als würde er eine Bemerkung übers Wetter machen.

Bridget Ashworth stößt ein leises Keuchen hervor und plappert sofort los. »Für die Angehörigen ist es ganz natürlich, nach einem Schuldigen zu suchen, aber …«

»Sie war hier, um vor sich selbst geschützt zu werden. Sie hatten die Aufgabe, sie zu beschützen.« Trevor spricht einzig und allein Dr. Roberts an, als würden Bridget Ashworth und wir anderen gar nicht existieren. »Gott weiß, dass Sie saftige

Rechnungen stellen. Ich frage mich, ob die Familien Ihrer übrigen Patientinnen …«

»Wir bevorzugen die Bezeichnung ›Bewohnerinnen‹«, murmelt Bridget Ashworth. Doch Charlies Vater redet einfach weiter: »… diese übertriebenen Gebühren noch zahlen wollen, wenn sie erfahren, dass Sie und Ihre Angestellten nicht in der Lage sind, die Sicherheit der Frauen in Ihrer Obhut zu gewährleisten.«

Dr. Roberts setzt einen Gesichtsausdruck auf, den ich von seinen Medienauftritten her kenne. Höflich, interessiert, mitfühlend. Aber nur an der Oberfläche. »Mr. und Mrs. Chadwick, ich verstehe Ihre Besorgnis vollkommen und möchte Ihnen versichern, dass hier alles nur Menschenmögliche für die Bewohnerinnen getan wird. Doch ein Teil des Heilungsprozesses besteht nun einmal darin, sie darauf vorzubereiten, wieder nach draußen in die Welt zu gehen, und das erfordert ein gewisses Maß an Vertrauen. Wir können sie nicht vierundzwanzig Stunden am Tag beobachten und sollten das auch nicht tun.«

»Aber genau deshalb war sie doch hier«, wirft Sandra Chadwick ein. »Damit Sie sie im Auge behalten.«

Dr. Roberts schließt kurz die Augen und nickt auf die Art, die bedeutet, dass er gleich dem, was auch immer gerade gesagt wurde, widersprechen wird, doch bevor er noch antworten kann, packt Trevor Chadwick seine Frau am Ellenbogen und manövriert sie zur Tür, wobei er Roberts in seinem grauen Designeranzug beinahe beiseite rempelt, während er Bridget Ashworth links liegen lässt, als wäre sie Teil des Mobiliars.

»Wir gehen jetzt. Wir müssen eine Beerdigung planen. Lassen Sie mich Ihnen versichern, Dr. Roberts, Sie haben nicht das letzte Mal von uns gehört. Wir werden für sehr ungünstige Publicity für Sie und diese Klinik sorgen. Sie sollten wohl einen Krisenplan erstellen, denn vor Ihnen liegen karge Zeiten, wenn einmal herauskommt, dass zwei Frauen unter Ihrer Aufsicht gestorben sind. Wir werden sicherstellen, dass niemandem sonst mehr etwas zustößt.«

An der Tür hält Sandra Chadwick noch einmal inne und wendet sich zu Roberts um. Ihr Gesicht – Charlies Gesicht – ist eine schmerzverzerrte Maske. »Haben Sie Kinder?«, fragt sie ihn.

Er blinzelt, und Bridget Ashworth macht einen Schritt nach vorn, als wollte sie ihn beschützen. Das durch die großen Schiebefenster hereinfallende Licht spiegelt sich auf ihren Brillengläsern, sodass es unmöglich ist, die Augen dahinter zu erkennen.

»Ich glaube wirklich nicht …«, setzt sie an, doch Mrs. Chadwick ist schon aus der Tür.

Roberts und Bridget Ashworth tauschen einen langen Blick aus, und für einen Moment sehe ich so etwas wie Furcht in seinem Gesicht aufblitzen. Dann sieht er Stella und mich an und setzt ein schwaches, trauriges Lächeln auf.

»Die Chadwicks leiden«, erklärt er uns. »Und wie wir alle wissen, fügen leidende Menschen anderen Menschen Leid zu.«

Das ist einer seiner liebsten Sinnsprüche.

Als Bridget Ashworth und Roberts weg sind, starren Stella und ich uns ratlos an. Ich bemerke, dass ihre Hände zittern. Also nehme ich eine und drücke sie. Während des unangenehmen Streits zwischen Roberts und den Chadwicks hat sich in mir alles zusammengezogen, doch als das Adrenalin wieder etwas abgeebbt ist, denke ich an die Szene zurück, die dem Ganzen vorausgegangen ist – Sandra Chadwick, die mir von Charlies Selbstmordversuch erzählt hat –, und fühle mich, als ob jemand langsam die Luft aus mir herauslässt.

Was bin ich doch für eine Idiotin gewesen. Charlie war stark selbstmordgefährdet. Darum war sie hier. Und trotz der Miene, die sie aufsetzte, um alle um sie in Sicherheit zu wiegen, musste sie das oder so etwas Ähnliches schon die ganze Zeit über geplant und nur auf den geeigneten Moment gewartet haben. Dieser Moment war dann vor fünf Tagen gekommen.

Wie so oft scheinen sich Stellas Gedanken parallel zu meinen zu entwickeln, denn sie sagt: »Sie hat es nicht getan. Stimmt's, Hannah?«

Obwohl ich ihre blauen Augen erwartungsvoll auf mir ruhen fühle, kann ich mich nicht überwinden, sie anzusehen.

10

CORINNE

»Du findest nicht, dass ich Danny danach fragen sollte?

»Nein, Corinne. Er wird nur glauben, dass du in ihrem Schlafzimmer herumgeschnüffelt hast. Und du *hast* ja auch in ihrem Schlafzimmer herumgeschnüffelt.«

»Ich habe nicht rumgeschnüffelt. Ich hab nur …«

Ja, was eigentlich? Wenn Corinne jetzt versuchte, sich daran zu erinnern, wie sie vorgestern in Dannys und Hannahs Schlafzimmer geraten war, erschienen ihr die Gründe dafür schwammig und unzureichend.

Sie beendete das Telefonat mit Duncan und nahm wieder das Foto vom Couchtisch. Der wütende rote Blick der Frau starrte böse zu ihr zurück, und obwohl sie es inzwischen eingehend betrachtet und nach Hinweisen abgesucht hatte, zuckte Corinne noch immer beim Anblick dieser heftigen, tiefen roten Linien zusammen.

Wie wütend musste ein Mensch sein, um so etwas zu tun?

Wozu war eine so wütende Person sonst noch imstande?

Hastig drehte sie das Foto um. Das Wort SCHLAMPE war wie ein Schlag ins Gesicht. Wer war die Frau mit den dunklen Locken und dem Grübchen?

Und wer um alles in der Welt war ihre Tochter?

Sie saß auf dem anthrazitfarbenen Sofa im Eingangsbereich des Verlages, in dem Hannah früher gearbeitet hatte – nein, *noch immer* arbeitete, rief sie sich selbst zur Ordnung –, und fühlte ein kummervolles Ziehen, wenn sie an die Hannah dachte, die hier zu Hause gewesen war, in diesen wuseligen Büroräumen mit dem Mann am Empfang, der in seiner Freizeit auf Berge kletterte oder, als Huhn oder Burger verkleidet, bei Benefizmarathons mitlief, und mit den jungen Frauen mit ihren hohen Pferdeschwänzen, die mit Bücherstapeln und weichen rosa Wangen hier hin und her eilten.

Wie oft hatte Corinne in den letzten Jahren auf demselben verdammt unbequemen Sofa gesessen, sich gegen die orangefarbenen Kissen gelehnt und eines der auf dem Couchtisch ausgebreiteten Bücher durchgeblättert? Es war das gesamte neue Programm – in viele der Titel hatte Hannah sich verliebt, geistreiche Kampagnen dafür entwickelt und Tränen des Glücks vergossen, wenn eines davon auf der Bestsellerliste landete oder einen Preis bekam. Wie oft hatte sie hier gewartet, dass Hannah Feierabend machte, sodass sie ins Kino, zum Essen oder zu irgendeiner Verlagsveranstaltung aufbrechen konnten? Da Danny wegen der Arbeit so oft weg war, hatte Corinne gern die Rolle der Begleitung ihrer Tochter übernommen.

»Corinne. Wie schön dich wiederzusehen.«

Hannahs Freundin Becks kam herein und umarmte Corinne fest, bevor sie noch eine Chance zu reagieren hatte. Sie roch nach Seife und Nikotinkaugummi mit Zimtgeschmack.

»Ich denke, Kaffee wäre nicht schlecht, oder? Oder vielleicht lieber Gin? Lass uns von hier verschwinden.«

Im Spiegel der Aufzugskabine hatte Corinne Gelegenheit, sich Becks' Outfit näher zu betrachten, eine ausladende schwarze Angelegenheit. Becks trug stets nur Schwarz.

»Nicht weil es schlank macht, denn das macht es verdammt noch mal nicht«, hatte sie ihr einmal gesagt. »Ich laufe immer rum wie eine fette Person auf einer Beerdigung. Aber es erspart dir die ganze vertrödelte Zeit, in der du versuchst, deine Kleidung farblich aufeinander abzustimmen.«

Heute trug sie eine lange Samttunika über einem langen schwarzen Rock, dazu Bikerstiefel und eine dicke silberne Halskette von den Ausmaßen der Amtskette eines Bürgermeisters. Ihr krauses braunes Haar stand wie der Bast einer Kokosnuss um ihr rundes Gesicht ab, und ihre blauen Augen blickten selig hinter einer streng wirkenden schwarzen Brille hervor, genau auf der Höhe von Corinnes Schultern.

Sie gingen in eines der Cafés gleich beim Bürogebäude, wo ein Mann mit einem komplizierten Haarknoten ihre Bestellung aufnahm.

Corinne zog das Foto aus der Handtasche und legte es auf den abgenutzten Holztisch zwischen ihnen. In den zwei Tagen, seit sie es in Hannahs Schlafzimmer gefunden hatte, hatte sie es so oft in die Hand genommen, dass es an den Rändern schon ganz weich wurde. Die dunkelhaarige Frau lächelte über ein nacktes gebräuntes Knie hinweg zu ihnen hoch.

Als Becks die wütenden roten Kugelschreiberstriche sah, sog sie scharf die Luft zwischen den Zähnen hindurch ein.

»Ich beginne den Eindruck zu gewinnen, dass diese Frau bei manchen nicht gerade beliebt ist.«

Wortlos drehte Corinne das Foto um. Das Wort SCHLAMPE wirkte in diesem freundlichen Café, in das die schwache Märzsonne schräg durch die Fenster fiel, schockierend.

»Weißt du, wer sie ist?« Doch sie konnte schon an Becks' Gesichtsausdruck sehen, dass die Antwort Nein lautete.

»Ich hab sie noch nie gesehen. Und diese Augen würde ich überall wiedererkennen.«

Corinne fiel ein, dass Hannah sich immer beschwert hatte, Becks würde ihren Humor als Abwehrmechanismus gegen jedes intensivere Gefühl benutzen. *Das ist wahrscheinlich auch der Grund dafür, warum bei ihr nie eine Beziehung länger als ein Jahr gehalten hat.* Gab es da nicht irgendeine narzisstische, alles beherrschende Mutter in Becks' Vergangenheit?

Auf der anderen Seite – waren Mütter nicht immer an allem schuld?

»Na ja. Ich wusste ja, dass es eher unwahrscheinlich ist.« Corinne nahm ihren eigenen bleiernen Tonfall wahr.

»Allerdings könnte ich raten, aber das wäre dann wirklich nur geraten.« Becks strahlte plötzlich ein ziemlich großes Unbehagen aus. »Die Sache ist die, ich kommentiere nicht gern die Beziehungen anderer Leute. Zumal das nichts ist, wofür ich besonders qualifiziert wäre.«

»Aber?«

Es dauerte eine Weile, bis Corinnes Hirn begriff, was Becks gerade gesagt hatte. *Beziehungen?* Das hier hatte also etwas mit Danny zu tun? Der Gedanke war ihr natürlich auch gekommen, sie hatte ihn aber sofort unterdrückt, eingedenk der Kluft, die sich zwischen Hannah und ihrer Schwester aufgetan hatte, als Megan sich in diese Richtung vorgewagt hatte.

Es war zwei oder drei Monate nach ihrer Rückkehr aus Kreta passiert. Hannah und Danny hatten sich furchtbar gestritten – Corinne war es nie gelungen herauszufinden, worum es dabei gegangen war –, und Hannah hatte ihn für ein paar Wochen rausgeworfen. Doch dann hatte sie ihn wieder einziehen lassen, und Megan hatte kein Geheimnis daraus gemacht, dass sie das für eine ausgesprochen schlechte Idee hielt. Das war alles. Nachdem Corinne aber gesehen hatte, welchen Schaden das der Beziehung der beiden Schwestern zugefügt hatte, hatte sie es nicht mehr gewagt nachzufragen, was zwischen Hannah und Danny vorgefallen war.

»Hannah glaubte, dass Danny eine Affäre in Edinburgh hatte«, räumte Becks nun ein.

»Warum? Warum glaubte sie das?«

Becks spielte unbehaglich an ihrer Kette herum, sodass die Glieder schwerfällig gegeneinanderschlugen. Sie wickelte einen Streifen Kaugummi aus und steckte ihn in den Mund. Zimtgeruch wehte über den Tisch.

»Corinne, das sind nur Spekulationen. Ich kenne die Frau auf dem Foto nicht. Ich weiß nur, dass Hannah Danny eine Zeitlang verdächtigte, eine andere zu haben.« Becks nahm die Brille ab und säuberte sie mit dem Saum ihrer Tunika. Als sie zu Corinne hochsah, wirkten ihre Augen nackt und bloß.

Corinne wusste, wie irrational Hannah in der Zeit gewesen war, als sie die künstliche Befruchtung versucht hatten. Die ganzen Medikamente. Die Injektionen. Doch als sie sich entschlossen hatten aufzugeben, schien es ihr wieder so viel besser zu gehen.

»Es waren Kleinigkeiten. Zum Beispiel schaltete er immer sein Handy aus, und einmal kam er aus Edinburgh wieder und hatte ein neues Hemd dabei. Sie behauptete, dass er sich nie selbst neue Kleidung kaufen würde – sie kaufte normalerweise für ihn ein, sonst trug er die Sachen, bis sie buchstäblich auseinanderfielen. Wie auch immer, ich weiß, dass sie sich deswegen gestritten haben. Kannst du dich noch erinnern, wie sie ihn einmal rausgeschmissen hat? Aber dann wurde sie schwanger, und alles schien wieder in seinen gewohnten Bahnen zu verlaufen …«

Corinne nahm das Foto vom Tisch und drehte es um, dann noch einmal, als könnte sie dadurch etwas anderes darauf erkennen. Aber nein. Dieselbe Frau. Dasselbe Grübchen. Dieselben ausgekratzten Augen. Konnte ihr Schwiegersohn wirklich eine Affäre gehabt haben? Konnte er diese Frau mit den dünnen, nackten Beinen Hannah vorgezogen haben? Die Wut, die sie ganz unvermittelt durchfuhr, überraschte sie.

»Aber sie hätte dir doch sicher gesagt, wenn er es zugegeben hätte? Sie hätte dir dann dieses Foto gezeigt?«

Becks zuckte unglücklich mit den Schultern.

»Hannah hat sich, nachdem sie schwanger geworden ist, von uns allen ein bisschen abgekapselt. Was ich sagen will, ist …« Plötzlich verzog sie das Gesicht und schlug mit der Faust auf den Tisch. »Weißt du, ich kann immer noch nicht glauben, dass sie das getan hat. Ich bin das jetzt über hundertmal durchgegangen und kann es einfach nicht verstehen. Ich meine, wie konnte sie denn …?«

Corinne schnappte sich rasch das Foto und stopfte es wieder in die Handtasche. Dann stand sie auf und schob dabei ihren Stuhl so heftig zurück, dass er hintenüber fiel und eine junge Frau mit grau gefärbten Haaren traf.

»Ich sollte wirklich langsam los. Hannah erwartet sicher, dass ich sie später noch besuche.«

Becks blinzelte. »Ich wollte nicht …«

»Ich weiß.«

Jetzt erhob sich auch Becks und bestand darauf, Corinne noch einmal zu umarmen. »Richte ihr bitte aus, dass ich sie vermisse. Ich vermisse die alte Hannah.«

Und eine innere Stimme von Corinne, die sie nicht kontrollieren konnte, flüsterte: »Ich vermisse sie auch.«

11

HANNAH

Letzte Nacht habe ich von Emily geträumt. Zuerst lag sie zu Hause in ihrer Krippe, in der, die ich zusammen mit Danny an dem Samstag nach dem Scan in der zwanzigsten Woche ausgesucht hatte. Er hatte sie nur widerstrebend so früh gekauft. »Es ist doch noch so viel Zeit.« Aber ich hatte darauf bestanden.

Im Traum weinte Emily und schaute zwischen den Stäben hindurch, ihr süßes kleines Gesicht ganz verzerrt. »Ich komme schon«, rief ich, aber obwohl ich im Laufschritt zu ihr eilte, kam ich kein Stückchen näher. Egal, wie schnell ich rannte, sie war immer gleich weit entfernt und sah mich vorwurfsvoll an. *Warum kommst du denn nicht?*

Und dann waren wir auf einmal hier in der Klinik, und Charlie hatte Emily auf dem Arm. Ich dachte: »Gut, jetzt ist sie in Sicherheit.« Doch dann bemerkte ich, dass Charlies Pulsadern aufgeschnitten waren, und sie eine Blutspur auf dem Boden hinterließ, und dass Emilys weißer Strampelanzug immer röter wurde. Ich wollte Charlie das Baby abnehmen, doch ich konnte mich weder bewegen noch sprechen. Charlies Eltern waren bei mir und wollten zum Abendessen in ein Restaurant aufbrechen. *Man kann nie wissen, was im Kopf eines anderen Menschen vor sich geht.*

Gerade bin ich mit rasendem Herzen und tränennassem Gesicht aufgewacht. Ich liege im Bett und will nicht aufstehen. Joni kommt herein, um nachzusehen, warum ich nicht beim Frühstück gewesen bin.

»Ohne Witz, wenn du hier wieder rauskommen willst, musst du mitspielen. Weißt du, was ich meine? Wenn du nicht zum Frühstück kommst, sieht das nicht gut aus. Sie werden denken: ›Wie soll sie denn mit dem Alltagsleben klarkommen, wenn sie es nicht mal morgens aus dem Bett schafft?‹«

Ich drehe mich zur Wand, bis das Quietschen der Tür und ein hörbares Schnauben, das sich über den Gang entfernt, mir zeigen, dass Joni weg ist. Dann kommt Stella herein und legt sich quer über das Fußende meines Betts. Ich weiß, dass sie es ist, weil Stella einen ganz eigenen Geruch verströmt – eine Mischung aus Zigarettenrauch und ihrem Kokosshampoo.

»Was ist mit Judith?«, fragt sie nach einer Weile.

Stella macht das manchmal – haut unvermittelt irgendeine Bemerkung raus.

»Was soll denn mit Judith sein?«

»Sie hat das Münchhausensyndrom, oder? Versucht sich selbst krank zu machen, damit sie im Zentrum der Aufmerksamkeit steht. Erinnerst du dich noch daran, als sie den Wachsmalstift gegessen hat? Was, wenn sie es nun nicht mehr sich selbst antut, sondern einen Schritt weiter gegangen ist? Was, wenn sie erst Sofia etwas angetan hat und dann Charlie, weil sie glaubt, dass das Leben immer wie in einer Krankenhausserie sein sollte? Könnte doch sein.«

Da drehe ich mich um. Es sieht Stella nicht ähnlich, etwas so sorgfältig zu durchdenken oder irgendwen zu verurteilen. In diesen Tagen ist sie irgendwie anders, ich kann es nicht genau beschreiben.

»Sei nicht albern«, sage ich schärfer als gewollt. »Sofia und Charlie sind *tot.* Das ist was ganz anderes, als an einem Stift zu knabbern, damit dir schlecht wird.«

Stella zuckt mit den Schultern. Sie trägt einen weichen, eng anliegenden Pullover mit Leopardenprint, und ihre schmalen Schultern heben und senken sich wie die Lenden eines Tieres.

»Na ja, Odelle glaubt, dass sie etwas damit zu tun hatte.«

»Odelle ist bescheuert.«

Und doch, jetzt, wo sie die Idee ausgesprochen hat, werde ich sie nicht mehr los. Charlies Tod ist eine Woche her und immer noch das Einzige, woran ich denken kann. Am Nachmittag sitze ich in Kunsttherapie und ertappe mich dabei, wie ich Judiths Hinterkopf anstarre. Woran kann man erkennen, ob jemand gefährlich ist? An einem Ort wie diesem, wo alle ein bisschen gefährlich sind, woran ließe sich erkennen, ob jemand für den Rest eine Bedrohung darstellt? *Könntest du es getan haben? Wozu bist du fähig?*

Ich sehe zu Odelle und Frannie und Nina, die mit hängenden Schultern dasitzen, als wären sie unfähig, das Gewicht ihres eigenen Kopfes zu stemmen. Ich kann es nicht glauben. Bei keiner von ihnen. Aber ich muss mich ja nur selbst anschauen. Und mir eingestehen, wozu ich in der Lage war.

Heute lässt Laura uns mit Kohle zeichnen. Meine Finger sind von dem Zeug schon ganz schwarz. Auch meine Zeichnung ist schwarz. Ich kann den Traum von letzter Nacht nicht abschütteln. Alles ist mit Schmerz durchzogen.

Wir sollen Frannie zeichnen, die mitten im Raum sitzt und vor sich hin blickt. Dann und wann hebt sie eine Hand und will sich durchs Haar streichen, reißt sie aber gleich wieder nach unten, wenn es ihr auffällt. Ihr Gesicht ist starr vor Angst, und ich verspüre ein schmerzliches Mitgefühl.

»Konzentriert euch nicht zu sehr auf die genauen Züge«, rät uns Laura, »sondern auf die groben Linien, auf die Rundung ihrer Wange und die sanfte Form ihres Halses.«

Laura streicht mit den Fingerspitzen über Frannies Hals, um zu demonstrieren, was sie meint, und Frannie läuft puterrot an.

»Versucht, das einzufangen, was Frannie ausmacht. Was sie besonders macht. Ist es die Art, wie sie die Schultern einzieht, weil sie nervös ist, oder sind es die kleinen, zarten Hände?«

»Oder die kahlen Stellen auf ihrem Kopf?«, murmelt Judith.

Frannie verzieht keine Miene, aber ich sehe, wie ihr Tränen in die Augen steigen.

»Seid nett, Ladys. Vergesst niemals, wie verletzt wir alle sind«, mahnt Laura, ohne irgendwen im Speziellen anzublicken, und einen Moment lang glaube ich, dass ich auch in ihren Augen Tränen erkennen kann. Aber dann plaudert sie schon wieder mit Odelle über Perspektive, und ich nehme an, ich habe mich getäuscht.

Ungefähr um sechs haben wir unsere allabendliche Gruppentherapie, und ich habe das vertraute Gefühl, als würde ich inmitten eines Ölteppichs schwimmen, als sähe ich in jeder Richtung nur Schwarz. So habe ich mich oft gefühlt, als ich hier angekommen bin, und es macht mir Angst, wenn ich daran denke, dass inzwischen schon neun Wochen vergangen sind und ich eher Rückschritte als Fortschritte mache. Schuld daran ist eine Kombination aus dem Traum von letzter Nacht und Sandra Chadwicks Beschreibung, wie Charlie ein schönes Mittagessen hatte und dann in ihr Hotelzimmer gegangen ist, um mit einer Plastiktüte und einer Gasflasche einen Selbstmordversuch zu unternehmen. Es kommt mir vor, als wüsste ich gar nichts, als wäre alles falsch, das ich zu wissen glaube.

Obwohl die Begegnung mit Charlies Eltern mir den Ansporn genommen hat, mich näher mit ihrer To-do-Liste und dem Namen William Kingsley zu befassen, ist ein sturer Teil von mir weiterhin überzeugt davon, dass ich es gemerkt hätte, wenn sie geplant hätte, sich das Leben zu nehmen, obwohl ich förmlich ihren leicht spöttischen Tonfall hören kann: *Es geht nicht immer nur um dich, weißt du, Hannah.*

Das Filmteam ist mit uns zusammen im Gruppentherapieraum. Trotz ihrer Versicherungen, dass wir das Dokumentarmaterial noch einmal durchsehen können, bevor der Film geschnitten wird, macht mich ihre Anwesenheit nervös. Sie sind der Beweis für die Trennlinie, die zwischen uns und dem Rest der Welt existiert. Wir sind Sonderlinge. Freaks. In Formaldehyd eingelegte Kuriositäten.

Justin, der Regisseur, ist okay, glaube ich, auch wenn er sein Haar albern lang und zu einer Seite gescheitelt trägt, was für einen Mann Ende dreißig viel zu jugendlich wirkt. Außerdem dünstet er Selbstverliebtheit wie billiges Parfüm aus. Drew allerdings, der Kameramann, jagt mir kalte Schauer über den Rücken. Er beobachtet uns immer mit diesen dunklen Augen, die so eng beieinanderstehen, dass sie sich in seinem kartoffelartigen geblichen Gesicht fast berühren. Nie sagt er etwas, starrt uns nur an oder verfolgt uns mit seiner Kamera.

Der Aufenthaltsraum ist in zwei Bereiche aufgeteilt. Hinten, direkt am Fenster, steht der ovale Tisch, an dem wir Tagebuch schreiben oder im Internet surfen, während im

Bereich neben der Tür ein Sofa und ein paar einzelne Polsterstühle stehen. Bei der Gruppentherapie schieben wir das Sofa beiseite und stellen die Stühle zusammen mit einigen der weißen Klappstühle im Kreis auf, die an der hinteren Wand aufgestapelt sind, neben dem Bücherregal, in dem unsere Stifte in mit unserem Namen gekennzeichneten Fächern liegen. Heute Abend leitet Roberts die Sitzung, und er sieht aus, als wäre er lieber woanders.

Judith meldet sich. Sie ist eine kräftig gebaute, pummelige Frau mit langem, wildem Haar und hat die Angewohnheit, ihre Arme vor dem Körper zu verschränken, als wollte sie sich selbst umarmen.

»Die Leute reden«, sagt sie geradeheraus.

Roberts unterdrückt ein Seufzen, blickt dann zur Kamera und zwingt sich zu einem aufmunternden Gesichtsausdruck.

»Worüber denn?«

»Sie sagen, ich hätte etwas damit zu tun, dass Sofia und Charlie sich umgebracht haben. Das stimmt nicht, und es ist sehr verletzend.« Judiths Stimme zittert vor Empörung, und sie kann es sich nicht verkneifen, einen Blick in die Runde zu werfen, um sicherzugehen, dass alle sie anschauen.

»Warum glauben Sie, ausgegrenzt zu werden, Judith?«

»Wegen meiner Vergangenheit.« Sie klingt, als wäre sie ziemlich stolz darauf, und ich bin mir sicher, dass sie kurz zur Kamera schielt.

»Können Sie das erklären, Judith?«

»Wegen der Sachen in meiner Vergangenheit, als ich mir selbst etwas angetan habe, sodass ich in Behandlung war.«

»In medizinischer Behandlung, meinen Sie?«

»Ja. Aber ich habe nie jemand anderem etwas getan. Das würde ich auch nicht.«

»Möchte irgendwer hier etwas dazu beitragen? Hat irgendwer von diesen Gerüchten gehört oder sie verbreitet?«

Alle blicken zu Boden oder an die Decke. Aus dem Augenwinkel sehe ich, wie Frannies Hand sich langsam auf ihr Haar zubewegt und hart daran reißt. Zu meiner Linken rutscht Nina auf ihrem Stuhl weiter abwärts, als wäre es eine zu große Anstrengung, aufrecht sitzen zu bleiben.

Bis jetzt saß Dr. Roberts auf seinem Stuhl zurückgelehnt, das linke Bein seitlich abgewinkelt und den Knöchel auf seinem rechten Oberschenkel abgelegt. Nun wechselt er abrupt die Position, beugt sich nach vorn über seine gefalteten Hände und atmet tief ein.

»Gut. Eigentlich bin ich froh, dass Sie das Thema angeschnitten haben, Judith.«

Judith läuft vor Freude rot an.

»Das gibt mir die Gelegenheit, die ganze Sache direkt anzusprechen. Sehen Sie, ich weiß, dass wir alle noch trauern. Das wird auch eine lange Zeit so weitergehen. Und trauernde Menschen suchen nach Antworten, auch wenn es manchmal keine gibt. Wir alle wünschen uns, wir könnten die Uhr zurückdrehen … Tatsächlich hätte aber niemand von uns irgendetwas tun können.« Er sieht sich im Kreis um, lässt den Blick der Reihe nach auf jeder von uns kurz ruhen. Als er bei mir ankommt, stellen sich die Härchen auf meinen Armen auf, und ich schaue weg, direkt in die Kamera, die Drew nach vorn gebracht hat. Das Objektiv ist auf mein Gesicht gerichtet, als wollte er damit ein Loch in mich bohren und meine Seele heraussaugen.

12

CORINNE

Corinne wusste nicht, was sie hier sollte. Damit meinte sie nicht diesen speziellen Pub. Sie war zuvor schon mehrfach hier gewesen – es war einer dieser luftigen Edelpubs mit hohen Decken, Parkettboden, riesigen Fenstern, durch die man hinaus auf die breite, baumbestandene Straße sehen konnte. Nein, sie wusste nicht, was sie *heute Abend* hier sollte. Bei der Geburtstagsfeier für Danny, mit einem Haufen von Hannahs Freunden.

Ohne ihre Tochter.

Die Einladung war ein Unfall gewesen. Sie war in der Klinik gewesen, um Hannah zu besuchen, und hatte Danny dort angetroffen. »Hast du nicht bald Geburtstag?«, hatte sie ihn gefragt, einfach nur, um irgendetwas zu sagen. »Den solltest du trotzdem feiern.« Und da gestand ihr Danny, dass er schon einen Umtrunk in dem Pub in Chalk Farm organisiert hatte. »Nur was ganz Entspanntes.« Und jetzt war sie hier. Danny saß am Kopfende des langen, rustikalen Holztisches, wirkte entspannt, sah gut aus und – sie konnte es ruhig aussprechen – glücklich. Bei ihm saßen alle gemeinsamen Freunde des Paares und einige seiner Kollegen aus Duncans Firma sowie das schwule Pärchen, das in der Wohnung unter ihnen wohnte. Außerdem ein paar Leute, die Corinne noch nie zuvor gesehen hatte. Gott sei Dank war die Frau von dem Foto nirgends zu entdecken.

Corinne nippte an einem großen Glas Merlot und zwang sich zu einem angedeuteten Lächeln, um nahbar zu wirken. »Schön, dass Sie gekommen sind.« Es war einer von Hannahs und Dannys Nachbarn. Marco. Sie hatte ihn eines Abends kennengelernt, als Danny nicht zu Hause gewesen war und Hannah und sie seine Hilfe in Anspruch genommen hatten, um eine Ikea-Kommode aufzubauen.

»Ich wollte schon lange wissen, wie es Hannah geht. Wir haben uns solche Sorgen um sie gemacht.«

»Hätten Sie nicht einfach Danny fragen können?«

Sie hatte nicht garstig klingen wollen, doch die Frage hatte sie eiskalt erwischt. Sie hatte einfach mit ihrem höflichen Lächeln dagesessen und war nicht auf ein ernstes Gespräch vorbereitet gewesen. Marco wirkte verlegen. Er war ein kleiner, bulliger Mann mit breiten Oberarmen, über denen sich der Stoff seines T-Shirts bis zum Zerreißen spannte. Wegen seines kahlrasierten Schädels hätte er einschüchternd wirken können, doch diesen Eindruck machten die großen, ausdrucksstarken braunen Augen zunichte. Augen, die nun vor Mitgefühl schwammen.

»Natürlich hab ich ihn gefragt. Aber er hat deutlich gemacht, dass er nicht über Hannah sprechen will. Und das Letzte, was wir wollen, ist, ihn noch weiter aufzuregen. Nach allem, was er durchgemacht hat.«

Was ist mit dem, was Hannah durchmacht? Sie verkniff sich die Entgegnung und nickte. »Natürlich. Sie haben recht. Hannah geht es besser. Richtig gut.«

»Wir haben uns danach so schuldig gefühlt. Und uns

Vorwürfe gemacht, dass wir mehr hätten tun können. Es gab ja die ganzen Zeichen, auf die wir nicht reagiert haben.«

»Was denn für Zeichen?« Plötzlich verschwand die Bar mit den lauten Gesprächen, der Hintergrundmusik, und sie hatte nur noch Augen für Marco. Der sie ansah.

»Na ja. Ich glaube, mir ist das zuerst nach der Untersuchung in der zwanzigsten Woche aufgefallen. Danny war nicht in der Stadt, also hat er sie verpasst. Als er am Wochenende heimkam, hatte Hannah ihm diese abgefahrene Karte gebastelt. Sie hatte das Bild vom Ultraschall ausgeschnitten und es vorne draufgeklebt. Drumherum waren kitschige neonfarbene Blüten und ganz unten war »Darf ich dir unser Mädchen vorstellen« draufgedruckt. Kitschig, aber irgendwie auch niedlich. Danny war so glücklich und bestand darauf, sie Phil und mir zu zeigen, als wir auf einen Drink hochkamen, doch dann fingen sie an sich darüber zu streiten, dass Hannah Dannys Eltern kein Ultraschallbild schicken wollte, weil es was Privates sei. Nachdem wir dann wieder weg waren, haben sie sich richtig gezofft deswegen.« Plötzlich wirkte er verlegen und fügte erklärend hinzu: »Die Wände in unserem Haus sind ziemlich dünn. Ein andermal waren sie bei uns, und Hannah nahm plötzlich Dannys Hand, legte sie auf ihren Bauch und sagte: ›Hier, fühlst du es jetzt?‹ Doch als Danny den Kopf schüttelte, drehte sie völlig durch. Ich meine, wirklich total. Sie hat ihm vorgeworfen, sich absichtlich von der Schwangerschaft zu distanzieren, und dass er das Baby gar nicht haben will. Es kam vollkommen aus dem Nichts. Diese ganze Wut. Später hat sie gar nicht mehr aufgehört, sich zu entschuldigen. Hat uns einen selbst gebackenen Schokoladenkuchen gebracht. Sie sagte, sie sei schlecht drauf und hat es auf die Hormone geschoben.« Marco sprach das Wort »Hormone« aus, als wäre es etwas Widerwärtiges. »Später hätten wir uns in den Arsch beißen können, weil wir nichts bemerkt haben. Ich meine, die Alarmglocken waren ja lauter als Big Ben.«

Corinnes Lächeln fühlte sich verkrampft an, und sie war froh, als Marco schließlich zum anderen Tischende gerufen wurde. Wenn hier irgendjemand die Alarmglocken hätte schrillen hören sollen, dann war sie es.

»Ich bin so froh, dass du kommen konntest.« Danny setzte sich auf den Platz, den Marco gerade freigemacht hatte. Corinne warf ihm einen Seitenblick zu. Er war rot im Gesicht und wirkte leicht angetrunken. Lebendig. Es war ein so deutlicher Unterschied zu dem angestrengten Ausdruck, den er hatte, wenn er Hannah in der Klinik besuchte.

»Hübscher Schmuck«, sagte sie und zeigte auf ein dünnes silbernes Armband.

Danny schüttelte den Ärmel herunter, um es zu verdecken.

»Ich wollte mal mit meiner weiblichen Seite in Kontakt kommen«, erklärte er, und die Steifheit war zurück.

»Ich mache mir Sorgen um Hannah«, erklärte Corinne. »Sie weigert sich anzuerkennen, dass die beiden Todesfälle in der Klinik Selbstmorde waren. Sie glaubt, dass irgendwer es auf die Patientinnen abgesehen haben könnte.«

»Weil sie verrückt ist, Corinne.«

Es fühlte sich an wie eine Ohrfeige.

In einem etwas versöhnlicheren Ton fuhr er fort: »Tut mir leid, das hätte ich nicht sagen dürfen. Aber du musst doch einsehen, dass es ihr nicht besser geht. Ist wohl nicht verwunderlich, wenn du dir ansiehst, mit was für Leuten sie da zu tun hat, wie diese Frau, die kaum noch ihr Gesicht bewegen kann.«

»Stella. Sie heißt Stella.«

»Wie auch immer. Sie ist nicht normal, Corinne. Und Hannahs Kopf wird mit allem möglichen Mist geflutet. Sie glaubt, dass sie da wieder rauskommt. Sie glaubt, dass sie heimkommt.«

»Na, das ist ja auch so. Sobald Dr. Roberts sein Okay gibt.«

»Träum weiter, Corinne.«

»Was?«

»Ich habe mit Roberts gesprochen, und er hat mir gesagt, dass er kaum erst an der Oberfläche dessen gekratzt hat, was passiert ist. Und um ehrlich zu sein, weiß ich nicht, ob ich Hannah zurück will.«

»Du meinst im Moment?«

Danny sah sie an. Sah dann weg. Seine Finger schlossen sich geistesabwesend um das silberne Armband, das er an seinem Handgelenk immer wieder herumdrehte.

Bei ihrem nächsten Klinikbesuch, am Tag nach Dannys Geburtstagsparty, traf Corinne die Kunsttherapeutin im Kunstraum an. Sie sammelte etwas ein, das wie Gekrakel aussah, das man vielleicht in einer Kindergartenklasse zu Gesicht bekam.

»Ich habe sie gebeten, mit an ein Stück Bambusrohr befestigtem Kohlestift zu zeichnen«, erklärte ihr Laura. »Es geht um Intuition und Interpretation, nicht so sehr um künstlerische Fähigkeiten. Es geht darum loszulassen.«

Laura trug eine lange stahlblaue Tunika aus Jersey mit dazu passenden weiten Hosen und hatte sich locker ein Tuch um den Hals geschlungen. Corinne ertappte sich dabei, wie sie neidisch auf das kurze schwarze Haar der jüngeren Frau starrte. Wie die meisten Frauen, die sie kannte, spielte sie regelmäßig mit dem Gedanken, sich einen Bubikopf schneiden zu lassen, doch sie war sich sehr wohl bewusst, dass man auch ein Gesicht wie das von Laura brauchte, damit einem so eine Frisur stand.

»Ich wollte mit Ihnen über Hannah sprechen«, sagte Corinne. »Sie schien so große Fortschritte zu machen. Doch jetzt mache ich mir Sorgen, dass die Sache mit Charlie …«

»Das verstehe ich.« Es war Corinne unangenehm, dass Laura einen Schritt auf sie zu machte und ihre Hand ergriff. »Auch ich hab mir Sorgen um sie gemacht. Ihre Zeichnungen weisen in letzter Zeit auf ein verwirrtes Gemüt hin. Die letzte Aufgabe hat sie nicht einmal beendet, was ihr gar nicht ähnlich sieht.«

Furcht ballte sich in Corinnes Magen zusammen.

»Haben Sie denn mit Dr. Roberts über Ihre Bedenken gesprochen?« Lauras Tonfall war leicht und ruhig, doch Corinne hatte den Eindruck, etwas herauszuhören, eine Betonung, die da vielleicht nicht hätte sein sollen, als sie den Namen des Doktors aussprach.

»Nein, ich wollte nicht … das heißt, Hannah möchte gern so schnell wie möglich wieder nach Hause. Und natürlich können auch wir es nicht erwarten, sie wieder bei uns zu haben, also möchte ich Dr. Roberts keinen Grund für den Gedanken liefern, dass sie hier länger als nötig bleiben sollte.«

»Verstehe.«

Corinne war erleichtert, als Laura ihre Hand wieder losließ und durch den Raum ging, Staffeleien zusammenklappte und sie gegen die rückwärtige Wand lehnte.

Was Körperkontakt anging, war Corinne immer sehr auf Distanz bedacht gewesen. Sie hatte eine Freundin, die sich jedes Mal beim Spazierengehen bei ihr unterhakte, und

Corinne hatte es nicht geschafft, ihr zu sagen, was für einen Stress das für sie bedeutete. Sie war wohl die einzige Frau, die sich bei einer Massage nur noch mehr verspannte. Dieses ganze Betatschen …

Corinne half Laura beim Aufräumen, und für ein paar Augenblicke redeten sie nicht, die Stille wurde nur durch das Klappern der Staffeleien durchbrochen.

»Malt Hannah manchmal auch Danny?«

Verwirrt blickte Laura auf.

»Ihren Mann. Danny. Ich hab mich nur gefragt, ob er manchmal in ihrer Kunst auftaucht.«

»Es tut mir leid, aber ich fühle mich nicht wohl dabei, den Inhalt von Hannahs Werken zu besprechen«, erwiderte Laura. »Kunsttherapie ist eine Therapieform wie jede andere auch, und zwischen mir und meinen Patientinnen muss absolutes Vertrauen herrschen. Das verstehen Sie doch sicher.«

»Ja, natürlich, verzeihen Sie die Frage.«

»Ist Hannahs Verhältnis zu ihrem Ehemann denn etwas, was Sie beschäftigt?«, hakte Laura nach.

Nun hatte Corinne das Gefühl, dass Laura die Grenze überschritt.

»Nein, Hannah und Danny sind wie Pech und Schwefel!«

Nachdem sie den Raum dann verlassen hatte, hallten ihre Worte noch in ihr nach. *Wie Pech und Schwefel.* Woher war dieser blöde Ausdruck eigentlich gekommen?

Auf ihrem Weg in den Aufenthaltsraum sprachen die beiden Männer sie an, die die Dokumentation über die Klinik drehten. Sofort stellten sich ihr die Nackenhaare auf. Die Dokumentation war ihnen allen so verkauft worden, dass psychische Krankheiten darin entstigmatisiert werden sollten. Zu sehen, wie »gewöhnlich« all die Bewohnerinnen waren, sollte irgendwie dazu beitragen, mit falschen Vorstellungen von *denen* und *uns* aufzuräumen. Und es könnte diejenigen, die im Moment noch immer still litten, dazu ermutigen, sich Hilfe zu suchen. Außerdem hatte Roberts ihnen für die Dauer der Filmarbeiten einen beträchtlichen Rabatt gewährt, »um Sie für die Unannehmlichkeiten zu entschädigen.«

Hannah hatte spontan eingewilligt, doch nun wünschte sich Corinne, sie hätte mehr getan, um ihre Tochter davon abzubringen. Bei all den dramatischen Entwicklungen rund um Charlies Tod – und zuvor Sofias Tod – schien es manchmal, als drehten die Filmemacher eher eine Seifenoper als einen ernsthaften Dokumentarfilm.

»Würde es Ihnen etwas ausmachen, uns ein paar Fragen zu beantworten? Sie sind Corinne, nicht wahr?«

Der Mann mit dem Mikrofon hieß Justin. Den Namen des Kameramanns mit dem finsteren, toten Blick hatte sie vollkommen vergessen.

»Nicht jetzt«, entgegnete sie barsch und drängte sich an ihnen vorbei, ohne sie anzusehen. Es war dieselbe Technik, die sie auch anwandte, wenn sie auf der Straße Bettlern begegnete.

»Wie geht es Ihnen denn nach Charlie Chadwicks tragischem Tod?«, fuhr Justin fort, als hätte sie ihm gar nicht geantwortet. »Machen Sie sich nun größere Sorgen um die Sicherheit Ihrer eigenen Tochter?«

»Meiner Tochter geht es gut, vielen Dank. Wir rechnen jeden Tag damit, dass es ihr bald gut genug gehen wird, um wieder heimzukommen.« Sie machte eine Pause. »Könnten Sie bitte die Kamera wegnehmen?«

Der Kameramann senkte das Gerät, doch sein teilnahmsloser Blick war fast ebenso übergriffig wie das Objektiv.

Corinne drückte die Tür zum Aufenthaltsraum auf. Sie war ganz durcheinander. Justins Worte hatten einen Nerv getroffen. Wie sicher war Hannah hier eigentlich? Unwillkürlich kam ihr das Bild der Frau mit den dunklen Locken und den mit rotem Kugelschreiber durchgestrichenen Augen in den Sinn, und sie blieb stehen.

Vielleicht war Hannah hier wirklich nicht sicher. Aber was, wenn es zu Hause keinen Deut sicherer war?

13

LAURA

Das Gespräch mit Hannahs Mutter hatte Laura aus der Fassung gebracht.

Als sie an diesem Abend nach Hause kam, ging sie in ihrer Souterrainwohnung unruhig von einem Zimmer ins nächste, ohne dass sie sich irgendeiner Tätigkeit zuwenden konnte. Normalerweise beruhigte die Wohnung sie. Sie war ihr Heiligtum. Seit sechs Jahren lebte sie nun hier, und obwohl es nur eine Mietwohnung war, hatte sie sie beim Einzug zuallererst von oben bis unten renoviert. Das eigene Heim war doch ein Zufluchtsort. Es war so wichtig, dass man dort überall Spuren von sich hinterließ, damit man ein Gefühl für sich selbst und seinen Platz in der Welt bewahrte.

Laura wusste, wie es sich anfühlte, wenn man keinen Platz für sich fand.

Die kleine Küche war in einem warmen Gelb, ihr Schlafzimmer in einem kühlen, beruhigenden Grün und das Wohnzimmer mit der hohen Decke und den Glastüren, die in den Garten hinausführten, in tiefem Rot gestrichen, sodass Laura manchmal das Gefühl hatte, ein pochendes Herz zu betreten.

Sie rollte ihre Yogamatte auf den Dielen vor dem schwarzen gusseisernen Kamin aus und setzte sich im Schneidersitz darauf, neigte den Kopf und versuchte, sich zu entspannen. Dann neigte sie den Kopf in die andere Richtung und versuchte weiter, sich zu entspannen.

Sie wusste, warum die Unterhaltung mit Hannahs Mutter sie so aufgebracht hatte. Es war der Ausdruck auf Corinnes Gesicht gewesen, als sie über ihre Tochter gesprochen hatte. Dieses nackte, beinahe gierige Bedürfnis, Hannah beschützt zu wissen. In Sicherheit.

Laura erinnerte sich, wie sie selbst den Tränen nah gewesen war und durch den Raum wuseln und Staffeleien hatte zusammenklappen müssen, um sich wieder zu fangen. Auch für sie selbst war es ein Prozess, sich zu akzeptieren, ihre Verhaltensweisen zu ergründen und sich nicht dafür zu verachten. Man hätte meinen sollen, dass sie inzwischen alles über sich wusste, was es zu wissen gab. Als Krankenschwester auf Beschäftigungstherapie umzusatteln, sich dann auf Kunsttherapie zu spezialisieren und in letzter Zeit sogar ein wenig Hypnosetherapie zu lernen, war mit einer beträchtlichen Menge Selbstanalyse verbunden gewesen, während der ihre Gedanken und Beweggründe offengelegt und zur Diskussion gestellt worden waren. Doch sie hatte schon vor langer Zeit bemerkt, dass der menschliche Geist wie ein Gefäß war, das sich unendlich auf der Töpferscheibe drehte, immerzu die Gestalt änderte, aber niemals fertig wurde. Man konnte sich selbst nie ganz kennen. Das Beste, worauf man hoffen konnte, war, sich selbst zu akzeptieren.

Sie nahm ihr Telefon und wählte, wurde ungeduldig, als es immer weiter klingelte. Annabels Stimme auf dem Anrufbeantworter war so ruhig wie immer. Wohltuend. Es war jetzt Viertel nach sechs, und Laura stellte sich vor, wie sie in ihrer kleinen, schachtelartigen Küche stand und sich irgendetwas zum Abendbrot zubereitete. Vielleicht war auch ihr Enkelkind zu Besuch. Annabel war ein Mensch, der großen Wert auf Privatsphäre legte, aber auf ihrem Kaminsims stand ein gerahmtes Babyfoto, und Annabel war nicht der Typ für Nippes. Laura verspürte einen kurzen, scharfen Stich beim Gedanken an die beiden, wie sie an dem kleinen, runden Tisch die Köpfe zusammensteckten. Dann schrieb sie eine lange Nachricht, in der sie ihr Corinnes Besuch beschrieb, sowie die Gefühle, die er in ihr ausgelöst hatte. Peinlicherweise kamen ihr dabei erneut die Tränen. Nichtsdestoweniger fühlte sie sich besser, nachdem sie die Nachricht abgeschickt hatte.

Sie kniete sich auf ihre Matte und nahm die Stellung des Kindes ein, den Oberkörper über die Knie gebeugt und die Arme geradeaus gestreckt. Sie genoss die Dehnung und stellte sich dabei vor, wie die Spannung von ihr abfiel, als hätte jemand das Ventil an einem Heizkörper geöffnet.

Noch immer in der Stellung des Kindes, drehte sie den Kopf zur Seite. Da fiel ihr eine Bewegung auf. Etwas Schwarzes krabbelte über die Dielen. Laura setzte sich auf. Sie beobachtete die Spinne. Was tat sie überhaupt schon hier, wo es doch noch so kalt war? Sie ging in die Küche, um ein Glas zu holen, und sah sich dann nach etwas zum Unterschieben um. Irgendwann entschied sie sich für eine Postkarte mit einem Blumenmotiv von Georgia O'Keefe, die sie letztes Jahr in der Tate gekauft hatte. Was für ein fröhliches Bild.

Die Spinne war immer noch am selben Platz.

Vorsichtig stellte Laura das Glas über sie. Dabei hielt sie kurz inne, um ihre Beine zu bestaunen, schwarz und stachelig wie die Stiche an einer Wunde. Doch Moment. Jetzt, wo sie so nah dran war, konnte Laura erkennen, dass ein Bein des Tieres verletzt war und leblos an ihm hing. Wie furchtbar schade. Für einen Moment war alles in der Schwebe, der Rand des Glases über dem zusammengekauerten Tier, Lauras Zungenspitze zwischen den Lippen. Dann senkte sie das Glas. Die Spinne war gefangen. Vorsichtig schob sie die Postkarte unter das Glas und achtete dabei darauf, mit dem Druck der anderen Hand nicht nachzulassen. Dann stand sie langsam auf und ging durch das Zimmer, wobei sie das Glas mit der gefangenen Spinne von sich wegstreckte. Mit aufwallendem Mitleid bemerkte sie, dass das Ende des gebrochenen Beins unter dem Glasrand hervorstand. Sie durchquerte den Flur und kam an der Eingangstür vorbei. Da das hier die Souterrainwohnung war, hatte Laura einen eigenen Eingang. Doch statt nach draußen zu gehen, ging sie geradewegs weiter in die Küche. Am Spülbecken zögerte sie und betrachtete noch einmal die Spinne, die sich ganz klein zusammengezogen hatte, sodass sie nur noch halb so groß wie vorher wirkte. Dann drehte sie das Glas mit einer raschen Bewegung um, sodass das Tier auf den Boden des Glases fiel. Langsam ließ Laura die Postkarte vom Glas gleiten. Während sie darauf achtete, keine plötzlichen Bewegungen zu machen, stellte sie das Glas unter den Hahn und drehte mit der freien Hand das kalte Wasser auf. Sie stellte es erst wieder ab, als das Glas bis zum Rand vollgelaufen war.

Zufrieden damit, dass die Spinne sicher ertränkt war, stellte sie es dann neben das Spülbecken und kehrte ins Wohnzimmer zurück, um ihre Yogaübungen zu beenden.

14

HANNAH

»Wie ist Ihr Verhältnis zu Ihrem Ehemann, Hannah?«

Verhältnis? Bäh. Gibt es überhaupt ein doppeldeutigeres Wort? Und doch sitze ich auf dem Polsterstuhl Dr. Roberts gegenüber, sehe ihn über seinen beeindruckenden Schreibtisch hinweg an, presse mir die Fingernägel ins Bein und versuche, nicht zu reagieren.

»Großartig. Danny ist großartig. Er unterstützt mich, wo er nur kann.«

Roberts lehnt sich zurück, bis ich den Stuhl unter ihm wegtreten will, um ihn ausgestreckt auf dem Teppich seines Eckbüros im ersten Stock des alten Gebäudes landen zu sehen.

»Hat er Ihnen gesagt, dass er bei mir war?«

Jetzt fühle ich mich, als wäre ich es, die auf dem Teppich liegt. Warum sollte Danny bei Roberts vorstellig werden? In letzter Zeit habe ich meinen Mann kaum zu Gesicht bekommen. Er behauptet arbeiten zu müssen. »Du warst bei ihr. Gib es zu!«, habe ich ihn angebrüllt, als er mich das letzte Mal besucht hat. Ich hatte mir selbst geschworen, dieses Thema nicht anzuschneiden. Doch die Worte waren schon draußen, bevor ich sie noch aufhalten konnte. »Mit dir kann man einfach nicht vernünftig reden«, hatte er erwidert und war aufgestanden. Nachdem er fort war, schien es mir, dass er seit seiner Ankunft nach einem Vorwand gesucht hatte, um sich wieder aus dem Staub zu machen.

Roberts starrt mich mit seinen blauen Augen an, die anscheinend einem gewissen Typ Fernsehzuschauerin die Knie weich werden lassen. Charlie und ich haben mal auf Twitter nach ihm gesucht. ((Twitter))

Ich weiß, dass das bei einem so tragischen Thema unangemessen ist, aber Dr. Roberts? Den würd ich nicht von der Bettkante stoßen. #KannNichtEssenWerdeNichtEssen

Sind alle Psychologen so heiß? Wo muss ich unterschreiben, um mich selbst einzuweisen? LOL. #DrRoberts #KannNichtEssen-WerdeNichtEssen

Wir lachten uns über ein paar der Äußerungen schlapp, doch zugleich warf mich die ganze Sache irgendwie aus der Bahn.

»Worüber hat er mit Ihnen gesprochen?«

Roberts sitzt immer noch zurückgelehnt da. Er hält einen Stift in der Hand, mit dem er sich sanft über die Unterlippe fährt. »Was denken *Sie* denn, worüber er mit mir sprechen wollte?«

Die Lippen fest zusammengepresst, knirsche ich mit den Zähnen und konzentriere mich auf den Stift. Von rechts nach links. Von links nach rechts. Als ich den Anblick nicht mehr länger ertrage, drehe ich den Kopf zur Seite, schaue durch das große Schiebefenster und betrachte die Rasenfläche, die zu dem trüben grauen Bogen des Sees hin abfällt.

Schließlich zucke ich mit den Schultern.

»Keine Ahnung«, erwidere ich. »Vielleicht wollte er einen Bericht?«

»Das war sicher ein Teil davon. Danny wollte wissen, wie Sie hier zurechtkommen. Er sagte, Sie hätten ihm gegenüber erwähnt, sie wollten uns verlassen.«

Das Gefühl des Verrats ist scharf und erstaunlich schmerzhaft.

»Es ist nur, dass ich mich schon so viel besser fühle«, lüge ich. »Ich denke, dass ich zu Hause schneller gesund werden würde.«

»Danny ist anderer Ansicht. Und ich leider auch. Hannah, wir haben viel Arbeit in den Versuch investiert herauszufinden, was genau passiert ist. Doch bis Sie bereit sind, sich den Dingen zu stellen, werden wir immer nur an der Oberfläche kratzen.

»Welchen Dingen soll ich mich denn stellen?«

»Ihrem eigenen Verhalten. Ihrem Denken. Den darunterliegenden Beweggründen.«

Unvermittelt taucht eine Erinnerung in meinem Kopf auf. Ich bastle eine Karte und klebe das Ultraschallbild darauf. Fahre mit der Fingerspitze die Umrisse von Emilys Kopf nach.

»Ich weiß, dass das, was ich getan habe, nicht rational war. Das verstehe ich jetzt. Aber zu dieser Zeit stand ich unter enormem Stress. Es ist außer Kontrolle geraten.«

Ganz bewusst nehme ich wahr, wie sich mein Gaumen trocken und pelzig anfühlt. Ich möchte nicht über Emily sprechen. Zwing mich nicht dazu, über Emily zu sprechen.

»Was ist denn außer Kontrolle geraten, Hannah?«

»Alles.«

Ich kann mich daran erinnern, wie ich in der Badewanne lag, über meinen runden Bauch streichelte und mit ihr sprach. Wie ich ihr von Oma Corinne und ihrem Opa Duncan erzählt habe. Wie ich aufgeblickt und Danny in der Tür gesehen habe, mit einem unergründlichen Ausdruck auf dem Gesicht. »Komm rein und sag Hallo«, habe ich ihn aufgefordert. »Mach ich. Ich muss nur noch diese eine E-Mail schicken.«

»Immer in Eile, dein Papa«, flüsterte ich, nachdem er wieder weg war, und ließ das warme Wasser auf die Rundung meines Bauches tropfen.

Ein wilder, ziehender Schmerz.

»Was mir daran Sorge bereitet, Hannah, ist die Frage, ob das ein Verhaltensmuster ist, diese Weigerung, Ihre eigene Rolle bei dem, was geschehen ist, zu hinterfragen, Verantwortung für Ihre Handlungen zu übernehmen. Nehmen Sie zum Beispiel Ihr Gespräch mit Mr. und Mrs. Chadwick, Charlies Eltern. Das sind trauernde Menschen, die gerade ihre Tochter verloren haben, doch statt ihnen Mitgefühl entgegenzubringen, versuchen Sie, ihnen Ihre Version der Ereignisse aufzuzwingen – dass jemand ihr vorsätzlich etwas angetan hat. Dabei wissen Sie, dass das nicht mit den Fakten übereinstimmt, und konnten sich vorstellen, dass eine emotionale Belastung daraus resultieren würde.«

»Ich wollte nur, dass sie Bescheid wissen, das ist alles.«

»Worüber denn?«

»Darüber, dass nicht alle glauben, dass Charlie sich umgebracht hat.«

»Und Sie hielten das für tröstlich?«

»Nicht tröstlich, aber wahrheitsgemäß.«

»Hannah, Sie sind doch eine intelligente Frau. Sie haben eine liebevolle Familie, einen Ehemann, der Sie unterstützt, einen guten Job. Eine Menge, zu dem Sie wieder zurückkehren können. Aber wir können hier nur einen Teil dazu beitragen. Sie müssen sich auch selbst helfen. Konzentrieren Sie sich auf die Themen, die Sie betreffen. Es geht hier um Ihr Leben. Ihre Familie. Ihre Zukunft. Es ist Ihre Wahl.«

Erst nachdem ich sein Büro wieder verlassen habe und auf dem Weg zurück in den Aufenthaltsraum bin, bemerke ich, dass das wie eine Drohung klingt.

Den ganzen Tag über spukt mir die Gewissheit im Kopf herum, dass Danny mich hintergangen und Roberts gesagt hat, dass er mich nicht zu Hause haben will. Zuerst bin ich deshalb nur verletzt, doch später verwandelt sich mein Schmerz in richtige Wut.

Danny ist schuld. Nur er.

Wenn er bloß entschlossener gewesen wäre. Präsenter. All die Termine, die er verpasst hat. Die Ultraschalluntersuchungen. Es reichte ihm, die Informationen aus zweiter Hand zu bekommen. Eine andere Art von Ehemann hätte sehen können, dass ich nicht ich selbst war. Sogar Marco, unser Nachbar von unten, hatte eine Ahnung. Das habe ich an der Art gesehen, wie er mich beobachtet hat. An seiner Stimme, wenn er mich fragte: »Ist alles in Ordnung?«

Doch Dannys Aufmerksamkeit war woanders gewesen.

Bei ihr. Nicht bei seiner Frau und seiner Tochter.

Und jetzt trifft er sich allein mit Roberts.

Meine Wut ist mächtig, und ich beginne, sie zu genießen. Sie ist eine willkommene Abwechslung zu den Schuldgefühlen, in denen ich schier ertrunken bin. Ich bin auf alle wütend. Auf meine Mutter, weil sie das Geschehene nicht verhindern konnte. Auf Roberts, weil er mich zu kennen glaubt, obwohl er gar nichts über mich weiß. Und auf Charlie, weil sie mich alleingelassen hat.

»Du musst darüber hinwegkommen«, hat Mum mich

ermahnt, als sie mich gestern besucht hat. »Charlie war krank. Genau wie du selbst auch krank warst. Darum bist du hier. Damit es dir bald besser geht.«

Aber nicht deshalb bin ich wütend. Ich bin wütend, weil ich trotz alldem, was Roberts gesagt hat, immer noch nicht glauben kann, dass Charlie sich umgebracht hat.

»Weißt du, es gab eine Zeit, in der ich nicht einmal an den nächsten Tag denken konnte. Nicht mal an die nächste Stunde. Die Zukunft war so angstbesetzt, dass ich mich von einem Augenblick zum nächsten hangeln musste. Doch jetzt buche ich eine Reise für nächsten Sommer. Das ist doch ein Fortschritt, oder?« Das hat Charlie zu mir am Morgen ihres Todestags gesagt.

Doch indem ich nicht glaube, dass sie es getan hat, habe ich mich von allen anderen abgesondert. Früher hätte mich das nicht gestört. Doch nun ist dieses Getrenntsein, dieses Aus-dem-Takt-Geraten gefährlich. Die Lücke zwischen dem eigenen Ich und der herrschenden Meinung ist wie ein Loch, in das man fallen und in dem man ertrinken kann, ohne dass man auch nur ein Platschen hört.

Später am Nachmittag überwacht Darren die Internetsitzung am ovalen Tisch im Aufenthaltsraum. Normalerweise ist uns eine Stunde vor dem Abendessen und der Gesprächstherapie gestattet. Wir ziehen ihn ein bisschen wegen seines violetten Pullovers auf. Sonst zieht sich Darren immer sehr konservativ an – trägt nur karierte Hemden unter blauen oder braunen Pullovern mit V-Ausschnitt, dazu Cordhosen. Doch seit er eine neue Freundin hat, kleidet er sich ein bisschen mutiger. Letzte Woche kam er in einer schwarzen Skinny Jeans an, in der er sich sichtlich unwohl fühlte. Und jetzt ein violetter Pulli.

»Ich wollte einfach nur mal was verändern, das ist alles. Das hat gar nichts mit Jolene zu tun.«

Ihren Namen spricht er Joe-lin aus, betont ihn auf der ersten Silbe. Aber ein solcher Name lässt sich nicht verschleiern. Als die Neckereien ein Ende haben, klappe ich meinen Laptop auf. Es gibt Internetseiten, von deren Besuch hier drin abgeraten wird. Facebook. Twitter. All die Seiten, die uns an unser anderes Leben erinnern. Das Leben, das uns hierher gebracht hat. Mir ist das recht. Ich will nicht wissen, wie toll es im Büro ohne mich läuft oder wie viel Spaß meine Freunde haben – all die Partys und Urlaube und die langen sonntäglichen Mittagessen im Pub. Ich will weder Bilder von ihren Hochzeiten noch von ihren Katzen sehen.

Auch nicht von ihren Babys.

Ich rufe Google auf und gebe William Kingsley ein. Es gibt wahnsinnig viele Treffer, darunter eine Immobilienmaklerkette in Missouri und einen Politiker aus dem 19. Jahrhundert. Als ich auf Seite vier angelangt bin, spüre ich, dass jemand hinter mir steht. Eine Wolke aus Kokosshampoo. Mein Nacken beginnt zu prickeln. Ich klicke Google weg und drehe den Kopf so schnell, dass mich ein stechender Schmerz durchzuckt.

»Was machst du?« Stella steht im Gegenlicht, sodass ihr Gesicht im Dunkeln liegt und es verrückterweise aussieht, als hätte sie einen Heiligenschein.

»Ach, nichts. Ich vertreib mir nur die Zeit.« Ich stütze den Kopf auf beide Hände und bewege ihn langsam von einer Seite zur anderen, versuche, meinen Nacken wieder einzurenken.

Stella stellt einen Stuhl neben meinen und setzt sich. Für ihre Verhältnisse ist sie heute geradezu nachlässig gekleidet, trägt ein schwarzes Samttop und schwarze Leggings. Darren sieht zu uns herüber, läuft rot an und schaut dann wieder weg.

Stella ist ein Rätsel. Manchmal total kindlich, dann scheint sie wieder viel mehr zu wissen, als sie zugibt. Sie steckt voller Geheimnisse. In der Klinik ist sie schon seit fünf Monaten, und immer noch weiß keiner mit Sicherheit, wo sie herkommt, wer sie ist. Mir hat sie erzählt, ihr Vater sei bei der Armee gewesen, er und ihre Mutter hätten überall auf der Welt gelebt, bevor sie schließlich in Washington gelandet seien, wo er jetzt irgendeine Stelle beim Geheimdienst innehat. Stella ist in Devon und Northumberland und Sussex aufs Internat gegangen. Ihre Familie hat Geld. Es existiert ein reicher Großvater mütterlicherseits. Und neue Halbgeschwister, die die roten Haare ihres Stiefvaters geerbt haben. Alkoholmissbrauch ist in allen Generationen ein Problem gewesen.

Stella bekommt nur selten Besuch. Ihre Mutter bezahlt die Gebühren und ruft alle zwei Wochen auf dem Festnetz an. Dass sie es ist, erkenne ich daran, dass Stella praktisch wortlos dasitzt, sich den Hörer ans Ohr hält und dabei vor und zurück schaukelt. Dr. Chakraborty, dessen Patientin sie ist, schickt regelmäßig Mails an ihre Mutter, um sie über die Fortschritte und die Behandlungsmethoden zu unterrichten.

»Das optimale Ergebnis bei Stella wäre, wenn sie sich selbst akzeptieren würde«, stand in einer der Mails. Stella weiß das, weil ihre Mutter am Telefon daraus zitiert hat. Eine Zeitlang haben wir daraus einen Running Gag zwischen uns gemacht. »Das optimale Ergebnis bei diesem Wasserkocher wäre, wenn ich am Ende eine Tasse Tee hätte.«

Obwohl Stellas Familie sehr wohlhabend ist, haben sie ihr nichts mehr gezahlt, als ihnen klar wurde, dass plastische Chirurgie für sie zur Sucht geworden war und sie damit nicht nur einmalig etwas hatte richten lassen wollen. Die Chirurgen in den Staaten und in Großbritannien weigerten sich irgendwann, sie zu behandeln, also ging sie nach Brasilien oder Südkorea und kümmerte sich dabei nicht um die Referenzen der Ärzte, die sie aufschnitten. Als sie dann neunundvierzigtausend Pfund Schulden hatte, benötigte sie eine Notoperation, um einen Fettklumpen entfernen zu lassen, der sich nach einem missglückten Fettabsaugen in der Türkei in ihrer Lunge gebildet hatte. Als sie das Krankenhaus dann wieder verließ, war sie arbeits- und obdachlos und pleite genug, um das Ultimatum ihrer Eltern zu akzeptieren. Sie willigten ein, ihre Schulden zu begleichen, wenn sie sich behandeln ließ.

Und so kam sie hierher.

Ich weiß, dass Stella bei manchen Menschen ein Unwohlsein auslöst. Das liegt an ihren großen blauen Augen, die nie zu blinzeln scheinen. An den scharfen Kanten ihrer Wangenknochen. An den übertriebenen Kurven und der künstlichen Glätte. Daran, dass es einem niemals zu gelingen scheint zu durchschauen, wer sie ist.

Danny kommt mit ihr überhaupt nicht klar. »Findest du nicht, dass sie ein Freak ist?«, fragte er, nachdem er sie kennengelernt hatte. Er sieht an ihr nicht, was ich sehe: das eingesperrte Kind in der wie eine Wurstpelle gespannten Haut.

Nach dem Abendessen sitzen wir wieder in unserem Kreis im vorderen Bereich des Aufenthaltsraums. Heute hat Dr. Chakraborty den Vorsitz der Gesprächstherapie. Er hockt immer ganz zusammengesunken da und wirkt, als wäre es ihm peinlich, hier zu sein.

Da ist er nicht der Einzige.

Früher einmal habe ich vor dem ganzen Verlag Vorträge

gehalten. Ich habe wichtige Autoren auf Lesereisen durch ganz England begleitet, Partys organisiert, für die ich meine schicksten Kleider angezogen habe, und Abende damit verbracht, Leute einander vorzustellen und vollkommen Fremde in ein Gespräch zu verwickeln.

Jetzt sitze ich hier in einem Stuhlkreis, meine Haare könnten eine Wäsche vertragen, meine Nägel sind heruntergekaut, und ich habe tagein, tagaus dieselbe Jogginghose an, weil … na ja, warum auch nicht, und ich erkenne mich überhaupt nicht wieder. Wirklich nicht.

Dr. Chakrabortys Haut hat die Farbe von flüssigem Honig, und er hat braune Augen, die ihm wie kleine, traurige Tümpel im Gesicht stehen. Sein üppiges weißes Haar lässt sein glattes Gesicht beinahe jungenhaft erscheinen. Er sieht einen auf eine Art und Weise an, die fast verschwörerisch wirkt, als säße man ziemlich überraschend mit ihm im selben Boot. »Das ist ja mal ein Ding!«, scheint seine Miene auszudrücken. »Sie und ich. Hier. Wer hätte das gedacht?«

Charlie hat mir mal verraten, dass er geschieden ist, und dass auch das für ihn überraschend kam. »Anscheinend hat ihn seine Frau nicht vorgewarnt. Er ist von der Arbeit nach Hause gekommen, und sie war weg.« Ich habe nicht nachgefragt, woher sie das wusste. So war Charlie einfach. Die Menschen vertrauten sich ihr an.

Nun wendet er sich an mich: »Hannah, letztes Mal haben wir darüber gesprochen, warum Sie hier sind.«

Wenn er das so sagt und nicht ausdrücklich über meinen Nervenzusammenbruch spricht, könnte ich mich für seinen Takt in ihn verlieben und dafür, dass er einen Moment lang nach unten blickt, wie aus Achtung für meine Gefühle, ganz im Gegensatz zu Roberts, dessen eisblaue Augen einen wie Skalpelle sezieren und so das minderwertige, pochende Durcheinander offenlegen, das man ist.

Dr. Chakraborty sieht seine Notizen durch. »Sie erinnern sich, Sie haben mit uns über die Fehlgeburt gesprochen, die künstliche Befruchtung, darüber, wie es sich anfühlte, als um sie herum alle Freundinnen schwanger wurden, manche scheinbar ungeplant, und dass es sich jeden Monat, wenn ihre Regel kam, anfühlte wie ein Todesfall.«

Alle schauen mich jetzt an, und ich schlucke. Es ist, als ob mir ein Golfball in der Kehle steckte.

»Können Sie uns jetzt auf den letzten Stand bringen? Können wir über«, Dr. Chakraborty macht eine kurze Pause und blickt noch einmal in sein Notizbuch, das offen auf seinem Schoß liegt, »Steffie sprechen? Können Sie uns etwas über Steffie erzählen?«

Das ist ein Name, den ich noch nie laut ausgesprochen habe. Ich vermeide es sogar, an ihn zu denken, als hätte schon der Klang dieser beiden miteinander verbundenen Silben magische Kräfte. Ihn also zweimal im selben Atemzug ausgesprochen zu hören, ist wie ein physischer Schock. Ich bin mir meines pochenden Herzens bewusst und habe einen metallischen Geschmack im Mund.

»Ich rede nicht gern über sie.« Beim Sprechen kommt es mir vor, als würden meine Worte meine Zunge abschmirgeln.

Dr. Chakraborty nickt verständnisvoll. »Natürlich. Wie auch? Und trotzdem.«

Und trotzdem ist es jetzt so weit. Und ich bin hier, um gesund zu werden. Um gesund zu werden, muss ich darüber reden. Und das fängt mit ihr an.

Steffie.

Locken, dick wie Tintenfischarme und glänzend schwarz.

Ein bloßes braunes Knie. Ein Lächeln, das sich mir um die Kehle schlang und sich allmählich immer fester zuzog, bis ich keine Luft mehr bekam. Dunkle Augen, die mit dem Kameraobjektiv flirteten. Es war nur ein Foto, das aus einem Roman gefallen war, den Danny im Flugzeug gelesen hatte und der in der Innentasche des Koffers steckte, den Danny immer nach Edinburgh mitnahm. Diesen Koffer habe ich vorher nie angerührt. Doch Mum hatte übers Wochenende wegfahren müssen, und der Riemen an ihrer Reisetasche war gerissen, sodass sie sich eine hatte ausleihen wollen, und ich hatte keine Lust gehabt, auf den Speicher zu gehen und nach meiner eigenen zu suchen. Der Koffer war dunkelblau und aus irgendeinem glänzenden Nylonstoff. Ich erinnere mich immer noch an das Geräusch des Reißverschlusses, als ich die Seitentasche aufgemacht habe, an meine Neugier wegen des Romans, ob es derjenige war, den mir Megan vor ein paar Jahren geschenkt und von dem ich geglaubt hatte, ich hätte ihn verloren. An den weißen Blitz des Fotos, als es zu Boden flatterte. Wie ich es umdrehte und diese schwarzen Locken sah. Das Lächeln. Da wusste ich Bescheid.

»Danny verbringt viel Zeit in Edinburgh«, erkläre ich der Gruppe. »Wir haben immer gewusst, dass das Teil des Jobs ist. Früher hat er es gehasst, und am Abend, bevor er weg musste, war er immer schlecht gelaunt. Von heute auf morgen hat sich das ins Gegenteil verkehrt. Er war launisch, wenn er heimkam, und wenn der Zeitpunkt näher rückte, zu dem er zurück nach Schottland musste, blühte er regelrecht auf. Daher wusste ich, dass etwas nicht stimmte. Als ich dann das Foto entdeckt habe …« Ich verstumme. Schlucke. Dem ist nichts hinzuzufügen.

»Männer sind Schweine«, sagt Judith, an niemanden im Speziellen gerichtet.

»Ich hoffe, du hast ihm die Hölle heiß gemacht«, wagt Frannie sich vor.

»Erst hat er behauptet, dass er sie kaum kennen würde. Nachdem ich nicht locker ließ, hat er irgendwann zugegeben, dass sie als Freie für seine Firma arbeitet. Für die Firma meines Vaters. Und schließlich hat er ungefähr um vier Uhr morgens zugegeben, dass sie sich einmal beim Ausgehen abends geküsst hatten. ›Aber das war alles.‹«

Dr. Chakraborty sieht mich an und seufzt. Ich frage mich, ob er an seine Frau denkt, und hoffe, dass er sich nicht zu beschissen fühlt. Dann frage ich mich, warum ich mir um ihn Sorgen mache, wenn doch mein eigener Bauch rumort und ich Stiche direkt unterhalb meines Herzens verspüre.

»Was ist dann passiert, Hannah?«

Das will ich ihm nicht sagen. Ich will nicht daran denken. Ich will mich nicht erinnern, wie Danny schließlich einschlief, ich sein Gesicht betrachtet habe und er mir wie ein komplett Fremder vorkam. Oder wie ich aus dem Bett aufgestanden bin und das Foto aus meiner Wäscheschublade geholt habe, wo ich es versteckt hatte. Dann holte ich einen roten Kuli aus der Küchenschublade und fuhr damit immer und immer wieder durch diese lebensfrohen Augen, bis ich den Karton durchgedrückt hatte. SCHLAMPE kritzelte ich auf die Rückseite.

»Dann hat sich alles wieder normalisiert.«

Nur, dass das nicht stimmt. Es war, als hätte jemand unser voriges Leben genommen und es um ein paar Grad gedreht, sodass alles fast gleich aussah und sich doch nichts richtig anfühlte.

»Was ist schon normal? Wer entscheidet das?«, fragt Odelle. Und dann sieht sie sich um und blickt in Drews ständig präsente Kamera, als wollte sie sicherstellen, dass er das auch aufgezeichnet hat.

»Ich dachte, Steffie wäre fort.« Fast ersticke ich an dem Namen. »Danny hatte behauptet, dass sie das Unternehmen verlassen habe. Er stimmte sogar einem neuen Versuch von künstlicher Befruchtung zu, den er bisher immer vehement abgelehnt hatte. Diesmal wollte er sich an eine Privatklinik wenden, um die Wartezeit zu vermeiden.«

»Und dann?«, bohrt Dr. Chakraborty nach.

»Und dann«, sage ich und nicke, als wäre das eine Feststellung gewesen und nicht etwa eine Frage.

Wir hatten uns geeinigt, die ganze Angelegenheit hinter uns zu lassen. Wir verstanden uns auch besser als seit einer ganzen Weile. Ich hatte das Passwort zu seinem Telefon und zu seinem E-Mail-Konto. Danny hat die Tendenz, in Gesprächen sehr dominant zu sein und einen durch seine Entschlossenheit niederzureden. Doch nun gab er sich Mühe auch zuzuhören. Machte absichtlich Pausen, um mir die Gelegenheit zu geben, das zu sagen, was mir wichtig war. Wir kamen überein, drei Monate lang nicht das »B-Wort« zu verwenden, was sich als befreiend herausstellte. Dass wir uns nun frei von der Leber weg unterhalten konnten, ohne bei einem emotional aufgeladenen Gespräch über Babys zu landen, änderte die Dynamik zwischen uns. Eines Samstagmorgens saßen wir im Auto und fuhren irgendwohin. Wahrscheinlich zum Supermarkt. Ich erinnere mich, wie ich Danny angeschaut und dabei gedacht habe, wie verändert er mir vorkam. Ich fragte mich, ob er einen neuen Haarschnitt hätte oder neue Kleidung, oder ob er einfach nur älter geworden war, ohne dass ich etwas davon mitbekommen hatte. Irgendwann fiel mir auf, dass er lachte. Ich hatte ihn lange nicht mehr lachen sehen.

»Und dann, Hannah?« Dr. Chakraborty fixiert mich mit seinem traurigen »Was kann man da machen«-Blick, und Frannie, die neben ihm sitzt, lächelt mich an. Es ist ein nervöses Lächeln, das sofort wieder verschwunden ist, als hätte irgendetwas es verschreckt. Und ich weiß, dass ich darauf zu sprechen kommen muss. Denn ich muss gesund werden. Ich muss wieder nach Hause.

»An einem Wochenende war Danny gestresst, weil er die Visitenkarte eines potenziellen Kunden verlegt hatte. Ich half ihm beim Suchen. Ich war in unserem Schlafzimmer und durchsuchte seine Jackentaschen. Da entdeckte ich sein Telefon.«

Ein winziges schwarzes Plastikding. Ein Prepaidhandy. Ich war so begriffsstutzig, dass mir zuerst gar nicht klar war, was das bedeutete. Ich drehte es in meiner Hand und musste dabei fast lachen. Es war beinahe ein Museumsstück. Noch immer verwirrt, aber nicht besorgt, schaltete ich es an. Und ging zum Telefonbuch. Darin war nur eine Nummer gespeichert. Eine Einzige.

Ich stand in unserem Schlafzimmer und hörte Danny dabei zu, wie er in der Küche herumschepperte und sich halblaut beklagte: »Ich weiß, dass sie hier war. Warum musst du immer alles wegräumen? Warum kannst du die Sachen nicht an ihrem Platz lassen?« Kinderstimmen drangen aus dem Garten herein. Marcos Neffen mussten zu Besuch sein. Es roch nach Holzkohle. Die Grillsaison fing wohl verfrüht an. Und ich stand da mitten in unserem Schlafzimmer und starrte auf die Nummer in einem Telefonbuch auf einem Schrotthandy.

Da wusste ich es. Und setzte mich alldem dennoch aus, als verdiente ich den Schmerz. Ich rief die Nummer an. Es klingelte dreimal. Ihre Stimme klang rauchig, und ein Lachen gluckerte unter der Oberfläche.

»Süßer! Was für eine schöne Überraschung! Sag mir nicht, dass du *schon wieder* Milch holen bist. Du musst doch den größten Kühlschrank der Welt haben.«

»Süßer?«, frage ich nun in die Runde. »Welche erwachsene Frau sagt so was?«

Dann ging ich mit dem schwarzen Plastiktelefon in der ausgestreckten Hand in die Küche. »Hast du die Karte …?« Dannys Frage blieb ihm im Hals stecken, als er sah, was ich in der Hand hatte.

Süßer, dachte ich und sah ihn dabei an.

Darauf folgte die schreckliche Zeit. Tränen und Vorwürfe und Dementis. Ultimaten, gefolgt von schamlosem Betteln. Ich wollte, dass er auszog. Nein, ohne ihn konnte ich nicht leben. Ich hasste ihn. Ich liebte ihn. Ich war verrückt. Verrückt. Verrückt. Und die ganze Zeit über schwankte Danny zwischen ihr und mir. »Du bist der Fels in meiner Brandung«, erzählte er mir. »Aber sie ist mein pochendes Herz.«

»Sie war sein pochendes Herz«, sage ich in die Runde. Nina, die bis jetzt still dagesessen hat, sieht auf, während Frannie aufkeucht. Aus Feingefühl wendet sich Dr. Chakraborty ab.

Schließlich hat Danny sich entschieden. Er wollte mich. Er wollte alles tun, um mich zurückzugewinnen. Er machte Versprechungen. Künstliche Befruchtung. Adoption. Er bot an zu kündigen. Er gab mir jedes einzelne Internet- und E-Mail-Passwort. Rief mich fünf, sieben, zehnmal am Tag an.

Ich gab nach. Ich liebte ihn. Megan war der Meinung, ich sei eine Idiotin. Doch was wusste sie schon von Liebe? Kündigen konnte er jedoch nicht, denn wir brauchten das Geld, vor allem, wenn wir jetzt auf die nächste künstliche Befruchtung sparen mussten. Außerdem wollte ich nicht, dass Dad erfuhr, dass etwas nicht stimmte. Doch von unterwegs rief er mich nun morgens, mittags und abends an, und wir hatten eine Abmachung: Wenn ich anrief, würde er immer rangehen, sogar mitten in einer Besprechung.

Regeln. Wir glaubten, dass wir Eifersucht und Liebe mit Regeln einhegen könnten. Und Trauer. Denn Danny trauerte.

Über den Verlust seines »pochenden Herzens«.

Wir kamen wieder auf die richtige Spur.

»Du musst ein ziemlich schwaches Selbstbewusstsein haben«, wirft Judith ein.

Ich blicke zu Stella, und wir lächeln uns an. Schwaches Selbstbewusstsein. Ist das nicht der Grund, warum wir alle hier sind?

Erneut bastelten Danny und ich »Normalität« aus den Scherben unseres früheren Lebens zusammen. Was machte es schon, wenn ein paar Löcher darin klafften, wo kleine Stücke herausgebrochen oder zu Staub zerfallen waren? Das übersahen wir geflissentlich.

Ich fuhr zusammen mit meiner Mutter und meiner Schwester nach Kreta in den Urlaub. Ich dachte, ich wäre glücklich.

Doch dann klopfte es an der Tür.

»Warum klopfte es? Habt ihr keine Klingel?«

Die Frage stammt von einer jungen Frau, die erst seit gestern hier ist und deren Namen ich ständig wieder vergesse. Caroline? Catherine? Caitlin? Sie hat irgendeine

Zwangsneurose, schätze ich. Damit liegt man hier selten falsch.

»Sie stand vor der Tür«, erkläre ich. »Einer der Jungs von unten hatte sie reingelassen. Sie behauptete, mit Danny befreundet zu sein. Und dass sie ihn überraschen wolle.«

Es war Freitagabend. Wir wollten gerade ausgehen. Ich hatte ein neues Oberteil an. Ich kann mich immer noch daran erinnern, wie ich mich gefreut habe, als ich es aus der Tüte zog. An das Rascheln des Seidenpapiers. Das Wispern perlmuttfarbener Seide. Ich trug meine schwarze Lieblingsjeans und wollte das Outfit mit ein paar Keilabsatzschuhen aus schwarzem Wildleder abrunden, doch bis dahin war ich noch nicht gekommen, als es an der Tür klopfte. Also öffnete ich barfuß. Später beschäftigte mich, dass sie mir keine Chance gelassen hatte, Schuhe anzuziehen.

Als ich die Tür aufmachte, rechnete ich mit Marco oder Phil von unten.

Doch ich sah schwarze Locken unter einer weißen Pudelmütze. Eine Lederjacke mit geöffnetem Reißverschluss. Leggings. Motorradstiefel.

Sie war schwanger.

Ich lehne mich auf dem Stuhl zurück.

»Ich will jetzt nicht mehr weiterreden.«

15

CORINNE

Um halb sieben Uhr abends in London, was bedeutete, dass in New York gerade die Mittagszeit vorbei war, skypte Corinne sie an, doch Megan sah schon müde aus. Es war das Erste, was Corinne auffiel. Ihre jüngere Tochter redete auf diese abgehackte Weise, schlingerte ohne Überleitung von einem Thema zum nächsten, sodass man sich wie ein Passagier auf einem besonders ruckeligen Flug fühlte. Corinne sah sich ihr Gesicht auf dem Bildschirm genau an. Megan war immer schon mager gewesen, doch nun lagen dunkle Schatten unter ihren Augen, und ihre Züge wirkten fragil.

Corinne wäre am liebsten durch den Bildschirm hindurch in das winzige Brooklyner Wohnzimmer ihrer Tochter geschlüpft, mit dem Holzboden voller Bücherstapel und Videospiele und Jacken und Schuhe, als wäre sie gerade erst eingezogen, obwohl sie dort inzwischen doch schon wenigstens sechs Monate lebte. Sie hätte sich auf die abgenutzte Couch neben sie gesetzt, ihr den Arm um die knochigen Schultern gelegt und versucht, sie zu beruhigen.

»Durchatmen«, hätte sie zu ihr gesagt. »Nimm dir nicht alles so zu Herzen.«

»Ich kapiere nicht, warum sie immer noch da drin ist«,

sagte Megan. Und weil die Verbindung nicht allzu gut war, und auch weil das ein bisschen Megans Art war, klangen ihre Worte unzusammenhängend, purzelten ihr unvermittelt aus dem Mund.

»Sie versucht ja, gesund zu werden, Liebes. Sie möchte so stabil wie möglich sein, bevor sie wieder nach Hause zu Danny geht.«

Megan führte eine Hand zum Mund und begann, an der Haut neben ihrem Daumennagel zu kauen. Corinne schluckte den Drang herunter, ihr zu sagen, sie solle damit aufhören.

Megan murmelte irgendetwas, doch weil sie noch immer den Daumen im Mund hatte, konnte Corinne sie nicht richtig verstehen.

»Ich weiß nicht, warum sie überhaupt zu ihm zurückwill. Er tut ihr nicht gut.«

»Megan!« Corinnes Tonfall war mahnend. Als Hannah und Megan sich wegen Hannahs Beziehung gestritten hatten, kurz bevor Megs nach New York gezogen war, war ein dunkler Riss mitten in Corinnes Leben entstanden. Sie hatte immer geglaubt, dass ihre Töchter eine starke Einheit bildeten, sodass die Distanziertheit zwischen ihnen, die trotz allem noch immer andauerte, sie gefühlsmäßig sehr mitnahm.

Auf dem Bildschirm zupfte Megan an ihrem Haar herum, wickelte es um ihren Finger, wie sie es schon als Kind getan hatte. Corinne spürte, wie ihr ein eisiger Schauer über den Rücken lief. »Du weißt irgendwas, oder?«, fragte sie ihre Tochter anklagend.

»Was? Ich weiß gar nichts. Wovon redest du?«

Du weißt etwas über Hannah und Danny, das du mir nicht erzählt hast.«

Megans Blick zuckte zur Seite und dann wieder nach

unten. Sie wollte überall hinschauen, nur nicht ins Gesicht ihrer Mutter.

»Warte mal.« Irgendetwas zog sich fest in Corinnes Brust zusammen, während sie das Zimmer durchquerte, um etwas aus ihrer Handtasche zu ziehen. Da war es. »Wer ist das?« Sie hielt das Foto vor die Computerkamera, sodass es den ganzen Bildschirm ausfüllte. SCHLAMPE, schrien die wütenden roten Buchstaben auf der Rückseite, und auch wenn Corinne wusste, dass Hannah sie geschrieben hatte, fühlte es sich noch immer so an, als würde die Frau auf dem Foto sie direkt ansprechen. »Also?«

Die Sache mit Megan war die: Sie war unfähig zu lügen. »Ich hab ihr versprochen, dir nichts zu sagen.«

»Mir was nicht zu sagen, Megs? Das hat was mit Danny zu tun, stimmt's? Hatte er eine Affäre mit dieser Frau?«

Megan hob den Blick, senkte ihn wieder, nickte.

Obwohl es nur die Bestätigung dessen war, was sie bereits vermutet hatte, raubte diese Enthüllung Corinne den Atem.

»Nimm es nicht persönlich, Mum.« Megan erriet, was ihr gerade durch den Kopf ging. »Sie wollte nur nicht, dass du Danny verurteilst, das ist alles. Sie wollte, dass du ihn weiter magst. Darum hat sie sich auch so über mich geärgert. Weil ich nicht in der Lage war, weiterhin so zu tun, als wäre Danny irgendwie der perfekte Mann.«

»Aber das muss entsetzlich für sie gewesen sein. Sie liebt ihn doch so sehr. Wann ist das passiert?«

Megan zuckte mit den Schultern, sie sah Corinne immer noch nicht an. »Letztes Jahr, glaub ich.«

»Da ist noch irgendwas, oder? Was verheimlichst du mir, Megan?«

Das Herumgekaue an ihrem Daumen wurde immer

heftiger, bis schließlich ein kleiner Blutstropfen erschien. Corinne versuchte, sich auf etwas anderes zu konzentrieren. Auf das Fenster hinter Megan, durch das sie noch einen grauen Streifen Tageslicht sehen konnte, was sie an die fünf Stunden Zeitverschiebung erinnerte, die zwischen ihnen lagen. Ihre eigenen Vorhänge waren bereits zugezogen vor der freudlosen Londoner Nacht. Ihr Magen krampfte sich zusammen wegen der Dinge, die sie nicht wusste, die ihr verheimlicht worden waren. Doch sie war sicher, dass noch Einiges folgen würde, und das wollte sie hören.

»Sie war schwanger, Mum.«

Einen Moment lang machte Corinne der Schock dumm, und sie sagte: »Na ja, ich weiß …«

Megan schnaubte genervt. »*Sie* war schwanger. Steffie Garitson.«

Corinne wurde übel. Die Tatsache, dass diese Frau einen Namen hatte und dass Megan diesen Namen kannte, erschien ihr geradezu obszön.

»Warum hab ich davon nichts gewusst?«, rief sie. »Ich hätte doch helfen können.«

»Ach ja, und wie? Hättest du die Zellen vielleicht dazu bringen können, sich wieder voneinander zu trennen? Oder das Sperma dahin zurückschicken, wo es herkam?«

»Du musst jetzt nicht sarkastisch werden, Megan.«

»Sorry.«

Nun ergab alles einen Sinn. Alles. All diese Warums, die sie Nacht für Nacht wach gehalten hatten. Warum Hannah Danny rausgeworfen hatte. Warum sie mit Megan aneinandergeraten war. In ihr ballte sich eine Wut zusammen, die stärker als alles war, das sie seit Langem gefühlt hatte, und Corinne wurde klar, wie sehr sie ihre Gefühle unterdrückt hatte, seit Hannah das alles passiert war, so lange schon hatte sie nicht gewagt, sie rauszulassen. Sie hatte sich davor gefürchtet, wie tief diese Gefühle reichten.

Danny. Wie sehr sie doch versucht hatte, ihn zu unterstützen, seit Hannah erkrankt war. Wie sehr ihr Hannahs Verhalten leidgetan hatte. Wie sie sich wieder und wieder entschuldigt hatte. Ihre Tochter ihm gegenüber gerechtfertigt hatte. Und die ganze Zeit über …

Da fiel ihr plötzlich noch etwas anderes ein. »Ich war gerade da«, sprudelte es aus ihr heraus. »Vor ein paar Tagen. Ich habe Emilys Zimmer ausgeräumt. Damit er es nicht selbst tun musste.«

Nun war es an Megan, wütend zu werden. »Verdammte Scheiße, Mum! Wie soll es Hannah denn jemals besser gehen, wenn du so was machst?«

»Wenn ich was mache?«

»Du weißt ganz genau, was. Hör dir doch mal selbst zu! *Emilys Zimmer?*«

Corinne schloss die Augen und spürte, wie die Welt um sie herum ins Wanken geriet, während ihre eigenen Worte in ihr widerhallten.

16

HANNAH

»Ich verstehe, dass das schmerzhaft für Sie ist, Hannah. Aber Sie machen das großartig. Wenn Sie können, hätte ich gern, dass Sie fortfahren.«

Als Dr. Chakraborty eine ermunternde Geste macht, rutscht sein Jackettärmel hoch, und eine silberne Uhr hebt sich von seinem glatten, braunen Handgelenk ab. Ich konzentriere mich auf diese Uhr, um mich von den Erinnerungen abzulenken, zu denen er mich hinlotsen will.

Emily ruft mich aus einem weit entfernten Raum. Ich versuche, den Klang in meinem Kopf scharfzustellen, doch er entgleitet mir immer wieder.

»Ja, du machst das sehr gut, Hannah«, mischt Odelle sich ein und wirft noch einmal einen Seitenblick Richtung Kamera.

Die Bewegung macht mich wütend. »Können Sie die dazu bringen, das Scheißding auszuschalten?«, blaffe ich.

Dr. Chakraborty blickt auffordernd nach hinten. »Wenn es Ihnen nichts ausmacht, meine Herren?«

»No problemo«, erwidert Justin.

Drew senkt die Kamera und starrt, bis Justin scharf zu ihm sagt: »Drew, *aus!*«

Als sich die Tür hinter ihnen schließt, kann ich meine Angst auf nichts mehr als mich selbst richten. Ich höre sie in meinem Ohr wie das hohe Summen einer Mücke.

»Sie wollten also gerade sagen …, Hannah?« Dr. Chakraborty spricht mit seiner ruhigen, langsamen Stimme.

Ich versuche, ihn aus meinem Bewusstsein zu blocken, um Emily wiederzufinden, doch sie ist nicht mehr da.

»Diese Frau, Dans Freundin«, er macht mit seinen Fingern die Geste für Anführungszeichen, doch das Wort hängt überdeutlich im Raum. »Sie steht also vor Ihrer Tür. Schwanger. Das muss doch ein furchtbarer Schock gewesen sein.«

Und nicht nur für mich. Ich erinnere mich an Dannys Gesicht, als er sie sah, farblos, wie ausgeblichen. Ich schnappte nach Luft. Ich dachte, ich müsste mich übergeben. Ich stützte die Hände auf die Knie.

»Ich wusste nichts davon«, wiederholte er immer wieder. »Ich wusste nicht, dass sie kommen würde.«

Und da stand sie nun mitten in meinem Wohnzimmer, mit ihrer niedlichen weißen Mütze und den Locken, ihr Mund formulierte eine Entschuldigung, doch ihr Blick tanzte auf meinem Grab. Und ihr Bauch … Er war nicht riesig, aber es reichte.

»Es war die Art, wie sie darüber streichelte«, sage ich nun. »Als hätte sie ihn selbst im Töpferkurs hergestellt.«

Die neue Frau, deren Name mir jetzt einfällt – Katy – nickt heftig, um zu signalisieren, dass sie das gut versteht. Ich erhasche Stellas Blick, und sie lächelt. *Das optimale Ergebnis bei dieser Geschichte wäre … wenn sie niemals passiert wäre.*

»Wie haben Sie sich da gefühlt, Hannah? Als Ihnen klar wurde, wer sie war und in welchem Zustand?«

Mit »Zustand« meint Dr. Chakraborty »Schwangerschaft«.

Möglicherweise bin ich in ihn verliebt.

»Ich habe mich … taub gefühlt.«

Aber das stimmt nicht ganz. Ich fühlte so viele Gefühle auf einmal, dass sie sich gegenseitig neutralisierten. Genau wie Weiß nicht die Abwesenheit von Farbe ist, sondern die Mischung *aller* Farben, die so die Illusion erzeugen, sie wären *gar keine* Farbe.

»Und nachdem sie Ihnen erzählt hatte, dass die Affäre nie beendet worden war? Was fühlten Sie da ihr gegenüber?«

»Sie stand nicht ganz oben auf meiner NBF-Liste.« Nachdem mir das herausgerutscht ist, fühle ich mich schlecht, denn ich sehe Dr. Chakrabortys trauriges, verwirrtes Gesicht.

»NBF heißt Neue Beste Freundin«, übersetzt Odelle für ihn.

»Natürlich habe ich sie gehasst«, sage ich unangemessenerweise. »Sie hatte etwas Furcht einflößendes an sich.«

»Damit hast du nur deine Ängste auf sie projiziert«, wirft Judith ein, die schon zum fünften Mal hier ist und sich als eine Art Expertin betrachtet. »Sie stellte für dich eine Bedrohung dar, also hast du sie auch als bedrohlich wahrgenommen.«

Das ist eine gute Theorie. Aber sie entspricht nicht der Wahrheit. Trotz der niedlichen Mütze und der Motorradstiefel war ich mir sicher, dass unter Steffies Oberfläche etwas Dunkles schlummerte.

»Haben Sie mit ihr gesprochen und versucht, weitere Einzelheiten in Erfahrung zu bringen?«

»Ich wollte keine Einzelheiten. Ich wollte nur, dass sie mein Zuhause wieder verlässt.«

Ich sehe mich wie ein Kind mit auf die Ohren gepressten Händen auf dem Sofa sitzen – *wenn ich dich weder hören noch sehen kann, gibt es dich auch nicht.* »Bring sie weg, bring sie weg, bring sie weg, bring sie weg.« Immer und immer wieder.

»Und danach?«

»Hab ich ihn rausgeworfen. Und bin zusammengebrochen.«

Buchstäblich. Teile sind von mir abgefallen. Die Haare fielen mir aus. Meine Haut wurde trocken und schuppig. Ich entschuldigte mich im Büro, bei Mum. Ich ertrank in Scham. Die Frau, die ihrem Ehemann nicht genug war. Die Frau, die kein Kind bekommen konnte.

Danny kam in die Wohnung und weinte, als er mich so sah. Er versuchte, sich zu erklären. Er lebte mit mir zusammen, doch paradoxerweise war sie es, die dafür sorgte, dass er sich lebendig fühlte. Sein pochendes Herz. Ich rastete vollkommen aus. Hasste ihn. Bettelte ihn an. Und dann fickte ich mit ihm. Wollte jeden Zentimeter von ihm wieder für mich beanspruchen. Ich war zu der Frau geworden, die nie zu werden, ich mir immer geschworen hatte. Die Frau, die ich immer schon verachtet hatte. Die sich in alle Richtungen verbog, um einem Mann gerecht zu werden, die sich auflöste, bis nichts mehr von ihr übrig war.

»Können Sie uns jetzt von der Schwangerschaft erzählen, Hannah?«, fragt Dr. Chakraborty sanft. »Von Ihrer eigenen Schwangerschaft, meine ich.«

Als er das sagt, fühle ich einen schrecklichen Schmerz. Warum muss er das so sagen? Warum ist er nicht bei »Zustand« geblieben? Ich schließe die Augen und strenge mich an, um Emily zu hören, doch sie ist nicht da. Stattdessen gibt es nur eine dunkle Trauer. Ich zwinge mich dazu, mich zu erinnern, wann es begonnen hat, dass ich mich so gerädert fühlte, obwohl ich nachts dann nicht einschlafen konnte. Mir war ununterbrochen schlecht. Becks machte sich Sorgen. Sie wollte, dass ich einen Arzt aufsuchte. Sie rief Megan an, die damit drohte, Mum alles zu sagen.

Also ging ich zum Arzt und ließ mir ein paar Pillen verschreiben. »Könnte es sein, dass Sie schwanger sind?« Ich lachte ihn aus.

Doch dann wurde ich den Gedanken nicht mehr los. Es war doch möglich. Die Ärzte hatten immer behauptet, es gebe keinen Grund, dass ich nicht schwanger werden könne. Die Übelkeit wurde schlimmer, vor allem morgens. Meine Brüste wurden schwerer. Ich machte einen Schwangerschaftstest. Nichts. Doch zu diesem Zeitpunkt war ich bereits eine Expertin in Fehlertoleranzen, kannte die Wahrscheinlichkeit, in der ein Test ein falsches Ergebnis ausspuckte.

Jeden Morgen bemerkte ich nun neue Veränderungen an meinem Körper. Ein Ziehen in meinem Unterleib, ein Gefühl, als würden sich die Dinge dort neu sortieren. Eine übernatürliche Erschöpfung, eine plötzliche, heftige Abneigung gegenüber Dingen, die ich vorher ganz problemlos ertragen hatte. Oliven in Orangenöl oder Kaffeeduft, den ich vorher geliebt hatte.

Mein Bauch begann anzuschwellen. Meine Brüste schmerzten.

»Wann haben Sie den Leuten davon erzählt, Hannah?«

»Das musste ich nicht. Sie bemerkten es von allein.«

Als Megan vor unserem furchtbaren Streit vorbeikam, hatte ich noch immer mein Nachthemd an, na ja, ein dünnes T-Shirt, das ich im Bett trage, und sofort nachdem sie mich gesehen hatte, rief sie: »Oh, mein Gott, du bist schwanger!« Mein Bauch trat schon im zweiten Monat deutlich hervor. Meine Brüste hatten eine ganze Körbchengröße zugelegt.

Und nachdem Megan es einmal ausgesprochen hatte, konnte Mum gar nicht verstehen, warum es ihr nicht ebenfalls aufgefallen war.

»Ich wette, Danny ist ausgerastet«, meldet sich Judith mit einer gewissen Befriedigung zu Wort. »Zwei Frauen, die zur gleichen Zeit schwanger sind. Das sieht nicht so gut aus, oder?«

»Ach, ich weiß nicht«, entgegnet Katy. »Manche Männer legen es sogar darauf an. Das lässt sie männlich wirken.«

»Er wurde kreidebleich, als ich es ihm erzählte.

»Und dann?«, fragt Dr. Chakraborty nach.

»Dann ist er wieder bei mir eingezogen.«

So leicht war es nicht gewesen. Es gab viel Hin und Her. An manchen Tagen wollte ich ihn zurück, an anderen konnte ich nicht mal seinen Anblick ertragen.

Für ein paar Tage besuchte er seine Eltern. Und als er von dort zurückkam, war er anders. Voller Reue. Er hatte einen Fehler begangen. Er wollte alles wieder ins Lot bringen. Seine Mutter hatte ihm die Augen dafür geöffnet, dass sein Platz an meiner Seite war. Ich hätte nie gedacht, dass ich der spießigen Victoria Lovell mal dankbar sein würde, doch die Schwangerschaft überzeugte sie dann offenbar doch von mir und gab mir Hoffnung für eine harmonischere Zukunft.

Sie – Steffie, das pochende Herz – war wieder bei ihren Eltern in Tunbridge Wells eingezogen. Kurz darauf teilte sie ihm mit, sie habe das Baby verloren. Da tat sie mir leid. Kurzzeitig. Denn diesen speziellen Schmerz kannte ich ja gut.

Ich hielt durch. Nachts im Bett strich ich mir über den immer größeren Bauch und sagte dem Baby – ihr, denn ich wusste bereits, dass es ein Mädchen sein würde –, dass wir es auch allein schaffen würden. In manchen Nächten glaubte ich sogar daran. Doch schlussendlich nahm ich ihn dann doch zurück. Ich liebte ihn. Er zog wieder ein, und wenn ich ihn einen Scheißkerl nannte, stimmte er mir zu, wenn ich sagte, dass ich ihn hasste, verstand er es, und wenn ich weinte, nahm er mich in den Arm.

Meg hielt mich für verrückt. Bei unserer letzten Begegnung hatten wir einen hässlichen Streit. Dann brach sie auf nach New York, ohne dass wir uns noch hätten versöhnen können. Seitdem haben wir kein Wort mehr miteinander gesprochen.

Ich vermisse meine Schwester. Aber ich habe mich für meinen Ehemann entschieden.

Ich wurde dicker. Alles wurde ruhiger. Das Baby, Emily, ermöglichte es mir und Danny, uns einen neuen Anstrich der Zusammengehörigkeit zu geben.

An manchen Tagen waren wir sogar glücklich.

Wir haben das Kinderzimmer gestrichen, eine Krippe gekauft und den niedrigen blauen Sessel aus dem Wohnzimmer dorthin gestellt. Dannys Eltern schickten uns das hässliche Mobile mit den ganzen Bauernhoftieren, und ich weigerte mich nicht, als er drauf bestand, es aufzuhängen. Mum war nicht wohl bei der Sache. Sie glaubte, dass wir das Schicksal herausforderten. Doch wir mussten es einfach tun. Sie wusste nicht, dass wir manchmal sogar durch unser ungeborenes Kind miteinander kommunizierten. *»Sag Daddy, dass er noch Zähne putzen muss. Ich kann immer noch das Knoblauchhühnchen von gestern Abend riechen.« – »Versuch es so einzurichten, dass Mummy, wenn du dann kommst, diese Brüste behält, okay?«*

Danny arbeitete weiterhin in Edinburgh, doch ich wusste durch unauffälliges Nachfragen in Dads Firma, dass Steffie Schottland dauerhaft den Rücken gekehrt hatte. Außerdem rief er mich die ganze Zeit an und nahm immer den ersten Flug nach Hause, selbst wenn das bedeutete, dass er die halbe Nacht unterwegs war.

»Und die ganze Zeit über gab es weiter negative Tests?«

Katy ist entschlossen, alles richtig zu verstehen.

»Ich habe keine Tests mehr gemacht. Ich hatte Zeitschriftenartikel über Frauen gelesen, die ausgegangen und sich total betrunken hatten, weil sie glaubten, nicht schwanger zu sein.«

Hören Sie auf Ihren Körper, hieß es in diesen Artikeln. Ich hörte auf meinen Körper. Und der sagte mir, dass er schwanger war.

Unvermittelt richte ich mich auf und lausche angestrengt nach Emily, aber da ist nichts.

»Wann hat das erste Mal jemand die Möglichkeit einer Pseudocyesis erwähnt?«, fragt Dr. Chakraborty.

Odelle lehnt sich zu Katy hinüber. »Das bedeutet Scheinschwangerschaft.«

Mir wird schwarz vor Augen.

17

CORINNE

Megan starrte sie noch immer böse über den Computerbildschirm an, und Corinne schämte sich. Nach allem, was passiert war, sprach sie immer noch von »Emily«, als hätte es sie wirklich gegeben. Ein lebendiges Wesen, ein sich teilender Zellhaufen, der im Schutz von Hannahs anschwellendem Bauch immer weiterwuchs.

Ein Enkelkind.

Selbst jetzt, nach all den psychiatrischen Gutachten und den medizinischen Erklärungen und den schlaflosen Nächten, die sie auf Google verbracht hatte, konnte Corinne noch immer nicht ganz fassen, dass es passiert war.

»War es meine Schuld?«, fragte sie nun Megan, obwohl sie das schon so oft besprochen hatten.

»Red keinen Unsinn, Mum.«

»Aber warum hab ich denn nicht gemerkt, dass etwas komisch war? Dass die Arzttermine und die Ultraschalluntersuchungen alle immer genau dann stattfanden, wenn Danny fort war? Dass sie Ultraschallbilder ausschnitt und sie auf Karten klebte, statt uns das ganze Bild zu zeigen?«

Wie sich letztendlich herausstellte, hatte Hannah sie aus dem Internet ausgedruckt. Und dann den Teil weggeschnitten, auf dem »Baby Jenkins« oder »Baby Cooper« stand.

Alle Zeichen waren da«, erwiderte Megan. »Sie sah schwanger aus. Wir haben ihren Bauch doch gesehen, verdammt noch mal. Und ihren Busen. Wir konnten das nicht ahnen.«

Die erste Psychologin, die sie aufgesucht hatten, eine Frau mit blonden Strähnchen und einem mitfühlenden Gesichtsausdruck, der Corinne praktisch sofort in Tränen ausbrechen ließ, hatte ihnen erklärt, dass der Körper mancher Frauen sie buchstäblich austrickse und sie glauben mache, sie wären schwanger. Dabei imitiere er sogar den Hormonspiegel einer Schwangerschaft. So etwas würde überraschend oft passieren.

Doch was ist mit der bewussten Täuschung, hatte Duncan gefragt. Die Arzttermine, die es nie gegeben hatte. Wie konnte sie das erklären?

Die Ärztin war sich da nicht sicher, vermutete aber eine Art dissoziativer Störung. Hatte Hannah in letzter Zeit irgendwelche größeren Krisen durchlebt? So etwas konnte eine Abkopplung von der Realität verursachen. »Wenn man einen gefühlsmäßig aufgeladenen Wunsch verspürt, besteht die Möglichkeit, sich von dem Teil seiner selbst abzuspalten, der sich bewusst ist, dass dieser Wunsch mit der Wirklichkeit nicht zu vereinbaren ist«, fuhr die Ärztin fort.

Corinne war sich zu dieser Zeit keiner Lebenskrise bewusst gewesen. Weil Megan ihr nichts von Danny und dieser anderen Frau erzählt hatte.

»Was weißt du sonst noch über sie, über diese *Steffie?*« Ihr Blick ging wieder zu dem Foto, das neben ihr auf dem Sofa lag. Die bloßen gebräunten Beine in den abgeschnittenen Shorts. Die weiße Jacke über dem vollkommen flachen Bauch.

Megan zuckte mit den Schultern. »Ihre Familie kommt aus Tunbridge Wells, das hat Hannah mir erzählt. Vielleicht ist sie wieder dorthin zurückgegangen. Mit ein bisschen Glück verfeinert sie ihre Fähigkeiten gerade an den ahnungslosen Typen in Kent. Mum …«

Eine Pause entstand.

»Mum, ich wünschte, Hannah würde mir erlauben, sie zu besuchen. Hast du denn mit ihr geredet?«

Corinne nickte. »Sie ist noch immer verletzt, Megs. Wegen der Dinge, die du über Danny gesagt hast.«

»Aber irgendwer musste ihr doch die Wahrheit sagen.«

»Liebling, es tut mir leid, aber irgendwann wirst du begreifen, dass die Wahrheit das Allerletzte ist, was die meisten von uns hören wollen. Hannah wird sich wieder einkriegen. Warte einfach, bis sie aus der Klinik draußen und wieder zu Hause ist.«

Megan verabschiedete sich mit einem kurzen »Tschüss«, sodass Corinne eben noch ihr Gesicht gesehen und erneut bei sich gedacht hatte, wie müde sie aussah, und im nächsten Augenblick nur noch das Foto von ihnen dreien auf Kreta da gewesen war, das sie als Hintergrundbild verwendete.

Es wirkte wie aus einem anderen Leben.

Ohne darüber nachzudenken, rief Corinne Google auf und tippte »Steffie Garitson, Tunbridge Wells« ein. Kaum Treffer. Ein Facebook-Profil, das zu einer Seite mit dem Bild führte, das Corinne bereits kannte – diesmal allerdings mit Augen –, alles andere darauf war für die Öffentlichkeit nicht sichtbar.

Dann probierte sie »Stephanie Garitson« aus, was ein paar weitere Treffer ergab. Einer war ein Eintrag von 192.com, bei dem die Adresse verborgen war, der jedoch die anderen Bewohner des Hauses auflistete. Jeremy Garitson. Patricia Garitson. Jacob Garitson.

Corinne googelte nach Jeremy Garitson in Tunbridge Wells. Sie stieß auf ein LinkedIn-Profil, konnte es aber nicht einsehen. Außerdem gab es einen Artikel aus einer Lokalzeitung, in dem er neben ein paar anderen erklärte, warum er für den Brexit gestimmt hatte.

Nichts, was ihn identifizierbar gemacht hätte.

Patricia Garitson war ergiebiger. Sie hatte ihre eigene Cateringfirma, und deren Adresse war aufgeführt und sah ziemlich nach einer Wohnadresse aus. Bingo.

Corinne notierte sich die Informationen sorgfältig und überschrieb sie mit STEFFIE GARITSON, was sie ordentlich unterstrich.

Dann schloss sie den Browser und starrte erneut auf das Foto auf ihrem Bildschirm, auf dem sie und ihre Töchter lächelten.

Schließlich blickte sie auf den Namen und die Adresse, die in ihrer zackigen, schrägen Handschrift auf dem Zettel standen. Hass ballte sich in ihr zusammen und wurde dicht, hart und fest.

18

HANNAH

Nach der Gruppentherapie gehe ich, noch immer aufgewühlt, in mein Zimmer.

Dr. Chakraborty sagt, es sei ein Durchbruch gewesen, weil ich mir endlich eingestanden hätte, dass es kein Baby gegeben hat, das hätte ich wirklich gut gemacht. Aber ich fühle mich ausgelaugt und schutzlos.

Scheinschwangerschaft. Für diese Einordnung schäme ich mich. Ich könnte mir genauso gut »irre« auf die Stirn tätowieren lassen. Und doch hatte sich nichts daran wie »Schein« angefühlt. Ganz sicher auch nicht »hysterisch«, die andere hübsche Bezeichnung für das, was mir passiert ist.

Eingebildet. Hysterisch. Verrückt.

Sogar jetzt noch ist es mir unmöglich hinzunehmen, dass mein Körper mich so vollkommen täuschen konnte. Die Gewichtszunahme, die Bauchkrämpfe, die Übelkeit. Konnte das wirklich nur ein böser Streich meiner eigenen Biologie gewesen sein?

Diesen Teil muss ich akzeptieren. Was ich aber noch immer nicht akzeptieren kann, ist meine eigene Rolle bei all dem. Die Art, wie ich mich mit meinem verlogenen Körper verbrüdert habe, um so mich und Danny und alle anderen hinters Licht zu führen. Die nicht existenten Termine, zu denen ich behauptete, gegangen zu sein. Die Ultraschalluntersuchungen, die es niemals gegeben hatte. Wie hatte ich das nur tun können?

»Ist das deine Vorstellung von Rache?«, hat er mich in jener furchtbaren Nacht im Krankenhaus angebrüllt.

Die Ärztin hatte ihn dann beiseitegenommen und ihm erklärt, dass der Geist manchmal, wenn er etwas wirklich will, den Körper dazu bringen kann, etwas zu glauben, was nicht der Wahrheit entspricht. Dass meine Gebärmutter vergrößert sei, als wäre ich wirklich schwanger. Dass ich nun durch eine Trauerphase ginge, als hätte es wirklich ein Baby gegeben, hatte sie ihm erläutert, und allmählich hatte er sich wieder beruhigt.

Ich gehe durch die Tür am Ende des Flurs in den Neubau hinüber. Es ist immer ein Schock, aus der schlecht beleuchteten georgianischen Herrlichkeit in den hellen Übergang mit der niedrigen Decke und den klaren, symmetrischen Winkeln zu treten. Ich wende mich nach links und steige die beiden kurzen Treppen hinauf. Dann öffne ich die Tür zu meinem Zimmer und schalte das Licht an, das eine Art Summen von sich gibt, das mich am Anfang immer wachgehalten hat, das ich inzwischen aber beinahe tröstlich finde. Ich setze mich an den Schminktisch. Das Foto von Charlie als Teenager, das ich aus ihrem Schreibtisch gestohlen habe, steckt unten im Rahmen des Spiegels. Mit all der Güte der älteren Charlie, aber nichts von ihrem Kummer, lächelt sie mich von ihrem gestreiften Liegestuhl aus an. In dem bruchsicheren Spiegel betrachte ich mich und stelle fest, dass ich zehn Jahre älter aussehe und dunkle Ringe unter den Augen habe. Ich nehme meine Bürste und bearbeite damit mein

Haar in langen, rhythmischen Strichen. Die monotone Bewegung beruhigt mich, und kurz denke ich nicht mehr an die Gruppentherapie, vergesse, wie das Wort Scheinschwangerschaft sich wie ein Elektroschock in meinem Hirn anfühlte und wie jemand mir den Arm um die Schulter legte und ich einen Augenblick lang glaubte, es wäre Charlie. Als ich die Augen öffnete, war es allerdings Stella, und Dr. Chakraborty lächelte mich an, als hätte ich gerade mein Chemieexamen bestanden.

Ich mustere mich im Spiegel und denke nur noch daran, dass ich mir die Zähne putzen muss und wie sehr es mir auf den Zeiger geht, dass wir hier drin keine Zahnseide benutzen dürfen, als etwas, das hinter mir auf dem Bett liegt, meine Aufmerksamkeit erregt. Es ist klein und hellblau. Ich sehe genauer in den stumpfen Spiegel, und auf einmal bildet sich in meinem Bauch ein harter Knoten aus Angst.

Dann schreie ich los.

19

LAURA

In dem schmalen Flur vor der Wohnung ihrer Mutter zählte Laura beim Einatmen bis sieben, hielt dann für vier Sekunden die Luft an und atmete schließlich wieder aus, wobei sie bis acht zählte. Durch das kontrollierte Atmen versuchte sie, ihren Kopf freizubekommen, doch ihre Gedanken verhakten sich trotzdem noch in den Dingen, die sie umgaben – die Fußmatte vor der Nachbarwohnung mit dem fröhlichen »Willkommen« darauf, was im Widerspruch dazu stand, dass – soweit Laura wusste – Mrs. Papadakis niemals Besuch bekam, die flackernde Leuchtstoffröhre, die alles in kränkliches gelbes Licht tauchte, und die verblassenden Zettel in dem Glaskasten: »Im Brandfall«, »Hausordnung«, »Notfallplan«. Nichts in diesem Flur änderte sich jemals. Weder die blauen PVC-Fliesen noch die Metallnummern an den Türen noch der durchdringende Geruch nach Tütensuppen.

Sobald sie eintrat und den Fernseher aus dem Wohnzimmer kreischen hörte, wusste Laura, dass Katya da war. Wie erwartet, fand sie die junge Frau dann auch in dem Ledersessel vor. Die Füße in den Häschenpantoffeln hatte sie hochgelegt und hielt sich ein zusammengeknülltes Taschentuch ans Gesicht, ihre Wangen waren tränenüberströmt.

»Das ist lang getrennte Familie«, erklärte Katya und sah dabei kaum vom Fernseher auf. »Davina hat gerade Mutter diese Frau gefunden. Fünfunddreißig Jahren suchen. Ist sehr traurig.«

Laura warf einen Blick auf den Bildschirm, auf dem eine untersetzte Frau mit blondierten Haaren und übertrieben nachgezeichneten Augenbrauen schluchzte.

»Ich sage ihr kurz Hallo«, kündigte Laura an. Katya nickte, ohne noch einmal aufzusehen.

Das Zimmer ihrer Mutter lag dem Wohnzimmer direkt gegenüber. Vor langer Zeit hatte Laura ein Türschild mit einem Bild von ihrer Mutter in jungen Jahren angefertigt, es auf einen rosa Karton geklebt und mit aus Zeitschriften ausgeschnittenen Blumen umrahmt. Die Karte und das Foto waren seither verblasst, einige der Blumen waren abgefallen und hatten das gelbe Klebeband darunter zum Vorschein kommen lassen.

Eine schwere Last senkte sich auf Lauras Brust. Doch es gelang ihr, ihr Gesicht beim Eintreten zu etwas wie einem Lächeln zu verziehen.

»Ich bin's nur! Ich dachte, ich komme vorbei, um nachzusehen, wie es dir heute geht, Mummy. Hübsch siehst du aus! Hat Katya dir wieder die Haare gemacht?«

Lauras Mutter saß aufrecht im Bett und trug den orangefarbenen Schlafanzug, den Laura ihr zur Aufmunterung gekauft hatte. Ihr schütteres braunes Haar war mit zwei Spangen in der Form von rosa Plastikschleifen nach hinten gesteckt worden. Ihr Kopf neigte sich zu einer Seite, und ein dünner Speichelfaden lief ihr aus dem Mundwinkel. Laura wischte ihn mit dem Lappen weg, der an der weißen Ablage über dem Bett ihrer Mutter hing.

»Besser so, oder?«

Laura setzte sich aufs Bett und ergriff die Hand ihrer Mutter. Man konnte kaum glauben, dass sich Knochen darin befanden. Es fühlte sich an, als hielte man Händchen mit einem dieser mehligen Brötchen, die in altmodischen Bäckereien noch verkauft wurden.

»Du erinnerst dich doch an die Patientin, von der ich dir erzählt habe. Hannah. Nun, ich mache mir noch immer Sorgen. Du erinnerst dich doch, dass zwei der jungen Frauen sich umgebracht haben? Und wie tragisch das war? Weißt du noch, dass ich dir das erzählt habe? Na ja, Hannah kann das nicht akzeptieren. Will es nicht akzeptieren. Verweigert sich total. Und das hat zu einem besorgniserregenden, zwanghaften Verhalten geführt.«

Ihre Mutter machte ein Geräusch, das einem tiefen Stöhnen ähnelte, und Laura lehnte sich vor und tupfte ihr noch einmal den Mund mit dem Lappen ab. Dann lehnte sie sich zurück, um das Ergebnis zu begutachten, und seufzte.

»Du hast recht, Mummy. Ich muss mich zurückhalten und darf mich da nicht so sehr mit reinziehen lassen. Das ist nicht gesund. Ich muss lernen, die Dinge hinzunehmen, die ich nicht ändern kann. Annabel sagt das auch immer. Diese armen Frauen in der Klinik. Sie sind so furchtbar verloren. Die Welt ist für sie so furchterregend. Wenigstens habe ich dich, und du hast mich. Wir haben solches Glück.«

20

HANNAH

Ich schreie noch immer und sehe dabei auf das Spiegelbild des Gegenstands, den ich natürlich sofort erkenne.

Das sollte ich auch. Immerhin habe ich ihn gekauft.

In der Mittagspause hatte ich mir ein Sandwich holen wollen. Ich war im fünften Monat nicht schwanger. Brie konnte ich nicht essen. Ist rohes Ei in der Mayonnaise? Keinen Kaffee für mich. Keinen Alkohol.

Total bescheuert.

Es lag im Schaufenster eines Spielzeugladens, an dem ich schon eine Million Mal vorbeigegangen war, ohne es jemals wirklich wahrzunehmen. Es war aus hellblauem Plüsch und hatte schwarze knittrige Augen, die es unglaublich witzig wirken ließen. Und es hatte lange, weiche Ohren. Ich war hineingegangen und hatte es gekauft, obwohl Danny mir das Versprechen abgenommen hatte, keine weiteren Babysachen mehr zu besorgen. »Deine Mutter sagt, damit fordert man das Schicksal heraus«, hatte er mich ermahnt. Dennoch konnte ich nicht widerstehen, Danny an jenem Abend das Plüschhäschen zu zeigen. Er zog die Augenbrauen hoch und schüttelte den Kopf, sagte aber nichts. Später sah ich, wie er in Emilys Zimmer stand, es in die Hand nahm und sehr lange anstarrte.

Und jetzt liegt es hier auf meinem Bett und erinnert mich an all die Dinge, die ich mir einst erhofft hatte.

Nur dass da, wo einmal seine Ohren waren, jetzt bloß noch zwei kleine blaue Stummel sind, durch die sich die weiße Füllung beinahe obszön hervordrückt. Zögernd drehe ich mich um. Meine Hand zittert, als ich sie ausstrecke, um den verstümmelten Hasen aufzuheben. Seit jener Nacht im Krankenhaus habe ich keine Babysachen mehr angerührt. Eine Flutwelle aus Kummer erfasst mich, die durch das Spielzeug und meine Finger hindurch direkt in meinen Blutkreislauf zu fließen scheint. Ich rolle mich auf dem Bett zusammen, als könnte ich mich ganz klein machen, so klein, bis ich schließlich verschwinde.

Alarmiert durch mein Wimmern platzt Darren herein. Er hat diese Woche Nachtdienst und sieht wahnsinnig müde aus.

»Was ist passiert?«, fragt er außer Atem.

Ich jammere leise vor mich hin und halte als Antwort das Plüschtier hoch. »Es ist eine Nachricht«, sprudelt es dann unzusammenhängend aus mir hervor. »Von ihr. Von meinem Baby.«

Als ich mich schließlich halbwegs beruhigt habe, lasse ich Darren den Hasen anschauen. In seinem Gesicht suche ich nach Anzeichen dafür, dass er die Sache lustig findet, bemerke aber nichts dergleichen.

»Jemand hat es für mich hierhin gelegt«, sage ich, endlich wieder bei Sinnen. »Um mich aufzuregen.«

Also doch keine Nachricht von dem erfundenen Baby, wie ich ursprünglich beschlossen hatte.

»Könnte es vielleicht einfach nur ein Geschenk sein?«, fragt Darren. »Könnte jemand dich damit aufmuntern wollen?«

»Indem er die Ohren abschneidet?«

Wo ich ihn jetzt noch einmal genauer betrachte, fällt mir auf, dass es nicht derselbe Hase ist, der zu Hause im Kinderzimmer lag. Zum einen ist er größer und außerdem gar nicht aus Plüsch, sondern aus einer Art flauschigem Kunstpelz. Und doch ist die Ähnlichkeit zu groß, um an einen Zufall zu glauben. Ich möchte wissen, wie er in mein Zimmer gelangt ist. Inzwischen ist auch eine der Nachtschwestern hier, Janice, eine ältere Frau mit molligen Handgelenken und einem freundlichen Gesicht. Eigentlich sollen sie immer zu zweit kommen, doch Janice ist nicht in Form und trifft daher erst mehrere Minuten nach Darren ein, mit roten Wangen und schwer atmend.

»Was ist mit den Ohren passiert?«, fragt sie.

Janice hat auch keine Ahnung, wie der ohrenlose Hase auf meinem Bett landen konnte, aber sie ist ja auch erst seit ein paar Stunden im Dienst. Sie hält es für eine himmelschreiende Schande, dass jemand so etwas mit einem nagelneuen Spielzeug macht. So viele kranke Kinder im Krankenhaus hätten sich über diesen Hasen gefreut, sagt sie.

Dann gehen sie wieder. Darren verspricht, bei Ankunft der Tagschicht Nachforschungen darüber anzustellen, wie das Spielzeug in mein Zimmer gelangen konnte. Er verhält sich respektvoll und beruhigend. Aber ich weiß, was er denkt. Am Ende des Tages ist es doch nichts weiter als ein Spielzeug, oder?

Sie gehen und nehmen den Hasen mit, Janice presst ihn sich gegen den Busen, als handelte es sich um ein lebendiges Tier.

Ich lausche erst auf ihre leisen Schritte im Flur, dann auf

das Zuschlagen der Tür zum Treppenhaus. Schließlich lege ich mich ganz auf die andere Seite des Bettes und achte darauf, nicht mit der Stelle in Berührung zu kommen, an der der Hase gelegen hat.

21

CORINNE

Auf einer schmalen Hauptstraße kurz vor Tunbridge Wells im zäh fließenden Verkehr stehend, zweifelte Corinne bereits an ihrem Unterfangen.

Als sie an diesem Morgen aufgebrochen war, war sie voller Energie gewesen. Nach all diesen Wochen der Hilflosigkeit, hatte es sich gut angefühlt, endlich etwas tun zu können. Doch mit jeder Minute, in der sie eingekeilt die Bremslichter des vor ihr fahrenden Wagens betrachtete, fiel ein bisschen dieser Zielstrebigkeit von ihr ab, bis sie sich kaum noch erinnern konnte, warum ihr das hier jemals wie eine gute Idee erschienen war.

Sie versuchte, sich auf die Stadt zu konzentrieren. So schöne Gebäude. So viele Antiquitätenläden und skurrile, kleine Teestuben.

So viel Verkehr.

Sie verfuhr sich in einem Netz aus Einbahnstraßen und hielt an, um Google Maps anzubrüllen, worüber sich ein vorbeifahrender Radfahrer amüsierte, aber schließlich bog sie in eine breite Straße mit weit nach hinten versetzten Häusern ein. Vor einer halb frei stehenden Villa mit Stuckfassade parkte sie. Vom Vorgarten aus warf ein riesiger

Ahornbaum einen dunklen Schatten über die Fassade, die sich dadurch von den angrenzenden, in das fahle Licht der Wintersonne getauchten, Häusern unterschied. Während sie den Weg zur Eingangstür zurücklegte, starrte das mehrfach verglaste Fenster in der Vorderfront sie wie das Auge eines Zyklopen an, und Corinne spürte, wie sie eine Gänsehaut bekam.

Ihr Ärger und das Wissen darum, dass Steffie Garitsons dicke schwarze Locken und nackte braune Knie ihre Familie zerstört hatten, hatten sie hierher geführt. Corinne hatte sich vorgestellt, wie dieses Lächeln sich erst in einen schockierten und dann in einen beschämten Ausdruck verwandeln würde, wenn sie ihr schilderte, welche Konsequenzen ihr Tun nach sich gezogen hatte. Sie hatte sich Steffies Mutter vorgestellt, diese Patricia Garitson, wie sie aus der Küche trat und sich die bemehlten Caterer-Hände an der Schürze abwischte. Ihr Vater, der am Wochenende nicht arbeiten musste, säße einfach da und läse Zeitung. Wahrscheinlich hatten sie keine Ahnung davon, was ihre Tochter getan hatte, was für verheerenden Schaden sie angerichtet hatte. Doch nun stand sie hier und war sich nicht mehr so sicher. Was, wenn Steffie alles abstritt? Ihre Eltern würden sich doch auf ihre Seite schlagen, oder? Corinne konnte sich vorstellen, wie abgeschmackt es werden würde. Wie in einer Nachmittagstalkshow.

Als sie sich der Eingangstür über den langen Weg näherte, der in einem bedrückend strengen Gitter mit quadratischen Bodenplatten gefliest war, verlangsamte sich ihr Schritt. Gerade zog sie in Betracht, umzukehren oder zumindest noch einmal zum Auto zurückzugehen und sich telefonisch anzukündigen. Doch noch bevor sie dazu Gelegenheit hatte, schwang die große Eingangstür auf und gab den Blick auf eine schlanke Gestalt in einem weichen grauen Pullikleid frei, die den Arm voller roter Rosen hatte.

»Kann ich Ihnen behilflich sein?« Das Lächeln glich dem der jungen Frau auf dem Foto, aber die braunen Augen blickten argwöhnisch.

Corinne atmete tief durch. »Ist Stephanie … Steffie … da?«

Die Frau hielt kurz inne und verlagerte das Blumenbündel, und Corinne bemerkte in diesem Moment, dass sie in der anderen Hand eine Schere aus rostfreiem Stahl hielt.

»Entschuldigung«, sagte sie und wedelte damit herum. »Ich habe gerade die hier abgeschnitten.« Wie ihre Tochter hatte sie ein Grübchen, und Gold blitzte beim Sprechen hinten in ihrem Mund auf. »Steffie ist nicht hier, tut mir leid. Sie ist seit Monaten nicht mehr hier gewesen.«

»Wer ist da?« Eine Männerstimme drang aus dem Haus.

»Eine Freundin von Steffie.«

»Nein. Keine Freundin. Hören Sie, darf ich kurz reinkommen? Sie müssen die doch ins Wasser stellen.«

Die Frau musterte Corinne. Doch obwohl Corinne nach ihrer nachdrücklichen Zurückweisung eines freundschaftlichen Verhältnisses zu ihrer Tochter Misstrauen oder sogar Feindseligkeit erwartet hätte, legte Patricia Garitson keins von beidem an den Tag. »Ich würde einfach nur gern kurz mit Ihnen und Ihrem Mann über Steffie sprechen.«

Corinne war nicht darauf vorbereitet, ihre Familiengeheimnisse so zwischen Tür und Angel herauszuposaunen. Und falls Jeremy Garitson zu Hause war, wollte sie auch lieber mit beiden gleichzeitig sprechen. Irgendwo in ihrem Hinterkopf existierte die Hoffnung, dass sie, indem sie sich die

Unterstützung ihrer Eltern sicherte, gewährleisten konnte, dass sich Steffie von ihrer Tochter und deren Ehemann ein für alle Mal fernhalten würde.

Patricia Garitson schaute sie noch einen weiteren Moment an und lächelte dann wieder. »Folgen Sie mir.« Sie machte kehrt und ging durch einen Flur, dessen beeindruckende Ausmaße durch einen neutralen Wandanstrich und die Originalstuckaturen an der Decke noch unterstrichen wurden. Direkt vor sich erblickte Corinne ein großes weiß gerahmtes Familienfoto, das ganz offensichtlich in einem teuren Studio aufgenommen worden war. Auf dem Bild war Steffie noch ein Teenager und trug ein altmodisches Kropfband um ihren schlanken Hals, doch selbst aus der Ferne war sie an ihren schwarzen Locken sofort zu erkennen. Bei ihrem Anblick sog Corinne scharf die Luft ein. Die gesamte Familie Garitson – eine jünger wirkende Patricia, Steffie, ein Mann, von dem Corinne annahm, dass es sich bei ihm um Jeremy handelte, und ein kleiner Junge mit dunklem Haar und hellen Augen – war weiß gekleidet, als wären sie alle Mitglieder derselben Band. Obwohl sie alle lächelten, hatte das Foto etwas Aufgesetztes, eine gewisse Steifheit. Erst als sie näher kam, bemerkte Corinne, dass das, was sie zunächst für ein Kropfband gehalten hatte, eigentlich ein verblasster silbriger Strich war, doch sie hatte keine Zeit, einen genaueren Blick darauf zu werfen.

Sie folgte ihrer Gastgeberin, ging an einem förmlichen Wohnzimmer zu ihrer Rechten vorbei, das in Elfenbeintönen gehalten war und in dem zwei cremefarbene Sofas einander zu beiden Seiten eines gläsernen Couchtischs gegenüberstanden. Wie schafften Leute es, so eine Einrichtung in Ordnung zu halten, fragte sich Corinne. Bei ihr zu Hause wären

Rotweinflecken auf den Sofas und schlammige Fußspuren überall auf diesen weißen flauschigen Teppichen.

Die zweite Tür führte in eine große moderne Küche mit Reihen glänzend weißer Schränke ohne Griffe und einem weißen Tisch mit weißen Lederstühlen, die ordentlich daruntergerückt waren. Vier aus weißem Plastik und Chrom geformte Barhocker standen entlang der Frühstückstheke an der hinteren Seite der großen Kücheninsel. Und auf dem Hocker ganz links saß ein zur Eleganz der Einrichtung passender Mann mit akkurat gestutztem weißem Kinnbart und Brille. Er drückte mit verbissener Konzentration auf den Tasten seines Telefons herum.

»Eine Freundin von Steffie?«, sagte er und blickte auf. »Wie schön!«

Corinne sah sich also gezwungen zu wiederholen, dass sie keineswegs Steffies Freundin sei, obwohl sie es nicht mehr in dem schrillen Tonfall sagte wie vorhin seiner Frau gegenüber.

Der Mann sprang von seinem Hocker. Dabei zeigte sich, dass er kleiner war, als es zuerst den Anschein gehabt hatte. Er schüttelte Corinnes Hand, wobei er sie von Kopf bis Fuß wohlwollend musterte. Sein Händedruck war überraschend fest, und Corinne hoffte, dass sie nicht wie ein Backfisch errötete.

»Ich bin Patricia Garitson«, sagte Steffies Mutter und warf die Rosen auf die Arbeitsplatte. Ein Blütenblatt löste sich, flatterte hinab und bildete einen roten Fleck auf dem strahlend weißen Boden. »Und das ist mein Mann Jeremy.«

Endlich ließ Jeremy Garitson ihre Hand wieder los. Corinnes Handfläche glühte an der Stelle, an der er sie so fest gedrückt hatte.

»Hat Steffie wieder irgendwas angestellt?«, fragte Patricia und wandte sich erneut den Rosen zu.

Corinne war ein bisschen aus der Bahn geworfen. Sie wirkten so wenig überrascht über ihren doch eigentlich unerwarteten Besuch. Sie hatten nicht die Brauen hochgezogen, als sie eingetreten war, und einander auch keinen Blick zugeworfen, der ausdrücken sollte: »Wer ist diese komische Frau?«

»Es tut mir leid, Ihnen sagen zu müssen, dass Ihre Tochter … das heißt, ich nehme mal an, dass sie Ihre Tochter ist …«

Corinne blickte von ihm zu ihr und wartete auf irgendeine Form von Bestätigung, die aber nicht erfolgte.

»Sie hat sich mit meinem Schwiegersohn eingelassen. Das soll heißen, dass sie eine Affäre hatten. Es tut mir leid, Ihnen sagen zu müssen, dass meine Tochter deshalb so aufgewühlt war, dass sie einen Nervenzusammenbruch erlitten hat und sich inzwischen einer psychiatrischen Behandlung unterziehen muss.«

»Oje, es tut mir furchtbar leid, das zu hören«, erwiderte Jeremy Garitson fast schon, bevor Corinne überhaupt ihren Satz beendet hatte. »Steffie ist ein sehr leidenschaftlicher Mensch. Sie hat die Neigung, ihrem Herzen zu folgen. Das ist nicht immer ratsam.« Er zuckte mit den Schultern, und Corinne biss sich auf die Lippe.

»Das muss für Sie sehr besorgniserregend sein«, fügte seine Frau hinzu und musterte Corinne noch einmal eingehender. Sie stand unter einem der Leuchtstrahler, dessen Licht sich in ihrem linken Auge spiegelte.

Corinne war auf eine schockierte Reaktion gefasst gewesen. Vielleicht sogar auf Unglauben. Und doch schauten die Garitsons einander noch immer nicht an. Sie fixierten die ganze Zeit über nur Corinne, die sich unter ihren Blicken zunehmend unwohl fühlte. Ihr Mund war trocken, wie mit

Sägespänen gefüllt, und sie machte ein Geräusch, als würde sie sich räuspern.

»Die Sache ist die«, sagte Jeremy nun liebenswürdig, setzte sich wieder auf seinen Hocker und bot auch Corinne einen Platz an, »Stephanie ist erwachsen und trifft ihre eigenen Entscheidungen.« Dann lächelte er, und Corinne fiel auf, wie sehr seine Eckzähne die Schneidezähne überragten.

»Und wie selbstsüchtig diese Entscheidungen auch immer sein mögen, gibt es nicht viel, was wir dagegen tun können«, fügte seine Frau hinzu.

»Nicht selbstsüchtig. Heißblütig vielleicht.« Jeremy Garitson lächelte noch immer, doch seine Stimme klang hart.

»Ich dachte nur, Sie könnten … Sie war schwanger, wissen Sie?«, platzte Corinne heraus. Sie hatte nicht geplant, das zu erzählen, da sie wusste, dass es ein Vertrauensbruch zu viel war. Aber sie musste zu diesem Paar durchdringen, ihnen klarmachen, wie viel hier auf dem Spiel stand.

»Dessen sind wir uns sehr wohl bewusst«, sagte Mr. Garitson. Jetzt wo er nicht mehr lächelte, war es, als hätte jemand ein Neonlicht ausgeknipst. Seine tief liegenden Augen wirkten wie zwei kleine graue Taschen.

Corinne spürte, wie sie ins Schwanken geriet. »Ich dachte nur, es wäre in unser aller Interesse, vor allem auch in Steffies, wenn …«

»Die meisten Dinge, die Stephanie tut, sind in Stephanies Interesse.« Patricia Garitson änderte nie ihren freundlichen, fast singenden Tonfall, den sie von Anfang an angeschlagen hatte, und Corinne war dadurch tief getroffen. Sie konnte sich nicht daran erinnern, jemals eine Mutter auf so eigenartig leidenschaftslose Weise über ihr Kind sprechen hören zu haben.

»Vielleicht ist es ja besser, wenn ich persönlich mit Steffie rede. Könnten Sie mir ihre Mailadresse oder Telefonnummer geben?«

»Ich fürchte, das ist keine gute Idee«, entgegnete Jeremy Garitson. »Was auch immer Steffie getan oder nicht getan hat, Sie werden sicher verstehen, dass sie immer noch unsere Tochter bleibt und wir sie lieben.«

Ein Schnalzen ertönte, als Patricia ihr dunkles Haar mit einem Gummi, das sie sich vom Handgelenk gezogen hatte, auf den Kopf hochband.

»Nun, vielleicht könnten Sie sie dann einfach darum bitten, sich von meinem Schwiegersohn fernzuhalten.«

»Natürlich«, erwiderte Jeremy und lächelte auf eine Weise, die anzeigte, dass das Gespräch beendet war. »Obwohl ich Ihnen nichts versprechen kann. Meine Tochter hat ihren eigenen Kopf.« In der Art und Weise, wie er es sagte, schwang etwas wie Bewunderung mit.

Corinne wandte sich zum Gehen, doch als sie an der Küchentür angekommen war, rief Patricia Garitson ihr noch einmal nach. Als sie sich umdrehte, sah sie die Frau mitten in der Küche stehen. Noch immer hielt sie die Schere in der einen Hand und eine Rose in der anderen. Den Kopf hatte sie leicht geneigt.

»Hören Sie, Sie scheinen ein netter Mensch zu sein. Als Mutter verstehe ich Ihr Bedürfnis, Ihr Kind zu beschützen. Steffie hat *Probleme,* und darum sollten Sie – sollte *Hannah* – wissen, dass sie sich in London aufhält und …«

»Pat!« In Jeremy Garitsons Stimme lag eine unmissverständliche Warnung.

Kurz presste Patricia Garitson die Lippen aufeinander. »Wie auch immer, wir werden Ihre Nachricht auf jeden Fall weitergeben«, sagte sie dann. Der Stahl blitzte, als sie das Ende des Blumenstängels abzwickte.

Corinne ging schnell zur Straße zurück, hörte, wie die Tür hinter ihr zuschlug, und hatte Mühe, sich auf die Garitsons einen Reim zu machen. Dieses schöne Haus, das attraktive, freundliche Paar.

Und doch.

Tränen standen ihr in den Augen. Der Ausflug nach Tunbridge Wells war von ihrer Ohnmacht angetrieben worden. Sie hatte gehofft, Steffies Familie werde ihr helfen, Steffie von Danny fernzuhalten. Aber nun hatte sie den Eindruck, dass sie alles nur schlimmer gemacht hatte.

Sie stand neben ihrem Auto und fischte in ihrer Tasche nach dem Schlüssel, da vernahm Corinne Schritte hinter sich. Sie erwartete eigentlich, dass sie vorübergehen würden, versteifte sich dann aber, als sie hinter ihr zum Stehen kamen. Irgendwer atmete ihr direkt in den Nacken.

Mit klopfendem Herzen fuhr sie herum.

Nur wenige Zentimeter von ihr entfernt stand ein untersetzter junger Mann. Seine Haut wirkte käsig und verquollen und hatte einen Gelbstich, als wäre es sehr lange her, seit sie das letzte Mal einen Sonnenstrahl abbekommen hatte. Erschrocken erkannte sie in ihm die ältere Version des Jungen, den sie auf dem gerahmten Foto im Flur der Garitsons gesehen hatte.

»Ich bin Jacob Garitson, Steffies Bruder.« Er sprach leise, und Corinne musste sich so weit nach vorn lehnen, um ihn zu verstehen, dass sie seinen Atem auf ihrem Gesicht spüren konnte.

»Ich habe Sie unten gehört. Habe gehört, wer Sie sind. Was Sie wollen.«

»Ich hätte nicht kommen sollen, das war dumm von mir.«

»Sie wissen nicht, wie sie ist. Sie tut Menschen weh.«

Corinne spürte, wie ihr ein Angstschauer über den Rücken lief.

»Wissen Sie denn, wo sie ist? Bitte, es ist wichtig. Ich muss einfach nur wissen, dass sie sich aus dem Leben meiner Tochter heraushält. Hannah ist immer noch so verletzlich.« Corinne legte dem jungen Mann die Hand auf den Arm, bemerkte jedoch sofort, dass sie damit einen Fehler begangen hatte, denn er zuckte zurück. »Tut mir leid. Ich wollte Ihnen nicht …«

Patricia Garitsons Erscheinen unterbrach sie. Wie aus dem Nichts tauchte sie hinter der Schulter ihres Sohnes auf.

»Ich glaube, wir sollten die Dame jetzt heimfahren lassen, Jakey«, sagte sie sanft und legte ihm den Arm um die Schultern.

Jacob zuckte erkennbar zusammen.

»Ihm geht es nicht gut«, erklärte sie Corinne, und Corinne fühlte eine plötzliche Welle der Sympathie für diese Frau, die ganz allein versuchte, ihr Kind zu beschützen.

Doch als sie dann wieder im Auto saß und im Rückspiegel beobachtete, wie sich das Haus der Garitsons mit seinem einen Glasauge von ihr entfernte, hallte Jacob Garitsons Stimme in ihr wider. *Sie tut Menschen weh.*

Corinne drehte die Heizung voll auf, doch ihr wurde nicht warm.

Steffie Garitson war in London. Und sie war gefährlich.

Corinne würde jeden umbringen, der Hannah noch einmal zu schaden versuchte.

22

HANNAH

Niemand kann mit Sicherheit sagen, wie der Hase in mein Zimmer gelangt ist. Gestern Nachmittag hatte eine Aushilfe Aufsicht, und es besteht die Möglichkeit, dass sie etwas darüber wissen könnte. Eventuell ist er mit der Post gekommen oder wurde persönlich abgegeben, und sie hat ihn dann in mein Zimmer gebracht, vielleicht weil sie ihn wegen der fehlenden Ohren für irgendein Erinnerungsstück hielt. Doch die Agentur sagt, sie ist inzwischen irgendwo anders, und niemand kann das nachverfolgen.

Nach den Maßstäben des Risikomanagements stehen Kuscheltiere nicht sehr weit oben auf der Prioritätenliste.

»Ist es denn möglich, dass Sie es selbst dorthin gelegt haben?«, fragt mich Dr. Roberts in unserer Einzeltherapie heute Morgen.

»Ich? Warum sollte ich? Wollen Sie andeuten, dass ich nicht weiß, was ich tue?«

Darauf gibt er mir keine Antwort. Sieht mich nur an. Dann sehe ich mich um, begreife, wo ich mich befinde und wer mir gegenübersitzt.

»Sie müssen daran denken, Hannah, dass Sie auch vorher schon in der Lage waren, Teile Ihres Bewusstseins abzuspalten, nicht wahr? Zum Beispiel den Teil von Ihnen, der die anderen über die Arzttermine und die Untersuchungen belogen hat? Sie waren in der Lage, diesen Teil vom Rest Ihrer Persönlichkeit zu trennen und zwar so gründlich, dass bei all den Täuschungsmanövern ihr Körper trotzdem noch in der Lage war, an seine eigene Schwangerschaft zu glauben.«

»Und Sie denken, dass ich deshalb in der Lage bin, mir ein Kuscheltier von zu Hause bringen zu lassen, die Ohren abzuhacken und es dann auf mein Bett zu legen, um mir selbst damit Angst einzujagen?«

Abermals bleibt er die Antwort schuldig, und ich frage mich, ob er nicht denkt, dass das um ein Vielfaches vernünftiger klingt, als ein Baby zu erfinden, das es gar nicht gibt.

Später in Kunsttherapie kann ich mich nicht konzentrieren. Noch immer stelle ich mir die Frage, ob es möglich ist, dass ich so etwas verdränge.

»Beunruhigt dich etwas, Hannah?«

Laura lehnt sich gegen den Tisch, auf dem ich eine abstrakte Zeichnung von einer Obstschale anfertige. *»Ignoriert einfach die Bananigkeit oder Zitronigkeit, konzentriert euch nur auf die Farbe und die Beschaffenheit, auf Licht und Schatten«*, hatte sie uns geraten. *»Ihr wollt nicht, dass irgendjemand denkt, dass das einem Pfirsich sehr ähnlich sieht, ihr wollt nur, dass man in der Lage ist, ihn zu schmecken, allein indem man ihn ansieht. Sich vorzustellen, hineinzubeißen und wie der Saft einem in den Mund spritzt. Ihr sollt die Essenz einfangen, nicht die äußere Gestalt.«*

Ich mische mir die Farbe von Trauben auf meiner Palette zusammen, um ihr nicht in die freundlichen Augen sehen zu müssen, denn ich weiß, dass ich verloren bin, sobald ich das tue. Ich will nicht weinen. Laura streckt die Hand aus und stupst mir so sanft gegen das Kinn, dass ich sie anschauen muss.

»Geht es immer noch um Charlie?«

»Nein.«

Aber sobald sie es ausgesprochen hat, wird mir bewusst, dass es doch immer noch um Charlie geht. Wäre Charlie noch hier, wäre ich in der Gruppentherapie nicht so aufgelöst gewesen, als Odelle »Scheinschwangerschaft« sagte, hätte auch nicht wegen eines blöden Spielzeugs so sehr die Fassung verloren. »Ich vermisse sie«, räume ich ein und male dabei einen violett-roten Wirbel auf mein Papier.

»Ich weiß. Wir alle vermissen sie. Sie war für diesen Ort wie das Blut in den Adern.«

Auf einmal verspüre ich das Bedürfnis, mich jemandem anzuvertrauen.

»Charlie wusste etwas«, sage ich unzusammenhängend. »Über jemanden. Sie hat etwas im Internet recherchiert. Es ging um …«

Ein Schrei bringt mich dazu, den Pinsel fallen zu lassen, sodass sich ein Farbklecks auf meinem Blatt ausbreitet.

Katy, die Neue, steht vor ihrem Blatt und presst sich die Hände auf die Ohren.

»Das hätte sie nicht tun dürfen«, sagt sie rau und abgehackt. Neben ihr konzentriert Judith sich auf ihr Bild, als würde sie den Aufruhr um sich herum gar nicht bemerken.

»Judith, hast du etwas getan, um Katy aufzuregen?«

Lauras Stimme klingt tief und sanft wie immer, doch sie stockt ein bisschen, und zum ersten Mal kommt mir in den Sinn, dass vielleicht auch die Angestellten jemanden verloren haben könnten, den sie mochten. Auch sie trauern.

»Es war keine Absicht. Ich hab nur ein bisschen Farbe auf

ihr Blatt gespritzt. Ich habe zu viel auf den Pinsel genommen. Es ist nur ein ganz kleiner Fleck.«

Laura legt Katy den Arm um die Schultern und bittet Odelle, das verdorbene Blatt wegzunehmen und ihr ein frisches zu holen.

Ich schaue wieder auf mein eigenes Bild und den violettroten Fleck in der Mitte. Lauras Stimme hallt in meinem Kopf wider.

Blut in den Adern.

23

CORINNE

Das Erste, was Corinne auffiel, als sie die Schachtel mit alten Familienfotos durchging, war, wie glücklich sie alle darauf aussahen. Wenn sie hingegen objektiv an die Zeit mit den Babys und Kleinkindern zurückdachte, erschien es ihr, als hätten sie sich die ganze Zeit über in einem Zustand schockierten Schlafmangels befunden, in dem die Mädchen ohne Unterlass Wutanfälle hatten oder sich miteinander stritten. Die Fotos zeichneten allerdings ein anderes Bild. Strahlende, runde Babygesichter und idyllische Szenen – ein zerwühltes Doppelbett an einem Sonntagmorgen, übersät mit Spielsachen, ein einziges Knäuel aus Gliedmaßen und Gelächter, ein Strand mit Eiscrememündern und Plastikspaten, ein aufblasbares Planschbecken im schönen Garten von Duncans Eltern in Sussex.

Keine Spur von der Angst, an die Corinne sich noch immer so gut erinnerte; von den Nächten mit Megans Koliken, in denen sie in ihrer winzigen Wohnung auf und ab getigert war und auf die Uhr gesehen hatte, die sich unaufhaltsam der Zeit genähert hatte, zu der Hannah voller Energie und bereit, in den Tag zu starten, aufwachen würde; von den Wochen der Windpocken, in denen sie mit zwei gelangweilten, quengeligen Kindern im Haus eingesperrt gewesen war.

Das Zweite, was Corinne auffiel, war, wie selten sie selbst zu sehen war. Es gab unzählige Bilder der Mädchen und viele von Duncan, entweder allein oder mit einer oder beiden Töchtern dekoriert, doch Corinne war im Großen und Ganzen abwesend, wenn man den Kamera schwenkenden Schatten auf dem Rasen oder das verschwommene Bild in einem Spiegel hinter den anderen mal außer Acht ließ.

Wo war sie die ganze Zeit gewesen?

Und warum hatte Duncan nicht mehr Fotos gemacht? Sie musste daran denken, wie verliebt sie gewesen war, sie hatte ihn die ganze Zeit auf Bildern festhalten wollen. Doch offensichtlich war ihm das mit ihr nicht so gegangen. Als sie die Fotostapel durchsah, fühlte Corinne sich wie ein Geist in ihrer eigenen Familie.

Seit ihrem Besuch bei den Garitsons in Tunbridge Wells am Vortag hatte sie sich mit Familien und den Arten, wie sie einen Menschen kaputtmachen können, geradezu zwanghaft beschäftigt. Die Eltern waren tadellos höflich gewesen, aber sie konnte einfach nicht vergessen, wie sie einander nicht angeschaut hatten und wie Jacob Garitson zurückgezuckt war, als Corinne ihn berührt hatte. Die Strapaze, eine so gestörte Tochter wie Steffie zu haben, hatte sie wohl alle sehr mitgenommen.

Corinne suchte nach einem Familienfoto, das sie in die Klinik mitbringen konnte. In einem Gebrauchtwarenladen hatte sie einen hübschen alten Silberrahmen gefunden und wollte Hannah etwas schenken, das sie an eine weniger komplizierte Zeit und daran erinnerte, wer sie eigentlich war.

Schließlich entschied sie sich für ein Foto, auf dem Megan und Hannah ungefähr fünf oder sieben Jahre alt waren und sich unter einem Badetuch an einem windigen Strand eng aneinanderschmiegten. Cornwall, vermutete sie. Aber sicher war sie sich nicht.

Sie wickelte das Foto in Seidenpapier, klebte es aber nicht zu. Sie hatte ihre Lektion gelernt, nachdem ihr letztes Geschenk durch die Klinikangestellten bei der Durchsuchung am Empfang aufgerissen werden musste. »Das machen wir mit allen so, nur für den Fall, dass irgendetwas dabei ist, womit sie sich selbst verletzen können.« Corinne war außer sich gewesen. »Aber Hannah ist doch nicht selbstmordgefährdet.« Ein Blick, das war alles gewesen. *Woher wissen Sie das? Sie dachten ja auch, dass Ihre Tochter im sechsten Monat schwanger wäre. Was macht ausgerechnet Sie jetzt zur Expertin?*

Corinne war mit Duncan im Park der Klinik zu einem ihrer seltenen gemeinsamen Besuche bei Hannah verabredet. Dr. Roberts hatte angedeutet, dass Hannah vielleicht mehr Unterstützung verspüren würde, wenn die Menschen, die ihr am nächsten standen, eine einheitliche Front bildeten, ohne Lücken, durch die sie hätte fallen können. Duncan hatte diese Theorie für »Quark« erklärt, als Corinne sie ihm gegenüber zuerst erwähnt hatte, aber letztendlich hatte er dann doch mit bemerkenswert wenig Widerstand eingewilligt.

Als sie ankam, stand er neben seinem Wagen und blickte skeptisch auf sein Telefon. Wie immer verspürte sie einen Schock, dass dieser Mann, beinahe ein Fremder, der Vater ihrer Kinder sein sollte, mit dem sie fast drei Jahrzehnte lang verheiratet gewesen war. Er hatte sich die Haare kurz schneiden lassen. Es machte ihn älter.

Bevor sie überhaupt noch aus dem Auto gestiegen war, konnte Corinne bereits seine Ungeduld spüren.

»Du bist zu spät.«

»Nur fünf Minuten.«

»Sieben. Ich bin extra früher von der Arbeit weg.«

Genau das vermisste sie nicht. Der seinem Tonfall stets innewohnende Vorwurf, wenn er mit ihr sprach.

Beim Empfang gab Duncan widerwillig seinen marineblauen Wollmantel und seine Ledertasche ab. Corinne übertrieb es mit ihrer eigenen Freundlichkeit, um so die schlechte Laune ihres Exmanns zu kompensieren. Sie reichte der Rezeptionistin ihren mit Kunstfell gefütterten Parka und die riesige Handtasche, die sie zur großen Heiterkeit ihrer Töchter überallhin mitschleifte. »Ach, Moment noch!« Das gerahmte Foto fiel ihr wieder ein. Die Rezeptionistin ging fügsam noch einmal nach hinten zur Garderobe, um es aus ihrer Tasche zu holen.

»Manche Dinge ändern sich nie«, sagte Duncan, ohne zu lächeln.

Hannah hielt sich wieder mal im Kunstraum auf. Corinne freute sich darüber, dass sie hier offenbar etwas gefunden hatte, das sie interessierte und das über das tägliche Einerlei des Klinikalltags hinausging, einen Ausweg aus den endlosen Analysen von Gefühlen und Verhaltensweisen, dem ewigen Warum, das sich an diesem Ort durch absolut alles zog.

»Oh mein Gott«, rief Hannah, als sie ihre Eltern gemeinsam hereinkommen sah. »Eine doppelte Sturmspitze. Es muss was Ernstes sein.«

Laura stand in der gegenüberliegenden Ecke des Raums und half einer Frau dabei, etwas aus einem großen Tonklumpen zu formen. »Es soll eine Büste ihres eigenen Kopfes sein«, flüsterte Hannah. »Aber Katy traut sich nicht anzufangen, falls irgendwas schiefgeht. Sie ist jetzt schon seit anderthalb Stunden hier.«

»Wie geht's dir, Liebling?« Duncan legte seine Hand auf die seiner Tochter, und Corinne musste den Blick abwenden.

»Gut«, kam wie aus der Pistole geschossen die Antwort, und Corinne richtete ihre Aufmerksamkeit wieder auf Hannah.

»Bist du sicher? Du wirkst …«

»Es geht mir gut, Dad. Wirklich. Ich möchte nur endlich hier raus.«

»Das weiß ich, Liebes. Aber du hast doch Danny etwas versprochen.«

Was war mit *seinen* Versprechen *ihr* gegenüber, wollte Corinne fragen, aber sie schluckte die Worte herunter.

»Ich fühle mich hier einfach nicht sicher.«

»Komm schon, Liebling. Hier ist für dich wahrscheinlich der sicherste Ort der Welt.« Duncan sprach in seinem besonders vernünftigen Tonfall, Corinne sträubten sich die Haare.

»Zwei Frauen sind hier drin gestorben, Dad.«

»Ja, aber sie waren krank, Hannah. Sie hatten schon vorher versucht, sich umzubringen. Darum waren sie ja hier.«

Duncan warf einen Seitenblick auf Laura, und Corinne fragte sich, ob er die attraktive Kunsttherapeutin mit seiner demonstrativ ruhigen Autorität beeindrucken wollte.

»Mum, ich muss nur die ganze Zeit an diesen Namen denken, nach dem Charlie an dem Tag gegoogelt hat, an dem sie gestorben ist. William Kingsley. Dafür stehen die Initialen WK. Das muss etwas zu bedeuten haben. Da bin ich mir sicher.«

»Wie kommst du voran, Hannah? Hallo, Hannahs Eltern!«

Laura war herübergekommen, stand nun hinter Hannah und legte ihr eine Hand auf die Schulter, sodass sie Hannahs neuestes Werk begutachten konnte, eine Pastellzeichnung eines Nike-Turnschuhs, der auf einem Schemel vor ihrer Staffelei stand. Corinne konnte den Blick nicht von der Hand dieser Frau abwenden, die sie ungut daran erinnerte, dass Hannah sich an das Leben hier drin gewöhnte und Bindungen einging. Es war nicht einfach vorübergehend.

»Aber ist das nicht geschummelt«, fragte Duncan, »wenn du die Schnürsenkel rausziehst, damit er einfacher zu zeichnen ist?«

»Schnürsenkel sind hier drin nicht erlaubt, erinnern Sie sich, Mr. Lovell?«, fragte Laura.

»Lovell ist der Name des Mannes meiner Tochter«, erwiderte Duncan scharf, und Corinne bemerkte daran, dass ihm sein Fauxpas mit den Schnürsenkeln peinlich war. »Ich heiße Harris. Genau wie meine Exfrau.«

Ex. Das schmerzte noch immer.

»Ihre Tochter ist wirklich begabt«, wechselte Laura das Thema. »Sie können sehr stolz auf sie sein.«

»Oh, das sind wir auch«, antwortete Duncan, und Corinne beobachtete ihn dabei, wie er Hannahs Hand drückte.

Auf dem Rückweg zum Parkplatz wirkte Duncan dann allerdings besorgt. »Findest du nicht, dass Hannah ein bisschen paranoid geklungen hat? Weißt du noch, dass Dr. Roberts uns bei der Einlieferung gesagt hat, wir sollten auf Anzeichen von Paranoia achten? Verdammt, Corinne, ich dachte, es geht ihr besser.«

»Aber es geht ihr ja besser. Da bin ich mir sicher.«

Doch als sie das Tor passierte, musste Corinne die ganze Zeit an Hannahs Gesichtsausdruck denken, als sie ihnen gestanden hatte, dass sie sich nicht sicher fühle. Es bestand keinerlei Zweifel, dass ihre Tochter sich wirklich bedroht fühlte. Aber was, wenn die wahre Bedrohung aus ihrem eigenen Kopf kam?

24

HANNAH

Von dem Hasen mit den abgehackten Ohren habe ich Mum und Dad nichts erzählt. Was hätte ich auch sagen sollen? Sie glauben ja eh schon, dass ich langsam den Verstand verliere. Das konnte ich an Dads Gesichtsausdruck ablesen, als ich sagte, dass ich mich hier nicht sicher fühle. Ein Kuscheltier wäre da auf jeden Fall ein Schritt zu weit gewesen.

Allerdings kann ich nicht widerstehen, Danny danach zu fragen, als er mich besucht. Wir sitzen auf der Bank im Rosengarten. Aus dem Tanzstudio dringen Flamencomusik und Händeklatschen nach draußen, und Graces Stimme ruft: »Trampelt mit den Füßen, fester, fester, lasst alles raus!«

»Keine Ahnung, wo der verdammte Hase ist«, antwortet mir Danny. »Wahrscheinlich hat ihn deine Mutter zusammen mit dem Rest der Sachen ausgemistet.«

»Oh.« Mum hatte erzählt, dass sie Danny geholfen hat, bei mir zu Hause »auszusortieren«. Ich dachte, sie meinte damit Em … das Kinderzimmer, aber es tut immer noch weh. Ich will ihn fragen, was sie mit den Babysachen gemacht haben, aber hören, dass sie alles gespendet haben, will ich nicht. Der Gedanke, dass ein anderes Kind all diese hübschen Sachen trägt … »Du konntest das Kinderzimmer nicht selbst ausräumen?«

Danny sieht mich mit einem kalten Ausdruck an, und ich wünschte, ich könnte die Worte wieder einholen, wie eine Angelschnur.

»Verdammte Scheiße, Hannah. Was hast du denn gedacht? Dass ich mitten unter ihren Sachen auf dem Teppich knie und kleine Schühchen und Spielzeug aussuche und ein Tränchen vergieße, als wäre sie ein richtiges Baby gewesen? Du hast sie erfunden. Das ist die lange und die kurze Version. Was macht es also für einen Unterschied, wer die Babysachen ausmistet? Es ist mir vollkommen egal, ob deine Mutter das macht oder die verdammten Müllmänner. Ich will das Zeug nur endlich aus dem Haus haben, damit ich wieder atmen kann!«

Das ist die längste Ansprache, die Danny gehalten hat, seit ich hier reingekommen bin, und danach sehen wir uns beide überrascht an. Wir sitzen im Freien auf der Bank, und ich rauche eine Zigarette, obwohl ich weiß, dass Danny das hasst.

Liebe ich dich denn noch?

Der Gedanke trifft mich aus heiterem Himmel und saugt die Luft aus meiner Lunge. Die letzten sechs Jahre über war die Liebe zu Danny eines der wichtigsten Merkmale meiner Persönlichkeit. Wenn mich ein Fremder gefragt hätte, hätte ich gesagt: »Ich bin Hannah. Ich bin zweiunddreißig, und ich bin mit Danny verheiratet.« Es ist eine der drei Säulen, die mein Leben aufrecht gehalten haben. Was würde passieren, wenn jemand sie wegnähme?

Doch dann rückt die Welt wieder an ihren Platz. Danny lehnt sich zurück, fährt sich mit seinen langen Fingern durch die Haare, und ich erkenne ihn. Natürlich liebe ich ihn. Ich würde alles für ihn tun.

Vielleicht hat er ähnliche Gedanken, denn er sieht mich

jetzt mit einem sanfteren Blick an, die harten Linien werden weicher und treffen auf entsprechende Gefühle in mir.

»Weißt du, Hannah, es vergeht kein Tag, an dem ich mich für das, was ich getan habe, nicht schuldig fühle. Das hat die ganze Sache doch erst ins Rollen gebracht. Das weiß ich, und ich muss damit leben. Aber wir müssen das jetzt hinter uns lassen. Andernfalls gibt es keine Hoffnung mehr für uns.«

Die Worte »keine Hoffnung« stehen wie ein Hitzeflimmern zwischen uns.

»Aber ich komme ja voran«, sage ich. »Ich habe den Eindruck, dass ich in den letzten paar Tagen einen echten Durchbruch gehabt habe. Frag Dr. Chakraborty.«

»Ich habe schon mit Roberts gesprochen.«

Mein Herz sackt mir in die Kniekehlen. »Und?«

»Und er denkt, dass noch viel zu tun ist.«

»Vielleicht könnte ich heimkommen und den Rest der Behandlung als Externe durchführen.«

Bevor ich überhaupt den Satz beendet habe, schüttelt Danny bereits den Kopf. »Wir waren uns doch einig, Hannah. Du hast es versprochen. Du wolltest hierbleiben, bis die Ärzte der Ansicht sind, dass es dir gut genug geht.«

»Ja, aber ich glaube nicht, dass das hier der beste Platz für mich ist, Danny. Irgendetwas Seltsames geht hier vor sich. Menschen *sterben.*«

Danny wirft die Arme in die Höhe und den Oberkörper nach hinten gegen die Lehne. »Bitte. Nicht schon wieder. Nicht die Charlie-Geschichte. Weißt du überhaupt, wie durchgeknallt du klingst? Wie paranoid?«

Die Verzweiflung macht mich wütend. »Ja, na ja, vielleicht wärst du auch paranoid, wenn dein Mann hinter deinem Rücken herumgevögelt und dich monatelang angelogen hätte.

Du weißt, dass ich nicht verpflichtet bin hierzubleiben. Ich könnte mich selbst entlassen und, wann immer ich will, heimgehen.«

»Erwarte nur nicht, dass ich da bin, wenn du das tust.«

Wir funkeln einander an, und ich habe den Eindruck, dass er nicht mehr *mein* Danny ist, sondern nur noch irgendein gut aussehender Mittdreißiger.

»Ich muss wissen, dass es dir besser geht, Hannah. Ich kann das nicht noch einmal durchmachen. Machst du dir irgendeine Vorstellung davon, wie das war? Ich dachte, ich werde Vater.«

Kurz erwäge ich, ihm mitzuteilen, dass auch ich dachte, ich würde Mutter werden, doch die Worte bleiben mir im Hals stecken.

Als er weg ist, kommt Stella zu mir. Es ist ein schöner Tag, doch ein schneidender Wind liegt unter der klaren, kalten Luft. Stella trägt den Mantel mit dem Pelzkragen, in dem sie wie Greta Garbo aussieht.

»Hast du gewartet, bis Danny weg ist?«

Sie zuckt mit den Schultern. Es stört mich, dass die beiden sich nicht leiden können. Sie scheinen beide den Eindruck zu haben, dass ich auf den anderen hereingefallen bin. Ich mag es nicht, wenn Leute, die ich mag, sich gegenseitig nicht ausstehen können. Das lässt mich mein eigenes Urteil infrage stellen.

»Warum magst du Danny nicht?«

»Er hat dich betrogen. Ich mag Leute nicht, die nicht ehrlich sind.«

»Aber ich hab ihm doch vergeben. Und wenn ich das kann, dann können es doch sicher auch alle anderen. Außerdem war das, was ich ihm angetan habe, viel schlimmer.«

Sie wirft mir einen sarkastischen Blick zu und vergräbt die Hände tief in ihren Manteltaschen. Aus dem Musiktherapieraum hinter uns dringen inzwischen die immer gleichen drei Klaviernoten, während in einem der Zimmer oben leise jemand schluchzt.

»Wie kommt es, dass du niemanden hast?«, frage ich sie. »Du bist so wunderbar, Stella. Warum stehen hier nicht die Männer Schlange und hämmern an deine Zimmertür? Oder wenigstens deine Familie. Wo ist deine Mum? Oder dein Dad?«

»Menschen sind nicht so meins«, erwidert Stella. Sie lächelt. Die Hand hat sie an den Hals gelegt und greift durch den Pelzkragen an ihre silberne Halskette mit dem Katzenanhänger.

»Aber hast du denn nie eine längere Beziehung gehabt?«, bohre ich weiter.

»Ich hab mal mit fünfzehn mit einem Jungen was gehabt, aber meine Mutter und mein Stiefvater mochten ihn nicht.«

»Warum? Hatte er einen schlechten Einfluss auf dich?«

»Nein. Er war achtunddreißig.«

»Achtunddreißig! Aber das ist doch nicht mal legal.«

»Er war Schriftsteller und kam in unsere Schule, um mit uns über seine Bücher zu sprechen. Danach hab ich ihm ein paar Mails geschrieben, und so hat das alles angefangen. Er hat mich öfter abends angerufen und mir gesagt, was ich am nächsten Tag in die Schule anziehen sollte. Ich hatte eine Webcam und bin mit ihm meine Garderobe durchgegangen.«

All das referiert Stella mit ihrer alltäglichen rauchigen Stimme, und irgendwie jagt mir das einen noch kälteren Schauer über den Rücken als der Inhalt dessen, was sie mir gerade erzählt hat.

»Aber Stella, das ist Missbrauch. Das weißt du schon, oder?«

Stella lächelt. »Bloß wer hat da wen missbraucht?«, fragt sie. »Ich habe es vorangetrieben und sogar versucht, es am Laufen zu halten, als er die ganze Sache beenden wollte.«

»Warum?«

Sie zuckt mit den Schultern. »Wenn ich das wüsste, wäre ich wohl nicht hier, oder? Sind wir nicht alle deshalb hier – um das Warum herauszufinden? Wäre das nicht das optimale Ergebnis bei all dem hier?«

»Aber in der Gruppentherapie hast du noch nie darüber gesprochen. Machst du das in deinen Einzelsitzungen?«

»Das spielt doch keine Rolle, Hannah. Dieses Mädchen bin ich nicht mehr. Sie ist fort. Ich bin jetzt ein ganz anderer Mensch. Ich trage sogar einen anderen Namen.«

»Wirklich? Aber wie …?«

»Ist euch beiden denn nicht kalt? Hier draußen ist es eisig. Worüber redet ihr denn?« Odelle zittert trotz des voluminösen Mantels, in dem sie geradezu versinkt, und des übergroßen gestrickten Wollschals, aus dem ihr Kopf wie der einer Schildkröte hervorlugt.

»Ach, nur über langweiligen Kram«, antwortet Stella.

Odelle schnieft. Ihre Nase ist von dem eiskalten Wind schon leuchtend rot. »Na ja. Egal. Wie auch immer, Dr. Zeh sucht nach dir, Stella.«

Mein überrumpeltes Hirn bemüht sich herauszufinden, welcher Arzt sich diesen Beinamen verdient haben könnte, bis mir klar wird, dass sie natürlich Dr. Chakraborty meint. Typisch Odelle.

Als Stella aufsteht, um Odelles eingezogenen Schultern über den Weg zu folgen, der hinter der Klinik entlang und dann über den Parkplatz wieder nach drinnen führt, lege ich ihr eine Hand auf den Arm.

»Was ist mit ihm passiert? Mit dem Schriftsteller? Bitte sag mir, dass er irgendwie bestraft wurde.«

Stella kichert und enthüllt dabei eine perfekte Reihe weißer Zähne. »Nein, aber *ich* wäre fast bestraft worden.«

»Du? Wofür denn, um alles auf der Welt?«

»Belästigung. Aber wie schon gesagt, ich war damals ein anderer Mensch.«

Als ich wieder allein bin, merke ich, dass ich zittere. Allerdings nicht wegen der Kälte.

25

CORINNE

Corinne liebte ihr Büro.

Es war in einem der beengten Fakultätsgebäude untergebracht, einem düsteren, monumentalen roten Ziegelbau mit knarzenden Böden und einem antiquierten Heizungssystem, das sie alle im Sommer auf kleiner Flamme schmorte, weil die Heizkörper sich nie vollständig abschalten ließen, während im Winter der kalte Wind durch die Risse in den hölzernen Fensterrahmen pfiff, ohne dass die Heizung dagegen etwas auszurichten vermochte. Allerdings hatte Corinnes Büro hohe Decken und ein riesiges Fenster, durch das sie sehen konnte, was in dem protzigen, mehrgeschossigen Wohnhaus auf der gegenüberliegenden Straßenseite vor sich ging. Ihr Büro war mit Bücherregalen vollgestellt, in denen die Bücher – viele von Menschen geschrieben, die Corinne gut kannte – zwei- oder manchmal sogar dreireihig standen.

Jedes Mal, wenn sie den Raum mit ihrem Namensschild an der Tür betrat, ganz egal wie stressig der Tag auch sein mochte – und das Universitätsleben wurde zunehmend stressiger –, fühlte sie sich, als käme sie nach Hause. Obwohl sie auch ihr kleines Haus lieb gewonnen hatte, war das hier definitiv der Ort, an dem sie sich am meisten wie sie selbst fühlte.

Während sie sich auf den gepolsterten Schreibtischstuhl fallen ließ, seufzte Corinne angesichts des Schachbrettmusters aus rosa und gelben Post-its, die überall auf ihrem Tisch verteilt waren. Die neue Fakultätssekretärin sah aus, als wäre sie ungefähr zwölf, hatte eine runde Kinderschrift und setzte außerdem hinter jede Nachricht oder Telefonnummer einen Smiley. Demgegenüber fühlte Corinne sich alt.

Mitten auf Corinnes Schreibtisch gab es den »Zu erledigen«-Stapel, der sich, seit sie das letzte Mal hier gewesen war, verdoppelt zu haben schien. Sie nahm das oberste Dokument in die Hand, den Ausdruck eines Aufsatzes, den sie zu einem Sammelband beigetragen hatte, in dem es darum ging, ob das Internet die Popkultur zerstörte. Er war ihr zum Korrekturlesen zugeschickt worden. Sie hatte ihn in dieser verzauberten Phase geschrieben, nachdem Hannah ihr eröffnet hatte, dass sie schwanger sei, vor den ersten Anzeichen seltsamen Verhaltens.

Als sie den ersten Absatz jetzt noch einmal las – eine typisch akademische, trockene Einleitung –, wurde Corinne in jene Zeit zurückkatapultiert, in der ihre größte Sorge gewesen war, diesen Aufsatz rechtzeitig fertig zu schreiben, damit sie einen Haken darunter machen konnte, falls es zu einer Evaluation ihrer Leistung kam. Als sie an der Universität angefangen hatte, ging es im akademischen Bereich noch vor allem um die Lehre, um die Interaktion mit den Studierenden, den Wissenstransfer. Heutzutage war man zu beschäftigt damit, die eigene Existenz zu rechtfertigen, um noch an irgendetwas davon einen Gedanken zu verschwenden. Wo war die Leidenschaft geblieben? Wo das praktisch hörbare Klicken, wenn ein Student etwas endlich begriff? Heutzutage ging es nur noch um Geldwert. Studierende wollten genau sehen, wofür sie zahlten. Ausbildung nach Kalkulationsbogen nannte sie das.

Corinnes Gedanken wurden durch ein Klopfen an der Tür unterbrochen. Der Mann, der eintrat, war groß und breitschultrig, hatte kurze graumelierte Haare und ein breites Lächeln.

»Ich bin Paddy«, sagte er, als er ihr ratloses Gesicht bemerkte. »Ich mache einen Master in Soziologie und Anthropologie. Sie haben sich netterweise bereit erklärt, Zweitgutachterin für meine Arbeit zu sein …«

»O Gott. Das ist ja heute! Das hab ich vollkommen vergessen. Natürlich. Kommen Sie rein.«

Sie warf einen Blick auf ihren Tischkalender, und da war er tatsächlich auch, *Paddy Collins. Student auf dem zweiten Bildungsweg. 11.30 Uhr.*

Corinne war so durcheinander, dass sie gute zehn Minuten brauchte – Paddy war schon mitten in der Aufzählung der Literatur, die er für seine Arbeit verwenden wollte –, bis ihr auffiel, wie gut er aussah. Kein hübscher Junge wie Danny, sondern die Art von Schönheit, die sich einem erst allmählich erschloss und bei der man so den Eindruck gewann, sie selbst entdeckt zu haben. Wie ein Schatz, den andere Menschen übersehen haben.

»Erzählen Sie mir was von sich«, forderte sie ihn auf, als er fertig war. »Sie sind ein bisschen älter als meine übrigen Studenten.«

»Ich habe einen Starter für Sauerteig, der älter als Ihre übrigen Studenten ist.«

Corinne musste ihn wohl verwirrt angeblickt haben, denn er erläuterte: »Sie backen also nicht? Starter sind natürliche Triebmittel, die man zur Zubereitung einiger Brotsorten verwendet. Man kann sie jahrelang aufheben. Und jetzt fühle ich mich wie ein Vollidiot, weil ich den Witz toterklären musste.« Paddy grinste, und sie hatte das seltsame Gefühl, ihn von irgendwoher zu kennen. Nachdem sie seine Arbeit durchgesprochen hatten, schien Paddy es nicht eilig zu haben, sondern beantwortete bereitwillig all ihre Fragen zu seinem Werdegang. Bis zu seiner Arbeitslosigkeit vor fünf Jahren war er Feuerwehrmann gewesen, dann hatte er sich entschieden zur Uni zu gehen. Er wollte ein Buch schreiben, damit seine Kinder einmal stolz auf ihn wären. Dann sprachen sie über Kinder und Scheidungen. Er hatte Kinder im Teenageralter, die über die Trennung ihrer Eltern noch immer sauer waren. »Die kommen schon noch drüber weg«, sagte sie. Doch dann fragte sie sich, ob das der Wahrheit entsprach.

Sie plauderten so ungezwungen, dass Corinne einen Augenblick lang darüber nachdachte, Paddy von Hannah zu erzählen. Es lag ihr schon auf der Zunge, doch dann schluckte sie es wieder herunter. *Meine Tochter ist in stationärer psychiatrischer Behandlung.* Das war nichts, was man einem Fremden erzählte. Paddy war immerhin ihr Student. Sie musste eine professionelle Distanz wahren.

Nachdem er dann fort war, konnte Corinne sich nicht mehr auf ihre Arbeit konzentrieren. Sie starrte aus dem Fenster. Die Luxuswohnung direkt gegenüber ihres Büros wurde von einem Paar mittleren Alters bewohnt. Manchmal, wenn Corinne noch bis spätabends arbeitete, war auch die Frau mit ihrem hellen Haarschopf und dunkler, förmlicher Kleidung zu Hause, doch meistens sah sie nur den Mann.

Offenbar arbeitete er von zu Hause aus, denn er verbrachte viele Stunden täglich vor einem Computerbildschirm, der sich vor einem der Fenster der Wohnung abzeichnete. Über die Jahre hatte Corinne sich viele Karrierewege für ihn ausgedacht. Er war vielleicht ein berühmter Schriftsteller, der sein neuestes Werk tippte. Oder vielleicht war er auch ein Designer, ein Kreativer. Irgendwann war sie sogar überzeugt davon gewesen, er wäre ein Politiker, war sich sicher gewesen, ihn aus einer Talksendung wiederzuerkennen.

Heute hatte er seinen Bildschirm seitwärts gedreht und starrte auf seine Schreibtischplatte, offenbar las er. Was auch immer es war, es fesselte seine Aufmerksamkeit nicht. Häufig blickte er hoch und schaute aus dem Fenster, als suchte er nach irgendeiner Inspiration. Bevor sie sich noch ducken konnte, sah er sie direkt an, und nach kurzem Zögern hob er die Hand und winkte ihr zu. Sie winkte halbherzig zurück und machte dann ein großes Gewese darum, ihren Rotstift zur Hand zu nehmen und ihre Aufmerksamkeit wieder dem Aufsatz zuzuwenden, der vor ihr auf dem Schreibtisch lag. Doch die Wörter verschwammen vor ihren Augen.

Seit sie Dannys Anruf vor fast zehn Wochen erhalten hatte und seine Stimme dabei ganz angespannt gewesen war wegen all der Dinge, die er verschwieg, hatte nichts mehr in Corinnes Leben Sinn ergeben.

»Reg dich nicht auf, aber wir sind im Krankenhaus. Hannah ist zu Hause die Treppe runtergefallen. Sie hat sich das Handgelenk verstaucht.«

»Und das Baby?« Corinne hatte sich gezwungen, ruhig zu klingen, dabei aber die Tischkante umklammert.

»Wir warten noch auf den Ultraschall. Hannah ist ganz hysterisch. Sie hat Angst, dass etwas passiert ist.« Dann sagte er: »Ich muss Schluss machen. Sie rufen uns auf. Ich geb dir nachher Bescheid.«

Ab da hatte sie gewartet. Zehn Minuten. Zwanzig. Eine halbe Stunde. Alle möglichen Szenarien hatten sich in Corinnes fiebriger Vorstellung überschlagen.

Alle außer einem.

An das zu denken, was passiert war, ließ Corinne sich wie immer nutzlos fühlen. Da sie verzweifelt irgendetwas – egal was – tun wollte, griff sie nach unten und zog ein leeres Blatt aus dem Papierfach des Druckers, der zu ihren Füßen stand.

»HANNAH«, schrieb sie in roten Großbuchstaben oben auf die Seite, lehnte sich dann zurück und betrachtete das Wort eingehend. Dann fügte sie »GEFAHREN« hinzu und unterstrich beide Wörter.

Darunter schrieb sie: »1) Steffie Garitson« und unterstrich es. Nummer 2 war *The Meadows.* Das unterstrich sie ebenfalls. Dann starrte sie lange auf die Liste, bevor sie ihr eine dritte Gefahr hinzufügte: Hannahs eigene Gedanken.

Umgehend wollte sie den Bogen wegwerfen, denn sie hatte das Gefühl, ihre Tochter zu hintergehen, nur indem sie die Wörter aufschrieb.

Steffie Garitson war wie ein kleiner Wurm aus Angst, der sich in Corinnes Magen wand. Der Besuch in Tunbridge Wells war so seltsam gewesen, die Warnung des Bruders so unheilvoll. Es fühlte sich an, als wäre Steffie ein bösartiger dunkler Schatten über ihrem Leben. Außer zu hoffen, dass sie sich ein für alle Mal aus dem Staub gemacht hatte, gab es allerdings wenig, was Corinne ihretwegen unternehmen konnte. Stattdessen konzentrierte sie sich auf die mittlere Spalte. *The Meadows.*

Unvoreingenommen betrachtet, wusste Corinne, dass Hannah nirgends so gut aufgehoben war wie dort. Nach dem Trauma, das Hannahs Einlieferung ins Krankenhaus verursacht hatte, und ihrem darauffolgenden Nervenzusammenbruch hatten Duncan und sie sich ausgiebig über Hannahs Zustand informiert und nach Einrichtungen gesucht, die sie mit dem Auto leicht erreichen konnten und die nachweislich mit Wahrnehmungsstörungen wie der ihrer Tochter Erfahrung hatten.

Letztendlich war Corinne über *The Meadows* gestolpert. Sobald sie die gut ausgestatteten Zimmer und den gepflegten Garten gesehen hatte, wusste sie, dass Hannah sich hier wohlfühlen könnte. Es wirkte nicht wie eine psychiatrische Klinik. Es hätte genauso gut ein kleines, exklusives Fünfsternehotel sein können, das versteckt im Grüngürtel von Barnet in den äußersten Ausläufern von North London lag. Sich hier aufzuhalten hatte nichts Stigmatisierendes.

»Für wen stigmatisierend, Corinne?«, hatte Duncan sie gefragt, als sie ihm die Broschüre geschickt hatte. »Für dich oder für Hannah?«

Seinen Beitrag zu den astronomischen Kosten hatte er allerdings umstandslos gezahlt, obwohl sie ziemlich sicher war, dass Gigi Einiges zu dem Thema zu sagen gehabt hätte.

Und sie konnte auch nicht Duncans Andeutung bestreiten, dass einer der Punkte, die am deutlichsten für *The Meadows* sprachen, die Ähnlichkeit zu Orten war, die sie alle gut kannten – Hotels oder Wellnesseinrichtungen, das fügte sich irgendwo geschmeidig in ihren Erfahrungshorizont ein. Hannahs Erkrankung hatte sie alle in eine Welt katapultiert, die sie überhaupt nicht kannten, also klammerte sie sich an alles, was sie an die Menschen erinnerte, die sie einmal gewesen waren.

Corinne schaltete den Computer ein und ignorierte die 234 ungelesenen Mails in ihrem Postfach.

Sie gab »The Meadows« in die Suchmaschine ein und erkannte die Links wider, die sie angeklickt hatte, bevor sie für Hannah einen Platz in der Klinik gebucht hatte. Begutachtungen der Pflegequalität hatten sie mit Bravour bestanden. Es gab begeisterte Empfehlungen von ehemaligen Patienten. Zwar nicht unter vollem Namen, aber dennoch klangen sie authentisch.

Dann probierte sie »The Meadows Gefahr«, und Furcht ballte sich in ihrem Magen zusammen, während sie auf die Resultate wartete, doch in diesem Fall ergab die Suche nichts. Nur einen Link zu einem Vortrag von Dr. Chakraborty, in dem er über »die Gefahr vorschneller Annahmen bezüglich psychischer Störungen« gesprochen hatte.

Als Nächstes wandte sie ihre Aufmerksamkeit Dr. Roberts zu. Als Gallionsfigur und charismatischer Sprecher der Klinik war er derjenige, der die ethischen Standards der Einrichtung prägte.

Ihre Suche ergab seitenweise Verweise. Endlose Links zu Aufsätzen, die er geschrieben, Reden, die er gehalten, und mit Berühmtheiten gespickte Fundraisings, an denen er teilgenommen hatte. Nach und nach gelang es ihr, seinen Karriereweg über die vergangenen fünfzehn Jahre zu rekonstruieren. Er hatte nach einer mittleren Position in einer exklusiven Londoner Klinik seine eigene private Praxis eröffnet und dann vor fünf Jahren *The Meadows* gegründet. Damit gab er die Antwort auf ein Bedürfnis nach »professioneller psychiatrischer Pflege von höchster Qualität, in einem sicheren, diskreten und luxuriösen Umfeld«. Über seine ersten Schritte war allerdings erstaunlich wenig zu finden.

Was als zufällige Beschäftigung begonnen hatte, die ihr das Gefühl geben sollte, irgendwas zu tun, verwandelte sich in ein echtes brennendes Bedürfnis nach Information. Das hier war der Mann, in dessen Obhut sich Hannah befand. Auf einmal erschien es ihr unverzichtbar, alles über ihn zu wissen, was es zu wissen gab, ausgehend vom Beginn seiner Karriere, damit sie sicher sein konnte, dass er auch wirklich der beste Mann für den Job war. Wie sonst sollte sie ihre Tochter davon überzeugen zu bleiben, wo sie war?

Link um Link drehte sich um den älteren, etablierten Roberts, während seine ersten Schritte auf dem Feld der Psychiatrie geheimnisumwittert blieben. Doch schließlich stieß sie in einer Fachzeitschrift auf einen seiner Artikel, er befasste sich darin mit einer umstrittenen Therapie für Magersucht und bezog sich dabei auf einen Fall, den er in seiner Zeit in einer kleinen Privatklinik auf dem Land in Oxfordshire bezeugt hatte. Der Name der Klinik wurde in dem Aufsatz nicht genannt, aber es gab genügend Anhaltspunkte, sodass Corinne sich auf zwei Möglichkeiten beschränken konnte.

Sie schnappte sich ihr Telefon und zögerte kurz, bevor sie es zurück auf den Schreibtisch legte. Dann nahm sie es doch wieder zur Hand und wählte die erste Nummer. Während sie auf das Läuten lauschte, hatte sie noch keine Idee, was sie gleich sagen würde, doch sobald jemand am anderen Ende ranging, hatte sie eine Lüge parat.

»Ich bin Journalistin beim British Medical Journal und schreibe an einem Porträt über Dr. Oliver Roberts. Ich glaube, er hat am Anfang seiner Karriere mal bei Ihnen gearbeitet.« Wenn Roberts heute Ende fünfzig war, schätzte Corinne, dass das wohl in den späten 1980ern gewesen sein musste.

Es war nicht die beste aller Geschichten. Aber schlecht war sie auch nicht. Vor allem nicht für Corinnes Maßstäbe, die – genau wie ihre jüngere Tochter – mit einer angeborenen

Unfähigkeit zu lügen geschlagen war. Unglücklicherweise war die erste Klinik ein Fehlschlag. »Wir haben erst 1998 geöffnet«, erläuterte ihr die kurz angebundene Frau am Empfang.

Am Telefon bei der zweiten Klinik, Westbridge House, saß ein Mann mit einem starken osteuropäischen Akzent, der von ihrer weitschweifigen Erklärung überfordert zu sein schien. »Ich hole jemanden«, sagte er irgendwann.

Je länger Corinne wartete, desto mehr löste sich ihre Entschlossenheit in Wohlgefallen auf. Sie wollte gerade auflegen, als sich eine Frauenstimme meldete.

»Hier spricht Christine Holmes, die Verwaltungschefin von Westbridge House. Wie kann ich Ihnen behilflich sein?«

Corinne atmete einmal tief durch. »Mein Name ist Corinne Harris. Meine Tochter Hannah ist Patientin in einer psychiatrischen Klinik in Barnet, und ich mache mir so große Sorgen um sie, dass es mir die Luft abschnürt.«

Wo war das denn hergekommen? Dieser unabsichtliche Ausbruch von Ehrlichkeit? Nun hatte sie keine Wahl mehr, als weiterzumachen.

»Eine ihrer aktuellen fixen Ideen, könnte man wohl sagen, ist, dass sie überzeugt davon ist, in Gefahr zu schweben, also ziehe ich Erkundigungen über das Personal ein, in dessen Obhut sie sich befindet, damit ich sie beruhigen kann.« In ihren eigenen Ohren klang sie verwirrt, aber Christine Holmes erwies sich als überraschend mitfühlend.

»Ich weiß, wie das ist«, erwiderte sie. »Wenn man helfen will, aber nicht kann.« Das Problem sei, dass Dr. Roberts weit vor ihrer Zeit dort gearbeitet hatte, fuhr sie fort, und die Klinik zudem einer neuen Verwaltung unterstand. Bei der früheren Leitung war es zu Unstimmigkeiten gekommen.

»Unstimmigkeiten?«

»Oh, nichts Ungesetzliches. Ich glaube nur, die frühere Leitung hing ein paar unorthodoxeren Theorien an, die seither in Misskredit geraten sind. Doch wie gesagt, ich bin jetzt seit zwölf Jahren hier, und das ist weit vor meiner Zeit gewesen. Und hier arbeiten auch keine Kollegen von damals mehr. Heute sind wir ganz beispielhaft beleumundet.«

»Es muss aber doch irgendwelche Aufzeichnungen über ehemalige Mitarbeiter geben. Ich suche nur nach grundlegenden biografischen Informationen, die ich meiner Tochter weitergeben kann, um sie zu beruhigen.«

Christine Holmes machte ein Geräusch, das Corinne, wäre Ms. Holmes nicht im Büro eines Krankenhauses gewesen, für einen langen Zug an einer Zigarette gehalten hätte. Wahrscheinlich hatte sie aber nur die Luft durch die Zähne eingesaugt.

»Ich fürchte, die ganze Computerausrüstung ist zusammen mit der Verwaltung ausgetauscht worden.«

»Gibt es denn keine Akten?«

Ms. Holmes zögerte. »Um ehrlich zu sein, fehlen sämtliche Akten aus der Zeit vor 2004. Es gab damals eine Mitarbeiterin, die uns im Streit verlassen hat. Um genau zu sein, war es meine Vorgängerin. Eine traurige Geschichte. Sie war seit Eröffnung der Klinik Mitte der 1980er hier beschäftigt gewesen, doch sie hatte ein Alkoholproblem und wurde entlassen, nachdem sie zu häufig angetrunken bei der Arbeit erschienen war. Als sie uns dann verließ, hat sie offenbar aus Rache alle Akten vernichtet. Obwohl das nie bewiesen werden konnte. Wie gesagt, ein trauriger Fall.«

»Können Sie sich zufällig an ihren Namen erinnern?« Corinne wollte lässig klingen, doch die Sorge war ihrer Stimme deutlich anzumerken, und als Christine Holmes ihr dann antwortete, war Corinne klar, dass auch sie ihre Verzweiflung bemerkt hatte.

»Es tut mir leid, aber den darf ich Ihnen nicht nennen.« Sie klang jetzt erneut abgeklärt und professionell. »Schon aus Respekt vor der betroffenen Mitarbeiterin nicht.«

Innerlich fluchend, verabschiedete Corinne sich und legte auf. Sie saß vor ihrem Computer, rief wieder die Suchmaschine auf und tippte »Westbridge House Klinik« und »Verwaltungschefin« ein, was umgehend eine ganze Reihe von Treffern ergab, die sich auf Christine Holmes bezogen. Also fügte sie aus dem Blauen heraus das Jahr 2003 in die Suche mit ein, da Christine Holmes ihr ja erzählt hatte, dass sie selbst seit 2004 im Haus sei. Diesmal ergab sich ein Treffer zu einer eintägigen Konferenz, die im Februar 2003 in der Klinik stattgefunden hatte. Beigefügt waren eine Telefonnummer, an die man sich für weitere Details wenden konnte, sowie ein Name. Geraldine Buckley, Verwaltungschefin der Klinik.

Es war zwar nicht viel, aber es war alles, was sie hatte.

26

HANNAH

Seitdem Stella mir von ihrem älteren Freund erzählt hat, der ihre Kleider für sie auswählte, war ich wütend über die vielen Arten, auf die Männer unser Leben kaputtmachen können. Ich versuche, mich weiter auf Stella zu konzentrieren, doch meine Gedanken wandern immer wieder zurück zu Danny und zu dem, was er mit Steffie getan hatte, doch damit darf ich mich nicht beschäftigen, denn daher kommt der Irrsinn.

»Warum wühlt dich so auf, was Stella dir erzählt hat?«, fragte Laura mich. Ich habe mich in Lauras kleinem Büro hinter dem Kunstraum verkrochen, während die anderen im Tanzstudio sind und ein neues Work-out ausprobieren, das Grace erfunden hat und das Yoga und Fitness miteinander verbindet. Sie nennt es Stretchercise. Ich nenne es Folter.

Um genau zu sein, ist Lauras Büro eigentlich eine Art Abstellkammer. Es gibt hier einen Schreibtisch, der vollständig mit Gemälden, Zeichnungen und zerlesenen Kunstbänden bedeckt ist. Es gibt einen bequemen Sessel, in dem ich mit einer weichen karierten Decke über den Knien sitze, außerdem eine Art Drehstuhl, von dem aus Laura mich nachdenklich über den Rand ihrer Hornbrille hinweg anschaut. Das Summen des Heizlüfters überdeckt alle Außengeräusche, sodass sich unser Rückzugsort noch intimer anfühlt. Es gibt kein Fenster, nur das warme Licht von Lauras Schreibtischlampe in Form eines Kristalls. Eine Duftkerze verströmt einen himmlischen Jasmingeruch, der in diesem geschlossenen Raum geradezu berauschend wirkt.

»Vielleicht weil es mich daran erinnert, wie wenig ich wirklich von den Menschen hier drin weiß. Ich meine, obwohl ich erst seit zwei Monaten hier bin, fühlt es sich an, als wären wir alle eine große Familie, weil wir voneinander die Geheimnisse kennen. Aber das stimmt nicht.«

Laura nickt und schiebt sich die Brille wieder vor die Augen, sodass diese vergrößert und verständnisvoll verschwommen wirken.

»Ich dachte, ich kenne Charlie«, fahre ich fort. »Aber ich kannte sie eben doch nicht. Ich habe sie am Morgen ihres Todestags noch gesehen und hatte nicht die leiseste Ahnung, was sie vorhatte.«

»Also akzeptierst du inzwischen, dass sie sich umgebracht hat?«

Ich zucke mit den Schultern. »Im einen Moment bin ich vollkommen überzeugt davon, dass sie es getan hat, und im nächsten halte ich es für ganz und gar ausgeschlossen. Meine Gedanken sind im Moment so zusammenhanglos. So zerfahren.«

»Deine Mutter sagt, du fürchtest, du könntest die Nächste sein.«

Ich sehe sie an, dann wieder nach unten. Wenn sie es ausspricht, hört es sich so grotesk an.

»Ich bin wohl ein bisschen paranoid. Sind wir nicht alle deshalb hier?« Diese Worte sage ich in weinerlichem und verteidigendem Tonfall, obwohl ich sie gar nicht so meine.

»Vielleicht könnte Hypnose helfen? Ich kann dir nicht versprechen, dass dadurch die Angst verschwindet, aber ganz sicher kann ich dir dabei helfen, dich zu entspannen.«

Ich denke darüber nach. Einigen der anderen hat es geholfen, aber ich mache mir Sorgen, die Kontrolle zu verlieren.

Darum schüttle ich den Kopf.

»Dann lass mich dich wenigstens massieren.«

Laura steht auf, stellt sich hinter mich und legt mir die Hände auf die Schultern. Die plötzliche körperliche Intimität ist fast mehr, als ich ertragen kann. Es ist so lange her, dass irgendwer mich berührt hat. Zu meinem Entsetzen steigen mir Tränen in die Augen.

Als Laura sich dann wieder setzt, als hätte sie gespürt, was für einen inneren Kampf ich ausfechte, bin ich erleichtert.

»Deine Mutter hat mich gefragt, ob du jemals deinen Mann malst«, sagt Laura dann, und mein Magen zieht sich erschrocken zusammen, als sie Danny so ohne jede Vorwarnung erwähnt.

»Ich muss ihn nicht malen. Er geht mir nicht aus dem Kopf.«

Sie sieht mich lange an, bis ich den Blick abwende.

»Möchtest du mir vielleicht von der Nacht erzählen? In der alle herausgefunden haben, dass es nie ein Baby gab? Manchmal ist es hilfreich, über die schlimmen Dinge zu reden und sich ihnen offensiv zu stellen. Das nimmt ihnen Kraft.«

Ich will es ihr nicht erzählen. Doch als die Erinnerung einmal in meinem Kopf ist, schwillt sie an, bis ich an nichts anderes mehr denken kann.

»Ich bin auf dem Faltblatt eines Pizzabringdiensts ausgerutscht«, fange ich an, als würde dieses Detail es irgendwie zu einer lustigen Geschichte machen, die sich einfacher erzählen lässt. »Ich wollte nicht ins Krankenhaus, doch Danny hat darauf bestanden. Er verhielt sich so behütend gegenüber mir und Em …«

Was ich ihr verschweige, ist, wie sehr ich seinen Schutz vermisse. Denn das lässt mich schwach und jämmerlich erscheinen, und das bin ich nicht. Jedenfalls war ich es nicht. Außerdem verschweige ich ihr unseren Streit vor meinem Sturz. Über *sie,* wen sonst? Obwohl ich Danny verboten hatte, ihren Namen zu erwähnen, erlegte ich mir selbst keinerlei derartige Beschränkung auf. Für mich war Steffie eine Art Tourette-Syndrom. Sie kam aus dem Nichts. Wir aßen zu Abend und plauderten über irgendwas aus den Nachrichten, zum Beispiel über die Wahl in Italien, alles war ruhig und zivilisiert, und das ließ in mir den Gedanken daran entstehen, wie gern ich nach Italien fahren würde – in die Toskana, nach Florenz, an all die Orte, an denen ich noch nie gewesen bin. Und dann wallte in mir ohne jede Vorwarnung die Wut auf. »Ich vermute, *Steffie* mag Italien auch.« Danny blinzelte mich verwirrt an.

Ich musste einfach immer an sie denken. Sie war der Schatten, der sich vor meine Sonne schob, und egal was ich tat, um ihr auszuweichen, sie war immer da und stand mir im Licht. Und weil ich Danny nie davon erzählte, weil ich ihr diesen Sieg nicht gönnte, war es für ihn immer ein Schock, wenn ich es dann nicht mehr aushielt und sie ihm wie eine Handgranate entgegenschleuderte, allem Anschein nach ohne jeden Anlass.

Wir schauten irgendwas im Fernsehen. Früher hatten wir mal amerikanische Serien geliebt, doch jetzt waren sie mit ihrer lässigen Untreue und den kaputten Ehen vermintes Gelände. Also hatten wir uns darauf verlegt, Sendungen einzig und allein auf der Grundlage auszuwählen, wie wahrscheinlich es war, dass sie Reizelemente enthielten, was eigentlich alle ernsten Sendungen für Erwachsene ausschloss. Also landeten wir bei nichtssagendem Kram, für den sich keiner von uns so recht interessierte. Viele Kochshows. Oder die, in der die Leute ihr eigenes Haus bauen. Doch sogar dabei gelangte Steffie wie Staub durch jeden Spalt, sodass über allem, was wir uns ansahen, ein schmutziger Film lag, der an sie erinnerte.

An diesem Abend ging es um eine Sendung über einen Chor, der sich gegen alle Wahrscheinlichkeit aus ehemaligen Strafgefangenen gebildet hatte. Danny fand sie zu gefühlig und manipulativ, doch ich beobachtete ihn dabei, wie er sich eine Träne abwischte, als er glaubte, ich würde gerade nicht hinsehen. Einer der Teilnehmer war ein raubeiniger Mann mittleren Alters, dem es nie gelungen war, irgendeine Art von engerer Beziehung zu irgendwem aufzubauen, und der sich fragte, ob es wohl daran lag, dass er als Baby weggegeben worden war. »Das klebt an einem. Ablehnung. Das ist wie eine unsichtbare Tätowierung, von deren Existenz man gar nichts weiß.«

»Habe ich auch so eine?«, fragte ich, an Danny gewandt, der die Verbindung noch nicht hergestellt hatte und mich verständnislos anblickte. »Eine unsichtbare Tätowierung. Ein Ablehnungstattoo?«

Danny seufzte. »Ich hab es dir doch schon hundertmal gesagt. Es war keine Ablehnung deiner Person, es ging gar nicht um dich.«

Ich habe gehört, dass das ein beliebter Satz direkt aus dem Handbuch für Seitensprünge ist. *Es hatte nichts mit dir zu tun. Es ging nur um mich, ich habe nur eine Phase durchgemacht.* Als würde das irgendetwas besser machen, wenn einem mitgeteilt wurde, dass man überhaupt keine Rolle gespielt hat.

Ich stürmte aus der Wohnung, wollte einen dramatischen Abgang hinlegen, aber eigentlich nur nach unten zu Marco. Allerdings lag auf dem Treppenabsatz ein Stapel Flyer. Manchmal hole ich die Post aus dem Briefkasten neben der Eingangstür, blättere sie auf dem Weg nach oben durch und lasse die Sachen, die mich nicht interessieren, einfach auf dem Treppenabsatz liegen, um sie dann irgendwann ins Altpapier zu bringen. Der Flyer zuoberst auf dem Stapel war eben der Hochglanzprospekt einer Pizzakette, und ich bin in meinen Hausschuhen mit der weichen Sohle darauf ausgerutscht und gestürzt.

Danny stürzte aus unserer Wohnung und war fast noch vor mir am unteren Ende der Treppe angelangt. Ich schrie auf, als Danny mir aufhelfen wollte. Irgendetwas stimmte mit meinem Handgelenk nicht.

»Wie hast du dich auf dem Weg ins Krankenhaus gefühlt?«, fragt Laura nach. »Ist dir auf irgendeiner Ebene bewusst gewesen, dass das Konstrukt um dich herum unmittelbar davor stand, in sich zusammenzufallen?«

Ich versuche, an die rasende Autofahrt zurückzudenken. Sicher muss ich doch irgendwo geahnt haben, dass meine Fantasiewelt kurz davor stand, sich in Luft aufzulösen? Nur war es für mich eben keine Fantasiewelt. Es war die Wirklichkeit. Emily gab es wirklich. Den ganzen Rest – die Arzttermine, die Ultraschalluntersuchungen – spaltete ich ab, verstaute sie in einem Winkel meines Gehirns, in dem ich sie dann selbst nicht mehr wiederfand. Ich erinnere mich an ein panisches Gefühl, als ich auf dem Beifahrersitz Platz nahm. Doch die Panik bezog sich auf sie, nicht auf mich. Es drehte sich um ihr Wohlergehen, nicht um meins.

»Zuerst wurde mein Handgelenk geröntgt, es war nur eine Verstauchung. Doch dann bestand Danny darauf, dass die Ärztin auch das Baby untersuchte. ›Nur um sicherzugehen.‹«

»Und dann?«, fragt Laura.

Wie soll ich es beschreiben? Die Ärztin, eine junge Frau mit dunklen Augenringen, erklärte uns, dass sie seit dreizehn Stunden ununterbrochen im Dienst sei, und fragte uns, in welchem Monat ich sei. Sie bekam einen ganz merkwürdigen Gesichtsausdruck, als Danny ihr antwortete, im sechsten. Sie wusste sofort, dass da etwas nicht stimmte. Und trotzdem setzte sie sich das Stethoskop auf und horchte meinen Bauch mit der kalten Metallplatte ab. Ich scherzte über das kalte Gefühl und erzählte etwas von einem Abstrich, und wie kalt der gewesen sei und dass die Schwester mir damals gesagt habe, ich solle mich einfach entspannen. Dabei spürte ich, wie sich jeder einzelne Muskel in meinem Körper umgehend verkrampfte. Dann ging die Ärztin abrupt aus dem Behandlungszimmer, und mir war klar, dass ich Danny hätte warnen sollen, obwohl ich selbst da noch nicht hätte sagen können, wovor eigentlich. Stattdessen faselte ich weiter über den Abstrich, und er musste wohl den Eindruck gewinnen, dass ich einen hysterischen Anfall hatte. Dann kehrte die junge Ärztin mit einer älteren Kollegin zurück, die sich uns vorstellte und sagte, sie müsse nur noch etwas überprüfen. Inzwischen spürte Danny bereits, dass etwas nicht stimmte, und sah mich verwirrt an. In diesem Moment fühlte ich, wie alle Energie aus meiner Körpermitte gesaugt wurde, und wusste schlagartig Bescheid.

Die Enthüllung erfolgte in mehreren Stufen. »Es tut mir leid, es gibt kein Baby.« Und nach einem weiteren Test: »Es hat niemals ein Baby gegeben.«

Dannys Verzweiflung wurde zu Verständnislosigkeit, während mir das Ultraschallgel vom Bauch tropfte und ich die Augen schloss, um weder ihn, noch den Lügenmonitor ansehen zu müssen, der behauptete, Emily hätte es nie gegeben.

»Du hast alles nur erfunden? Die Untersuchungen? Die Arzttermine?«

»Ich habe sie nicht gebraucht«, versuchte ich ihm zu erklären. »Ich wusste doch, was ich gefühlt habe. Ich wusste, was mein Körper mir sagte.« Jetzt blicke ich Laura an und sage: »Zu diesem Zeitpunkt hatte ich keine Ahnung, dass mein Körper mich nach Strich und Faden angelogen hatte.«

Wir lachen beide, als wäre es komisch.

Es klopft an der Tür, und bevor Laura noch »Herein« sagen kann, steckt Bridget Ashworth ihren Kopf durch den Türspalt, und ein eisiger Durchzug entsteht. Die Augen hinter ihrer violetten Brille schnellen hin und her, als wollten sie die ganze Szene erfassen, mit dem unordentlichen Schreibtisch, der Kunst an den Wänden und uns beiden, wie wir auf unseren Plätzen sitzen. Sie runzelt die Stirn.

»Mir war nicht bewusst, dass Sie nicht allein sind, Laura. Tut mir leid, wenn ich störe.« Es klingt nicht so, als täte es ihr wirklich leid. »Oliver … Dr. Roberts … würde Sie gern kurz in seinem Büro sprechen.«

Laura hört nicht auf zu lächeln, doch ihre Fingerknöchel an der Hand, mit der sie ihre Tasse umschließt, verfärben sich weiß.

Wir folgen Bridget nach draußen auf den Flur. Sie trägt dieselbe Jacke, die sie anhatte, als sie mich zum ersten Mal in Charlies Zimmer erwischt hat.

»Heute ist Chaos ausgebrochen«, erklärt sie uns über ihre Schulter hinweg. »Das Filmteam dreht im Verwaltungsbüro.«

An der Art, wie sie das sagt, erkenne ich, dass die Verwaltungschefin gern mit Wörtern wie »Filmteam« und »drehen« um sich wirft. Sie mag es, wie sie dabei in ihren eigenen Ohren klingt, zu was für einem Menschen sie das macht. Ohne den Heizlüfter und die Wolldecke bibbere ich.

Während Laura Bridget Ashworths klappernden Absätzen zur Haupttreppe folgt, über die man nach oben zu Dr. Roberts' Büro und den kleineren Sprechzimmern gelangt, gehe ich quer durch die Halle zum Aufenthaltsraum. Die Unterbrechung meiner Sitzung mit Laura gerade in dem Augenblick, in dem ich meine schmerzhaftesten Erinnerungen hervorgeholt habe, hinterlässt bei mir ein ängstliches Gefühl, als würde mir eine Ameisenkolonne quer über die Brust krabbeln. Ich gehe zum Regal am hinteren Ende des Raums, wo wir alle ein Fach haben. Dort bewahren wir die Dinge auf, die wir nicht mit nach oben in unsere Zimmer nehmen können, zum Beispiel die Malbücher, die mit beruhigender Regelmäßigkeit per Post aus dem Verlag kommen.

Das, mit dem ich mich im Moment beschäftige, enthält kunstvolle, ineinander verschlungene Muster, die sich über die ganze Seite ausbreiten. Ich nehme es zusammen mit den Filzstiften, die ich in einem Mäppchen mit Reißverschluss aufbewahre, oben vom Stapel herunter und setze mich an den großen, ovalen Tisch am Fenster. Ines, die Französin mit dem Silberblick, die zweimal die Woche Gärtnertherapie anbietet, schiebt draußen eine Schubkarre voller abgebrochener Äste und Zweige über die Einfahrt, wobei ihre Gummistiefel auf dem Kies leise knirschen. Eine schwarze Rauchwolke am Himmel verrät mir, dass irgendwo ausreichend weit entfernt von uns Bewohnern, geheizt wird.

Darren sitzt in einem Sessel im vorderen Bereich des

Raums und balanciert einen offenen Aktenordner auf den Knien. Er sieht zu mir herüber und lächelt, als unsere Blicke sich treffen. Allmählich fällt die Anspannung von mir ab.

Ich schlage das Malbuch auf. Es ist noch ganz neu, ich habe erst eine Seite davon ausgefüllt. Das Bild, das so zuletzt entstanden ist, strahlt mir in leuchtend fuchsiafarbenen und violetten Blüten entgegen. *Jetzt malt sie mit Buntstiften,* hallt Dannys Stimme in meinem Kopf wider. Als ich dann umblättere, erregt ein Farbblitz weiter hinten im Buch meine Aufmerksamkeit. Neugierig blättere ich weiter, bis ich eine Seite im hinteren Drittel finde, die schon ausgemalt zu sein scheint.

»Nein!«

Darren blickt auf und ist überrascht, dass ich stehe und mir die Hand vor den Mund geschlagen habe. Er kommt auf mich zu, um herauszufinden, was ich mir da ansehe.

»Ich verstehe nicht ganz«, sagt er dann. Er nimmt das Buch in die Hand, in dem statt eines Musters aus prallen Kamelienblüten und zarten weißen Mädesüßzweigen jemand die Farben benutzt hat, die dem Ton menschlicher Haut am Nächsten kommen, um damit sorgsam und mit akribischer Detailtreue die weich gerundeten Formen eines Babys nachzuzeichnen.

27

CORINNE

Wenn Corinne an Oxford dachte, stellte sie sich honigfarbene Fassaden, frei stehende, efeuüberwucherte Häuser und Fahrräder mit Reisigkörben vor, die an den Mauern lehnten.

Das Oxford, in dem Geraldine Buckley lebte, war allerdings überhaupt nicht so.

Ungefähr fünf Meilen vom Stadtzentrum entfernt lag eine Gegend aus Wohnhäusern und Umgehungsstraßen, in der die einzige Grünfläche die Plakatwand des örtlichen Wettbüros war. Und jedes Fahrrad, das hier gegen eine Wand gelehnt würde, würde wahrscheinlich nicht lange dort stehen, wie die paar einsamen Vorderräder bezeugten, die immer noch an ihre jeweiligen Laternenpfähle angeschlossen waren.

Wäre Corinne gefragt worden, was sie hier tat, hätte sie darauf keine Antwort geben können. Tatsache war allerdings – genau wie beim Besuch der Garitsons in Tunbridge Wells –, dass sich etwas zu tun besser anfühlte als das Gegenteil.

Es war ihr erst so vorgekommen, als ginge es Hannah langsam besser, doch inzwischen schien sich ihr Heilungsprozess eher wieder in die entgegengesetzte Richtung zu bewegen. Charlies Tod hatte offenbar eine tief sitzende und besorgniserregende Paranoia ausgelöst. Als Corinne sie am

Vortag besucht hatte, hatte Hannah kaum zusammenhängend sprechen können, sondern nur über ein Stoffhäschen mit kaputten Ohren und irgendetwas über ihr vermaledeites Malbuch gefaselt und allem und jedem gegenüber Misstrauen zum Ausdruck gebracht, von Dr. Roberts bis zu der Putzfrau, die ihr Zimmer reinigte (Letztere hatte irgendwas mit dem plötzlichen Auftauchen des Hasen zu tun). Doch als Corinne vorgeschlagen hatte: »Dann entlass dich doch selbst. Wir finden schon was anderes, wenn du dich hier nicht wohlfühlst«, hatte Hannah sie angebrüllt: »Ich kann nicht. Wenn ich mich entlasse, verlässt mich Danny. Und ich weiß, dass du dir das wünschst. Du hast ihn nie leiden können. Du willst nicht, dass ich glücklich bin. Du willst, dass ich allein und unglücklich bin wie du.«

Das hatte sie beide überrascht.

Ohne Steffie zu erwähnen, was bedeutet hätte zuzugeben, dass sie in Hannahs Schlafzimmer herumgeschnüffelt hatte, konnte Corinne nur wenig vorbringen, was ihre neuerliche Antipathie ihrem Schwiegersohn gegenüber erklärte. Und die hatte Hannah ganz offensichtlich bemerkt. Stattdessen hatte Corinne versucht, ihre Tochter zu beruhigen, indem sie ihr versprach, über die Klinik und ihr Personal Erkundigungen einzuholen und so doppelt sicherzugehen, dass das hier der sicherste Ort für sie war.

Erst als sie wieder zu Hause war, ihrer Nachbarin von gegenüber ein fröhliches »Hallo« zugerufen und die Tür hinter sich geschlossen hatte, hatte sie sich gestattet, den Kopf in die Hände zu stützen, und gegen die Wand gelehnt, zu Boden zu gleiten.

Die Heftigkeit ihrer Verzweiflung hatte sie verblüfft. Selbst als sie von der Scheinschwangerschaft erfahren hatte, hatte sie nicht dieses Ausmaß an Traurigkeit verspürt. Damals war es sofort um die Suche nach Lösungen und Gründen gegangen. Wenn sie nur genau genug hinsah und gründlich genug nachforschte, würde sie sicherlich den Schlüssel zu der Tür in Hannahs altes Leben finden. Die Diagnose war zwar traumatisch, aber immerhin lag eine Heilung im Bereich des Möglichen. Wenn man wusste, was mit einem nicht stimmte, konnte man einen Weg finden, um den Fehler zu beheben.

Als sie sich dann wieder auf die Füße gestemmt hatte – etwas in ihrem Knie gab ein verdächtiges Knirschen von sich, als sie es streckte –, fühlte Corinne sich zwar ganz schwach vom Weinen, aber voller neu gewonnener Entschlossenheit.

Es war ihr nicht gelungen, Geraldine Buckleys private Telefonnummer herauszufinden, aber sie hatte ihr über Facebook eine Nachricht geschickt, und Ms. Buckley hatte innerhalb von zwei Stunden geantwortet. Jetzt stand Corinne hier an einer trostlosen Straße in einem Vorort von Oxford, steckte Münzen in eine Parkuhr und war wieder einmal schockiert darüber, wie viel einem für das Privileg abgenommen wurde, sein Auto vor einem Getränkemarkt und einem Dönerladen abstellen zu dürfen.

Geraldine Buckleys Wohnung befand sich in einem Neubaublock, der von der Straße durch ein Metalltor getrennt war. Ein Schild mit der Aufschrift »Keinen Müll abladen« war bis zur Unleserlichkeit beschmiert.

Der Türöffner summte, und Corinne betrat das Haus. Sie war erleichtert, dass es gut instandgehalten zu werden schien und es im Treppenhaus beruhigend nach Chlor roch.

Auch Geraldine Buckley sah nicht so aus, wie Corinne sie sich vorgestellt hatte. Sie hatte erwartet, eine Frau mit wirrem Haar, wegen des Alkohols zitternden Händen und Eigelb auf dem Oberteil vorzufinden, doch stattdessen war die ehemalige Klinikchefin eine gepflegte Frau Ende fünfzig, mit ordentlich geschnittenem braunem Haar, das ein hübsches Gesicht einrahmte.

»Drei Jahre weg von der Flasche«, erklärte Geraldine, nachdem sie für sie beide Tee gemacht und Corinne einen Platz auf dem Sofa in ihrem kleinen, aber lichtdurchfluteten offenen Wohnzimmer angeboten hatte. »Na ja, drei Jahre, fünf Monate und zwei Wochen, plus minus ein oder zwei Tage.«

»Herzlichen Glückwunsch.«

»Gratulieren Sie mir nicht zu früh. Nüchtern zu bleiben ist immer noch ein Vollzeitjob.«

»Sie haben also nicht mehr gearbeitet, nachdem Sie Westbridge Haus verlassen haben?«

»Oh doch, ich hatte noch ein paar andere Jobs. In einem Freizeitpark, in einer Zahnklinik. Aber die habe ich auch verloren. Anscheinend werden Kunden nicht so gern von jemandem empfangen, der noch nach dem Wodka von der letzten Nacht stinkt.«

In ihrer Facebook-Nachricht hatte Corinne sich wieder ihrer Geschichte von dem angeblichen Porträt für das British Medical Journal bedient, denn sie war zu dem Schluss gekommen, dass Geraldine Buckley ihre Informationen wohl eher mit einer Journalistin als mit einer von Sorge gequälten und ihr völlig unbekannten Mutter teilen würde. Eigentlich hatte sie nur auf ein paar Hintergrundinformationen gehofft und war überrascht gewesen, als Geraldine ihr vorgeschlagen hatte vorbeizukommen.

»Ich nehme an, Sie fragen sich, warum ich Sie hergebeten habe«, erklärte Geraldine dann auch, als hätte sie ihre Gedanken gelesen. »Ich wollte sichergehen, dass Sie wirklich diejenige sind, die Sie zu sein behaupten. Falls manche Dinge jemals ans Tageslicht kämen, könnte ich in eine sehr missliche Lage geraten, aber zugleich freut es mich, dass man sich offenbar dafür interessiert, was damals in Westbridge House vor sich gegangen ist. Leben wurden zerstört, und bis jetzt hat niemand dafür die Zeche zahlen müssen.«

Corinne wusste nicht, wie sie darauf antworten sollte. Sie war verblüfft. Sie suchte nur nach Bestätigung dafür, dass Dr. Roberts genau der war, der er zu sein vorgab, und dass Hannah sich in den besten Händen befand. Unangenehm eisige Nadelstiche begannen, in ihrer Wirbelsäule zu prickeln.

»Ich habe die Akten mitgenommen.«

Corinne brauchte einen Moment, um zu begreifen, was Geraldine da gerade gesagt hatte.

»Den Aktenschrank, der die gesamten Klinikaufzeichnungen enthielt – Informationen über das Personal, die Krankenakten. Ich habe alles mitgenommen.« Geraldines Wangen liefen hochrot an, und Corinne gewann den deutlichen Eindruck, dass die ehemalige Verwaltungschefin gerade zum ersten Mal ihre damalige Tat zugegeben hatte.

»Ich war so wütend, als sie mich entlassen haben. Ich hatte mir nicht einmal selbst eingestanden, dass ich ein Alkoholproblem hatte, also konnte ich überhaupt nicht damit umgehen, dass sie andeuteten, ich sei Alkoholikerin. Ich hatte bereits zwei Abmahnungen erhalten, sie aber beide entkräften können. An jenem Nachmittag war ich nicht betrunken, sondern ich hatte Antidepressiva genommen, sodass meine Sprache ein bisschen verwaschen war. Ich hatte auch in der Pause nicht getrunken, sondern roch nach Alkohol, weil ich am Abend zuvor beim Ausstand einer Freundin gewesen war. In meinem eigenen Kopf ergab das alles Sinn, also bin ich durchgedreht, als sie mir kündigten. Zu Hause hatte ich einen

Zweitschlüssel fürs Büro, denn ich bin oft an den Wochenenden reingefahren, wenn nur eine Rumpfbelegschaft arbeitete. Nun habe ich mit meinem Bruder zusammen den Aktenschrank in meinen Golf geladen. Zu allem Überfluss hab ich mir dabei fast einen Bruch gehoben.«

Corinne hörte zwar die Wörter, konnte aber nicht folgen. Warum sollte Geraldine Buckley einen Aktenschrank stehlen? »Entschuldigung, aber ich verstehe nicht recht.«

»Verzeihung, aber ich habe nicht oft Besuch. In den Jahren, in denen ich an der Flasche hing, habe ich viele meiner Freundinnen vergrätzt. Ich bin ein bisschen aus der Übung, wenn es darum geht, ein ordentliches Gespräch zu führen. Der Aktenschrank war meine Versicherungspolice. Ich hatte irgendwelche wilden Ideen, wegen unrechtmäßiger Kündigung zu klagen, also wollte ich alle Aufzeichnungen haben. Ich dachte, ich könnte beweisen, dass sie mich nur entlassen hatten, weil ich zu viel über das wusste, was in der Klinik vor sich ging. Letztendlich hat mich der Rechtsanwalt, an den ich mich wandte, nur kurz angeschaut, meinen Atem gerochen und mir dann mitgeteilt, dass er nichts für mich tun könne. Er war so ein spießiges kleines Arschloch. Behauptete, dass die disziplinarischen Vorschriften bis aufs Jota eingehalten worden seien. Und seither vergammelt der verdammte Aktenschrank hier einfach.«

»Sie haben ihn immer noch?«

»Natürlich. Ich habe zu viel Angst, ihn einfach loszuwerden. Nebenbei, was wir hier besprechen, ist vertraulich, oder?«

Einen Moment lang war Corinne versucht, ihr die Wahrheit zu beichten. Sie mochte Geraldine Buckley, mit ihrem kantigen Kinn und der aufgeräumten kleinen Wohnung. Sie war ewig dankbar dafür, nicht mit dem Hang zur Sucht geboren worden zu sein, denn sie wusste nicht, wie sie der Versuchung der Weinflasche im Kühlschrank an Tagen hätte widerstehen sollen, an denen die Welt es auf sie abgesehen zu haben schien. Suchtpatienten hatten täglich einen Kampf auszufechten, und dieser Kampf war in jeder einzelnen kleinen Falte auf Geraldines Gesicht abzulesen.

Wenn sie ihr jetzt allerdings die Wahrheit sagte, würde sie vielleicht niemals herausfinden, was in Westbridge House passiert war. Und wenn es irgendwelche düsteren Geheimnisse in der Vergangenheit des Leiters von *The Meadows* gab, die ihn als ungeeignet erscheinen lassen würden, sich um ihre Tochter zu kümmern, musste Corinne einfach Bescheid wissen.

Nach kurzem Zögern erwiderte sie also: »Natürlich bleibt das unter uns. Was ist also das große Geheimnis?«

Geraldine biss sich auf die Unterlippe, als ränge sie mit sich. Dann begann sie zu erzählen: »Zuerst wurde Westbridge House von einer sehr kontrollwütigen Person namens Dunmore geleitet – unglaublich klug und ehrgeizig, ließ aber keinerlei Widerspruch zu.«

»Und Oliver Roberts? Ich nehme an, er hat dort gearbeitet, richtig?«

Geraldine nickte.

»Er war Professor Dunmores Schützling. Ich glaube, er war schon Mitte dreißig, als er bei uns anfing.«

Mitte dreißig? Das erstaunte Corinne. »Wir reden also nicht über die späten 1980er?«

Geraldine schüttelte den Kopf. »Sorry, aber das war ungefähr ein Jahrzehnt später. Dr. Roberts war erst spät zur Psychiatrie gekommen. Ich entsinne mich dunkel, dass er in einem anderen medizinischen Gebiet angefangen und die

Fachrichtung gewechselt hat. Aber wenn Sie ein Porträt über ihn schreiben, wissen Sie das doch sicher alles?«

Geraldine runzelte die Stirn, sodass Corinne versuchte, schnell darüber hinwegzugehen. »Natürlich. Professor Dunmore mochte Dr. Roberts also gern?«

»Richtig. Sie waren ein Herz und eine Seele. Roberts wurde zu einer Miniversion von Dunmore, und Dunmore war eingebildet genug, sich dadurch geschmeichelt zu fühlen.«

»Was ist dann schiefgegangen?«

»Wir reden über die Zeit kurz nach dem Skandal um die Erinnerungsverfälschung.«

»Erinnerungsverfälschung?« Corinne hatte den Ausdruck zwar schon einmal gehört, doch frustrierenderweise konnte sie sich an die genaue Bedeutung nicht mehr erinnern.

»Das bedeutet, dass ein – allzu oft schlecht qualifizierter – Therapeut einem beeinflussbaren Patienten Suggestivfragen stellt, sodass er oder sie zur Überzeugung gelangt, dass die eigenen Probleme mit einem Missbrauch in der Vergangenheit zu tun haben, der so traumatisch war, dass er ins Unbewusste verdrängt wurde. Der Therapeut sagt etwa Dinge wie: ›Symptome wie Ihre sind mir früher schon begegnet, sie hatten immer mit Missbrauch zu tun. Könnte Ihnen so etwas passiert sein? Denken Sie darüber nach, wer Ihnen so etwas hätte angetan haben können.‹ Es ist beeindruckend, wie schnell wiederholte Suggestion dazu führen kann, dass man sie als Tatsache wahrnimmt.«

Jetzt fiel es Corinne wieder ein. Es hatte in einem Artikel gestanden, den sie vor Jahren einmal gelesen hatte. Darin ging es um eine Frau mittleren Alters, die ihren alten Vater des Missbrauchs bezichtigt hatte, nachdem mit Hilfe eines Therapeuten diese Erinnerungen »freigesetzt« worden waren. Bis die falsche Erinnerung dann widerlegt worden war – durch alte Tagebücher und Fotos, die bewiesen, dass die beschriebenen Ereignisse so nicht hatten stattfinden können –, war der alte Mann bereits gestorben, verzweifelt und von seiner Familie entfremdet.

»Professor Dunmore hatte einen Fall von Erinnerungsverfälschung behandelt, in dem eine intakte, liebevolle Familie durch Anschuldigungen auseinandergerissen worden war, die sich später als falsch herausstellten. Dunmore war überzeugt, dass viele der Fälle, die uns im Klinikalltag begegneten und in denen Patienten von Kindesmissbrauch berichteten, tatsächlich Fälle von Erinnerungsverfälschung sein könnten, bei denen die Erinnerung durch ehemalige Therapeuten verankert worden war. Mitte bis Ende der 1990er war das wirklich eine hippe«, an dieser Stelle machte Geraldine eine Geste für ironische Anführungszeichen, »Theorie. Es gab Prozesse, in denen Therapeuten dafür verurteilt wurden, Patienten gezielt Erinnerungen an sexuellen Missbrauch eingeimpft zu haben. Ich glaube, Dunmore – wie bereits gesagt eine kalte, skrupellose Person – sah das als Gelegenheit für ein bisschen Presserummel. Und Roberts stellte das natürlich niemals infrage.«

»Waren denn manche dieser Missbrauchsfälle echt?«

»Natürlich. Tatsächlich würde ich davon ausgehen, dass sie es alle waren. Wissen Sie denn, wie schwer es für einen Menschen ist, sich so etwas einzugestehen? Geheimnisse, die man das ganze Leben mit sich rumgeschleppt hat? Geheimnisse, die einem das Gefühl geben, schmutzig und unrein zu sein?«

Etwas an Geraldine Buckleys Eindringlichkeit ließ Corinne sich fragen, welche bösen Geister in Geraldines eigener Vergangenheit spukten und sie dazu brachten, am Grund einer Flasche nach Vergessen zu suchen.

»Professor Dunmore wurde zu einer Art Koryphäe auf dem Gebiet der Erinnerungsverfälschung und deren Behandlung. Wenig überraschend kamen also immer mehr junge Frauen, und auch ein paar Männer, zur Behandlung in die Klinik, und zwar auf Wunsch von Verwandten, die – aus welchen Gründen auch immer – glaubten oder die Betreffenden glauben machen wollten, dass ihre Missbrauchsgeschichten niemals stattgefunden hatten.«

»Und sie wurden alle von Professor Dunmore behandelt?«

»Oder von Oliver Roberts.«

»Und was ist dann passiert?«

»Eine der jungen Frauen hat Selbstmord begangen und einen Abschiedsbrief hinterlassen, in der sie Dunmore ausdrücklich beschuldigte, bestritten zu haben, was ihr widerfahren sei. Das wurde zu einem riesigen öffentlichen Skandal. Daraufhin drohten ein paar der anderen Frauen, die in der Klinik behandelt worden waren, eine Sammelklage anzustrengen, obwohl das niemals irgendwelche Folgen zeitigte. Schließlich musste Dunmore die Leitung und später sogar die ärztliche Zulassung abgeben. Roberts blieb noch ein paar Monate, kam aber mit Dunmores Nachfolger nicht klar und suchte sich einen anderen Job. Kurz darauf wurde ich dann entlassen.«

»Also war Roberts selbst in die Vorfälle nie verstrickt?«

»Nein. Der General Medical Council kam zu der Auffassung, dass Dunmore die verantwortliche Person gewesen war und dass man dem Rest der Belegschaft keinen Vorwurf daraus machen konnte, den Leitlinien der Klinik Folge geleistet zu haben. Es kursierte noch das Gerücht, dass Roberts in den Befragungen durch die Untersuchungskommission Dunmore in den Rücken fiel und ihnen die Beweise lieferte, die sie für den erzwungenen Rücktritt benötigten. Dafür soll er selbst vollständig amnestiert worden sein, aber das hat er natürlich immer heftig bestritten.«

»Und die Akten haben Sie dann mitgenommen, weil …«

»Weil ich so wütend war und so kaputt, dass ich glaubte, ich könnte damit meinen Job wiederbekommen oder sie wegen unrechtmäßiger Entlassung verklagen. Die Akten wollte ich verwenden, um zu beweisen, was für ein Drecksunternehmen sie waren. Außerdem …«

»Außerdem?«

»Außerdem fühlte ich mich diesen Frauen gegenüber verantwortlich. Denjenigen, deren Geschichten nicht geglaubt worden waren. Es gab noch immer das Gerücht, es komme vielleicht zu einer Sammelklage, und ich wollte, dass die Unterlagen zu ihren Fällen in Sicherheit waren.«

Corinne versuchte, sich einen Reim auf all das zu machen. Sie konnte keine Verbindung zwischen den Vorfällen in Westbridge House und den Todesfällen in *The Meadows* herstellen, doch noch immer waren da die kalten, unangenehmen Nadelstiche in ihrem Rücken und sagten ihr, dass es sich lohnte, diese Spur weiterzuverfolgen. Sie atmete tief durch.

»Bestünde denn die Möglichkeit, einen Blick auf die Akten zu werfen?« Sie sah Geraldine fest in die Augen und hoffte, dass ihre Gesprächspartnerin so erkennen konnte, dass ihre Motive rechtschaffen waren, auch wenn ihre Behauptung, Journalistin zu sein, gelogen war. »Oliver Roberts leitet gerade eine psychiatrische Klinik, in der fünfzehn labile Frauen betreut werden. Ich muss sichergehen, dass er für seinen Job geeignet ist.«

Ein Schatten huschte über Geraldines blasse Augen. Corinne hielt die Luft an.

»Okay.«

28

LAURA

Annabels Kopf und Oberkörper waren in dem Fenster im ersten Stock ihres Hauses zu sehen. Sie saß an ihrem Schreibtisch in dem kleinen Büro und arbeitete. Ihr Gesicht wurde von unten durch den Schein einer Leselampe erhellt, und Laura sah gerade eben noch den oberen Teil ihres aufgeklappten Laptops.

Draußen war es kalt, und Laura bibberte in ihrem dünnen Pullover. Sie hatte ihren orangefarbenen Mantel im Auto liegen lassen, weil sie fürchtete, er könnte in der zunehmenden Dunkelheit zu sehr herausstechen. Doch inzwischen bedauerte sie, dass sie ihn nicht anhatte.

Sie warf noch einen Blick auf das fröhlich erleuchtete Fenster. Wäre es denn so undenkbar, einfach zur Tür zu gehen und zu läuten? Sie könnte sich doch irgendeinen Vorwand ausdenken. Ihr Yogastudio war nicht allzu weit von hier entfernt. Sie konnte behaupten, dass sie auf dem Rückweg spontan einen Umweg gemacht hatte. Sie probte die Sätze ein paarmal still für sich: »Ich musste so dringend auf die Toilette und dachte: warum nicht kurz bei Annabel klingeln? Ich störe doch nicht, oder?«

Doch eine Straße weiter hatte sie bereits der Mut verlassen.

Sie musste an das letzte Mal denken, als sie so etwas getan hatte: Mit einer Tüte frischer Backwaren aus der schicken Konditorei in der Nähe ihrer Wohnung hatte sie eines Sonntagmorgens an Annabels Tür geklingelt. »Ich hab die gekauft, weil ich mit einer Freundin verabredet war, aber sie hat in letzter Minute abgesagt, also dachte ich, ich bringe sie mit und *zwinge* dich dazu, mit mir zu frühstücken«, hatte sie geflunkert. Doch Annabel hatte sie gleich auf der Schwelle abgewimmelt. »Tut mir leid, aber das passt mir gerade nicht«, hatte sie erklärt. »Ich habe Besuch.« Als Laura dann auf dem Rückweg zum Auto durch die Lamellen der Jalousie in Annabels Wohnzimmer gelugt hatte, war das Zimmer allerdings leer gewesen.

Das war ihr heute schlagartig wieder eingefallen, und Laura hatte ihren VW gestoppt, bevor sie in Annabels Straße eingebogen war, war bei laufendem Motor sitzen geblieben und hatte überlegt, was sie tun sollte, bis eine junge Frau an ihre Scheibe geklopft und sie freundlich darauf hingewiesen hatte, dass das, was sie da tat, nicht mehr wirklich erlaubt war. »Es ist schlecht für die Umwelt. Luftverschmutzung.«

Sie hatte also anständig geparkt und war den Rest des Wegs zu Fuß gegangen. Das war einer der Nachteile ein so leicht erkennbares Auto zu besitzen.

Annabels Haus schräg gegenüber stand ein Baum in einem Vorgarten, dessen niedrige Äste über die Gartenmauer ragten. Laura hielt sich im Schatten dieses Baumes und tat so, als läse sie etwas auf ihrem Smartphone. Doch in Wirklichkeit beobachtete sie die ganze Zeit Annabels Gesicht, während diese sich auf das konzentrierte, was sie da schrieb.

Sie spürte einen Stich irrationaler Eifersucht. Laura wollte mit Annabel über Hannah sprechen und über ihren Eindruck, dass sie gute Fortschritte dabei machte, ihr Vertrauen zu gewinnen. Die letzte Sitzung, als Hannah ihre Fahrt in die Notaufnahme und den Albtraum ihrer aus den Fugen geratenen Fantasiewelt beschrieben hatte, war ein echter Durchbruch gewesen. Annabel würde sicher davon erfahren wollen. Und doch, irgendetwas hielt sie zurück.

In der Ferne heulte eine Sirene, und Annabel blickte auf. Einen Moment lang hielt Laura den Atem an, während die weit auseinanderstehenden Augen der älteren Frau in ihre Richtung zu blicken schienen. *Hier bin ich. Sieh mich bitte an.*

Doch das Sirenengeheul schwoll wieder ab, und Annabel wandte sich erneut ihrem Computer zu. Die Kälte verursachte einen Krampf in Lauras unterem Rücken. Und doch hielt sie sich noch immer in der Deckung des Baumes verborgen und starrte zu dem erleuchteten Fenster auf der gegenüberliegenden Straßenseite empor.

29

HANNAH

Ich habe Angst durchzudrehen.

Niemand will sich erinnern, den Hasen in mein Zimmer gelegt zu haben, niemand gibt zu, das Baby in mein Malbuch gezeichnet zu haben. Dr. Chakraborty hat großen Wert darauf gelegt, gestern Abend während der Gruppentherapie jede einzeln zu befragen, doch alle haben bestritten, etwas damit zu tun zu haben. Als er weiter nachbohrte, ist Frannie in Tränen ausgebrochen. »Ihretwegen fühle ich mich schuldig, obwohl ich doch gar nichts gemacht habe«, jammerte sie. Also wechselte er das Thema. Doch ich habe den Rest der Sitzung damit verbracht, jede der Reihe nach anzuschauen und mich zu fragen: »Warst du es?«

Es fällt mir immer schwerer, mich noch an die Person zu erinnern, die ich einmal war.

Dr. Roberts leitet heute Morgen die Gruppentherapie und möchte, dass ich weiter über Danny spreche. Scheint, als wolle er ihn wie das Kerngehäuse eines Apfels aus mir herausschneiden.

»Aber Hannah war doch schon letztes Mal dran«, beklagt sich Odelle, die unbedingt mehr über ihre Familie sprechen möchte, ihr Lieblingsthema. Ihre Mutter war professionelle

Geigerin und – laut Odelle – eine bewunderte Schönheit. Ihr Vater ist Wissenschaftler. Gern zählt sie die vielen Ansprüche auf, mit denen die beiden sie unter Druck setzten, die unterschiedlichen Arten, auf die sie den Eindruck hatte zu versagen. Mit der genießerischen Langsamkeit einer Kennerin erstattet sie über den allmählichen Gewichtsverlust im Lauf ihrer Jugendjahre Bericht. Zwar wissen wir das alles schon, aber ich höre mir trotzdem immer noch lieber etwas über Odelles Hochleistungseltern und den Bruder an, der für Cambridge rudert und sie früher La Porcetta – kleines Schweinchen – nannte (so hieß das örtliche italienische Restaurant, der Spitzname trug später zu ihren Problemen mit ihrem Körper bei), als mich weiter mit der Wunde beschäftigen zu müssen, die Danny für mich repräsentiert. Aber Dr. Roberts lässt nicht locker.

»Sie kennen doch die goldene Regel der Gruppentherapie, Odelle. Es gibt keine Regeln. Ich habe den Eindruck, dass Hannah Fortschritte macht, und das könnte zunichtegemacht werden, wenn wir jetzt abbrechen, also fahren wir einfach fort, bis wir an ein natürliches Ende gelangen. Das hier ist für sie ein sicherer Rahmen, um sich mit bestimmten Themen auseinanderzusetzen, und Sie alle sind ein wichtiger Teil ihres Genesungsprozesses, genau wie umgekehrt.«

Dann wendet er sich mir zu. Sein rechter Fuß liegt auf seinem linken Knie, sodass der Saum seiner grauen Wollhose hochrutscht und den Blick sowohl auf einen schicken scharlachroten Socken als auch auf ein kleines Stück gebräunten Fußknöchel freigibt. Wo hat er diese Bräune im März wohl her? Hinter mir höre ich ein Klicken und weiß daher, dass Drew und Justin mit dem Filmen begonnen haben. Keine Ahnung, warum sie sich die Mühe machen. Ich habe sowieso schon entschieden, dass ich sie das Filmmaterial, auf dem ich zu sehen bin, am Ende nicht werde nutzen lassen. Das habe ich Justin auch so mitgeteilt, doch er hat nur genickt. »Na klar«, hat er mit seiner nervtötenden Welpenstimme geantwortet. Joni glaubt, wir sind seine letzte Chance. Sie behauptet, sein vorhergehendes Projekt sei gefloppt, und der Produzent bei der BBC, der diese Doku in Auftrag gegeben hat, sagt, dass sie gut werden muss oder er in die Wüste geschickt wird. Ich habe nicht weiter nachgefragt. Joni hat einen Doktortitel im Belauschen.

»In Ordnung, Hannah, ich möchte ein wenig darüber sprechen, wie Danny reagiert hat, als er das mit der Scheinschwangerschaft rausgefunden hat. Sie waren nach einem Sturz ins Krankenhaus gefahren, wo die behandelnde Ärztin Ihnen mitteilte, dass es kein Baby gab. Nach all den Wochen voller Arzttermine muss das für ihn doch ein Schock gewesen sein.«

Wie soll ich es beschreiben? Diesen Ausdruck in seinen Augen. Unverständnis, das erst durch Kummer und schließlich durch kalte Wut abgelöst wurde. »Ich dachte, ich werde Vater«, brüllte er mich an. Sein Gesicht war so nah vor meinem, dass ich die Zunge rausstrecken und ihn hätte ablecken können. Ich wusste, was er dachte. Er dachte, er hätte zwei Frauen geschwängert, und er hatte mich Steffie vorgezogen, mein Kind ihrem. Und jetzt hatte er gar nichts.

Die Ärztin im Krankenhaus hatte ihm erklärt, dass es nicht meine Schuld sei, dass ich ebenso sehr Opfer meines verlogenen Körpers wie er geworden sei. Sie hatte einen glänzend schwarzen Zopf, der ihr wie der dicke Riemen einer Tasche über die Schulter hing. Sie war ruhig und freundlich, und später war ich dafür dankbar, allerdings war sie einem Fall wie meinem vorher auch noch nie begegnet, sodass in ihren großen dunklen Augen eine leicht überforderte Skepsis lag.

»Als wir in die psychiatrische Abteilung überwiesen wurden, hat er sich wieder beruhigt. Wahrscheinlich nur, weil ich zu diesem Zeitpunkt selbst so hysterisch war. Es fühlte sich wie ein Todesfall an, versteht ihr? Es fühlte sich an, als wäre mein Baby gestorben.« Das sage ich an die anderen gewandt, es klingt, als wollte ich mich vor ihnen rechtfertigen.

»Obwohl du alles erfunden hattest?«

Judith, natürlich. Sie glaubt von sich selbst, als jemand zu gelten, der alles schonungslos anspricht, aber eigentlich streitet sie nur gern.

Roberts zieht die Augenbrauen hoch. »Wir haben das doch schon oft besprochen, Judith. Für Hannah war das Kind genauso echt, als wäre es wirklich da gewesen, als wäre es in ihr gewachsen. So konnte sich ihr Körper überhaupt erst davon überzeugen, dass er schwanger war.«

»Aber ihr Körper hat keine Lügen über angebliche Ultraschalluntersuchungen erzählt.«

»Judith!«

Die Warnung ist unüberhörbar, und Judith lehnt sich auf ihrem Stuhl zurück. Ihr Gesichtsausdruck ist allerdings der einer Person, die gerade einen kleinen Sieg davongetragen hat. Neben Judith sitzt Nina mir direkt gegenüber und trommelt stur mit den Fingern gegen ihr Stuhlbein. Das könnte ein frühes Anzeichen für eine neue manische Phase sein. »Aber es ist trotzdem Quatsch, oder?«, sagt sie zu niemandem im Speziellen. »Quatschiger, quatschiger Quatsch.«

Sie nickt beim Sprechen, und ihre großen Goldohrringe erzittern wie winzige Sonnen.

»Wenn es Ihnen nichts ausmacht, Nina«, weist Dr. Roberts sie zurecht.

Sie blickt sich rasch im Kreis um. »Ich bin ja schon still.«

»Können Sie uns ein bisschen schildern, wie es in der ersten Nacht in der psychiatrischen Abteilung war, Hannah?«, bittet Roberts und wendet seine Aufmerksamkeit wieder mir zu. »In was für einem Zustand sind Sie gewesen?«

»Ich stand vollkommen neben mir. Ich glaube, ich habe Danny zu Tode erschreckt. Er sah mich die ganze Zeit an, als würde er mich nicht wiedererkennen. Zu diesem Zeitpunkt war Mum schon eingetroffen, und obwohl auch sie Angst hatte, tat sie, was sie in schlimmen Situationen immer tut: Sie redete, als könnte sie die Situation dadurch davon überzeugen, sich zu ändern. ›Okay, Hannah hat also diese Krankheit, über die ich mich zu Hause informieren werde, aber in der Zwischenzeit lasst uns mal sehen, ob ich das richtig verstanden habe.‹«

Beim letzten Satz imitiere ich die Stimme meiner Mutter, und das ist wohl recht überzeugend, denn Stella fängt an, hinter vorgehaltener Hand zu kichern.

»Haben Dannys Eltern Sie auch im Krankenhaus besucht?«

Ich schüttle den Kopf. »Er hat sie aber später am Abend angerufen, um es ihnen mitzuteilen.«

Ich verschweige, dass er nach diesem Anruf weiß wie ein Laken war und dass er mir sagte, seine Mutter habe wie ein Schlosshund geheult. Ich verschweige außerdem, dass ich seine Eltern seither nicht mehr gesehen habe, obwohl sie immerhin eine Genesungskarte schickten, die sein Vater in seiner ordentlichen, geschwungenen Handschrift verfasst hatte.

»Hannah, denken Sie denn, dass Sie es verdient haben, dass Danny Ihnen verzeiht?«

Die Frage trifft mich wie ein Schlag.

»Ich hab ihn angelogen.«

»Aber die Lügen waren tief in einem Teil Ihrer Psyche vergraben, von dessen Existenz noch nicht einmal Sie selbst wussten.«

Ich starre auf meine Füße in den abgenutzten Chucks ohne Schnürsenkel und frage mich, was wohl aus der Frau geworden ist, die ich war, als ich sie vor zwei Jahren gekauft habe.

»Lassen Sie mich Ihnen eine andere Frage stellen«, fährt Dr. Roberts fort, und ich mache mich auf alles gefasst.

»Glauben Sie, dass Danny es verdient, dass Sie ihm vergeben?«

»Weswegen denn?«

Alle halten die Luft an, und es kehrt absolute Ruhe ein.

»Wegen Steffie. Wegen all der Lügen, die er Ihnen aufgetischt hat.«

»Die beiden Sachen haben nichts miteinander zu tun.«

Judith schnaubt vor Lachen. »Mach dir doch nichts vor.«

Nach dem Mittagessen unternehmen Stella und ich einen viertelstündigen Spaziergang bis zur Hauptstraße, setzen uns zu Costa Coffee und trinken Cappuccinos aus Tassen, die größer sind als mein Kopf. Obwohl Dr. Roberts immer noch glaubt, dass ich noch ein bisschen brauche, hat er nach elf Wochen in der Klinik zugestimmt, dass ich damit anfangen soll, mich wieder an ein Leben in der richtigen Welt zu gewöhnen. Ich darf also ausgehen, sofern ich mich nicht länger als eine Stunde später wieder in der Klinik zurückmelde. Stella soll hingegen das Klinikgelände eigentlich nicht verlassen und sich so gefährlichen Einflüssen wie dem Zeitschriftenregal im örtlichen Supermarkt mit den Reihen perfekt retuschierter Körper und Gesichter nicht aussetzen. Aber Stella tut, was sie will. Sie ist nicht mehr zwangseingewiesen. Niemand kann sie daran hindern zu gehen.

»Ich hasse es, wie er mich das alles immer wieder durchleben lässt«, sage ich zu ihr.

»Vielleicht turnt es ihn ja an, dich leiden zu sehen.«

Wir alle beschweren uns dann und wann über Roberts, doch Stella ist ihm gegenüber besonders kritisch.

Eine Zeit lang sitzen wir schlecht gelaunt und still da, und ich spüre die Blicke der anderen Gäste auf uns. Stella trägt einen weichen gelben Kaschmirpulli, der sich eng um ihren Körper schmiegt. Das hellblonde Haar hat sie zu einem Beehive hochgesteckt, und ihre vollen Lippen sind blutrot geschminkt. In Barnet, North London, gibt es an einem Dienstagnachmittag nichts Exotischeres als uns.

»Erzähl mir, was mit deinem Ex passiert ist, dem Schriftsteller, der so viel älter war als du. Warum hat er dich am Ende bezichtigt, ihn zu belästigen?«

Falls Stella mein abrupter Themenwechsel überrascht, zeigt sie es nicht. »Ich denke, er hat sich vor mir gefürchtet. Ich war erst achtzehn und wollte nicht, dass es vorbei war. Ich habe ihn gewissermaßen gestalkt.«

»Gewissermaßen?«

Sie kichert wieder auf ihre rauchige Kleinmädchenart. »Ich hab's getan. Ihn gestalkt. Und seine Frau.«

»Stella!«

»Und seine Tochter.«

»Moment mal. Ich dachte, er war erst Mitte dreißig, also war seine Tochter …«

»… noch in der Grundschule. Ich glaube, dass er seiner Frau irgendwann alles gestanden hat, weil ich beim Krippenspiel seiner Tochter aufgetaucht bin und ihm durch den Saal hinweg zugewunken habe.«

Die Wucht all der Dinge, die ich nicht wusste, trifft mich vollkommen unvorbereitet.

»Mein Stiefvater hat das in Ordnung gebracht. Danach hab ich meinen ersten Trip in die Klapsmühle gebucht.«

»Und danach hattest du dann deine erste OP?«

»Sei nicht albern, Hannah. Die erste OP hatte ich mit vierzehn in den Staaten. Meine Nase. Meine Mum hat mir den Eingriff zum Geburtstag geschenkt. Hinterher hat sie sich zu mir ans Bett gesetzt und mich gefragt: ›Bist du jetzt glücklich?‹ Als wäre das alles gewesen, was dazu nötig war.«

Stella hat Schaum vor dem Mund, wegen des Cappuccino, und als sie nun lächelt, wirkt ihr roter Lippenstiftmund wie ein Loch, in das man fallen und aus dem man sich dann nie mehr wieder herausarbeiten könnte.

30

CORINNE

Der Küchentisch war mit Papieren übersät. Natürlich hatte Corinne nicht sämtliche Akten mitgenommen, doch selbst die relativ kleine Menge, die Geraldine Buckley ihr widerwillig ausgeliehen hatte, reichte, um die zerkratzte Holzplatte vollständig zu bedecken.

Und doch war sie noch immer auf nichts gestoßen, was Dr. Roberts in einem grundlegend anderen Licht hätte erscheinen lassen.

Es stimmte zwar, dass drei seiner Patientinnen damit gedroht hatten, sich der Sammelklage gegen die Klinik anzuschließen. Doch damit wurden Professor Dunmores Philosophie und Führungsfähigkeiten infrage gestellt. Roberts und die anderen dort angestellten Psychiater waren nur den von der Klinikleitung vorgegebenen Richtlinien gefolgt. In der offiziellen Untersuchung, bei der Roberts rückhaltlos kooperiert hatte, waren sie alle vollständig entlastet worden.

Corinne lagen die Akten der drei betroffenen Patientinnen vor, junge Frauen zwischen zwölf und dreiundzwanzig. Sie hatte sich die Notizen zu ihren Fällen gründlich durchgelesen und nach Hinweisen auf Behandlungsfehler gesucht. Als sie am Rand eines Berichts einer jungen Frau, in dem diese beschrieb, dass ihr Onkel den Missbrauch »Zeit, nett zueinander zu sein« nannte, seine Anmerkungen gelesen hatte, war sie erschaudert: »Hört sich auswendig gelernt an«, und an einer anderen Stelle: »Therapiesprech?«. Es schmerzte sie, wenn sie an diese gebrochenen Mädchen dachte, die schon so viel durchgemacht hatten und deren Aussagen dann ausgerechnet von der Person in Zweifel gezogen wurden, die ihnen eigentlich bei der Heilung hätte helfen sollen.

Für jede Patientin gab es ein Registrierungsformular mit Foto, auf dem Geraldine Buckley sorgfältig Adresse und Telefonnummer ausgestrichen hatte. Corinne betrachtete die Gesichter genau und suchte nach irgendwelchen Anhaltspunkten, die Hannah hätten helfen können, doch es gab keine. Als sie zur jüngsten Patientin namens Catherine Pryor kam, war sie irgendwie alarmiert, aber bei näherem Hinsehen konnte sie nichts Auffälliges entdecken. Corinne bemerkte, dass sie Catherines Blick aus den treuherzigen grauen Augen in ihrem molligen, noch kindlichen Gesicht kaum standhalten konnte, ohne dass sich über ihren Augen ein Tränenschleier bildete.

Es gab einen Zeitungsausschnitt in den Akten aus dem Jahr 1998, in dem Professor Dunmore darüber sprach, auf einer Mission zu sein, Familien wieder zu vereinen, die durch den »Torpedo« falscher Erinnerung auseinandergerissen worden waren. Ihm war der anonyme Bericht einer Frau beigefügt, deren Familie zerstört worden war, als ihre erwachsene Tochter falsche Missbrauchsanschuldigungen gegen ihren Mann erhob, nachdem sie wegen einer Depression eine Psychologin aufgesucht hatte. Die Frau, deren Gesicht auf dem Foto verpixelt war, war so gezwungen gewesen, sich zwischen ihrem Mann und ihrer Tochter zu entscheiden. Als sie zu ihrem Ehemann gehalten hatte, hatte die Tochter den Kontakt zu ihr abgebrochen. Sie war schon fast daran verzweifelt, jemals einen Ausweg aus diesem Albtraum zu finden, in den sie da geraten waren, als ihre Schwester einen Artikel über Professor Dunmore gelesen und ihre Nichte überzeugt hatte, die Klinik zu besuchen. »Es ist keine Übertreibung zu sagen, dass uns das gerettet hat«, gab die Frau zu Protokoll.

Corinne war hin- und hergerissen. Diese Frau hatte ganz offenbar schrecklich gelitten, und durch das Aufdecken der falschen Erinnerungen hatte Dunmore ihr und ihrer Familie geholfen. Aber welchen Preis hatten dafür jene gezahlt, die wirklich missbraucht worden waren?

Für einen kurzen Moment verspürte sie ein wärmendes Gefühl der Dankbarkeit, dass ihre eigene kleine Familie den Strudel der Pubertät ihrer Mädchen verhältnismäßig unbeschadet überstanden hatte.

Dann fiel ihr ein, wo ihre älteste Tochter war, und ihr wurde erneut übel.

31

HANNAH

Jetzt, wo ich einen Monat von dem Datum entfernt bin, das ich für Emilys Entbindung vorgesehen hatte, bin ich vielleicht endlich in der Lage, sie gehen zu lassen.

Heute haben wir wieder die Staffeleien herausgeholt und malen einen Stuhl, über den Laura ein Stück Stoff mit einem hübschen weiß-blauen Lilienmuster drapiert hat.

»Schaut euch an, wie er fällt, wie sich das Muster an den Falten verändert. Achtet auf den Kontrast zwischen den zurückgenommenen Farben des Stuhls und der Lebendigkeit des Musters. Was ist mit den verschiedenen Texturen? Das harte, polierte Holz und das weiche Gewebe. Schaltet all eure Sinne ein. Für diesen Moment, hier und jetzt. Dieser fließende blau-weiße Stoff. Und der grobe Stuhl.«

Laura ist heute Morgen in voller Fahrt. Sie redet oft davon, dass wir unsere Sinne einschalten sollen. Das ist eine Form der Achtsamkeit. Wenn wir uns im Hier und Jetzt erden und uns auf das konzentrieren, was wir sehen, hören, riechen oder fühlen – auf all die Segnungen, die uns umgeben – dann gibt es in unseren Gedanken keinen Platz mehr für die Dinge, die uns hierher gebracht haben, die dunklen Schatten, die an den Rändern unseres Bewusstseins lauern.

Ich genieße die Begrenztheit unseres Stilllebens. Die Welt ist auf einen Raum reduziert, in dem nur noch der Stuhl und der Stoff existieren. Ich bin so in mein Bild versunken, dass ich erst gar nicht merke, dass Laura hinter mir steht, bis ich ihren warmen Atem in meinem Nacken und ihre Hand auf meiner Schulter spüre.

»Gut gemacht, Hannah. Du hast dich seit deiner Ankunft hier so stark verbessert, du scheinst auf die Welt, die dich umgibt, so viel stärker zu achten. Denk nur daran, wie düster deine Farbwahl war, als du angefangen hast! Wie alles am Ende irgendwie bräunlich wirkte?«

»Das lag nur daran, dass ich ewig gebraucht habe, um zu merken, wie stark auch nur ein einziger Tropfen schwarz ist.«

Sie blickt mich an, und ich nehme vorweg, was sie gleich sagen wird: »Bitte erzähl mir jetzt nichts davon, dass das eine Metapher fürs menschliche Dasein ist.«

Sie lächelt. »Du kennst mich schon zu gut.«

»Laura, kannst du kurz herkommen? Ich habe Schwierigkeiten mit der Perspektive.«

Das ist natürlich Odelle, die mal wieder Aufmerksamkeit braucht. Sie ist grundsätzlich sehr besitzergreifend, aber besonders Laura gegenüber. Als Laura mich das erste Mal zum Plaudern in ihr Büro eingeladen hat, raunte Charlie mir zu: »Das wird Odelle aber gar nicht mögen.« Und sie hatte recht. Wann auch immer sich ihr die Gelegenheit dazu bietet, unterbricht Odelle meine Zeit mit Laura, angeblich weil sie dringend Hilfe bei irgendeinem ihrer Kunstprojekte braucht. Einmal platzte sie in Tränen aufgelöst in Lauras Büro, weil Joni sie dabei erwischt hatte, wie sie vor dem allmorgendlichen Wiegen große Mengen Wasser aus dem Hahn im Badezimmer getrunken hatte.

Ich schiele nach links, wo Katy ängstlich auf dem hölzernen Stiel eines Pinsels herumkaut und auf ihr immer noch leeres Blatt starrt. Sie traut sich nicht anzufangen, weil sie mit dem allerersten Pinselstrich irgendeinen furchtbaren Fehler machen könnte.

Da ich mich an diesem Tag stark fühle – im Gegensatz zu den Tagen, an denen ich aufwache und feststelle, dass ich über Nacht in lauter kleine Einzelteile zerfallen bin, die wie Toastkrümel über die gesamte Matratze verteilt liegen –, gestatte ich mir einen Gedanken an Charlie.

Im Kunstraum fühle ich mich ihr am nächsten. Sie kam furchtbar gern hierher, experimentierte mit Pastellkreiden und Farbverläufen. Einmal kam ich herein, als sie über ein Blatt Papier gebeugt mit dem Pinsel im Mund ein Selbstporträt von sich malte.

»Warum denn nicht?«, erwiderte sie, als ich ihr die offensichtliche Frage stellte. »Wenn wir nicht alles ausprobieren, was hat es dann überhaupt für einen Sinn?«

Sie hat sich nicht umgebracht. Diese Überzeugung lastet auf mir, und ich kann sie nicht abschütteln.

Manchmal habe ich Charlie gesucht und sie hier mit Laura ins Gespräch vertieft vorgefunden. Sie redeten dann über Kunst oder Politik oder plauderten einfach über Jonis neuesten Fauxpas oder darüber, ob Dr. Chakraborty attraktiv ist oder nicht. Oder sie hielten sich im Büro auf, Charlie mit geschlossenen Augen zusammengerollt im Sessel, und Laura, die mit tiefer, rhythmischer Stimme sprach. Ich bin dann immer leise wieder gegangen, weil Charlie sich nur hypnotisieren ließ, wenn sie angespannt war und runtergebracht werden musste.

Und dennoch hat sie sich nicht umgebracht.

Nach der Kunsttherapie nehme ich meinen Laptop mit in den Aufenthaltsraum. Beim Klingeln, das der Computer beim Hochfahren von sich gibt, sieht Darren auf. Er kritzelt etwas in einen DINA4-Block. Mir fällt ein, dass er auf irgendwelche Prüfungen lernt, aber ich komme nicht drauf, was für welche. Vielleicht lenkt seine neue Freundin ihn zu sehr ab, als dass er zu Hause lernen könnte?

Ich checke meine Mails und lösche ungeduldig den ganzen Spam. Ich habe eine Nachricht von Becks bekommen, die mich beim Bürotratsch auf den letzten Stand bringt, und eine von meiner Mutter, die mir mitteilt, dass sie Dr. Roberts und die Klinik »überprüft«, damit ich wieder »ruhig schlafen« kann.

Aus reiner Gewohnheit halte ich auch nach Megs' Namen in meinem Postfach Ausschau, bevor mir einfällt, dass wir uns ja zerstritten haben. Als alles passiert ist, wollte sie mich besuchen kommen, aber ich teilte Mum mit, dass ich das nicht wolle, nicht bevor sie sich für die Dinge, die sie über Danny gesagt hatte, entschuldigt habe. Aber ich kenne meine Schwester. Sie wird sich nicht entschuldigen, weil sie immer noch der Meinung ist, dass sie recht hatte.

Vielleicht hatte sie ja auch recht, flüstert mir eine Stimme in meinem Kopf zu.

Ich verlasse meinen Hotmail-Account und denke kurz darüber nach, auf Facebook zu gehen, obwohl wir das ja eigentlich nicht sollen. Darren ist ganz offensichtlich mit seiner Lernerei beschäftigt, und ich würde gern herausfinden, was meine Freunde in letzter Zeit so gemacht haben. Dann muss ich an das letzte Mal denken, als ich erst ein paar Tage hier drin gewesen bin, und an den Schock, als ich bemerkte, dass die Leben der anderen wie vorher weitergingen, obwohl mein eigenes bis zur Unkenntlichkeit entstellt war. Stattdessen rufe ich Google auf. Seit ich in Kunst vorhin an sie gedacht habe, werde ich den Gedanken an Charlie nicht mehr los. Ich habe das Gefühl, sie verraten zu haben, indem ich nicht mehr unternommen habe, um herauszufinden, was ihr genau zugestoßen ist.

Ich ziehe die To-do-Liste, die ich immer mit mir herumtrage, aus der Hosentasche und streiche sie auf meinem Oberschenkel glatt. *Flüge nach Kroatien buchen.*

Das schreibt niemand mit Todessehnsucht.

Dann starre ich lange den dritten Punkt an. *WK googlen.* Letztes Mal, als ich nach William Kingsley gesucht habe, hatte die Suchmaschine so viele Treffer ausgespuckt, dass ich nach der ersten Seite aufgegeben habe, doch jetzt bin ich entschlossen dranzubleiben.

Ich vergewissere mich, dass Darren die Nase noch immer in seinen Notizen vergraben hat, und tippe den Namen in die Suchmaske ein. Beim Anblick der Millionen Treffer schwindet mir fast der Mut. Doch ich fange an, mich durchzuarbeiten, lasse die Treffer über den Politiker aus dem 19. Jahrhundert und den Immobilienmakler in Missouri aus.

Erst auf Seite fünf finde ich einen Eintrag, der mich aufhorchen lässt. Es handelt sich um einen Link zu einem Zeitungsartikel über medizinische Fehldiagnosen, in dem auf zahlreiche berühmte Fälle eingegangen wird, in denen Ärzte katastrophale Fehler begangen haben. Und ganz unten wird fast nebenbei in einem Nebensatz erwähnt: »… wie es der Fall bei den inzwischen als widerlegt geltenden Beweisen war, die Dr. William Kingsley in zwei Fehldiagnosen zum Schütteltrauma bei Säuglingen vorbrachte.«

Schütteltrauma bei Säuglingen? Ich wühle in meinem vom

Diazepam wattierten Hirn nach der Information, weiß, dass sie da irgendwo drin ist, und erinnere mich schließlich an eine blonde Frau auf den Stufen vor einem Gerichtssaal, die aus dem Gefängnis entlassen wurde, nachdem bewiesen werden konnte, dass ihr Baby am wahrscheinlichsten eines natürlichen Todes gestorben war und nicht etwa, weil sie die Beherrschung verloren und es zu Tode geschüttelt hatte.

Ich füge »Schütteltrauma« als Suchwort zu William Kingsleys Namen hinzu und erhalte sofort seitenweise Resultate. Die ersten sind Zeitungsartikel aus der Mitte der 1990er-Jahre, die alle nur ein Wort als Überschrift haben, wie »FREI!« oder »UNSCHULDIG!«, daneben das Foto von einer oder zwei traumatisierten Frauen und ein Bericht darüber, wie die Verurteilung wegen des Zu-Tode-Schüttelns ihrer Babys aufgehoben wurde.

Auf diese folgen die Zeitungsmeldungen aus der Zeit des ersten Prozesses ein oder zwei Jahre früher, sowie ein ausführliches Porträt einer der Frauen, das mit einem lächelnden Familienfoto bebildert ist – Mama, Papa und Baby mit der Bildunterschrift: »Sie war die perfekte Mutter – bis sie durchgedreht ist.« Gegen Ende des Porträts gibt es ein weiteres Foto derselben Frau kurz nach ihrer Verurteilung wegen Mordes an ihrem Baby. Darauf ist sie mit stumpfem Blick und hängendem Kiefer zu sehen.

Als ich das Foto genauer betrachte, erkenne ich plötzlich etwas an ihr wieder: Sie hat denselben Blick, der mir, kurz nachdem ich hier angekommen war, aus dem Spiegel entgegensah. Es ist der Blick eines traumatisierten Menschen, dem gerade der Boden unter den Füßen weggezogen worden ist.

Die Suchmaschine spuckt noch ein paar weitere Links aus, auf einigen Seiten beteuern Frauen ihre Unschuld, dann gibt es eine Seite, die sich für das Wiedereinführen der Todesstrafe für Kindsmörderinnen ausspricht, und eine, die auf einen Blog mit dem Titel »Babykiller« verlinkt.

Ich bin mir immer noch nicht sicher, dass es der William Kingsley ist, nach dem Charlie am Morgen, bevor sie starb, recherchiert hat. Ungeduldig scrolle ich weiter und halte nach allem Ausschau, das weitergehende Informationen zu Dr. William Kingsley liefern könnte, und finde schließlich versteckt auf Seite sechs einen Link, der vielversprechend aussieht. »Ärzte, die Gott spielen«. Bevor ich allerdings draufklicken kann, legt sich eine Hand auf meine Schulter, und ich keuche erschrocken auf.

»Warum so nervös?« Stella hat den Kopf zur Seite geneigt, sodass ihr Haar, das sie zu einem hohen Pferdeschwanz gebunden hat, über einem Ohr baumelt. Sie sieht mich skeptisch an.

»Du hast mich erschreckt. Ich minimiere den Browser, mein Hintergrundbild erscheint, ein Bild von Danny und mir in den Flitterwochen, auf dem wir unter einer Palme auf einem weißen Sandstrand in Costa Rica sitzen. Einer der Hotelangestellten hat es gemacht. Er hatte uns gerade Cocktails gebracht, und wir lächeln, als könnten wir unser Glück kaum fassen.

Vielleicht ist das aber auch nur bei mir so. Vielleicht bedeutet Dannys Lächeln etwas anderes. Vielleicht bedeutet sein Lächeln einfach: »Das hier ist besser als zu arbeiten«. Oder: »Das hier ist schon okay. Für den Augenblick.«

»Was hast du gerade gemacht? Du hast total gebannt ausgesehen.«

»Ich hab nur Zeitung gelesen.«

»Na, dann kannst du den Kasten ja ausschalten und dich

mit mir unterhalten. Du musst mich retten. Judith hat gesagt, sie will mir Schach beibringen. Aber ich will mit Judith nicht Schach spielen. Sie nimmt das zu ernst. Manchmal starrt sie mich an, als wollte sie mein Inneres nach außen drehen, um herauszufinden, wie ich genau funktioniere.«

Stella greift über mich und klickt auf den Ruhemodus, sodass der Bildschirm dunkel wird, und ich weiß nicht, warum, aber ich habe den Eindruck, dass sie einfach Danny nicht mehr sehen will.

Beim Aufstehen ahme ich Judiths Todesblick nach, und Stella muss kichern, aber eine Frage beschäftigt mich.

Warum traue ich Stella nicht?

32

CORINNE

Corinne stand gerade in ihrem kleinen Bad mit der schrägen Decke im ersten Stock unter der Dusche, als es an der Haustür klingelte.

Zuerst ignorierte sie es, wahrscheinlich war es nur irgendein Spendensammler, der ihr seinen Ausweis vor die Nase halten würde, oder eine dunkel gekleidete Gruppe Menschen, die wissen wollten, was sie über das Jüngste Gericht dachte.

Doch als es zum zweiten Mal läutete, wurde sie unruhig. Ihr Telefon hatte sie unten zum Aufladen liegen lassen. Was, wenn die Klinik versucht hatte, sie zu erreichen? Was, wenn Oliver Roberts in diesem Moment vor ihrer Tür stand, weil irgendetwas mit Hannah war?

Sie stieg aus der Dusche und wickelte sich ein Handtuch um. Von ihrem Haar tropfte es auf die hölzernen Treppenstufen, über die sie nach unten ins Wohnzimmer eilte, aber als sie dann die Eingangstür aufriss, stand niemand draußen.

Sie reckte den Hals nach rechts, dorthin, wo die Oberleitungen der Alexandra Palace Station eine silberne Linie durch den wässrig-blauen Winterhimmel schnitten. Nichts. Auch zu ihrer Linken war niemand auf der baumbestandenen Straße zu sehen.

»Mist.«

Gerade wollte sie die Tür wieder schließen, als sie im Augenwinkel etwas Rotes wahrnahm. Sie bückte sich, um den Gegenstand aufzuheben, der wie ein Geschenk auf ihrer Schwelle lag. Zuerst erkannte sie nicht, worum es sich handelte, doch dann krampfte sich ihr Herz schmerzlich zusammen.

Eine winzige rote Strickmütze.

Genau in der richtigen Größe für ein Neugeborenes.

33

HANNAH

»Was glauben Sie, wie kommen Sie voran, Hannah?«

Dr. Roberts macht das häufig. Er versucht, mich dazu zu bringen, meinen eigenen Fortschritt zu bewerten. Ich vermute, dass es mit dem Wunsch zu tun hat, uns zu Selbstermächtigung hinzuführen.

»Warum sagen Sie es mir nicht. Sie sind doch der Experte.«

»Ich denke, dass Sie zusehends stärker werden. Als Sie hier vor fast zwölf Wochen angekommen sind, waren Sie eine leere Hülle. Jetzt ist es, als würden wir ein Gemälde restaurieren und als würde ich jeden Tag ein bisschen mehr von der alten Hannah wiederentdecken. Das ist doch eine gute Nachricht.«

»Aber?«

»Interessant, dass Sie glauben, es gibt ein Aber.« Roberts lehnt sich zurück. Er legt wie üblich ein Bein über das andere und schaukelt leicht auf dem Fußballen, der den Boden berührt, vor und zurück.

»Dann gibt es also kein Aber?«

Er lächelt, doch seine eisblauen Augen wirken nicht amüsiert. »Doch. Sie haben recht. Es gibt ein Aber. Ich bin nämlich besorgt wegen einiger Dinge, die mir zu Ohren gekommen sind. Ich habe gehört, dass Sie sich wegen eines Stofftiers aufgeregt haben und wegen einer Babyzeichnung in Ihrem Malbuch?«

Er sagt das auf eine Weise, die mich verrückt erscheinen lässt.

»Ich denke, da hat sich irgendwer einen geschmacklosen Scherz erlaubt.«

Dabei ist es kein Scherz, sondern eine Nachricht, eine Erinnerung daran, wie kaputt ich bin. Und ich weiß auch von wem. Steffie. Von wem sonst? Das Malbuch kommt in gewöhnlichen Umschlägen direkt von Becks' Assistentin. Ich schaue sie mir gar nicht genauer an. Steffie hätte eines schicken können, in dem die eine Seite schon ausgefüllt war. Mir wäre gar nicht aufgefallen, dass es sich von den anderen irgendwie unterschied.

Dr. Roberts starrt mich wortlos an. Der Augenblick zieht sich wie Kaugummi. Er streicht sich über den Bart. Die Nägel sind, wie ich nun feststelle, perfekt manikürt. Schließlich ergreift er das Wort.

»Es könnte wirklich sein, dass irgendwer so geschmacklos ist, das für einen Scherz zu halten«, stimmt er mir zu. »Oder könnten Sie die Situation missinterpretiert haben? Das Spielzeug war nicht verpackt, oder? Es war also keine Nachricht dabei. Könnte es nicht ein Genesungsgruß von irgendwem gewesen sein?«

»Und was ist mit den Ohren?«

»Vielleicht wurden sie beim Transport beschädigt? Das passiert schon mal.«

»Und das Malbuch?«, hake ich nach. »Wie erklären Sie sich das?«

Er winkt ab. »Ich sage ja nur, dass es immer andere

denkbare Erklärungen gibt. Und es wäre vielleicht gesünder, diese zuerst in Betracht zu ziehen, als sofort das Allerschlimmste anzunehmen.«

»Wann darf ich heim?« Die Frage schießt aus mir heraus und lässt mich in meinen eigenen Ohren wie ein ängstliches Kind am ersten Schultag klingen.

»Wir sind hier nicht Ihre Kerkerwächter, Hannah. Niemand wird Sie aufhalten, wenn Sie wirklich gehen wollen.«

»Sagen Sie dann Danny, dass ich so weit bin? Ich fühle mich schon viel stärker.«

Er schaukelt ein bisschen heftiger vor und zurück. Es fängt an, mir leichte Übelkeit zu bereiten.

»Ich mache Ihnen einen Vorschlag«, sagt er und hält abrupt inne. »Ich werde mit Ihrem Mann sprechen, sobald Sie ein paar Tage ohne *Vorfall* hinter sich gebracht haben.«

Ich frage nicht nach, was er damit meint. Das muss ich nicht.

Als ich mich zum Gehen wende, legt er mir eine Hand auf den Arm und hält mich zurück. Ich blicke hinab auf diese manikürten Nägel auf meinem alten Pulli mit den Mottenlöchern im Ärmel.

»Ich weiß, dass Sie es eilig haben, in Ihr altes Leben zurückzukehren, doch was Sie sich selbst fragen müssen, Hannah, ist, ob dieses alte Leben überhaupt noch existiert. Und falls dem nicht so ist: Was wollen Sie dann an seine Stelle setzen?«

Nach dem Ende meiner Sitzung mit Dr. Roberts gehe ich nach unten, allerdings nicht in den Aufenthaltsraum, denn dort wartet Stella wahrscheinlich auf mich. Mir ist gerade nicht nach Gesellschaft. Alles fühlt sich schwer an, meine Beine bewegen sich wie durch Wasser, meine Gedanken sind langsam und schwerfällig. Ich fühle, wie ich rückwärts kippe, in Richtung der Person, die ich in meinen ersten Tagen hier gewesen bin, als alles wie mit Schwarz durchmischt wirkte. Die Person, bei deren Rettung Charlie geholfen hat.

Die Tür zum Musikzimmer ist zu, und ich höre, wie Graham – der Musiktherapeut in Teilzeit – irgendwen dazu ermuntert, auf dem Klavier eine Tonleiter in Moll zu spielen. »Gut so«, sagt er. »Genau, das ist die traurige Note.« Manchmal legt Graham Matten auf die breiten Eichendielen, und wir liegen alle mit geschlossenen Augen da, während er uns etwas von Schumann oder Händel vorspielt. Und wenn die Musik dann vorbei ist, weinen fast alle. Hier drin weinen wir ohnehin viel. Überall stehen Schachteln mit Taschentüchern herum.

Einer spontanen Laune folgend will ich in den Achtsamkeitsbereich gehen, mich in den Eierstuhl kuscheln und allein sein, doch als ich an der Tür des Kunstraums vorbeikomme und Laura allein in ihrem Büro sitzen sehe, ändere ich meine Meinung.

»Möchtest du Tee?«, fragt sie mich. Offenbar steht mir mein Gemütszustand im Gesicht geschrieben.

»Solange es kein Kräutertee ist. Oder irgendwie sonst gut für mich. Und solange er Unmengen an Koffein enthält.«

»Das kriegen wir hin.«

Ohne auch nur darüber nachzudenken, lümmle ich mich in den bequemen Sessel und breite die Karodecke über mir aus. Hier so zu sitzen ist mir inzwischen zur zweiten Natur geworden. Es ist der einzige Ort in der Klinik, an dem ich mir nicht permanent bewertet vorkomme.

»Harter Tag?« Laura lehnt sich vor und legt mir eine Hand aufs Knie. Dabei sieht sie mich mit einem so warmen Blick an, dass ich es fast nicht ertragen kann.

»In *The Meadows* gibt es doch keine harten Tage«, scherze ich. »Hier ist jeder Tag wie Urlaub.«

»Du weißt aber schon, dass du nicht die ganze Zeit eine Show abziehen musst, Hannah.« Ihre Hand liegt immer noch auf meinem Knie, die braunen Augen sind meinen ganz nah. »Von Zeit zu Zeit darfst du auch langweilig sein. Das sind die meisten von uns.« Sie lehnt sich zurück, und ein Lächeln umspielt ihre Lippen.

»Es ist nur …« Ich verstumme. Was ist nur? »Es ist nur, ich fühle mich, als gäbe es in meinem Hirn keine anständig funktionierenden Schaltungen mehr. Sachen passieren, und ich ziehe überstürzt die falschen Schlüsse, manchmal ziehe ich auch überhaupt keine Schlüsse. Ich hab es satt, mich so zu fühlen. Ich bin immer halb benommen wegen der Schlaftabletten. Und ich kann die schreckliche Angst nicht abschütteln, dass gleich irgendwas Schlimmes passiert.«

Mir werden meine eigenen Worte bewusst, und mir entfährt ein halbes Ächzen. »Ich meine, etwas noch Schrecklicheres, als im Irrenhaus zu landen und meine engste Freundin hier drin zu verlieren.«

Laura sieht mich weiter an. »Lässt du mich dir helfen?«

Sie meint die Hypnose, nehme ich an. Ich habe mich immer dagegen gesträubt, doch inzwischen bin ich an einem Punkt angelangt, an dem ich alles ausprobieren würde.

Das Seltsame ist, dass mir gar nicht auffällt, wie sie es tut. Wir haben früher mal über Orte gesprochen, die uns etwas bedeuten, und ich hab ihr von der Strecke erzählt, auf der ich immer mit unserem Hund Madge spazieren gegangen bin. Jetzt ermuntert sie mich, mir in Erinnerung zu rufen, wie Hampstead Heath im Herbst aussieht, die Blätter bedecken die Erde, und Madge liebt es, durch das raschelnde Laub zu trotten. Die Londoner Skyline von der Pagode bei Kenwood House aus gesehen, und wie es sich anfühlt, die Hügelkuppe zu erklimmen und die Teiche in der Ferne glitzern zu sehen. Soweit ich das beurteilen kann, sitzen wir einfach nur da und unterhalten uns ganz normal, nur dass ich mich auf sehr angenehme Weise erst konzentriere und dann mit den Gedanken wieder abschweife und dass auf einmal all die bleiernen Gewichte, die an allem hingen, was ich gesagt und getan habe, fort zu sein scheinen. Ich sitze in diesem Raum, aber genauso draußen, blicke auf mich hinunter und erkenne, wie klein ich in der Ordnung dieser Welt bin, wie unbedeutend meine Probleme eigentlich sind.

»Hannah?«

»Ja?«

Ich zwinge mich, mich auf Lauras Gesicht zu konzentrieren.

»Meine nächste Übung geht bald los. Odelle hat mich um eine Einzelstunde gebeten.«

Ich werfe einen Blick durch die offene Tür auf die altmodische Uhr an der Wand des Kunstraums und bin verblüfft, dass ich schon fast eine halbe Stunde hier bin.

»Danke, sage ich schnell und stehe auf. Ich habe keine Ahnung, ob es nur die Kraft der Einbildung ist, aber ich komme mir spürbar leichter vor.

»Setz dich eine Weile nicht ans Steuer«, sagt Laura und lächelt.

Ich lächle zurück, obwohl ich beim besten Willen nicht weiß, wo die letzten dreißig Minuten geblieben sind.

Odelle wartet an einem der Tische im Kunstraum. Sie folgt mir mit dem Blick, als wollte sie mir so ein Loch durch die Haut brennen, doch das stört mich nicht. Ich fühle mich zwar nicht euphorisch, das wäre zu viel gesagt, aber jedenfalls friedvoll. Mein neu erlangtes Wohlbefinden dauert weiter an, als ich den Kunstraum verlasse und die Treppe zu meinem Zimmer hinaufsteige. Dort sehe ich, dass irgendwer meine Post – zwei Briefe – unter der Tür hindurchgeschoben hat.

Einer kommt von der Arbeit, das erkenne ich an Becks' Handschrift. Mein Verlag schickt mir weiterhin Vorschauen und Lizenzkataloge. Auf dem zweiten Brief ist die Adresse maschinengeschrieben und trägt einen Poststempel aus dem Londoner Stadtzentrum. Mit dem Daumennagel reiße ich den Umschlag auf und entfalte das einzelne Blatt Papier darin.

Dann fängt der Raum um mich herum an, sich zu drehen.

34

CORINNE

Das Café in einer Seitenstraße in der Nähe von Charing Cross war düster und überfüllt, und Corinne bedauerte die Wahl ihres Treffpunkts, als sie sah, wie Steffies Mutter, Patricia Garitson, den Kragen ihres hellblauen Wollmantels eng um ihren Nacken zog.

»Danke, dass Sie gekommen sind. Ich habe schon halb damit gerechnet, dass Sie absagen«, begrüßte Corinne sie, stellte das Tablett auf dem Tisch ab und schob Patricia ihren grünen Tee hin. »Ich habe Ihnen auch was zu essen mitgebracht.«

Beide starrten sie auf das Stück Schokoladenkuchen, als wäre es eine Kunstinstallation.

»Wenn ich kann, möchte ich helfen. Ich fühle mich verantwortlich.«

»Seien Sie nicht albern. Ihre Tochter ist genauso erwachsen wie meine beiden. Wir sind nicht verantwortlich für ihre Entscheidungen.«

»Trotzdem. Ich werde den Gedanken einfach nicht los, dass ich mehr hätte tun können, um Steffie zu beschützen – und, obwohl ich das nicht gern sage, um andere Leute *vor ihr* zu beschützen.«

Angst kroch durch Corinnes Adern, als sie daran dachte,

wie Jacob Garitson sie gewarnt hatte: »Sie tut Menschen weh.« Wozu war Steffie fähig?

»Es geht um Folgendes: Seltsame Dinge sind in der Klinik vorgefallen, in der Hannah … in der meine Tochter sich aufhält.«

»Wo sie behandelt wird, meinen Sie. Wenn Sie ›aufhalten‹ sagen, hört es sich an, als würde sie nur ein paar Nächte in einem Hotel verbringen.« Patricia warf den Kopf in den Nacken und lachte. Hinten in ihrem Mund blitzte es wieder golden auf.

»Ja. Wie auch immer, Hannah hat mir erzählt, dass irgendwer Dinge in ihrem Zimmer deponiert hat, die sie an die Geschehnisse erinnern.«

»Sie meinen an das eingebildete Baby?«

Patricia Garitson sprach nur die Tatsachen aus, doch trotzdem fühlte es sich wie ein scharfer, schmerzvoller Stich an, und Corinne entschied sich, nichts von dem Malbuch oder dem Strickmützchen zu erwähnen, das vor ihrer eigenen Tür hinterlassen worden war.

»Ich will einfach nur herausfinden, womit wir es hier zu tun haben. Ich weiß, dass Ihr Mann verständlicherweise nicht allzu erpicht darauf gewesen ist, die Vergangenheit Ihrer Tochter mit einer Fremden zu besprechen.«

Patricia gab einen abschätzigen Laut von sich und vollführte mit der Hand eine Geste, als wollte sie ein Staubkorn abwischen. »Mit *ihm* über Steffie zu reden, hat keinen Sinn. Er glaubt, dass ihr die Sonne aus dem Hintern scheint.«

Corinne schluckte. Patricia Garitson klang so verbittert.

»Ich muss einfach nur wissen, ob Hannah irgendwie in Gefahr schwebt.«

Das klang furchtbar melodramatisch, doch zu Corinnes Bestürzung versuchte Patricia nicht, ihre Bedenken vom

Tisch zu wischen. Stattdessen schnappte sie sich die kleine Gabel und begann, gedankenverloren an dem Schokoladenkuchen herumzupicken, der immer noch zwischen ihnen auf dem Tisch stand. Die Glasur hatte unter den Lampen des Cafés zu schwitzen begonnen.

»Darf ich offen sprechen?«

Corinne nickte.

»Da Sie selbst auch Mutter sind, wissen Sie sicher, dass unsere Kinder manchmal … *enttäuschend* sein können.«

»Aber nicht gefährlich?«

Pick, pick, pick.

»Wissen Sie, dass ich einen Partyservice habe?«

Corinne blinzelte irritiert angesichts dieses Themenwechsels.

»Na ja, einmal war Steffie mir wegen irgendetwas böse. Wahrscheinlich hatte ich ihr Hausarrest erteilt. Sie muss wohl so ungefähr vierzehn gewesen sein. Egal, ich habe damals gerade ein kleines Abendessen für einen Nachbarn ausgerichtet, sechs einzelne kleine Apfelkuchen zum Nachtisch. Einer davon hatte eine besondere Zutat.«

»Ich kann Ihnen nicht folgen.«

»Die Klinge des Cutters, den ich dazu benutzt hatte, um die Formen auszuschneiden. Sie wissen schon, für den Teigdeckel.«

Corinne schlug sich die Hand vor den Mund. »Sie wollen doch nicht sagen, dass sie das absichtlich getan hat?«

Patricia leckte ihren Finger an und nahm einen Krümel vom Tisch auf.

»Sie wollte sich an mir rächen. Egal wie.«

»Sie wollen damit also sagen, dass wir uns Sorgen machen müssen?«

Patricia Garitson hielt sich den Finger vor den Mund, um den Krümel abzulecken. »Lassen Sie es mich so sagen: Als sie noch Kinder waren, hat Jacob immer seine Kommode vor die Tür gerückt, bevor er ins Bett gegangen ist.«

Corinne dachte an die Frau auf dem Foto, deren Augen unter einem wütenden roten Strich verschwunden waren. Sie schloss die Lider und erschauderte.

Wie kann ich Hannah nur beschützen?

Als sie die Augen wieder aufschlug, hatte Patricia Garitson sich nach vorn gelehnt, um ihre Reaktion genau zu beobachten, als wollte sie nichts verpassen.

Corinne war wegen ihres Treffens mit Patricia Garitson immer noch aufgewühlt, als sie Stunden später von der Arbeit nach Hause kam. Wenigstens redete sie sich ein, dass es das war, was hinter ihrer gesteigerten Nervosität steckte, und nicht etwa die Tatsache, dass sie die letzte Stunde im Gespräch mit ihrem Studenten Paddy über seine Abschlussarbeit verbracht hatte.

Eigentlich hatte sie erwartet, ihn ein oder zwei Wochen erst einmal nicht wiederzusehen, und sie hatte sich selbst für das trügerisch aufflackernde freudige Gefühl gescholten, als sie seine Nachricht las, in der er um ein kurzes Gespräch bat. Er war neun Jahre jünger als sie. Sie hatte das in der Datenbank der sozialwissenschaftlichen Fakultät nachgeschaut. Corinne kannte mehr als einen männlichen Kollegen, der in den Klauen der Midlife-Crisis einer jungen Studentin verfallen war. Und obwohl Paddy kein unreifer neunzehnjähriger Schulabgänger war, weigerte sie sich, dasselbe abgeschmackte Klischee zu bedienen.

Dennoch konnte sie die Schmetterlinge im Bauch nicht ganz unterdrücken, als er dann in ihr Büro kam. Oder den Funken, der zwischen ihnen übersprang, als sie miteinander sprachen, sodass es weniger einer Unterhaltung als vielmehr einem Spiel ähnelte, in dem die Ideen wie Bälle zwischen ihnen hin- und herflogen. Sie dachte, sie hätte ihre Bedenken während des Gesprächs erfolgreich beiseitegeschoben, hatte sich sogar schon zu ihrer Professionalität beglückwünscht, doch als Paddy schließlich aufgestanden war und sich zum Gehen gewandt hatte, und zwar erst eine halbe Stunde, nachdem sie normalerweise nach Hause aufgebrochen wäre, hatte er auf der Schwelle noch einmal innegehalten.

»Ich hoffe, Sie verzeihen mir die Frage, Corinne. Ich meine, ich kenne Sie ja kaum, sodass das jetzt vielleicht ein bisschen anmaßend klingt, aber … geht es Ihnen gut? Sie wirken nur so – ich weiß nicht, wie ich mich ausdrücken soll –, als würden sie eine ziemliche Last mit sich herumschleppen.«

Sie hatte beleidigt reagiert. »Mir geht es ausgezeichnet, danke.« Sobald ihr die Worte herausgerutscht waren, hatte sie ihren schnippischen Ton dann bereut, doch es war zu spät.

»Tut mir leid. Ich wollte Ihnen nicht zu nahe treten. Bitte entschuldigen Sie.«

Als er weg war, fühlte sie sich elend, aber dann fragte sie sich, was sie ihm schon hätte erzählen können. Dass ihre Tochter Hannah in einer psychiatrischen Klinik war und die ehemalige Geliebte ihres Schwiegersohns sie möglicherweise beide mit Spottgeschenken wie Kuscheltieren oder Wollmützen stalkte? Einen kurzen Moment lang gestattete sie sich die Vorstellung, Paddy ihr Herz auszuschütten. Sie stellte sich vor, wie sich diese muskulösen Arme um sie herum anfühlen würden, wenn sie endlich einmal nicht die Starke sein müsste.

Sie gestattete sich noch einen Moment des Selbstmitleids und schenkte sich ein Glas Rotwein ein, versuchte, sich zu erinnern, wann sie die Flasche entkorkt hatte, und zuckte beim ersten säuerlichen Schluck zusammen, bis ihr Gaumen sich an den Geschmack gewöhnt hatte. Wahrscheinlich war die Flasche schon etwas zu lange offen gewesen, aber es war ein guter Wein, und eine weitere Flasche hatte sie nicht. Corinne konnte sich nicht daran erinnern, wann sie zuletzt so erschöpft gewesen war. Erschöpft bis ins Mark. Die Akten von Westbridge House, die sie sich vor einer Woche bei Geraldine Buckley ausgeborgt hatte, lagen immer noch über den Tisch verstreut vor ihr. Ihr Blick wanderte über die Fotos der drei jungen Frauen, die Dr. Roberts behandelt und bei denen er so schrecklich versagt hatte.

Ob er ihretwegen wohl jemals schlecht schlief? Wegen dieser jungen Frauen, die das Recht darauf gehabt hatten, dass man ihnen unvoreingenommen zuhörte, dass man sie unterstützte, statt ihre Worte in Zweifel zu ziehen? Sie wusste, dass Roberts stark unter Dunmores Einfluss gestanden hatte und dass man ihm keinerlei Fehlverhalten hatte nachweisen können, aber in seinem Innersten mussten ihn doch sicherlich Gewissensbisse plagen?

Das letzte Foto zeigte Catherine Pryor, und erneut schien es Corinne so, als würde sie sie von irgendwoher kennen. Sie betrachtete sich das Gesicht genauer, diese grauen Augen, die sie unter ein paar Schichten Babyspeck hervor anblickten, die breite, große Nase, doch nichts kam ihr wirklich bekannt vor.

Sie trank einen weiteren Schluck Wein, lehnte sich zurück und sah sich das Foto noch einmal aus der Distanz an. Und in diesem Moment schlug sie unwillkürlich die Hand vor den Mund.

»Oh, mein Gott«, rief sie laut. Dann lehnte sie sich noch einmal vor, um sich zu vergewissern, und wiederholte leiser: »Oh, mein Gott.«

35

HANNAH

Das Blatt liegt zwischen uns auf dem Tisch. Ich versuche, es nicht anzuschauen.

»Und Sie haben keine Ahnung, wer Ihnen das geschickt haben könnte?«

Als Dr. Roberts die Stirn runzelt, fällt mir auf, wie selten er das tut. Bei ihm geht es immer nur um die Show. Schöne Zähne und gut sitzende Frisur. Er wirkt nicht gern verwirrt oder verärgert, und wenn es passiert, sieht er gleich fünf Jahre älter aus.

»Ich könnte Vermutungen anstellen«, sage ich und lehne mich nach hinten, damit ich das Blatt nicht mehr sehen muss. Es handelt sich um die Fotokopie eines Ultraschallscans. Wahrscheinlich ist es aus dem Internet, obwohl ich gestern Abend davon überzeugt war, dass es Emily ist. Ich schmecke noch immer die Galle in meinem Mund.

»Aber warum sollte diese Frau das tun?«, fragt Roberts. »Was will sie von Ihnen?«

»Rache? Nachdem Danny mich ihr vorgezogen hat, hatte sie eine Fehlgeburt. Wenigstens kann mir jetzt niemand mehr vorwerfen, dass ich alles nur erfinde.«

Ich weiß nicht, was ich von ihm erwarte. Vielleicht eine

Entschuldigung. Doch Roberts blickt mich mit seinen kalten blauen Augen an und sagt nichts, bis ich es an seiner Stelle tue.

»Sie machen Witze, oder? Sie glauben wirklich, dass ich mir das selbst geschickt habe?«

Roberts hebt eine seiner perfekt manikürten Hände in einer theatralischen Geste. »Es liegt mir fern zu behaupten, dass Sie irgendetwas Derartiges getan haben, Hannah. Obwohl ich darauf hinweisen muss, dass nicht undenkbar ist, dass ein Patient sich einige Mühe gibt, um Beweise zu liefern, die seine Version der Wirklichkeit stützen. Verraten Sie mir eins, Hannah: Wie sicher fühlen Sie sich im Moment in Ihrer Beziehung zu Danny?«

Mein von den Medikamenten benebeltes Hirn versucht, seinem abrupten Themenwechsel zu folgen, dann starre ich ihn an. »Moment mal, Sie glauben, dass ich mir das ausdenke, um meinen Mann zurückzugewinnen und ihn gegen sein Exflittchen aufzubringen?«

»Tun Sie das?«

»Ich muss meinen Ehemann nicht zurückgewinnen, Dr. Roberts. Er hat sich entschieden und zwar für mich. Genauer gesagt, habe eigentlich *ich* mich für *ihn* entschieden. Ich habe mich entschieden, ihm eine zweite Chance zu geben, und er war verdammt dankbar dafür.«

»Und doch scheint es ihm unangenehm zu sein, dass Sie in einer Einrichtung wie dieser sind. Würden Sie dem zustimmen?«

»Natürlich ist ihm das unangenehm. Wem wäre es denn nicht unangenehm? ›Wie geht's deiner Frau, Dan?‹ – ›Ach, die ist gerade im Irrenhaus, danke der Nachfrage.‹«

»Es erscheint offensichtlich, Hannah, dass Ihre Scheinschwangerschaft von Ihrer Situation zu Hause ausgelöst wurde. Sie hatten Schwierigkeiten, schwanger zu werden, und dann hat Ihr Ehemann eine andere Frau geschwängert. Bevor Sie nicht dazu bereit sind, sich den darunterliegenden Beziehungsproblemen zu stellen, werden wir nie ganz verstehen, was Ihnen da passiert ist, und folglich auch nicht verhindern können, dass es sich wiederholt.«

Jetzt bin ich wütend. Ich will nicht gesagt bekommen, dass wir »Beziehungsprobleme« haben. Ich will nicht daran erinnert werden, dass die Ehe, die ich für unantastbar gehalten habe, sich als Luftnummer entpuppt hat.

»Hat es eine Autopsie gegeben?«, frage ich.

Die Frage überrascht uns beide.

»Wovon reden Sie?«

»Bei Charlie? Es wird doch sicher irgendeine Form von Untersuchung gegeben haben.«

Roberts schnieft. »Sie wurde obduziert. Und es gibt eine Untersuchung der Todesursache, obwohl das Datum dafür noch nicht festgesetzt worden ist. Es wird aber ganz sicher keine Überraschungen geben. Charlie hat Selbstmord begangen, Hannah. Und ich denke, wir müssen uns langsam mal damit beschäftigen, warum es Ihnen solche Schwierigkeiten bereitet, das zu akzeptieren. Vielleicht haben Sie sich ja so stark mit Charlie identifiziert, dass Sie nun glauben, Ihr eigenes Schicksal sei unauflösbar mit ihrem verknüpft? Als Sie hier angekommen sind, waren Sie eine werdende Mutter, der gerade das Baby genommen worden war. All die Schwangerschaftshormone waren noch immer in Ihrem Blutkreislauf. Es wäre nicht weit hergeholt, den Versuch zu unternehmen, die Familienkonstellation zu reproduzieren, auf die Sie sich vorbereitet haben. Eine Dreifaltigkeit mit Ihnen an der

Spitze und an den beiden anderen Punkten die Bedürfnisse eines Neugeborenen und die sorgende Weisheit ihrer eigenen Mutter.«

Ich schüttle den Kopf, doch er geht einfach darüber hinweg, als hätte er es nicht gesehen, scheint immer überzeugter von seiner eigenen Theorie zu sein.

»Denken Sie doch mal eine Minute darüber nach. Stella ist diejenige, um die Sie sich gekümmert haben, und Charlie war für Sie eine Mutterfigur. Sie hatten eine sehr emotionale Bindung zu ihr. Es ist also wenig erstaunlich, dass Sie nicht akzeptieren können, was sie getan hat.«

»Und Sofia? Hatte ich zu ihr etwa auch eine emotionale Bindung? Ich weiß, dass auch Sofia sich nicht umgebracht hat. Das hätte sie ihren Kindern niemals angetan. Ich habe noch nie jemanden mit so viel Mut und Entschlossenheit kennengelernt.«

»Darum geht es doch, Hannah. Menschen wie Charlie und Sofia brauchen an jedem einzelnen Tag Mut und Entschlossenheit. Es ist, als liefen sie einen Marathon, der nie aufhört. Depression ist ein unerbittlicher Gegner. Aber manchmal hat man einfach keine Kraft mehr, gegen ihn zu kämpfen.«

»Sofia war aber nicht depressiv.«

»Sie haben recht. Sofia hatte andere Probleme, die ich aus Gründen der Schweigepflicht allerdings nicht mit Ihnen erörtern kann. Doch auch sie hatte es nicht leicht. Ein Leben mit beständig gestörter psychischer Gesundheit ist eine Belastungsprobe. Nicht alle bestehen sie.«

Später bin ich mir selbst böse, dass ich Roberts so leicht habe davonkommen lassen. Jedes Mal, wenn ich versuche, ihn herauszufordern, entwindet er sich mir. Ich falte den Scan zusammen und stecke ihn in die Hosentasche.

Mum und Danny haben eigentlich ihren Besuch angekündigt, doch als ich in den Aufenthaltsraum komme, wartet nur Mum dort auf einem Stuhl neben der Tür. Sie bemerkt meinen Gesichtsausdruck.

»Sorry, Liebes, Danny hat es nicht geschafft. Guck doch nicht so bedröppelt, im Grunde ist es nämlich ganz gut so. Es gibt etwas, worüber ich unbedingt mit dir reden muss.«

Die Enttäuschung macht mich mürrisch. »Na dann. Schieß los.«

Mum blickt sich im Aufenthaltsraum um. Joni sitzt am ovalen Tisch und füllt irgendeines der endlosen Formulare aus, über die sich das Pflegepersonal ständig beschwert. Judith und Frannie sitzen auf dem Sofa und lesen Zeitschriften. Einmal habe ich Frannie gefragt, was sie machen will, wenn sie hier rauskommt. Sie hat mich angeschaut, als hätte ich ihr gerade vorgeschlagen, sich nackt auszuziehen und quer durchs Zimmer zu laufen. »Keine Ahnung«, antwortete sie irgendwann. »Irgendwo meine Ruhe haben?«

Das war ihr großes Ziel. Ihre Ruhe zu haben.

»Könnten wir nicht woandershin gehen? Vielleicht in dein Zimmer? Oder wir machen einen Spaziergang!«

Jetzt, wo ich genauer hinsehe, fällt mir auf, dass Mum komisch aussieht. Sie hat ihr Haar nach hinten zu einer Art Knoten gebunden, aus dem einzelne Härchen hervorstehen – und zwar nicht auf kunstvolle, gewollt nachlässige Weise –, und auf einem der Hosenbeine ihrer schwarzen Jeans sehe ich Zahnpastaflecken. Außerdem zuckt ihr Augenlid.

Wir ziehen die Mäntel an und gehen nach draußen. Obwohl es schon später Vormittag ist, ist das Licht gräulich und diffus, und es herrscht die Art klamme Kälte, die einem durch Mark und Bein dringt.

Mum steckt die Hände in die Manteltaschen, atmet scharf aus und betrachtet die entstehende Atemwolke. Normalerweise hat sie eine reine und relativ faltenfreie Haut, doch heute ist sie seltsam faltig und so grau wie der Tag selbst. Das hab ich ihr angetan, fällt es mir auf einmal wie Schuppen von den Augen. Die Sorge um mich hat sie um zehn Jahre altern lassen.

»Ich denke, du solltest dich entlassen«, sagt sie irgendwann.

»Was?« Ich muss sie wohl missverstanden haben. Oder mein Hirn hat ihre Worte falsch verarbeitet. Ich weiß, dass Mum mich gern wieder zu Hause hätte. Aber sie will auch, dass ich gesund werde.

»Hör mir zu.«

Dann erzählt sie mir irgendeine verschlungene Geschichte über eine psychiatrische Klinik und eine jüngere Version von Dr. Roberts, der unter schlechtem Einfluss stand und furchtbare Fehler gemacht hat. Sie berichtet von drei Frauen, eigentlich noch Mädchen, die schrecklich gelitten haben und dann von den Leuten im Stich gelassen wurden, die ihnen eigentlich hätten helfen sollen; von der Drohung, rechtliche Schritte einzuleiten, die aber nie in die Tat umgesetzt wurde; und schließlich von der Verwaltungschefin der Klinik, die Akten gestohlen hat.

»Moment mal, du warst in Oxford? Um eine verbitterte Alkoholikerin zu besuchen? Und dir die medizinischen Dokumente über irgendwelche Leute anzuschauen? Ist das überhaupt legal?«

»Trockene Alkoholikerin. Die Telefonnummern und Adressen hat sie außerdem geschwärzt.«

»Ach, das macht es natürlich viel besser.«

»Ich wollte mich selbst davon überzeugen, dass du hier drin in Sicherheit bist.«

»Und jetzt glaubst du, dass das nicht der Fall ist.«

Sie macht eine Pause. »Es gibt noch eine komische Sache bei den Berichten, Hannah. Etwas, das mir wirklich Angst eingejagt hat.«

Eiskalte Finger scheinen mir über das Rückgrat zu streichen. Ich lasse sie weiterreden. »Den Akten waren Fotos der Mädchen beigefügt. Vermutlich dachte Geraldine, dass ich die Geschichten eher nachfühlen könnte, wenn ich ihre Gesichter dazu sehen würde, dass ich dadurch eher bereit dazu wäre, genauer zu recherchieren, was damals in Westbridge House passiert ist.«

»Für deinen erfundenen Zeitschriftenartikel?«

Mum ignoriert meinen Spott.

»Es gab da etwas an einem der Mädchen, Hannah. An der Jüngsten. Ich habe sie erst nicht wiedererkannt, mir aber immer wieder ihr Foto angesehen. Und letzte Nacht ist es mir dann wie Schuppen von den Augen gefallen. Ich weiß nicht, warum ich es vorher nicht erkannt habe.«

»Was denn?«

»Die Kette. Sie trug eine Kette mit einem Katzenanhänger. Hannah, die Jüngste von ihnen war Stella.«

36

CORINNE

Sobald sie die Verbindung zu der Halskette hergestellt hatte, sah Corinne sofort, um wen es sich handelte. Die persönlichen Merkmale waren verändert, die Haut über frisch implantierte Wangenknochen gezogen, die Nase gebrochen, zersägt und wieder zusammengesetzt, das Kinn neu geformt worden, sie hatte Gewicht verloren, Extensions im Haar und farbige Kontaktlinsen. An Stella war äußerlich zwar nicht mehr das kleinste bisschen Catherine Pryor übrig, doch deren Wesen war noch immer an Stellas Kopfhaltung oder ihrem gleichmütigen Blick zu erkennen.

Die ganze Nacht über hatte Corinne wach gelegen und zum Kern der Wahrheit vordringen wollen, die im Herzen dieses Geheimnisses lag, doch es war ihr nicht gelungen.

Dass Stella den Namen geändert hatte, war ja einzusehen. Viele Überlebende einer unglücklichen Kindheit entscheiden sich dafür, die Last ihrer kindlichen Persönlichkeiten abzulegen, wenn sie dann erwachsen sind, und Missbrauchsopfer wollen nicht den Namen ihres Peinigers tragen. Corinne hatte mal eine Freundin gehabt, die nur deshalb heiratete, um den verhassten Namen ihres Vaters loszuwerden. Als diese Ehe dann gescheitert war, hatte sie sich einfach nach der Straße benannt, in der sie damals wohnte.

Dass Stella so voller Selbsthass gewesen war, dass sie jemanden dafür bezahlt hatte, immer und immer wieder ein Skalpell an ihr Gesicht und ihren Körper anzulegen, ergab nun auf schreckliche Weise ebenfalls Sinn. Corinne hatte Studentinnen gehabt, die sich zwanghaft geritzt hatten, sobald der Schmerz in ihrem Leben überhandnahm.

Doch das eigentliche Geheimnis blieb bestehen: Warum hatte Stella sich dazu entschlossen, sich erneut in Oliver Roberts' Obhut zu begeben?

»Ich verstehe nicht ganz«, sagte Hannah nun zum zehnten Mal, seit Corinne sie davon hatte überzeugen können, dass sie es ernst meinte. »Glaubst du etwa, Roberts weiß, wer Stella wirklich ist?«

»Das bezweifle ich.«

»Warum ist sie dann hier? Man sollte doch meinen, dass sie um alles einen Riesenbogen machen würde, was auch nur im Entferntesten mit ihm zu tun hat. Er hat geglaubt, sie würde alles nur erfinden! Ach, die arme Stella.« Hannahs Stimme brach.

»Vielleicht sucht sie nach einer Art Abschluss. Vielleicht sieht sie die ganze Angelegenheit in Westbridge House als unerledigt an und hat das Gefühl, damit irgendwie umgehen zu müssen, bevor sie mit ihrem Leben fortfahren kann.«

Hannah ächzte. »Mein Gott, du klingst genau wie er.«

»Wie wer?«

»Na, Roberts.«

»Vielleicht gibt es auch eine andere, unangenehmere Erklärung. Was ist, wenn Stella sich rächen will?«

»Wie denn rächen?«

»Die Klinik ist Roberts' Baby, der Gipfel seines bisherigen beruflichen Erfolges. Du hast selbst gesagt, dass die Tode von Sofia und Charlie die Bewerberzahlen haben einbrechen lassen, außerdem ziehen sich bei so was Geldgeber zurück. Was wäre, wenn das der Plan ist? Ihn zu ruinieren?«

Hannah starrte sie an, als wäre ihr gerade ein zweiter Kopf gewachsen. »Mum, das kannst du doch nicht ernst meinen. Wir reden hier über Stella. Die verträumte Stella, die den Kopf immer in den Wolken hat. Verdächtigst du sie wirklich, zwei Menschen ermordet zu haben – zwei Menschen, die sie sehr gern mochte –, nur um sich für etwas zu rächen, das ihr vor fünfzehn Jahren angetan worden ist?«

»Ich weiß es doch auch nicht, Hannah! Nein. Vielleicht. Ich weiß nur, dass ich Dr. Roberts nicht mehr über den Weg traue. Und bis wir besser verstehen, worum es Stella geht, können wir auch ihr nicht mehr trauen.«

»Ich rede mit ihr. Ich sprech sie direkt darauf an.«

»Nein!« Corinne rief das Wort so laut aus, dass sowohl sie als auch Hannah wie angewurzelt stehen blieben.

»Wenn du mit Stella redest, könnte dich das in Gefahr bringen. Wer weiß schon, wozu sie fähig ist, wenn sie fürchtet, enttarnt zu werden.«

Hannah sah sie skeptisch an.

»Außerdem habe ich keine Ahnung, ob ich irgendwelche Gesetze gebrochen habe, indem ich mir die vertraulichen Dokumente besorgt habe. Und denk nur an den Ärger, den das für Geraldine bedeuten würde. Ich hab sie angelogen, Hannah. Ich habe behauptet, dass ich ein Porträt über Roberts schreibe. Sie denkt, dass er endlich in Misskredit geraten wird.«

»Lügen? Gesetzesbrüche? Mein Gott, Mum, was ist nur aus dir geworden?«

Corinne hatte darauf keine Antwort. Was hätte sie auch sagen können, außer, dass man zu einer Menge imstande ist, wenn man seine Kinder beschützen will.

»Darum möchte ich, dass du nicht länger hierbleibst, Hannah. Du kannst in eine andere Klinik gehen, um deine Behandlung zu beenden. Als Externe.«

Unversehens huschte ein seltsamer Ausdruck über Hannahs Gesicht, und Corinne fiel es wie Schuppen von den Augen: Sie hatte Angst. Ihre tapfere, eigensinnige ältere Tochter war so lange in dieser Einrichtung gewesen, dass sie sich nun davor fürchtete, *The Meadows* wieder zu verlassen.

»Hannah, ich helfe dir dabei.« Sie drückte Hannahs Hand und spürte, wie kalt ihre Finger waren, die Haut klamm wie ein Latexhandschuh. »Ich nehme mir frei. Ich kümmere mich um dich.«

»Mum. Du kannst mich nicht vor allem beschützen. Ich habe dieses Chaos veranstaltet. Nein, fang nicht an, darüber zu diskutieren, das habe ich. Ich habe mich für Danny entschieden, obwohl ich tief im Inneren wusste, dass ich ihn mehr liebe als er mich. Es muss doch immer eine Person geben, die mehr liebt, oder? Wenigstens hab ich mir das eingeredet. Und in unserem Fall war ich das eben. Und ich habe mich entschlossen, auf weiteren künstlichen Befruchtungen zu bestehen, obwohl uns das kaputtgemacht hat. Und auf irgendeiner Ebene muss ich mich auch dazu entschlossen haben, an meine Schwangerschaft zu glauben. Ein einziger Test, ein Scan hätten beweisen können, dass ich mir etwas vormache, aber ich habe mich dazu entschlossen, keinen durchzuführen. Ich bin kein Opfer, Mum. Ich muss Verantwortung für meine Entscheidungen übernehmen. Sogar wenn es beschissene Entscheidungen waren. Vor allem, wenn es beschissene Entscheidungen waren.«

»Liebes, wenn es um Danny geht – diesem Mann schuldest du gar nichts …«

»Es geht aber nicht um Danny. Ich habe mir selbst geschworen, dass ich nicht von hier weggehe, bevor es mir besser geht, und das muss ich jetzt auch durchziehen. Außerdem muss ich rausfinden, was mit Charlie passiert ist.«

Corinne wurde in diesem Moment von so vielen widerstreitenden Gefühlen überflutet, dass sich für den Augenblick alles fast taub anfühlte. Immer noch hatte sie Angst um ihre Tochter, doch zum ersten Mal seit Monaten klang Hannah wieder wie sie selbst.

»Du hörst dich so viel besser an«, sagte sie unwillkürlich. »So viel mehr wie früher.«

»Ich lasse mich von Laura hypnotisieren. Das hilft mir.«

Und trotzdem wollte Corinne noch immer nicht, dass Hannah hierblieb. »Wie können wir deine Genesung denn in Dr. Roberts' Hände legen, wo wir jetzt wissen, dass er so ernste Fehlurteile fällt?«

»Das ist doch ewig her, Mum. Wie viele Patienten sind denn deiner Meinung nach seit der Eröffnung in dieser Klinik behandelt worden? Frauen, die alle möglichen Missbrauchserfahrungen gemacht hatten. Was in der anderen Klinik passiert ist, war natürlich schlimm, aber er hatte damals doch gerade erst angefangen. Und er hat ganz offensichtlich daraus gelernt.«

»Und was ist mit Stella?«

»Mum, Stella geht es nicht gut. Aber sie ist keine Mörderin. Sie hat Charlie sogar noch mehr geliebt als ich.«

»Warum ist sie dann hier?«

»Das weiß ich nicht. Genauso wenig weiß ich, warum mein Körper sich mit Schwangerschaftshormonen vollgepumpt hat. Weißt du, je mehr ich über den menschlichen Geist lerne, desto bewusster wird mir, wie wenig wir wirklich über das wissen, was in unseren Köpfen vor sich geht.«

Corinne war klar, dass Hannah recht hatte, und doch wurde sie das Gefühl nicht los, dass die Dinge nicht so waren, wie sie sein sollten. Einen Moment zog sie in Erwägung, Hannah von ihrem Besuch in Tunbridge Wells, von Patricia Garitson und von deren Warnungen vor Steffie zu erzählen. Doch während sie sich die Sätze noch im Kopf zurechtlegte, wusste sie bereits, dass sie sie nicht würde aussprechen können. Sie hatte zu lange damit gewartet, Hannah zu beichten, dass sie Steffies Foto unter ihren privaten Dingen gefunden hatte. Hannah würde das als großen Vertrauensbruch betrachten. Corinne erinnerte sich an Jacob Garitsons helle, zuckende Augen und an seine Worte: *Sie tut Menschen weh.*

Bestand denn nicht die Möglichkeit, überlegte sie, während sie ihre aufs Neue entschlossene Tochter anblickte, dass Hannah hier drin sogar sicherer war als draußen?

37

HANNAH

Am Tag nach Mums Besuch sitzen wir in der morgendlichen Gruppentherapie und konzentrieren uns auf Stella.

Nun ja, alle anderen konzentrieren sich auf Stella, ich konzentriere mich auf Dr. Roberts, wie er sich auf Stella konzentriert.

Er lehnt sich zurück und streckt die Beine weit von sich und in unseren Stuhlkreis hinein. Die Hände hat er dabei hinter dem Kopf verschränkt und deutet ein Lächeln an, als hätten wir alle gerade einen guten Witz gehört.

Was bedeutet ihre gemeinsame Geschichte? Und wie kann es sein, dass Roberts nichts davon weiß? Kann man sie wirklich nicht mehr als die Catherine Pryor wiedererkennen, die sie vor all den Jahren gewesen ist?

Stella trägt ein Kleid aus weichem schwarzem Leder, das keine Nähte zu haben scheint und ihren Körper wie eine zweite, knielange Haut umgibt. Strumpfhosen sind uns nicht erlaubt, also hat sie trotz des kalten Wetters nackte Beine, und an den Füßen trägt sie glitzernde, mit Pailletten besetzte Plateauschuhe. Das blonde Haar umspielt offen ihre Schultern. In ihrem perfekt geschminkten Gesicht gibt es kein Gramm Fett, nur hohe Wangenknochen.

Wie viel Schmerz hat es gekostet, bis Laura so ausgesehen hat? Wie viele Stunden, Tage hat sie in Sprechzimmern und OP-Kitteln zugebracht? Wie viel Blut war nötig, um jede Spur ihres alten Selbst wegzuwaschen? Wie viele Stiche halten die neue Stella zusammen?

Stella spricht jetzt über ihre Kindheit, eine Zeit, in der ihre Eltern noch zusammen waren und sie und ihre Eltern nach einem Theaterbesuch in ein Restaurant gingen, in dem der Kellner Ihren Vater beim Vornamen nannte, ihnen einen Tisch mitten im Saal zuwies, die Serviererin sie umschwirrte und ihre Mutter den Mann tatsächlich zu mögen schien, mit dem sie verheiratet war. Und beide schienen auch Stella zu mögen.

»Ich finde furchtbar traurig, dass von deinen Eltern gemocht zu werden, etwas so Ungewöhnliches ist, dass du es dir so gut gemerkt hast«, meldet Odelle sich zu Wort.

»Meine Eltern haben mich auch nicht sehr gemocht«, wirft Katy ein. »Ich hab nicht den Eindruck, dass mir das sonderlich geschadet hat.«

»Wie auch immer du *darauf* kommst. Du sitzt, verdammt noch mal, in der Klapse«, ätzt Judith.

Nina, die auf ihrem Stuhl vor und zurück geschaukelt ist, lacht kreischend auf, bis Dr. Roberts alle mit einer Geste zum Schweigen bringt. Dann setzt er sich erst kerzengerade auf und lehnt sich schließlich nach vorn.

»Stella, wir haben in unseren Sitzungen viel über Ihre frühe Kindheit gesprochen. Fühlen Sie sich jetzt in der Lage, uns ein bisschen weiter mitzunehmen? Zu der Zeit, in der Sie mit Ihrem Stiefvater zusammengelebt haben?«

In der Gruppentherapie umkreist Stella ihren Stiefvater normalerweise wie ein verdächtiges Päckchen. Wir wissen, dass er irgendein hohes Tier beim Militär war, weshalb Stella auch so viel umgezogen ist. Als er den Militärdienst dann quittierte, wurde er Sicherheitsberater für irgendeine Ölfirma im Irak, später dann für die US-Regierung.

Außerdem wissen wir, dass er rothaarig ist. Und wir wissen, dass Stellas Stimme, sobald sie ihn auch nur streift, schrill wird.

»Er mochte mich nicht so sehr. Mein Stiefvater. *Gordon.* Meine Mutter ist eine sehr schöne Frau, und mein Stiefvater hat dauernd gesagt: ›Was für ein Jammer, dass gutes Aussehen immer eine Generation überspringt, hm, Cat?‹«

»Warum hat er dich denn Cat genannt?«, fragt Frannie nach.

Stella läuft bis unter die Haarwurzeln rot an.

»Ach, nur so. Das war ein dummer Spitzname.« Stella greift sich an ihre Halskette. Sie lügt uns an. Und ich habe keine Ahnung, warum.

»Was hatten Sie denn für eine Meinung von ihm?«, fragt Roberts sie jetzt und trommelt sich mit den Fingern auf den Oberschenkel.

»Am Anfang hab ich ihn dafür gehasst, dass er meine Mutter meinem Vater weggenommen und meinen richtigen Vater vertrieben hat. Mein Vater hat Gordon überhaupt erst meiner Mutter vorgestellt, und nachdem sie dann zusammengekommen waren, hat mein Vater ihn immer nur ›Verräter‹ genannt.«

»Und danach?«

»Nachdem mein Dad von der Bildfläche verschwunden war und immer offensichtlicher wurde, dass Gordon bleiben würde, habe ich versucht, mir seine Anerkennung durch harte Arbeit zu verdienen. Ich habe richtig gute Noten gekriegt, aber ihm war es egal, ob ich gut in der Schule war. Für ihn ging es nur um Äußerlichkeiten. Der schicke Wagen, das stylishe Zuhause, die hübsche Frau an seiner Seite. Ich hingegen war pummelig und reizlos. Ich passte da überhaupt nicht rein. Und das hat er mir auch ganz deutlich gezeigt.«

Odelle setzt sich auf, hüpft unruhig auf ihrem Stuhl auf und ab und meldet sich dabei, als wären wir in der beschissenen Grundschule oder so. »Stella, glaubst du, dass das vielleicht der Grund dafür sein könnte«, sagt Odelle dann, »warum du all die Schönheitsoperationen über dich hast ergehen lassen? Weil du dich immer noch nach seiner Anerkennung sehnst?«

Judith klatscht langsam und ironisch Beifall, doch Dr. Roberts sagt nur: »Sehr aufmerksam beobachtet, Odelle. Vielleicht möchten Sie darauf antworten, Stella?«

Aber Stella hat genug geredet und zupft an ihrem Lederkleid herum. Und ich wünsche mir, dass Gordon ihr nicht angetan hätte, was auch immer er ihr Schreckliches angetan hat, um sie so vollständig zu zerstören.

Außerdem frage ich mich, ob er wirklich Gordon heißt.

Und ich sage mir, dass er nicht wirklich ein Exmilitär sein kann, der später zum Sicherheitsberater aufgestiegen ist, denn dann hätte Roberts Stella auf jeden Fall wiedererkannt.

Und schließlich frage ich mich: *Was erzählst du sonst noch für Lügen, Stella?*

Danny sieht überallhin, nur nicht zu mir. »Es ist komisch, dich woanders als da drin zu treffen«, erklärt er schließlich. »Ich erkenn dich kaum wieder.«

Wir sitzen später am Nachmittag in einem Bistro auf der Hauptstraße, ein paar Häuser von dem Café entfernt, in dem Stella und ich uns vor ein paar Tagen unterhalten haben. Mir gegenüber hängt ein riesiger Druck von Audrey Hepburn mit Zigarettenspitze, und ich sehe immer dann zu ihr hin, wenn ich genug von Dannys sorgenvoller Miene habe. *Was kann ein Mädchen schon tun?*, scheint Audrey zu sagen.

»Dr. Roberts sagt, ich soll langsam mehr rausgehen. Um mich wieder an ein Leben außerhalb der Klinik zu gewöhnen. Um mich darauf vorzubereiten, wieder nach Hause zu können.«

Als ich »nach Hause« sage, verzieht Danny irgendwie komisch das Gesicht, sodass er für einen kurzen Moment nicht mehr gut aussieht. Ein Stein liegt hart und schwer in meinem Magen.

Ich wechsle das Thema. »Erklär mir doch noch mal, warum du Stella nicht magst.«

Von der Frage ist er so überrascht, dass er mich tatsächlich direkt ansieht, dann den Blick aber schnell wieder abwendet.

»An Stella ist alles zu viel. Ihr Aussehen, die Kleidung. Wie sie dich behandelt, als wollte sie, dass du ihre Mutter bist oder so. Sie hat einen Schaden, Hannah.«

»Wir haben alle einen Schaden.« Das rutscht mir schärfer als vorgesehen heraus.

»Nicht so, Hannah. Nicht wie sie. Weißt du denn, dass sie mich angemacht hat?«

»Das glaub ich dir nicht.«

Der Stein in meinem Magen hat jetzt Stacheln und bewegt sich.

»Es stimmt aber. Ich bin auf dem Flur in sie gerannt, als ich dich besucht habe. Ich meine, ich hab sie ganz buchstäblich umgerannt. Und dabei hat sie sich dann irgendwie an mich geschmiegt.«

»Das hast du einfach nur missverstanden.«

»Verdammt, Hannah, ich weiß doch, wenn eine Frau mich anmacht!«

»Ach ja. Tut mir leid. Ich hatte vergessen, dass du das ja erst vor Kurzem erlebt hast. Du hast einen verdammten Abschluss darin, von Frauen angemacht zu werden. Da bist du wirklich einer der führenden Experten weltweit.«

Danny schmeißt die Gabel, mit der er die ganze Zeit herumgespielt hat, scheppernd auf seinen Teller. Eine Frau am Nebentisch wirft ihm einen tadelnden Blick zu. Ein winziges fleischfarbenes Pflaster klebt ihr unter dem Auge. Es sieht aus wie eine Warze.

»Es hat keinen Sinn, mit dir zu sprechen, wenn du so bist. Du weißt, dass ich mich eine Million Mal entschuldigt habe, aber du musst einsehen, dass das, was passiert ist, was ich getan habe, dir jetzt nicht ein Leben lang moralische Überlegenheit verleiht. Es heißt nicht, dass du immer recht hast. Oder ich immer unrecht. Stella hat einen Schaden, und solche Leute sind gefährlich. Sei einfach vorsichtig. Das ist alles, worum ich dich bitte.«

Ich gehe früh zu Bett, der Streit mit Danny ist noch ganz frisch. In der kleinen Nasszelle, die an mein Zimmer grenzt, putze ich mir die Zähne und versuche, mein blasses, teigiges Gesicht nicht im Spiegel anzublicken. Ich bin mir eigentlich sicher, dass ich nicht schlafen kann, und lege mir deshalb eine Zeitschrift neben das Bett, schlafe dann aber fast sofort ein. Ich träume, dass Stella mich verfolgt. Allerdings hat sie Steffies Gesicht. Ich weiß, dass sie etwas bei sich hat, womit sie mich verletzen kann, obwohl ich nicht weiß, was genau. Ich weiß nur, dass ich weiterrennen muss. Ich muss schneller werden, doch meine Beine sind schwer wie Blei.

Keuchend wache ich auf, meine Muskeln sind panisch verkrampft. Einen Moment lang gestatte ich mir die herrliche Erleichterung zu wissen, dass es nur ein Traum war, doch dann wird mir bewusst, dass ich von einem Geräusch aufgewacht bin. Dem Geräusch der sich schließenden Zimmertür.

Irgendwer ist bei mir.

Ich liege wie festgenagelt auf dem Kissen und kann mich weder rühren noch sprechen. Das Zimmer ist zwar dunkel, aber ein schmaler Spalt zwischen den Vorhängen lässt einen dünnen Lichtstrahl hereinfallen. Ich sehe wie gelähmt dabei zu, wie sich ein dunkler Schatten am Fußende meines Bettes regt. Als er sich in den Lichtstrahl schiebt, rieche ich Kokosshampoo und sehe kurz platinblondes Haar aufleuchten.

38

CORINNE

»Haben Sie eigentlich nie genug davon, den Leuten mit dem Ding vor der Nase rumzufuchteln?« Unhöflichkeit war eigentlich nicht Corinnes Art, aber sie hatte wirklich genug von Justin und Drew, ihrer lästigen Kamera und diesem reuigen Lächeln, das immer auf Justins Gesicht lag.«

»Sorry«, entgegnete Justin, was sie nur noch mehr aufbrachte. Nach einem besonders unbefriedigenden Treffen mit Hannah war sie auf dem Weg aus der Klinik. Sicher hätte sie ihren Besuch vorher ankündigen können, doch als ihr Nachmittagstermin abgesagt worden war und sie unverhofft freigehabt hatte, war sie einfach ins Auto gestiegen und hergefahren. Doch Hannah war griesgrämig und maulfaul gewesen.

»Ich bin müde«, hatte sie erklärt, als Corinne ihr prüfend in das angespannte Gesicht mit den tiefen, dunklen Schatten unter den Augen geblickt hatte. »Stella hatte einen Albtraum und hat mich aufgeweckt.« Das war der Moment, in dem Corinne sich zu sorgen begonnen hatte.

»Dazu hatte sie kein Recht. Und Hannah, sie sollte nicht zu dir ins Zimmer kommen. Wir haben keine Ahnung, warum sie das tut. Oder wer sie überhaupt ist.«

»Sie ist ein verletztes kleines Mädchen, dem übel mitgespielt wurde. Das ist sie.«

Corinne hatte ein Weilchen gebraucht, um herauszukitzeln, warum Hannah so schlecht gelaunt war. Es ging um Dannys Besuch am Vortag und ihren Streit. »Ich komm damit schon klar, Mum. Es ist meine Ehe. Und mein Problem.«

Und dann hatte Hannah den Besuch mit der Begründung abgekürzt, dass sie noch Tagebuch schreiben müsse, weil sie später noch Entspannungstherapie bei Laura habe. Mit Entspannungstherapie, das wusste Corinne, meinte sie Hypnose.

»Bist du dir sicher, dass das eine gute Idee ist?«, fragte Corinne. »Ich meine, ist sie auch wirklich qualifiziert? Sie macht das immerhin nicht mit Zustimmung der Klinikleitung.«

»Reden wir von derselben Klinikleitung, die Kindesmissbrauch als reine Fantasie abgetan hat?«

Da hatte sie auch wieder recht.

Als Corinne ins Auto stieg, schnallte sie sich an und saß dann reglos hinter dem Steuer. Sie fühlte sich, als hätte jemand alle Energie aus ihr herausgesaugt. Jedes Mal, wenn sie dachte, dass Hannah Fortschritte machte, warf irgendetwas sie wieder zurück. An manchen Tagen zweifelte Corinne daran, dass das Leben jemals wieder normal sein würde, als wäre Normalität eine Haltestelle, die der Bus künftig nicht mehr bediente.

Aus dem Auto heraus bemerkte Corinne, dass die Kliniktür offen stand. Laura trat aus dem Gebäude und winkte irgendjemandem drinnen zum Abschied zu. Heute trug sie einen orangebraunen Mantel, der beim Gehen hin- und herschwang, und auf ihrem Gesicht zeichnete sich ein leichtes Lächeln ab. Sie streckte die Hand aus, drückte auf ihren Schlüssel, und ein leuchtend pinkfarbener VW-Käfer blinkte zur Begrüßung auf. Wohin sie wohl fuhr? Sie hatte nicht viel

Zeit, wenn Hannah in einer Stunde einen Termin bei ihr hatte. Corinne wurde bewusst, dass sie nicht das Geringste über Laura Whittaker wusste. Zwar hatte sie Nachforschungen über Oliver Roberts angestellt, doch über diese Frau, der ihre Tochter inzwischen so nahestand, wusste sie gar nichts. Dabei redete Hannah sich bei ihr ja alles Mögliche von der Seele, ließ sich nun sogar von ihr hypnotisieren.

Das pinke Auto fuhr auf die Ausfahrt zu, und ohne einen genauen Plan startete Corinne ihren Wagen und folgte ihr mit ein wenig Abstand. Für ihre Tochter konnte sie nicht viel tun, doch das hier immerhin.

Das bonbonrosa Auto war leicht im Auge zu behalten, und Corinne hielt sichere Distanz, während sie über die ländlichen Straßen um *The Meadows* und dann durch immer urbanere Gegenden fuhren, bevor Laura schließlich vor einem modernen niedrigen Wohnhaus in dieser ziegelroten Ausführung hielt, die für Sozialbauten so typisch war. Als Corinne Lauras orangefarbenen Mantel durch die Eingangstür aus PVC verschwinden sah, konnte sie nicht anders, als sich über die Diskrepanz zwischen der kreativen, weltgewandten Kunsttherapeutin und diesem gesichtslosen Häuserblock in einem heruntergekommenen Vorort zu wundern.

Ihre Neugier war geweckt, und da sie wusste, dass Laura in weniger als einer Stunde mit Hannah in der Klinik verabredet war, entschloss sich Corinne, ein bisschen abzuwarten und vielleicht etwas herauszufinden, das es ihr erlauben würde, Laura ein bisschen besser einzuschätzen. Sie wurde für ihre Geduld belohnt, als Laura kaum eine Viertelstunde später mit einem glücklichen Lächeln auf dem Gesicht, das Corinne irritierend fand, auftauchte und wieder in ihr Auto stieg.

Corinne ließ den Motor an, um ihr weiter zu folgen, doch dann erregte etwas ihre Aufmerksamkeit. Aus einem Fenster im ersten Stock des Gebäudes, das Laura gerade verlassen hatte, sah eine Frau, deren blasses Gesicht sich vor der Düsternis des Zimmers hinter ihr abhob.

Einer plötzlichen Eingebung folgend, schaltete Corinne den Motor wieder aus und wartete, bis Laura davongefahren war. Dann stieg sie aus und überquerte die Straße zu dem rot geklinkerten Block, wobei sie an einer schmutzigen Matratze vorbeikam, die hier abgeladen und gegen die Wand des Nachbarhauses gelehnt worden war.

Über den Briefkästen klebte ein Zettel, auf dem »Keine Prospekte einwerfen & nicht hausieren« stand. Links daneben war ein Gitter aus weißen Plastikklingeln angebracht, auf denen jeweils handschriftlich der Name stand. Im ersten Stock, in dem Corinne gerade das Gesicht der Frau gesehen hatte, gab es zwei Klingeln. 1a) trug den Namen WHITTAKER in sorgfältig mit blauem Kuli geschriebenen Großbuchstaben.

Corinne zögerte. Als sie aufsah, blickte sie zu ihrer Verblüffung der Frau im ersten Stock in die Augen. Sie erkannte nun, dass sie schon älter war und langes braunes Haar sowie gräuliche Haut hatte. Den Kopf hatte sie zur Seite geneigt. Corinne lächelte, doch die Frau erwiderte das Lächeln nicht. Da sie sich nun ertappt fühlte und ihre Anwesenheit hier irgendwie rechtfertigen wollte, drückte sie die Klingel.

»Ja?«

Die Stimme, die über die Gegensprechanlage ertönte, gehörte einer jungen Frau mit einem starken Akzent.

»Hallo? Ich möchte zu Mrs. Whittaker.«

»Okay. Kommen Sie.«

Der Summer ertönte, und Corinne drückte die Tür auf, sodass sie in einem engen dunklen Hausflur stand, in dem es nach gebratenem Hackfleisch roch. Sie drückte auf den Lichtschalter und ging zum Treppenhaus zu ihrer Rechten, dessen Stufen mit quietschendem dunkelblauem PVC beklebt waren. Im ersten Stock flackerte die Leuchtstoffröhre und tauchte den engen Treppenabsatz in ein grünliches Licht.

Es gab zwei Türen. Vor einer lag eine Fußmatte mit der Aufschrift »Willkommen«. Die andere war angelehnt, und von drinnen drang das Geräusch eines auf volle Lautstärke gedrehten Fernsehers heraus.

»Hallo?«, rief Corinne.

»Ja. Ja. Kommen Sie nur rein.«

Corinne trat in einen vollgestellten Flur, der mit einem dicken, früher einmal pfirsichfarbenen Teppich ausgelegt war, der nun verblasst und verfilzt war. Im Zimmer geradeaus sah sie ein Paar Füße in zu großen Hasenhausschuhen, die auf einem lederbezogenen Schemel abgelegt waren.

Die Füße gehörten zu einer fülligen jungen Frau in grauer Jogginghose und einem rosa Sweatshirt, auf dem in goldenen Lettern »LOL« stand.

»Warten Sie. Ich mache leiser.« Sie warf Corinne einen Blick tiefen Bedauerns zu, bevor sie die Fernbedienung auf den Fernseher richtete und den Raum in eine ebenso unerwartete wie angenehme Ruhe stürzte.

»Ich bin Katya. Sie sind Pflegefuß.«

Corinne war sich nicht sicher, ob es sich dabei um eine Aussage oder eine Frage handelte, und hatte ohnehin nicht die leiseste Ahnung, wovon die Frau da redete.

»Pflegefuß?«

»Pflegefuß. Sie sehen Füße an.«

»Nein, ich bin keine Fußpflegerin, ich …«

Doch Katya hatte das Zimmer bereits durchquert und führte sie über den Flur und durch eine Tür, an der auf einem rosa Karton das von Blumen umrankte Foto einer jungen Frau im Siebzigerjahreoutfit angebracht war.

»Hier Mrs. Whittaker.«

Die Frau, von der Corinne annahm, dass es sich bei ihr um Lauras Mutter handelte, saß aufrecht in einem Sessel am Fenster. Corinne sah sie daher nur im Profil, aber sie wusste sofort, dass sie die Person war, die sie von der Straße aus gesehen hatte. Jetzt, aus der Nähe betrachtet, war offensichtlich, dass etwas mit ihr überhaupt nicht stimmte. Ihr Kopf hing zu einer Seite, und die Hand war auf dem Schoß zusammengekrümmt, außerdem drehte sie sich nicht um, als sie hereinkamen.

»Sie jetzt rumdrehen, okay? Ihre Füße haben Besuch.«

Katya wuchtete den Sessel herum, sodass die Frau, die auf ihm saß, nun in den Raum blickte. Corinnes Magen zog sich zusammen, als sie bemerkte, dass die wässrigen braunen Augen der alten Frau sie fixierten. Ein Speichelfaden hing ihr aus dem linken Mundwinkel, und Katya unternahm keinerlei Anstalten, ihn abzuwischen. Obwohl sie sich nicht bewegte, lag in dem Blick der alten Frau eine Eindringlichkeit, die in Corinne das mulmige Gefühl erzeugte, sie wollte ihr etwas mitteilen.

Als Katya sich hinkniete und Mrs. Whittakers rechten Hausschuh von dem geschwollenen Fuß ziehen wollte, fand Corinne ihre Sprache wieder.

»Nein, warten Sie. Sie täuschen sich. Ich bin nicht die Fußpflegerin.«

Katya hielt inne, der Hausschuh war halb vom Fuß abgezogen.

»Nun, wer sind Sie dann?«

»Ich wollte nur kurz Hallo sagen. Ich bin eine Freundin von Laura.«

Mrs. Whittaker gab ein Stöhnen von sich, und die Härchen auf Corinnes Arm stellten sich auf.

Katya erhob sich, und ein Stirnrunzeln legte ihr gesamtes teigiges Gesicht in Falten. »Warum Sie das nicht gleich sagen?« Sie ruckelte den Sessel zurück in Position, sodass Mrs. Whittaker fast nicht mehr zu sehen war. »Kommen Sie. Hierher.«

Katya rauschte aus dem Zimmer. Corinne warf einen letzten Blick auf die Rückenlehne des Sessels und machte dann kehrt, um ihr zu folgen. Als sie wieder in den Flur trat, stöhnte die alte Frau erneut. Es war ein herzzerreißender Laut.

Als Corinne zurück im Wohnzimmer war, schien Katya schon milder gestimmt zu sein. »Es ist schön, Freundin von Laura kennenzulernen. Hier ganz allein ist für mich langweilig. Laura war gerade hier übrigens, aber sie nicht lange bleiben.«

»Darum bin ich hier«, erwiderte Corinne und improvisierte ins Blaue hinein. »Ich wollte Laura etwas geben. Schade, dass ich sie verpasst habe. Kümmern Sie sich schon lange um Mrs. Whittaker, Katya?«

»Zehn Monate.«

Corinne bemerkte, dass Katyas Blick schon wieder zu dem stummgeschalteten Bildschirm wanderte, auf dem vier Frauen auf hohen Barhockern saßen und lebhaft miteinander diskutierten.

»Und kommt Laura denn oft vorbei?«

Katya wandte ihre Aufmerksamkeit kurz wieder Corinne zu. »Oh ja. Laura besucht ihre Mutter ganze Zeit. Sie ist wie Heilige. Wissen Sie, wie sie ist? Wie Davina.«

Corinne musste sie verständnislos angeblickt haben, denn Katyas stumpfe Augen wurden nun weit aufgerissen. »Davina aus *Long Lost Family.* Sie wissen, wie sie immer mit Menschen weint. Immer fühlt, was sie fühlen. So ist auch Laura.«

Nach diesem Redeschwall schien Katya das Interesse an Corinne wieder zu verlieren. Ihre Finger griffen nach der Fernbedienung und drehten erneut die Lautstärke hoch.

»Wie lang ist sie schon so? Lauras Mutter?« Corinne musste beinahe schreien, um sich über das Gelächter des Studiopublikums hinweg Gehör zu verschaffen.

Katya zuckte mit den Schultern, ohne sich die Mühe zu machen aufzusehen. »Lange. Vielleicht zwanzig Jahre, seit sie hat Schlaganfall.«

Zwanzig Jahre. Als sie über die schmale Treppe wieder nach unten stieg, versuchte Corinne auszurechnen, wie alt Laura gewesen sein musste, als ihre Mutter so furchtbar krank wurde. Sie musste noch ein Kind gewesen sein. Kein Wunder, dass sie sich als Erwachsene in einen Pflegeberuf gestürzt hatte: Sie wollte anderen die Fürsorge zuteilwerden lassen, die ihr selbst verwehrt geblieben war.

Draußen atmete sie tief die frische Luft ein. Als sie die Straße zu ihrem Wagen überquerte, sah sie absichtlich nicht mehr zum ersten Stock hoch, doch sie konnte immer noch die Kraft von Mrs. Whittakers braunen Augen spüren, mit denen sie ihr auf den Rücken starrte.

Als Corinne im Auto saß und die Gelegenheit hatte, ihre Gedanken zu ordnen, erzeugte der Besuch bei Lauras Mutter bei ihr Erleichterung. Wenigstens war Laura eine Person, bei der Corinne froh sein konnte, dass sie auf Hannahs Seite stand. Nun, da Corinne Lauras persönliche Tragödie kannte, verstand sie, was hinter den sprühenden Augen und dem eisernen Willen der Kunsttherapeutin steckte, über die Anforderungen der Klinik hinauszugehen, um den Frauen in ihrer Obhut zu helfen.

Als sie vierzig Minuten später in ihre Straße einbog, überraschte es Corinne kaum, dass vor ihrem Häuschen kein freier Parkplatz zu finden war. Obwohl die Stadtverwaltung schon seit Langem auf Parkraumbewirtschaftung umgestellt hatte, wohnte sie eben doch in der Nähe eines Bahnhofs, und ihre Nachbarn zu beiden Seiten hatten jeweils zwei Autos pro Haushalt, also waren die Parkplätze umkämpft. Es hatte eine Zeit gegeben, in der sie das aufgeregt hatte. Doch heutzutage sah sie einiges gelassener. Sobald man einmal eingesehen hatte, dass man kein Recht auf einen Parkplatz direkt vor dem Haus hatte, erschienen einem so einige Dinge einfacher.

Am Ende der Straße gab es eine Parklücke, in die sich Corinne mit ihrem kleinen Auto gerade so hineinquetschen konnte. Sie schloss ab und war seltsam gut gelaunt, als wäre ein Parkplatz ein Zeichen dafür, dass sich ihr Schicksal nun zum Besseren wenden würde.

Nach einem grau verhangenen Morgen war die Sonne gefühlt das erste Mal seit Tagen wieder herausgekommen, und Corinne bemerkte mit einem warmen Gefühl der Freude die grünen Knospen an Bäumen und Büschen, als sie sich von ihrem Auto entfernte. Drei Häuser neben ihrem öffnete eine Magnolie bereits ihre Blüten, und Corinne blieb stehen, um sich an ihr zu erfreuen, und nach dem langen, kargen Winter ihre üppige Schönheit in vollen Zügen zu genießen.

Schließlich kam sie an ihrem eigenen Häuschen an, das sie sich in spontanem, gefühlsmäßigem Überschwang nach ihrer Trennung von Duncan gekauft hatte, inzwischen aber wirklich liebte. Sie drückte das hölzerne Gartentor auf, das in gewagtem mediterranem Blau gestrichen war, und ging über die unebenen Terracottafliesen, um die herum in den Sommermonaten zahlreiche Wildblumen sprossen. Auf der Schwelle machte sie halt und kramte in ihrer silbernen Tasche nach ihrem Schlüsselbund.

Da sie den Kopf gesenkt hielt, sah sie den Schatten hinter sich nicht kommen.

39

LAURA

»Stella hat etwas *Seltsames* an sich.«

»Seltsam? Was meinst du damit, Laura?«

Annabel trug das grüne Kleid mit dem tiefen Ausschnitt, das Laura so gern mochte. Ein kindischer Teil von ihr wünschte sich, dass sie dazu auch noch die goldenen Ohrringe angelegt hätte, die Laura ihr zum Geburtstag geschenkt hatte. Sie würden so gut dazu passen. Doch Annabel war komisch, was Geschenke betraf. Sie musste sie praktisch dazu zwingen, sie überhaupt anzunehmen. Es war so verzwickt herauszufinden, in welchem Verhältnis man zu Annabel stand.

»Sie ist innerlich so verletzt, weißt du? Das sind sie alle. Bei Stella reicht die Verletzung allerdings besonders tief.«

Annabel nickte.

»In letzter Zeit hatte ich mit ihr viele Einzeltermine. Ein bisschen Hypnose unter der Hand. Nicht offiziell. Sie schläft dann besser.«

Annabel lächelte. »Du bist so freundlich, Laura. Was für ein Glück sie haben, dass du da bist.«

Annabels Lob war schwer zu verdienen, sodass Laura nun gefährlich nah dran war, in Tränen auszubrechen. Was stimmte mit ihr im Augenblick nur nicht?

»Haben die Dinge sich denn irgendwie beruhigt?«, fragte Annabel. »Nach den zwei Todesfällen?«

Laura zog die Nase kraus. »Nicht wirklich. Roberts macht sich Sorgen. Einer der Kliniksponsoren hat sich gerade zurückgezogen. Offizieller Grund sind Terminprobleme, doch Roberts ist überzeugt, dass es wegen Sofia und Charlie ist. Die Neuanmeldungen sind eingebrochen, und natürlich sind auch die Familien der Bewohnerinnen alarmiert. Hannah Lovells Mutter ist ein paarmal bei mir gewesen.«

Annabel runzelte die Stirn. Sie war eine dieser Frauen, die im einen Moment umwerfend und im nächsten plötzlich ganz gewöhnlich aussehen konnten, doch das war es, was Laura an ihr mochte: Sie war immer vorbehaltlos sie selbst.

»Keine Nachnamen, bitte. Du musst vorsichtiger sein, Laura. Wenn irgendjemand hören würde, wie du außerhalb der Klinik über deine Patientinnen sprichst, könntest du ziemlichen Ärger bekommen, oder?«

»Ich spreche doch nur mit dir, Annabel. Aber du hast recht. Ich muss diskreter sein.« Laura streckte die Hand aus und gab Annabel einen spielerischen Klaps. »Mit Müttern wie Corinne Harr …, wie Hannahs Mutter, zu sprechen, die ihre Töchter so sehr beschützen möchten, erzeugt komplizierte Gefühle in mir. Ich kann nicht anders, als über all das nachzudenken, was ich selbst verpasst habe.«

»Das ist ganz natürlich, Laura. Über welche Dinge denkst du denn genau nach?«

»Wie es wäre, jemanden zu haben, der für einen kämpft, statt dass man sich immer so allein fühlt.« Sie fragte sich, ob Annabel ihr widersprechen würde, sie daran erinnern würde, dass sie nicht allein war, weil sie ja sie hatte. Als Annabel nichts sagte, fuhr sie fort. »Ich erinnere mich noch an diese drei Jahre in der Pflegefamilie. Liz hat ihr Bestes gegeben. Sie war schon freundlich. Aber sie war eben keine Mutter. Und wir wussten alle immer, dass ihre biologischen Kinder an erster Stelle standen. Dann kam Gino, weil sie ihn schon als Baby adoptiert hatte. Ich muss heute noch daran denken, als ich in der Grundschule mal die Hauptrolle im Krippenspiel hatte. Ich war so stolz. Die Eltern der ganzen anderen Kinder waren wenigstens bei einer Vorstellung da, viele sogar bei beiden. Ich bettelte Liz an, auch zu kommen, aber am einen Tag hatte Gino sein Krippenspiel, und am nächsten trat ihr ältester Sohn beim Schulkonzert auf. Er spielte nur Blockflöte oder so was. Also war niemand da, um Fotos zu machen oder zu jubeln, wenn ich auf die Bühne kam. Meine Klassenlehrerin kam zu beiden Auftritten und überreichte mir am Ende sogar einen Blumenstrauß, weil ich ihr so leidtat.«

»Das muss wirklich hart gewesen sein. Hast du den Eindruck, dass du nach all den Jahren vielleicht immer noch probierst, diese Lücke zu stopfen? Dass du immer noch nach Bestätigung suchst?«

»Tut das denn nicht jeder?«

Laura mochte diese Gespräche. Annabel half ihr immer dabei, ihre eigenen Beweggründe und Taten zu hinterfragen. Sie streifte sich die Wildlederschuhe ab und kuschelte sich auf das weiche blaue Sofa, zog ihre Füße in den knallbunten Socken unter sich und wartete auf Annabels Reaktion.

Rrrring. Die Türklingel durchschnitt Lauras gute Laune, erinnerte sie unsanft daran, dass Annabel neben ihr noch ein Leben hatte. Einmal hatte Laura ihr vorgeschlagen, zusammen Kaffee trinken zu gehen, sodass sie einander ihre ungeteilte Aufmerksamkeit schenken konnten, doch Annabel war darauf nicht eingegangen.

»Tut mir leid, Laura.« Annabel erhob sich und strich die Falten in ihrem grünen Kleid glatt. »Es dauert nicht lange.«

Laura hörte, wie die Tür aufging und eine Frauenstimme »Hallo!« rief. Dann teilte Annabel ihr offenbar mit, dass sie nicht allein war, denn im Anschluss war nur noch Wispern zu hören.

Laura schlich auf Strümpfen Richtung Tür und spähte hindurch. Annabel stand mit einer kleinen, rundlichen Frau im Flur. Sie trug einen langen Regenmantel, der ihre kugelige Form nur noch unterstrich, und braune Wanderstiefel. Sie standen so nahe beieinander, dass ein paar Strähnen von Annabels ergrauendem Haar die Kapuze des Regenmantels berührten. Die Frau hielt Annabel eine Karte hin. Offenbar eine Einladung. Sie hatte einen Hund dabei, einen großen Labrador, der mit Schlamm bedeckt war, als kämen sie gerade von einem langen Spaziergang. Die Schwanzspitze hinterließ eine Schmutzspur an der Wand. Laura sah, wie Annabel auf den Fleck und dann wieder wegschaute. »Danke, ich freue mich darauf. Hör zu, ich muss jetzt weitermachen.« Annabel machte eine Kopfbewegung Richtung Wohnzimmer, wo Laura sich befand.

Die kleine Frau lehnte sich vor, umarmte Annabel rasch, öffnete dann die Tür und war verschwunden.

Laura huschte schnell wieder nach drinnen und saß bereits auf dem Sofa, als Annabel zurückkehrte.

»Wo waren wir stehengeblieben?«

Die Unterbrechung konnte nicht mehr als drei Minuten in Anspruch genommen haben, doch Laura empfand die Atmosphäre als ruiniert. Sie konnte die Intimität nicht wiederherstellen, diesen Drang, sich weiter voranzutasten. Alles, woran sie jetzt denken konnte, war der steife Karton der

Einladungskarte. Das Wissen um ein Leben, das ohne sie stattfand.

»Ich sollte dann wohl selbst mal los«, sagte sie unvermittelt. »Das macht dir doch nichts aus, oder?«

»Nein, aber …«

»Ich muss mich heute Abend um Mutter kümmern, Katya hat irgendeine Familienfeier.«

»Okay. Wenn du dir sicher bist.«

Laura war berührt und fühlte eine Art Befriedigung, dass Annabel ernsthaft verletzt wirkte wegen des abrupten Aufbruchs.

Es regnete jetzt wieder, und Pfützen bildeten sich auf der ordentlichen, ruhigen Straße, an der Annabels Haus lag. Sie glänzten in der anbrechenden Dunkelheit. Als Laura langsam durch die moderne Wohnsiedlung fuhr, tauchte die Frau mit dem Hund, die Annabel besucht hatte, im Scheinwerferlicht auf, ihr Regenmantel blähte sich hinter ihr. Direkt vor ihr gab es eine große Pfütze, und als die Frau noch ein paar Schritte getan hatte, trat Laura aufs Gas, sodass eine Fontäne aus Schmutzwasser hochspritzte. Als sie dann in den Rückspiegel blickte, sah sie die Frau dort still mit ausgebreiteten Armen stehen. Sogar im grauen Zwielicht konnte Laura erkennen, dass sie patschnass war. Die Frau blickte dem sich entfernenden Auto mit einem Ausdruck tiefsten Unverständnisses hinterher.

40

HANNAH

»Warum verhältst du dich mir gegenüber so komisch?«

Stella und ich sind wieder auf der Hauptstraße, diesmal im Pub und nicht im Café. Der Pub ist auf alt gemacht, ein Pub im Pubstil sozusagen, mit abgewetzten Holzdielen, Kunstledersesseln und kleinen Wandlampen mit grünen Schirmen – eigentlich ist er uns nicht erlaubt, aber ich habe mich entschlossen, die Standpauke von Dr. Roberts zu riskieren – »Sie behindern Ihren Fortschritt« –, wenn ich dafür ein kaltes Bier bekommen kann. Ich habe Stella nicht gebeten mitzukommen. Den Schock darüber, dass sie letzte Nacht in meinem Zimmer stand, habe ich noch immer nicht ganz verdaut, obwohl sie das nicht das erste Mal nach einem Albtraum getan hat. Sie soll eigentlich das Klinikgelände nicht verlassen, doch als ich vorhin zu ihr gesagt habe, ich wolle spazieren gehen, hat sie sich einfach drangehängt. Und offenbar habe ich meinen Unmut darüber nicht wirklich versteckt. Ich habe zwar keine Angst vor Stella, nur …

Ich habe eben doch Angst vor ihr.

Ich habe Angst vor der Geschichte, die sie mir verschwiegen hat. Und davor, warum sie sie verschwiegen hat.

»Ich verhalte mich nicht komisch.«

Stella starrt mich über ihr Bier hinweg an. Jetzt, da ich die Wahrheit über sie kenne, kann ich die Nahtstellen sehen: den fast nicht wahrnehmbaren Ring um ihre Regenbogenhäute, wo die blaue Kontaktlinse endet. Die verräterischen dunklen Stellen an den Wurzeln ihrer blonden Haare. Es stellt sich also heraus, dass Stella gar nicht Stella ist, sondern eine Hochstaplerin, die auf den Strunk der armen, kaputten Catherine gepfropft wurde. Und die Charlie, die mit mir gebacken, anschließend einen Flug nach Kroatien gebucht und sich schließlich die Pulsadern aufgeschnitten hat, ist auch nicht die Charlie, die ich zu kennen glaubte. Und der Danny, der mir nicht mal in die Augen sehen kann, wenn er zu Besuch kommt, ist auch nicht der Danny, der versprochen hat, mich in guten wie in schlechten Zeiten zu lieben und zu ehren.

Keiner von ihnen ist der Mensch, der er zu sein vorgab. Aber welche Version von ihnen ist die echte?

»Hannah, du kannst mir ja nicht mal in die Augen schauen. Was ist denn los?«

Ich versuche Stella anzusehen, aber meine Augen gleiten an ihren ab. Wer bist du? Die Frage taucht immer wieder in meinem Kopf auf. Wer bist du? Wer bist du?

»Wer bist du?«

Ich wollte es nicht laut aussprechen, doch auf einmal hängen die Worte da, zwischen uns.

»Was meinst du?«

»Was ich meine, ist, dass du nicht diejenige bist, die du zu sein behauptest. Was ich meine, ist, dass alles, was du mir erzählt hast, gelogen war. Du heißt Catherine, und du und Dr. Roberts habt eine gemeinsame Vergangenheit, und jetzt, wo ich das weiß, frage ich mich, warum du es versteckst und ob die Tatsache, dass dich diese Geschichte mit Dr. Roberts verbindet, irgendetwas mit Charlies und Sofias Tod zu tun hat.« Damit habe ich mehr gesagt, als ich eigentlich vorhatte. Mehr als ich mir überhaupt eingestanden habe. Aber jetzt ist es ausgesprochen, und es gibt keine Möglichkeit, die Wörter wieder in meinen Mund zu stopfen, also sitze ich einfach nur mit hämmerndem Herzen da, die Finger so fest um das Glas geschlossen, dass es in tausend kleine Splitter zerspringen müsste.

Einen Moment lang ist sie still, und ich habe den Eindruck, dass sie nicht antworten will. Doch dann sagt sie: »Ich frage dich nicht, wie du das herausgefunden hast. Eigentlich habe ich seit meiner Ankunft hier damit gerechnet, entdeckt zu werden. Irgendwo war das, glaube ich, sogar mein Wunsch. Aber als Roberts mich dann nicht erkannt und niemand mich zur Rede gestellt hat, dachte ich: Na ja, vielleicht bin ich ja wirklich Stella. Glaubst du nicht, dass Identität eigentlich flüssiger ist, als man es uns immer weismachen will? Ich meine, wenn das alles ist, was es gibt, dieses eine Leben, würde es dann nicht Sinn ergeben, wenn wir mehr als eine Person sein könnten? Vielleicht stecken ja all unsere verschiedenen Identitäten gleichzeitig in uns, wie bei einer Matroschka. Vielleicht steckte Stella also schon die ganze Zeit über in Catherine, oder vielleicht ist auch Catherine immer noch irgendwo in Stella versteckt. Und vielleicht sind da drin noch andere. Glaubst du nicht, das würde Sinn ergeben?« Stellas raue, biergetränkte Stimme hat eine träumerische Beschaffenheit angenommen, und ich denke einen Moment lang darüber nach, ob an dem, was sie sagt, vielleicht etwas dran sein könnte, bevor mir einfällt, dass sie ja eine Lügnerin und möglicherweise sogar gefährlich ist.

»Und war es dann Stella oder Catherine oder eine andere deiner Matroschka-Persönlichkeiten, die einem Plüschhasen die Ohren abgehackt, ihn auf mein Bett gelegt, ein Neugeborenes in mein Malbuch gezeichnet und mir den Ausdruck eines Ultraschalls geschickt hat?«

»Nein!« Stella sieht so erschrocken aus, wie jemand eben aussehen kann, dessen Haut bereits zu einem ewig überraschten Ausdruck gestrafft worden ist. »Hannah, nein. Ich würde nie etwas tun, das dich verletzt. Du bist doch meine Freundin.«

»Und was ist mit Charlie und Sofia?«

»Natürlich auch nicht. Ich habe niemandem was angetan. Noch nie.«

»Nur dir selbst.«

»Sind wir deshalb nicht alle hier? Wegen der Schäden, die wir uns selbst zufügen?«

Und jetzt sehe ich sie endlich an, sehe ihr direkt in die Augen, die blau wirken, von denen ich aber inzwischen weiß, dass sie grau sind, in dieses Gesicht, das nicht ihr gehört, sondern eine Mischung von Versatzstücken aus dem Katalog eines plastischen Chirurgen ist. Und auf einmal sehe ich, dass sie immer noch die ist, die sie immer war, dass sie recht hat und wir alle zu sehr damit beschäftigt sind, uns selbst etwas anzutun, um irgendwem anderen zu schaden.

»Was dann?«, frage ich sie. Sie hört die Sanftheit in meiner Stimme, lehnt sich in ihrem Kunstledersessel zurück und erzählt mir ihre Geschichte.

»Natürlich war es mein Stiefvater«, fängt sie an. »Aber das hast du ja schon erraten.«

Die Geschichte ist eine, die wir schon oft gehört haben. Darin kommen ein strenger Stiefvater und ein Mädchen vor, das ihm gern gefallen möchte und sich nach Bestätigung sehnt. Es gibt spitze Kommentare über ihr Gewicht, ihr Haar, die Art wie sie, gebückt und die Arme vor der Brust verschränkt, geht. Dann die Besuche in ihrem Zimmer, während ihre Mutter im Schlafmittelkoma liegt. Schließlich fing sie an, sich zu ritzen.

»Eigentlich wollte ich das überflüssige Gewicht abschneiden«, erklärt Stella. »Und ich wollte die Haut abschneiden, die seine Finger berührt hatten.« Beim Sprechen schneidet sie mit der Hand durch die Luft.

Stellas Selbstzerstörung stieß ihren Stiefvater ab, sodass der Missbrauch aufhörte. Nach zwei Jahren Selbstverstümmelung schickte ihre Mutter sie zu einer Psychologin, der sie nach und nach die Geschichte erzählte. Die Psychologin riet ihr, mit ihrer Mutter darüber zu sprechen.

»Meine Mutter konnte und wollte es nicht glauben. Ihre Antwort war, eine neue Therapeutin zu suchen und dann noch eine. Sie suchte nach einer anderen Wahrheit. Wie hieß das gleich noch? Die Definition von Wahnsinn ist, immer wieder das Gleiche zu tun und dabei unterschiedliche Ergebnisse zu erwarten?«

Es wundert mich nicht, dass sie das Einsteinzitat anbringt. Es gehört zu den Lieblingszitaten der Bewohnerinnen von *The Meadows*.

»Meine Mutter dachte, sie könnte einfach die Therapeutin wechseln und so ein anderes Ergebnis erzielen. Obwohl die Wahrheit immer dieselbe blieb. Die er natürlich rundheraus abstritt.«

»Hatte sie denn keinerlei Zweifel?«

»Dazu war sie nicht in der Lage. Sie musste ihm glauben. Sie musste sich an das klammern, was sie hatte.«

Endlich fand Stellas Mutter, wonach sie suchte. Erinnerungsverfälschung. So lautete Roberts' Diagnose. Die erste Therapeutin hatte vielleicht den Samen der Missbrauchserinnerungen gesät, vermutete er, und Stellas überreizte Fantasie hatte ihn erblühen lassen.

»Gordon wurde rehabilitiert«, sagt Stella.

»Sag mir nicht, dass du wieder bei ihm eingezogen bist.«

»Wo hätte ich den sonst hin sollen?«

»Aber deine Mutter hat dich doch sicher nicht gezwungen, weiter mit ihm zusammenzuleben? Nicht, wenn du ihn immer noch beschuldigt hast, das zu tun?«

»Ah, zu diesem Zeitpunkt hatte ich meine Aussage schon zurückgezogen.«

Stella sieht meinen Gesichtsausdruck.

»Was hätte ich denn tun sollen, Hannah? Ich war zwölf! Ich habe Roberts vertraut. Ich wollte, dass er mit mir zufrieden ist. Und er redete mir ein, dass die Erinnerungen nicht echt seien. Auch alle anderen Erwachsenen in meinem Leben – meine Mutter, mein Stiefvater selbst – redeten mir das ein.«

»Und was war mit deinem Vater?«

»Zu diesem Zeitpunkt war er schon mit einer jüngeren Frau verheiratet, die Kinder nicht so gern mochte. Er wollte glauben, dass Gordon die Dinge, derer ich ihn bezichtigt hatte, nicht getan hatte, denn der Status quo war bequem.«

Beim Sprechen spielt sie mit ihrer Kette, wickelt sie sich um den Finger.

»Hat er dir die geschenkt?«, frage ich sie. »Dein Vater?«

Sie nickt. »›Für meine Cat‹, hat er gesagt«, erwidert sie. »Cat hat er mich immer genannt.«

»Du bist also zurückgegangen?«

»Ich bin zurückgegangen. Und der Missbrauch hat wieder angefangen. Aber diesmal hab ich es für mich behalten. Und als ich dann vierzehn war, sind sie in die Staaten gezogen, und ich blieb im Internat. In diesem Jahr hat mir meine Mutter dann auch die Nasenoperation zum Geburtstag geschenkt. Wegen der Schuldgefühle, nehme ich an.«

Wir verstummen und trinken unser Bier. Ich denke über die kleine Catherine Pryor nach, deren Selbstwertgefühl auf so brutale Weise und so gründlich durch die Erwachsenen in ihrem Leben zerstört wurde, dass der einzige Ausweg für sie war, zu einer anderen Person zu werden.

»Was machst du also hier, Stella?«

Stella hat die Schuhe von den Füßen gekickt – es sind wieder die glitzernden Plateauschuhe – und die Füße in dem Kunstledersessel unter sich gezogen, sodass sie wie ein Kind aussieht. Als sie den Kopf hebt, sind ihre Augen tränenverschleiert.

»Ich will, dass er mich erkennt, Hannah. Kannst du glauben, dass das nach all den Jahren noch immer wichtig für mich ist? Ich will, dass er mich wiedererkennt und anerkennt, was er mir angetan hat. Ich will, dass er um Verzeihung bettelt. Aber weißt du, was das Schlimmste ist?«

Ich schüttle den Kopf.

»Das Schlimmste an der ganzen verdammten, verkorksten Geschichte ist, dass ich immer noch will, dass er zufrieden mit mir ist.«

Als wir eine Stunde später den Pub verlassen, staune ich, dass es inzwischen geregnet hat und die Luft nun schwer und feucht riecht. Neben dem Gehweg hat sich eine Pfütze gebildet, und ein vorbeifahrendes Auto spritzt Regenwasser über unsere Beine. Der Himmel ist schiefergrau, und die Scheinwerfer der Autos spiegeln sich auf dem feuchten Asphalt.

Das Gespräch mit Stella hat mich aufgewühlt und zwingt mich, über Dinge nachzudenken, über die ich nicht nachdenken will. Ich merke, wie ich Atemnot bekomme, und fühle Panik in mir aufsteigen. Ist es das, was mir mit Danny passiert ist? Indem ich die Wirklichkeit seiner Affäre mit Steffie beiseitegewischt und mich stattdessen auf das konzentriert habe, was das größere Verbrechen zu sein schien: meine Scheinschwangerschaft? Habe ich mir selbst die Schuld gegeben, genau wie Stella, und mich selbst aus den Augen verloren, weil ich so wild entschlossen war, ihn nicht zu verlieren?

Ein großer Laster mit Scheinwerfern wie helle, starrende Augen kommt aus der Ferne herangerauscht, und ich kann meinen Blick nicht von ihm lösen. Stella sagt etwas zu mir, aber ich höre sie nicht, weil mein Geist ganz von dem Scheinwerferlicht des LKWs ausgefüllt ist, das mich regelrecht anzusaugen scheint.

»Hannah?«

Stellas Stimme klingt wie aus einer anderen, Lichtjahre entfernten, Galaxie. Real sind nur die Scheinwerfer des Lastwagens. Er ist jetzt fast hier, und die Lichtkegel auf der Straße sind wie runde, strahlende Wolken, in denen ich mich verlieren will. *Geh zum Licht,* sage ich zu mir selbst. *Geh zum Licht.* Ich trete vom Gehsteig, als das erste der achtzehn Lastwagenräder in die Pfütze rechts neben uns fährt.

Das Quietschen der Bremsen hört sich an wie ein sterbendes Tier.

41

CORINNE

»Sind Sie sicher, dass es Ihnen jetzt gut geht? Ich wollte Sie nicht erschrecken. Ich war mir so sicher, dass Sie mitbekommen hatten, wie ich hinter Ihnen durchs Tor gekommen bin.«

Im richtigen Leben waren Steffie Garitsons Augen von einem tiefen, warmen Braun, doch von dunklen Ringen umgeben, als hätte sie eine ganze Weile nicht geschlafen. Da sie nicht von rotem Kugelschreiber durchgestrichen waren, musste Corinne sie einfach anstarren.

»Mir geht's gut. Es war idiotisch von mir, so rumzukreischen.«

»Ich muss sagen, dass das nicht die übliche Reaktion der Leute ist.« Steffie lächelte. Corinne wollte das Lächeln schon erwidern, hielt sich jedoch gerade noch zurück. Diese junge Frau, die nun hier in ihrem Flur stand, hatte das Leben ihrer Tochter praktisch zerstört.

»Ich bin nur erschrocken, Sie vor meiner Tür anzutreffen«, sagte sie und bemühte sich um einen sachlichen Tonfall. »Nach allem, was meine Familie Ihretwegen durchgemacht hat.«

Steffie runzelte die Stirn, wobei ihr Lächeln intakt blieb. »Sie meinen wegen Danny. Lassen Sie mich das erklären ...«

»Was denn erklären? Dass Sie eine Affäre mit dem Ehemann meiner Tochter hatten, sich von ihm haben schwängern lassen, dann vor ihrer gemeinsamen Wohnung aufgetaucht sind und sie damit verhöhnt haben, bis sie so verrückt war, dass sie glaubte, selbst schwanger zu sein, weil sie es einfach nicht mehr aushielt, dass das nicht stimmte?«

Ganz unvermittelt dachte Corinne nun auch noch an die seltsamen Dinge, die in der Klinik passiert waren. »Und was ist mit dem Plüschtier in Hannahs Zimmer? Dem Hasen ohne Ohren? Und mit dem Malbuch …?«

Mittlerweile war das Lächeln verschwunden. An seine Stelle war … Corinne kniff die Augen zusammen. War das etwa Angst? Steffie Garitson hatte Angst vor *ihr?*

»Ich hätte nicht kommen sollen. Sie haben ganz offenbar großen Kummer«, sagte Steffie und wandte sich so überstürzt zum Gehen, dass sie mit der Tasche, die sie über der Schulter trug, eine Vase mit Frühlingsblumen auf dem kleinen Regal neben der Tür umriss. »Mist. Das tut mir leid. Haben Sie etwas, womit ich das aufwischen kann?«

Mit dem Geschirrhandtuch, das Corinne ihr brachte, machte Steffie sich an der Lache zu schaffen, durch die noch immer offen stehende Eingangstür zog es.

»Danny hat behauptet, sie seien getrennt.« *Wisch, wisch, wisch.* »Er sagte, dass sie nur deshalb noch zusammenleben, weil sie so einen riesigen Kredit abzubezahlen hätten, dass sie aber getrennte Leben führten. Hannah wolle einfach nicht, dass ihr Vater etwas erfuhr, also hielten sie es geheim. Ich hätte mich nie mit ihm eingelassen, wenn ich gewusst hätte, dass sie noch zusammen sind, ganz zu schweigen davon, bei ihm vor der Tür zu stehen. Mir wird ganz schlecht, wenn ich daran denke, wie leichtgläubig ich gewesen bin.« *Wisch,*

wisch, wisch. »Wissen Sie, dass ich ihm sogar ein Geschenk gekauft habe, ein silbernes Armband, damit ich ihn mir in seinem Londoner Leben vorstellen konnte – wie er es trug und dabei an mich dachte?«

Corinne fiel das Armband ein, das Danny im Pub getragen hatte. Sie erinnerte sich, dass er es wie einen Glücksbringer berührt hatte, und sie war den Tränen nahe.

»Und das soll ich alles glauben?«, fragte sie und versuchte, stark zu bleiben.

»Glauben Sie, was Sie wollen.« Steffie warf das Handtuch auf das Regal und funkelte Corinne an. »Was den Rest angeht – Stofftiere und Malbücher? Haben Sie auch nur die leiseste Idee, wie verrückt Sie klingen?« Doch dann schien ihr aufzugehen, was sie da gesagt hatte. »Entschuldigung«, schob sie zerknirscht hinterher.

Corinne merkte, wie sie ins Schwanken geriet. Steffie war so überzeugend. Kein Wunder, dass sie so eine Verheerung hatte anrichten können.

»Warum sind Sie denn dann hier, wenn Sie Hannah nicht gequält haben? Warum sind Sie zu mir nach Hause gekommen? Wissen Sie, dass das als Belästigung durchgehen könnte?«

»Ach, aber dass Sie durchs halbe Land fahren und bei meinen Eltern vor der Tür stehen, ist natürlich total in Ordnung, nicht wahr?«

»Das ist was anderes. Ich wollte meine Tochter schützen. Und nachdem ich mich mit Ihrer Mutter unterhalten habe, ist mir klar geworden, dass ich absolut recht hatte zu glauben, dass sie geschützt werden muss.«

Steffie zuckte zusammen. »Deshalb bin ich hier. Meine Mutter hat mir erzählt, dass Sie bei ihnen waren. Ich halte kaum Kontakt zu meinen Eltern, aber meine Mutter hat mich angerufen, um mir von Ihrem Besuch zu erzählen. Es bereitete ihr diebische Freude, mich wissen zu lassen, dass sie sich lange unterhalten hätten.« Mit den Fingern malte Steffie Anführungszeichen in die Luft.

»Sie hat mich vor Ihnen gewarnt.« Corinne bemühte sich, weiterhin moralisch die Oberhand zu behalten. »Sie hat mir von all den schrecklichen Dingen erzählt, die Sie getan haben.«

»Meine Mutter ist eine Narzisstin, und es macht ihr Spaß, mir wehzutun.« Die Worte sprudelten in einem Schwall hervor, und für den Bruchteil einer Sekunde starrten die beiden Frauen sich an. Dann atmete Steffie tief durch und fuhr fort. »Hören Sie, ich kenne Sie nicht und bin Ihnen auch keine Erklärung schuldig, aber ich möchte, dass Sie das verstehen. Meine Kindheit war nicht glücklich. Bei meiner Geburt ertrug meine Mutter den Gedanken nicht, dass mein Vater jemanden außer ihr lieben könnte. Sie war eifersüchtig auf ihr eigenes Kind. Können Sie sich das vorstellen? Mein Vater hatte eine Affäre nach der anderen, weil er meine Mutter nicht ausstehen konnte, und sie hat das dann an uns ausgelassen. Wir hatten panische Angst vor ihr.«

»Aber Ihr Bruder ist mir bis zum Auto gefolgt, weil er mich vor Ihnen warnen wollte. ›Sie tut Menschen weh.‹ Das waren seine Worte.«

»Er hat wohl über sie gesprochen. Über unsere Mutter. Wissen Sie, dass er früher nachts seine Kommode vor die Tür geschoben hat, um sie am Reinkommen zu hindern?«

Um Corinne herum begann sich alles zu drehen. Konnte sie das denn so gründlich missverstanden haben?

»Mein Bruder und ich stehen uns wirklich nahe. Sie können sich gern meine SMS durchlesen.« Steffie wedelte Corinne mit dem Handy vor dem Gesicht herum. »Die meisten sind von ihm. Er ist der einzige Grund, warum ich sie überhaupt noch manchmal besuche. Es geht ihm nicht gut.«

Corinne musste an Jacob Garitsons wächsern-gelbliche Haut denken und daran, wie er sie angesehen hatte – wie vom Ende eines langen, dunklen Tunnels her.

»Er muss Medikamente nehmen. Lithium. Sobald er es nimmt, ist er ein ganz anderer Mensch, aber meine Mutter behauptet, es macht ihn zum Zombie.«

Corinne rief sich selbst zur Ordnung, um sich nicht einlullen zu lassen. Steffie Garitson war gefährlich. Und doch klangen ihre Worte stichhaltig, als wären sie mit dem Gewicht der Wahrheit ausgestattet.

»Was ist mit den Klingen im Kuchen?«

»Bitte?«

»Ihre Mutter hat mir erzählt, dass Sie das Catering für eine Dinnerparty einer Nachbarin übernommen hatte und Sie eine Klinge in einen der Apfelkuchen gesteckt hätten.«

»Eine Klinge? Im Ernst? Meinen Sie nicht, dass ich in diesem Fall einen langen Urlaub auf Kosten Ihrer Majestät irgendwo absitzen würde? Soll ich Ihnen verraten, was wirklich passiert ist? Mum hat das Catering übernommen, aber die Kundin hat ihre Vorspeisen kritisiert, sie behauptete, sie würden nach nichts schmecken. Also hat meine herzallerliebste Mutter fünf Abführpillen zerstoßen und sie unter den Teig eines der Kuchen gemischt. Dann hat sie eine Kerze draufgesteckt, um sicherzugehen, dass ihn auch wirklich das Geburtstagskind bekommen würde. Anscheinend hat das den Abend ruiniert, obwohl es niemandem sonst schlecht ging, sodass nichts bewiesen werden konnte. Haben Sie eigentlich das Foto bemerkt?«

»Welches Foto?« Um Corinne drehte sich noch immer alles.

»Das im Flur, auf dem unsere perfekte Familie abgebildet ist? Das Foto, das unsere liebe Mutter bis ins Letzte arrangiert und für das sie uns alle gezwungen hat, Weiß zu tragen, als wären wir direkt einer Waschmittelwerbung entsprungen?«

»Ja, das ist mir aufgefallen. Aber was …?«

»Ist Ihnen der Strich quer über meinen Hals aufgefallen?«

Corinne nickte langsam, als sie an den blasssilbernen Strich dachte, den sie zuerst irrtümlich für ein Kropfband gehalten hatte.

»Als ich ihr gesagt habe, dass ich zu Hause bleiben und lernen wolle, statt mit ihr einkaufen zu gehen, hat sie meinen Kopf mit einem Teppichmesser aus dem Foto geschnitten. Als ich dann runterkam, lag er auf dem Boden. Dad hat ihn später wieder eingeklebt.«

Corinne erinnerte sich daran, wie Patricia Garitson in ihrer sterilen Küche in Tunbridge Hills ihre Tochter als selbstsüchtig beschrieben hatte, und daran, wie sie ihr bei ihrem Treffen in London davon erzählt hatte, dass Jacob Angst vor seiner Schwester habe, und dann so gierig auf Corinnes schockiertes Gesicht gestarrt hatte, dass diese fürchtete, sie würde sie gleich mit Haut und Haaren verschlingen.

Von Steffie selbst ging nicht dieselbe Kälte aus, die sie bei all den anderen Garitsons verspürt hatte. Doch wenn sie akzeptierte, dass Steffie diese Sachen in der Klinik nicht getan hatte, blieb nur die Möglichkeit, dass Hannah sie sich ausgedacht hatte, ein weiterer Hinweis auf neuerliche Hirngespinste. Der Gedanke daran ließ sie innerlich gefrieren. Fieberhaft dachte sie über eine andere Erklärung nach, eine, mit der sie Steffie ein für alle Mal die Schuld zuweisen konnte.

»Sie sind hier gewesen!«, platzte es aus ihr heraus. Wie

hatte sie das nur vergessen können? »Sie haben geklingelt und sind dann weggerannt und haben eine Kindermütze vor der Tür liegen lassen.« Erleichterung durchströmte sie. Hannah hatte sich das alles nicht ausgedacht. Steffie hatte sie beide verhöhnt, indem sie Erinnerungsstücke an das Baby zurückgelassen hatte, das es niemals gegeben hatte. Wie unsagbar grausam.

Doch statt das zu bestreiten oder zu einem abstoßenden Häufchen Elend zusammenzuschnurren, das alles gestand, sah Steffie Corinne nur mit einem seltsamen Lächeln an.

»War sie rot?«, fragte sie dann.

»War was rot?«

»Vergessen Sie's. Warten Sie kurz.« Steffie ging durch die noch immer offen stehende Tür nach draußen.

»Moment mal. Sie können doch nicht einfach ...«

Das Gartentor quietschte beim Öffnen, und der elektronische Entriegelungsmechanismus eines Autos piepte. Als Corinne gerade überzeugt war, Steffie hätte sich aus dem Staub gemacht, hörte sie das unverkennbare Geräusch einer zuschlagenden Autotür, und wenig später stand Steffie dann wieder in ihrem Flur.

»Nach dieser Mütze haben wir überall gesucht«, erklärte sie. »Sie war ...«

Doch Corinne hörte den Rest des Satzes nicht mehr, denn all ihre Aufmerksamkeit wandte sich dem zu, was Steffie im Arm hielt. Es war in eine rote Wolldecke gehüllt, die zu der Mütze passte, die Corinne in ihre Küchenschublade gesteckt hatte, und streckte die winzigen Ärmchen aus, als wäre es gerade erst aufgewacht.

»Das ist Eleanor«, stellte Steffie sie vor.

Da fing das Baby an zu weinen.

42

HANNAH

»Ich hab einfach nicht nachgedacht, das ist alles. Ich war in meiner eigenen Welt und hab den Lastwagen nicht kommen sehen.«

»Wie kannst du den denn nicht gesehen haben?«, schimpft Stella. »Du lagst ja praktisch schon drunter.«

»Ich war irgendwie benommen.«

»Weil Sie betrunken waren.«

»Ich war nicht betrunken. Ich hatte zwei Bier.« Ich funkle Dr. Roberts über seinen Schreibtisch hinweg an und nehme ihm übel, dass er mich wie ein ungezogenes Schulkind behandelt. Allerdings fühle ich mich tatsächlich schuldig. Ich kann nicht erklären, dass ich den LKW zwar gesehen, ihn aber irgendwie trotzdem nicht wahrgenommen habe. Immer noch höre ich das Quietschen der Bremsen und das Geräusch splitternden Glases, als das Auto dahinter auf den LKW auffuhr, spüre immer noch das schmerzliche Zucken meines Herzens, als Stella mich an der Schulter nach hinten riss. Der LKW-Fahrer war stinksauer, aber es hätte viel schlimmer ausgehen können. Es war einfach Pech, dass Joni genau in diesem Moment vorbeikam und alles mit ansah, inklusive der Tatsache, dass wir gerade den Pub verlassen hatten. Und natürlich konnte sie es kaum abwarten, Bericht zu erstatten.

Dr. Roberts lehnt sich auf seinem Stuhl zurück, sodass er beinahe waagerecht liegt. Dabei wendet er seinen kalten Blick keine Sekunde von mir ab. Doch während ich vor einer Woche vielleicht noch weggeschaut hätte, grabe ich nun die Fingernägel in meinen Oberschenkel und halte seinem Blick stand, womit ich ihm die Macht über mich entziehe. Das hier ist der Mann, der Stella zu ihrem übergriffigen Stiefvater zurückgeschickt und sie dann noch nicht einmal wiedererkannt hat, als sie auf ihrer Suche nach Wertschätzung zurückkehrte. Nein, ich werde den Blickkontakt nicht als Erste abbrechen.

»Sie müssen sich einfach merken, Hannah, dass es mein Job ist, Ihre Sicherheit zu gewährleisten. Ich kann nicht empfehlen, dass Sie entlassen werden, bevor ich glaube, dass Sie keine Gefahr mehr für sich selbst darstellen.«

»Es war ein Unfall. Das habe ich Ihnen doch schon gesagt. Und außerdem können Sie gar nicht verhindern, dass ich gehe. Das ist einzig und allein meine Entscheidung.«

»Es sei denn, ich habe Grund zu der Annahme, dass Sie eine Gefahr für Ihre eigene Sicherheit oder die Sicherheit anderer darstellen. Denken Sie nur daran, wie es war, als Sie bei uns angekommen sind, Hannah. Dahin möchten wir natürlich nicht zurückkehren, aber wir könnten, wenn es sein müsste.«

Mein Mund fühlt sich ganz trocken an, als diese Drohung ihre ganze Wirkung entfaltet. Das war eine Zwangseinweisung. Zu meiner eigenen Sicherheit. Damals befand ich mich aber in einem so desolaten Zustand, dass mir gar nicht klar war, was das bedeutete. Jetzt wäre das etwas anderes. Er würde doch sicherlich irgendeine Zustimmung von meinen nächsten Angehörigen benötigen? Und Mum würde die nie erteilen, da bin ich sicher. Mir meine eigene Entscheidungsfähigkeit absprechen. Auch Danny würde das doch nicht tun. Ich denke daran zurück, wie Danny mir im Bistro gegenübersaß und mich nicht mal anschauen konnte. Wann hat er mich das letzte Mal im Arm gehalten, ohne dass ich ihn dazu animiert habe? Wann hat er mich das letzte Mal im Büro angerufen, ohne dass er irgendetwas Bestimmtes von mir wollte, sondern einfach nur, um meine Stimme zu hören? Wann habe ich ihn das letzte Mal angesehen und gedacht: »mein Danny …«? Mir ist nicht länger klar, was Danny in irgendeiner bestimmten Situation sagen oder tun würde. Langsam frage ich mich, ob er jemals wirklich »mein Danny« gewesen ist.

Laura ist im Kunstraum und unterhält sich mit Odelle, der ein orangefarbener Strich quer über das flaumige Gesicht läuft. Sie betrachten gemeinsam ein paar Lebensmittel – Marmelade, Margarine, eine Schachtel mit Kräutertee, eine Dose Bohnen, eine Tafel Schokolade –, die auf einem Tablett arrangiert worden sind. Laura tritt einen Schritt vor, um meine Hand zu ergreifen.

»Hannah«, sagt sie, »denk daran, dass ich immer für dich da bin. Tag und Nacht.«

»Es war keine Absicht«, erwidere ich und fühle mich wie in einer Zeitschleife, vielleicht werde ich mich den Rest meines Lebens über für den spontanen Impuls rechtfertigen müssen, der mich dazu gebracht hat, vom Bordstein zu treten.

»Du musst dich nicht entschuldigen. Und auch nichts erklären«, entgegnet Laura lächelnd.

So bleiben wir stehen, Hand in Hand. Es wirkt wie eine

Ewigkeit, obwohl es wahrscheinlich nur ein paar Sekunden dauert, bis Odelle sich spitz zu Wort meldet: »Laura, du hast doch gesagt, du hilfst mir bei meinem Stillleben.«

Laura zwinkert mir zu und lässt dann meine Hand los, die sich auf einmal ganz kalt anfühlt.

»Ich komm schon, mein Schatz«, ruft sie.

Auf dem Weg nach draußen werfe ich einen Blick auf Odelles Gemälde, auf dessen einen Hälfte das Tablett mit den Waren und auf der anderer eine Frau zu sehen ist, die Odelle sehr ähnlich sieht. Über dem Mund der Frau erkenne ich ein Muster aus dünnen schwarzen Linien, als hätte jemand ihre Lippen zusammengenäht.

Im Aufenthaltsraum sieht Joni mich an und schüttelt nur den Kopf. »Ich dachte schon, wir hätten dich für immer verloren«, sagt sie.

»Sorry, dass ich dich enttäuschen muss.«

»Du hättest mich fragen sollen«, zischt Judith mir über den Tisch hinweg zu. »Mir fallen eine ganze Menge besserer Möglichkeiten ein als so was.«

Ich hole meinen Laptop hervor und drehe ihn so, dass Joni den Bildschirm nicht sehen kann. Wenn sie also wissen will, was ich mache, muss sie aufstehen und ihren faulen Hintern hierher bewegen.

Fast hätte ich schon die Liste vergessen, die Charlie am Morgen ihres Todestags zusammengestellt hat, sowie den rätselhaften WK, nach dem sie damals suchte. Doch jetzt bin ich entschlossen, es wiedergutzumachen.

Ich tippe William Kingsley in die Suchmaschine ein und scrolle geduldig bis auf Seite fünf zu den Berichten der beiden Mütter, die angeklagt worden waren, weil sie angeblich ihre Kinder zu Tode geschüttelt hatten. Die vermeintlichen Beweise dafür hatten vor allem von dem Neurologen Dr. William Kingsley gestammt, und die Mütter wurden auf spektakuläre Weise von aller Schuld freigesprochen, als die Anschuldigungen sich als haltlos erwiesen. Am unteren Ende der nächsten Seite sehe ich den Link, den ich damals nicht aufrufen konnte, als Stella zur Unzeit aufgetaucht ist. Ich klicke auf die Überschrift »Ärzte, die Gott spielen« und warte, bis die Seite lädt.

Joni schielt die ganze Zeit zu mir herüber, und mir wird klar, dass man sie angewiesen hat, mich genau im Auge zu behalten. Meine Finger beginnen vor Wut zu kribbeln, denn das ist wirklich nicht notwendig. Ich habe einen Fehler gemacht (ich habe den LKW gesehen und ihn irgendwie auch nicht gesehen. Keine Ahnung, warum). Auf meinem Bildschirm dreht sich der nervtötende Kreis immer weiter. Das WLAN hier drin ist schwach. Sicherlich machen sie das absichtlich, um uns davon abzuhalten, zu lange im Internet zu surfen. Doch endlich erscheint ein Artikel auf meinem Computer, der von Zeitungsausschnitten über Fälle ergänzt wird, in denen Mediziner bezichtigt wurden, ihre Kompetenzen überschritten zu haben.

Es gibt da den Reproduktionsmediziner in einer Privatklinik, der alle männlichen Embryos aus den befruchteten Eizellen einer Mutter entfernt, die bereits fünf Söhne hat und sich nichts sehnlicher als eine Tochter wünscht. Dann sind da die Eltern eines Teenagers, der nach dem Sturz von einem Balkon weder gehen noch sprechen kann. Sie verklagen die Ärzte, die ihn um jeden Preis am Leben erhalten wollen. Aber ich lese die zugehörigen Geschichten nicht, denn mein Blick wird von einem Foto auf einem Zeitungsausschnitt unten links angezogen. In dem Artikel geht es um Dr. William Kingsley, dessen Zeugenaussagen dazu beigetragen haben, dass zwei Frauen ins Gefängnis mussten, weil sie angeblich ihre Kinder umgebracht hatten.

Und das Foto zeigt Oliver Roberts.

43

CORINNE

Während sie am Nachmittag nach ihrem Zusammentreffen mit Steffie Garitson an einer Ampel stand, die den Verkehr über die North Circular Road regulierte, rasten Corinnes Gedanken noch immer.

Es war lange her, dass sie ein Baby im Arm gehalten hatte. Sie hatte vergessen, wie winzig sie waren, was für lustige kleine Grunzlaute sie von sich gaben und wie sich ihr gesamtes Gesichtchen zerknautschte, wenn sie weinten. Eleanor hatte nach ihrem langen Nickerchen im Auto gewickelt und gefüttert werden müssen, und nachdem das dann geschehen war und Corinne Steffie Garitson dafür gescholten hatte, das Baby allein gelassen zu haben – auch wenn das Auto direkt vor der Tür geparkt gewesen war –, war Corinnes Ärger verpufft.

Erst später war ihr die Unangemessenheit der ganzen Situation bewusst geworden: Ihr Schwiegersohn hatte ein Kind mit einer anderen Frau und verheimlichte seiner Frau das. Was würde diese Neuigkeit bei Hannah auslösen?

Steffie hatte sich für ihren Überfall entschuldigt. Sie war davon ausgegangen, dass Corinne über Eleanor Bescheid wusste. Obwohl sie zugab, Danny gegenüber zunächst behauptet zu haben, dass sie das Baby verloren habe – denn ihr hatte zu schaffen gemacht, dass er noch verheiratet war –, war sie bei Eleanors Geburt vor nun beinahe einem Monat doch eingeknickt und hatte ihm die Wahrheit gesagt. Dennoch hatte sie ihm nicht erlaubt, sie zu besuchen, er hatte allerdings auch nicht darum gebeten. Für sich hatte sie beschlossen, nichts mehr mit dem Mann zu tun haben zu wollen, der sie so schamlos belogen hatte. Tatsächlich war es Corinnes unglückseliger Besuch in Tunbridge Wells gewesen, der Steffie veranlasst hatte zu kommen. »Ich wusste, dass meine Mutter Ihnen sehr schlimme Dinge über mich erzählen würde«, hatte Steffie ihr erklärt. »Ich wollte Sie einfach persönlich treffen, um das geradezurücken.«

Corinne hatte die dunklen Augenringe und die routinierte Art betrachtet, in der sie auf und ab ging und ihre schreiende Tochter dabei wiegte, als hätten sie diesen speziellen Tanz schon oft vorher aufgeführt, und die junge Frau tat ihr leid. Wie hätte es auch anders sein können?

Nachdem Steffie fort war, hatte Corinne versucht, Duncan anzurufen, war aber direkt auf seiner Mailbox gelandet. Der Gedanke, dass vielleicht Gigi ihren Namen auf dem Display aufleuchten sah und ihn anwies, nicht ranzugehen, ließ sie auflegen, ohne eine Nachricht zu hinterlassen.

Dann hatte sie es bei Megan über Facetime versucht, die gerade erst aufgestanden war und entsetzt zu sein schien, als Corinne Steffie erwähnte. Also musste sie ihr erklären, dass sie nach Tunbridge Wells gefahren war, woraufhin Megan das Gesicht verzog und Corinne dafür zusammenstauchte, sie im Unklaren darüber gelassen zu haben, was gerade los war.

Vielleicht konnte es nicht überraschen, dass Megan keinerlei Mitgefühl für Steffie übrig hatte, egal wie oft Corinne ihr deren Situation zu erklären versuchte. Den Großteil ihrer Vorwürfe sparte sie sich aber tatsächlich für ihren Schwager auf, und Corinne spürte langsam Panik in sich aufsteigen, als ihr klar wurde, wie schwer der Bruch zwischen ihren Töchtern zu kitten sein würde, wenn Hannah dann schließlich nach Hause kam.

Falls sie wieder nach Hause kam.

Wenig überraschend, hatte sie schlecht geschlafen, und als sie nun auf dem fast leeren Parkplatz von *The Meadows* eintraf, fühlte Corinne sich, als wäre ihr das Hirn ausgeschabt und durch Watte ersetzt worden.

Ihr Telefon klingelte, als sie gerade vor der Eingangstür stand, und sie ging ran. Zu spät fiel ihr auf, dass sie die angezeigte Nummer nicht kannte.

»Ja bitte?« Ihre Stimme sollte den Anrufer davon abhalten, mit ihr plaudern zu wollen. Sie fühlte bereits Zorn in sich aufwallen, der nach einem Ventil suchte. Wer auch immer mit ihr über ihr Konsumverhalten oder über den Unfall, den sie nie hatte, sprechen wollte, würde sich gleich ganz unverdient warm anziehen müssen.

Als sie dann mit etwas Verzögerung die Stimme am anderen Ende der Leitung erkannt hatte, war der Ton bereits angeschlagen.

»Offenbar erwische ich Sie zu einem ungünstigen Zeitpunkt«, sagte Paddy, als er am Ende einer ausschweifenden Frage zu einem Text angekommen war, bei dem er sich nicht entscheiden konnte, ob er ihn in seine Literaturliste aufnehmen sollte oder nicht.

»Ja, das ist wohl so.« Noch als sie es sagte, fiel ihr selbst auf, wie abweisend das klang. Sogar unhöflich.

»Dann will ich Sie nicht länger stören.«

Und bevor sie eine Chance hatte, sich zu erklären, hatte er auch schon aufgelegt.

Später konnte sie nicht anders, als sich zu fragen, ob es wirklich notwendig gewesen war, dass er sie anrief. Eine Mail hätte es doch auch getan. Ob er einen Vorwand gesucht hatte, mit ihr zu sprechen? Diesen Fehler würde er nun wohl kein zweites Mal begehen.

»Mrs. Harris?«, Bridget Ashworth, die Verwaltungschefin tauchte immer wie aus dem Nichts auf. Sie war am Eingang zum alten Gebäude stehen geblieben, spielte mit ihrem Schlüsselband und versperrte Corinne den Zugang zum Aufenthaltsraum.

»Dr. Roberts fragt, ob sie vielleicht kurz in sein Büro kommen könnten. Es wird nicht lange dauern.« Zwar lächelte sie, aber es war die Art geschäftsmäßiges Lächeln, die sowohl gute als auch schlechte Nachrichten bedeuten konnte.

»Ah, vielen Dank, dass Sie gekommen sind, Corinne.« Dr. Roberts stand auf und umrundete seinen Schreibtisch, um Corinne die Hand zu schütteln, was sofort ihr Misstrauen erregte.

»Ich komme gleich zum Punkt. Es tut mir leid, Ihnen mitteilen zu müssen, dass es bei Hannahs Genesung, nachdem sie bis vor Kurzem so große Fortschritte gemacht hatte, nun einen kleinen Rückschlag gegeben hat.«

»Einen Rückschlag?«

»Hannah war gestern mit Stella auf der Hauptstraße in einem Pub.«

Corinne atmete durch. In einem Pub? Damit konnte sie umgehen.

»Und als sie den Pub dann verließen, ist Hannah vom

Gehweg und direkt vor einen Lastwagen getreten. Machen Sie sich keine Sorgen, Corinne, Stella ist es gelungen, sie rechtzeitig wegzuziehen. Aber wie Sie sich sicher vorstellen können, beunruhigt uns das ein bisschen.«

»Sie denken doch nicht etwa, dass sie es absichtlich getan hat? Hannah würde niemals …«

Roberts hob die Hand. »Wir wollen keine voreiligen Schlüsse ziehen. Hannah versichert, es sei ein Unfall gewesen, und sie sei einfach nur kurz abgelenkt gewesen. Dennoch ist das etwas, was wir sehr gründlich beobachten müssen. Lassen Sie uns nicht vergessen, dass Hannah noch immer eine sehr verletzliche junge Frau ist. Wir wissen, dass ihr Charlie Chadwicks Tod nahegegangen ist. Nachahmerverhalten ist in solchen Fällen nichts Unerhörtes.«

Jetzt, da der Schock abebbte, bemerkte Corinne einen dumpfen Schmerz unter den Rippen.

»Leider bedeutet das, dass sie ein wenig länger als ursprünglich geplant bei uns bleiben muss«, fuhr Dr. Roberts fort.

»Aber sie glaubt, dass sie diese Woche noch entlassen wird.«

Roberts schüttelte den Kopf. »Das ist nicht zu empfehlen. Nicht, bevor wir nicht sichergestellt haben, dass sie keine Gefahr für sich selbst darstellt. Ich hoffe doch sehr, dass sie einwilligen wird, noch ein kleines bisschen länger hierzubleiben. Wenn das allerdings nicht der Fall sein sollte, bin ich von Gesetzes wegen dazu befugt, sie kurzzeitig zwangsweise hierzubehalten, nur bis wir sicher sind, dass sich der Vorfall nicht wiederholt.«

Corinne verließ Dr. Roberts' Büro mit dem inzwischen allzu vertrauten Gefühl, sich nicht mehr im Einklang mit dem Rest der Welt zu befinden.

»Mum! Wo bist du denn gewesen? Ich hab schon vor einer Ewigkeit dein Auto gesehen.«

Hannah musste wohl am Fenster im Aufenthaltsraum gesessen und nach ihr Ausschau gehalten haben. Sie war rot im Gesicht, als sie vom Sofa aufsprang, um Corinne zu begrüßen, als wäre es hier drin zu warm. Corinne war übel, wenn sie daran dachte, dass Hannah einfach so vom Gehsteig auf die Straße getreten war. Auf keinen Fall konnte sie ihr jetzt von dem Baby erzählen.

»Dr. Roberts wollte noch kurz mit mir sprechen. Über den Lastwagen. Was ist den passiert, Liebes? Geht es dir gut?«

Hannah machte ein abschätziges Geräusch, als wäre das alles nur eine Nebensächlichkeit, die es gar nicht verdiente, beachtet zu werden.

Stella saß am anderen Ende des Sofas und rief in Corinne widerstreitende Gefühle hervor. Laut Dr. Roberts hatte sie Hannah das Leben gerettet. Und doch gab es noch immer keine Erklärung dafür, warum sie hier war, mit neuem Gesicht und neuer Identität.

»Ich glaube, ich muss mich bei Ihnen bedanken«, sagte sie und stöhnte innerlich auf, als sie ihren eigenen gestelzten Tonfall hörte.

Stella machte nur eine wegwerfende Handbewegung.

»Ich muss mit dir sprechen, Mum. Es ist wirklich wichtig. Sollen wir spazieren gehen?« Bevor Corinne ihr noch antworten konnte, hatte Hannah sie schon am Arm gepackt und sie eilig in die Halle mit dem riesigen Kristalllüster gezogen.

»Aber es ist ganz schön kalt«, protestierte Corinne halbherzig. Hannah ging darüber hinweg, stieß die Eingangstür auf und nötigte ihre Mutter nach draußen. Zu Corinnes Verblüffung folgte Stella ihnen. Sie erwartete, dass Hannah

Stella gegenüber nun irgendeinen Vorwand vorbringen würde, etwa indem sie ihr sagte, dass sie sich unter vier Augen mit ihrer Mutter unterhalten wolle, doch ihre Tochter machte keinerlei Anstalten, Stella abzuschütteln.

»Ich muss auch etwas mit dir besprechen, Hannah, aber das spare ich mir für einen Zeitpunkt auf, wenn es dir wieder besser geht«, sagte sie, während sie über den gekiesten Weg um das Gebäude herum zur Bank für die Raucherinnen gingen.

Zu ihrer eigenen Überraschung sagte Hannah nichts zu diesem »besser«, tatsächlich schien sie ihr kaum zugehört zu haben. »Mum«, sagte sie, noch bevor sie sich überhaupt hingesetzt hatten. »Du darfst nicht auf Dr. Roberts hören. Er ist nicht der, der er zu sein vorgibt.« Hannah sah Corinne eindringlich an.

»Geht es um das, was wir *letztes Mal* besprochen haben?«, fragte sie mit einem diskreten Kopfnicken in Stellas Richtung.

»Nein. Es geht nicht um Westbridge House. Damit hat es nichts zu tun.«

Hannah hatte Stella also bereits auf Westbridge House und ihre alte Verbindung zu Dr. Roberts angesprochen. Worum ging es dann jetzt?

»Er hieß nicht immer Oliver Roberts«, Hannah verhedderte sich beinahe in ihren eigenen Worten, so eilig hatte sie es, mit ihnen herauszurücken. »Früher hieß er William Kingsley. William *Robert* Kingsley. Er war Neurologe und hat zwei Frauen offiziell beschuldigt, ihre Babys zu Tode geschüttelt zu haben. Vor allem aufgrund seiner Aussage sind beide ins Gefängnis gewandert, Mitte der Neunziger allerdings wieder freigelassen worden, als sich herausstellte, dass die Babys sehr wahrscheinlich an Problemen gestorben sind, die von Krankheiten oder Infektionen herrührten.«

Corinne hatte Mühe, Schritt zu halten. »Willst du damit sagen, dass er seine Zulassung verloren und dann seinen Namen geändert hat, um weiter praktizieren zu können? Das ist doch sicher illegal?«

Stella hatte sich auf die Bank gesetzt und die Arme um die Knie geschlungen und fing jetzt an zu kichern. »Ich finde es immer so lustig, wenn Leute ›praktizieren‹ sagen.«

»Ihm wurde nicht die Lizenz entzogen, Mum«, entgegnete Hannah ungeduldig, »er ist dadurch nur in Verruf geraten. Er muss es wohl für einfacher gehalten haben, unter einem anderen Namen und in einem anderen Fachgebiet neu zu beginnen, in dem keine Zweifel an seiner Befähigung bestanden. Du weißt doch, wie ehrgeizig er ist. Das hat ihn wahrscheinlich auch veranlasst, freiwillig in diesen Fällen eine Expertise abzugeben. Er wollte sich so schnell wie möglich einen Namen machen.«

Das konnte Corinne sich vorstellen. Der junge Roberts. Gut aussehend und charismatisch und voller Ungeduld, sich zu beweisen. Er wollte als Sachverständiger auf einem höchst kontroversen Gebiet bekannt werden, das die Schlagzeilen dominierte. Es wäre eine ausgezeichnete Abkürzung auf dem Weg zu Ruhm und Ehre gewesen.«

»Ach, diese armen Frauen! Kannst du dir das vorstellen – dein Kind zu verlieren und dann beschuldigt zu werden, es getötet zu haben?« Sobald Corinne das herausgerutscht war, hätte sie es gern wieder ungesagt gemacht. »Denkst du, die anderen Patientinnen sollten über seinen Hintergrund Bescheid wissen?«, fragte sie schnell. »Ich dachte, volle Transparenz wäre heutzutage eine der tragenden Säulen des öffentlichen Lebens.«

Hannah steckte sich einen Finger in den Mund und saugte am Nagel. Es war eine Geste, die sie sich seit ihrer Ankunft in *The Meadows* neu angewöhnt hatte, und sie veranlasste Corinne dazu, sich anzuspannen. Sie musste daran denken, dass Roberts Hannah als »verletzlich« bezeichnet hatte, und sie verspürte den Drang, ihrer Tochter den Finger aus dem Mund zu schlagen, um sie zu zwingen, wieder zur alten Hannah zu werden.

»Keine Ahnung«, erwiderte Hannah langsam. »Wenn irgendetwas in Roberts' Vergangenheit faul ist, besteht die Möglichkeit, dass die Familien das Vertrauen verlieren. Odelles oder Frannies Eltern zum Beispiel werden sie dann sicherlich hier rausholen.«

»Aber das ist doch etwas Gutes, oder?«, beharrte Corinne. »Du hast selbst immer gesagt, dass etwas mit Charlies und Sofias Tod nicht stimmt. Jetzt haben wir die Chance, alle zu warnen und herauszufinden, was genau passiert ist. Es ist ja nicht so, als hätte Roberts eine komplett weiße Weste, seit er sich der Psychiatrie zugewandt hat. Überleg nur, was er mit Stella gemacht hat.« Es war das erste Mal, dass sie direkt die Tatsache ansprach, dass sie über Stellas weit zurückreichende Verbindung zu Dr. Roberts Bescheid wusste, und für einen Moment fürchtete sie, vielleicht zu weit gegangen zu sein. Aber Stella sah sie nur aus ihren großen blauen Augen an und sagte nichts.

»Ich weiß nicht, Mum. Ich bin hin- und hergerissen«, entgegnete Hannah. »Einerseits will ich natürlich, dass alle wissen, was für ein Mensch Roberts wirklich ist – wie ehrgeizig und selbstverliebt. Aber nicht bevor ich weiß, was mit den Patienten und den Angestellten hier passieren wird, wenn er seinen Hut nehmen muss. Leute wie Frannie oder Odelle sind hier heimisch geworden. Alle kennen ihre Geschichte. Wenn die Klinik schließen muss, wird sie das mit voller Wucht treffen. Und was ist mit Dr. Chakraborty und Darren und Laura? Ich möchte wirklich nicht, dass sie alle meinetwegen ihren Job verlieren.«

»Du schlägst jetzt aber nicht ernsthaft vor, dass wir nichts unternehmen sollen?«

»Ich will das nur noch ein bisschen rauszögern, bis wir einschätzen können, was es für alle bedeutet. Ich meine, keiner von uns hier drin droht im Augenblick irgendeine Gefahr von ihm. Und die Klinik macht ja eine gute Arbeit. Das hast du selbst gesagt. Darum hast du sie ausgesucht.«

»Ja, aber …« Corinne hielt mitten im Satz inne, um nicht zu fragen, was sie eigentlich fragen wollte, nämlich wohin diese gute Arbeit in Bezug auf Hannah geführt hatte. Warum ihre Tochter, der es doch schon so viel besser zu gehen schien, vor einen Laster gelaufen war. Wo war denn die schnelle Hilfe, die sie hier zu finden geglaubt hatte? »Ich mach mir Sorgen um dich«, sagte sie stattdessen. »Ich will, dass du in Sicherheit bist, und ich weiß nicht, ob das hier drin der Fall ist.« Sie rang mit sich, ob sie Hannah von Roberts' Entschluss berichten sollte, sie auch gegen ihren Willen hierzubehalten, doch gerade als sie dazu ansetzte, flog die Hintertür zur Klinik auf.

»Da seid ihr ja! Ich hab schon überall nach euch gesucht. Was um alles in der Welt macht ihr denn hier draußen in der Kälte?« Laura trug einen weiß-blau gestreiften Pulli und hüpfte von einem Fuß auf den anderen, ihre schwarzen Haare standen in alle Richtungen ab. »Hallo, Hannahs Mum«, flötete sie, bevor sie hinzufügte: »Hannah, wie wär's, wenn wir jetzt für deine Sitzung reingehen, hm? Hier draußen friert man sich ja alles ab.«

Corinne dachte über all das nach, was sie Hannah noch immer nicht erzählt hatte – über Steffie und das Baby und über die Geheimnisse und Lügen, mit denen der Ehemann ihrer Tochter sein Leben überzogen hatte. »Aber Hannah, Liebes, ich hatte gehofft, wir könnten uns noch ein bisschen unterhalten.«

»Später, Mum. Ich ruf dich nachher vom Festnetz aus an, ja?«

Nachdem sie fort waren, blickten Corinne und Stella einander an. Stella hatte zwei rosa Flecken auf den Wangen, ganz wie eine dieser altmodischen Puppen.

»Ich nehme an, Sie werden Hannah dazu überreden, von hier wegzugehen?«, fragte sie. »Die Menschen, die ich liebe, scheinen sich immer aus dem Staub zu machen.«

»Sie müssen auch hier weg, Stella.«

Corinne wartete auf die unvermeidliche Entgegnung – »Wo soll ich denn hin?« – und fragte sich, was sie darauf antworten konnte. Daher war sie verblüfft, als Stella ihre künstlich blauen Augen auf sie richtete und ihr eine ganz andere Frage stellte: »Aber wer würde ich denn dann sein?«

44

HANNAH

»Kleiner. Fester. Zieht Arme und Köpfe ein.«

Wir kauern auf Matten im Tanzstudio und versuchen, uns verschwinden zu lassen.

»Und jetzt fangt langsam, ganz langsam, an zu wachsen«, sagt Grace. »Zuerst die Fingerspitzen, dann Handgelenke und Ellenbogen, Zehen, Fußsohlen. Spürt, wie ihr euch ausdehnt. Streckt eure Arme, die Beine, lockert jeden einzelnen Wirbel nacheinander, macht euren Hals ganz lang, wie den einer Giraffe. Streckt auch euren Kopf, als würde jemand von oben mit einem Faden daran ziehen. Fühlt, wie groß ihr seid. Werdet noch größer, nehmt noch mehr Raum ein. Atmet einmal tief durch und sprecht mir dann nach: »Ich bin viele.«

»Ich bin viele«, murmeln wir alle mit ausgestreckten Armen und gerecktem Nacken.

Ich fühle mich leichter. Seit Mums gestrigem Besuch, als ich ihr von William Kingsley erzählt habe, bin ich zu aufgewühlt gewesen, um mich zu entspannen. Danach in meiner Sitzung mit Laura sollte ich mir vorstellen, dass ich im Herbst an einem Flussufer sitze und eine sanfte Brise durch die Baumwipfel fährt und die farbigen Blätter herabsegeln lässt. »Heb eins auf«, forderte sie mich auf. »Wie fühlt es sich an? Reib es gegen deine Wange. Merkst du, wie kalt und feucht es auf deiner Haut ist? Jetzt leg es vorsichtig in den Fluss und sieh ihm dabei zu, wie es davontreibt. Nimm dir noch eins und leg auch das ins Wasser. Und noch eins. Und jetzt stell dir vor, dass jedes dieser Blätter einen negativen Gedanken oder eine schlechte Erinnerung mit sich trägt. Schau dabei zu, wie sie forttreiben.« Obwohl ich mich auf das zu konzentrieren versuchte, was sie sagte, obwohl ich versuchte, Oliver Roberts auf ein Blatt zu legen und ihn darauf wegtreiben zu sehen, wurde ich die Furcht nicht los.

Aber heute, als ich so auf meiner Matte stehe und jede Faser strecke, um den Vielen in mir Raum zu schaffen, überkommt mich Entspannung. Normalerweise mache ich einen großen Bogen um solche Sachen. Megan ist mal von einer esoterisch angehauchten Freundin zu einem Atemworkshop geschleift worden, und wir haben uns darüber tagelang kaputtgelacht. *Ich kann jetzt so viel besser atmen als du,* zog sie mich auf. *Ich bin jetzt ausgebildete Atmerin.* Aber ich möchte, dass es mir besser geht. Ich möchte weg von hier. Wenn Danny heute Abend herkommt, sage ich ihm, dass ich heimgehe. Ich bin so weit. Und wenn ihm das nicht gefällt, kann ich auch nichts machen. Ich weiß, dass er verletzt ist, und das tut mir aufrichtig leid. Aber ich glaube nicht, dass seine Verletzung so tief reicht wie meine.

Ich weiß, dass Stella nach der Stunde auf mich warten wird, aber ich möchte allein sein. Ich möchte, dass dieses Wohlgefühl noch ein bisschen länger andauert. Es hat nichts damit zu tun, dass ich mich in Stellas Gegenwart unwohl fühle. Aber sie macht mich traurig. Ich sehe nicht, wie sie wieder heil werden kann.

Also sage ich, ich müsse aufs Klo, und schlüpfe dann hinaus

in den Rosengarten, um das alte Gebäude herum und dann am Empfang vorbei wieder nach drinnen. Mein Ziel ist der Achtsamkeitsbereich und das Allerheiligste des eierförmigen Stuhls, doch durch das Fenster in der Tür, die den Empfangsbereich vom Rest des Gebäudes trennt, erkenne ich, dass der Weg von Justin und Drew versperrt ist, die sich mit Dr. Chakraborty unterhalten. Justin hat mir den Rücken zugewandt und bemerkt mich daher nicht, doch ihm gegenüber steht Drew, hebt den Kopf von seinem Sucher und starrt mich durch die Scheibe hindurch an. Er trägt einen roten Pullover, der seine Haut blass und gräulich erscheinen lässt. Aus der Entfernung wirken seine Augen wie zwei tiefe schwarze Löcher, und ich erstarre. Normalerweise ist Drews Gesichtsausdruck vollkommen unbeteiligt, doch nun verzieht er den Mund zu einer Miene, die ich nicht deuten kann, die mir jedoch eine Gänsehaut über den Rücken jagt, also mache ich kehrt und beeile mich, wieder nach draußen zu kommen.

Es ist hier jetzt angenehm, da der Regen aufgehört hat, und in der Luft liegt eine Frische, die ich gierig einsauge.

Da ich mir bewusst bin, dass die anderen gleich aus dem Tanzstudio kommen werden, gehe ich in die entgegengesetzte Richtung über den knirschenden Parkplatz. Es gibt einen Pfad vom Parkplatz weg, der von Büschen gesäumt ist. Durch sie hindurch kann ich einen Blick auf den Rasen auf der einen und die Blumenrabatten auf der anderen Seite erhaschen. Der Weg führt zum Gemüsebeet, wo uns Ines, die Gartentherapeutin mit dem Silberblick und dem alten Jack Russell Terrier, der mich immer an Mums gute alte Madge erinnert, zweimal wöchentlich zeigt, wie man Mulch macht und Blätter auf Krankheiten hin untersucht.

Vom Gärtnern habe ich nicht viel Ahnung, aber sich die

Hände schmutzig zu machen und dabei zuzusehen, wie etwas aus dem nackten Boden wächst, hat etwas Therapeutisches.

Ich betrete den Geräteschuppen. Es ist ein kleiner Schuppen, ungefähr zwei auf drei Meter, und er ist vollgestopft mit Rechen und Besen und Schnur und Spaten und Dingen, bei denen ich keinen Schimmer habe, wozu sie dienen. Ich suche mir eine kleine Schaufel und ein Paar abgenutzte grüne Handschuhe aus, die zu groß für mich sind. Irgendwer hat einen leeren Sack vor der Tür liegen lassen, den ich mir auf dem Weg nach draußen schnappe, um so die Knie meiner Jeans zu schonen.

Die meisten Unkräuter lassen sich leicht jäten, als wären sie gar nicht richtig festgewachsen, sondern hätten sich nur die Zeit vertrieben. Manche sind aber tief verwurzelt, und ich muss mit der Schaufel tief in die Erde eindringen, um sie zu lockern. Bei der Arbeit denke ich an Danny. Zwar habe ich ihn seit dem ersten Moment geliebt, in dem ich ihn gesehen habe, aber kann ich – Hand aufs Herz – wirklich behaupten, dass ich glücklich mit ihm war? Sicher, wir hatten glückliche Momente. Perfekte Tage, sogar perfekte Wochen in einem Strandbungalow in Thailand oder in einer Stadt, die keiner von uns kannte und deren verborgene Schätze wir in den versteckten Bars fanden, in denen wir die ganze Nacht hindurch unbekannte Getränke mit Fremden probierten, die schon zu Freunden wurden, bevor das erste Glas ausgetrunken war.

»Das fehlte auch noch, dass du nicht mal im Urlaub glücklich sein kannst«, sagte Becks einmal, als ich zu Anfang unserer Beziehung aus den Ferien zurückkam und vor Zufriedenheit strahlte. »Was zählt, ist, wie du dich im Alltag fühlst, wenn ihr darüber streitet, wer den Biomüll hätte rausbringen müssen.«

Damit hatte sie recht. Als das Gezänk nach der Fehlgeburt

und der künstlichen Befruchtung losging, haben wir nie angesprochen, was uns eigentlich beschäftigte. Wir begannen beide, immer mehr vor dem anderen zu verstecken.

Wie sonst war *sie* zu erklären?

Steffie.

Beim Gedanken an sie haue ich mit dem scharfen Ende meiner Schaufel in die Erde, als wollte ich nach Öl bohren.

Sie muss sich an ihn rangemacht haben. Das rede ich mir jedenfalls immer ein. Doch Frauen wie Steffie tun nichts, wenn sie sich nicht sicher sind, dass sie Erfolg damit haben können.

Was erwartest du? Du hast ihn angelogen. Die anklagende Stimme in meinem Kopf lässt nie lange auf sich warten. Doch diesmal meldet sich eine noch unvertraute Stimme zu Wort.

Er hat dich zuerst angelogen.

Unvermittelt setze ich mich auf und wäge diese neue Stimme und diese neue Wahrheit ab.

Er hat dich zuerst angelogen.

Drei kleine Worte, die alles ändern. Während ich so dasitze und überlege, was das zu bedeuten hat, spüre ich plötzlich ein unangenehmes Prickeln auf dem Rücken. Hier im Garten ist es nicht sehr warm, und ich habe keine Jacke an, aber es fühlt sich anders an als ein Kälteschauer.

Es fühlt sich an, als würde ich beobachtet.

Schnell drehe ich mich um und mustere die Blumenrabatten, dann den Parkplatz und lasse den Blick zurück zum Klinikeingang schweifen.

Nichts.

Ich widme mich wieder meiner Graberei, doch das Gefühl, beobachtet zu werden, verfliegt nicht.

Einmal mehr drehe ich mich um, und diesmal bemerke ich eine Bewegung hinter den Büschen, die den Pfad säumen.

Etwas Rotes.

Ich rapple mich hoch, und das Blut rauscht mir in den Ohren. Ich weiß nicht, warum ich Angst vor Drew habe, aber es ist so. Irgendetwas hat der Kameramann an sich, wie er um unsere Leben in der Klinik herumstreicht und Gott weiß was aufzeichnet … Es erzeugt in mir ein Gefühl, als hätte sich etwas Klammes in meiner Seele eingenistet und würde sich von da aus langsam ausbreiten.

Immer noch ist er von den Büschen verdeckt, und ich haste zum schützenden Schuppen. Dahinter verstecke ich mich und warte, bis er den Gemüsegarten betritt, bevor ich über den Weg und dann quer über den Rasen sprinte. Das nasse Gras durchtränkt meine Chucks, und ich verfluche die fehlenden Schnürsenkel, die Rennen fast unmöglich machen. Der Atem reißt sich in schmerzhaften Fetzen aus meiner Lunge. Wenn ich hier wieder raus bin, werde ich mich fitter halten. Ich werde zu joggen anfangen. Ins Fitnessstudio gehen. Ganz bestimmt.

Ich sehe mich um und bemerke, dass Drew mich gesehen hat und mir nachläuft. Noch immer habe ich Angst, aber es ist mir auch peinlich. Er muss begriffen haben, dass ich ihm ausweiche. Als ich an der Klinik ankomme, fällt mir ein, dass der Vordereingang von innen verriegelt sein wird, also ändere ich die Richtung und überquere noch einmal den Parkplatz Richtung Hintereingang. Joni sitzt an der Rezeption. »Drew hat nach dir gesucht«, sagt sie und zieht die Augenbrauen hoch, als sie den Zustand meiner Schuhe bemerkt.

Als ich drin bin, überlege ich, ob ich in mein Zimmer gehen soll, doch dann stelle ich mir vor, wie er mir dorthin folgt, und entscheide mich, an den Platz zu gehen, wo ich mich am sichersten fühle.

Der Kunstraum ist leer bis auf die Reihe von Tonbüsten, an denen wir gearbeitet haben. Sie sollen uns selbst darstellen, und Stella hat die Nase an ihrer so oft verändert, dass sie gestern ganz abgefallen ist, worüber wir sehr lachen mussten. Heute jedoch scheinen mich die Büsten hartnäckig zu fixieren, als ich zu Lauras kleinem Büro an der Rückseite des Raumes gehe. Die Tür ist zu, doch ich habe den sicheren Eindruck, dass sie da drin ist. Ich fühle praktisch schon die Wärme des Heizlüfters, meine Finger schließen sich um den Teebecher, den sie mir einschenken wird, und ich höre mich schon kichern, wenn ich sie darum bitte, mich vor Drew zu verstecken.

Aber bevor ich die Tür noch ganz geöffnet habe, erkenne ich, dass sie nicht da ist. Es riecht nicht nach Jasmin, keine Wärme dringt aus dem Zimmer. Ich trete ein und schließe die Tür hinter mir.

»Hannah?«

Die Stimme scheint nur wenige Meter entfernt zu sein, wahrscheinlich kommt sie von der Tür zum Kunstraum her. Ich glaube, ich habe Drew noch nie sprechen hören, und seine hohe, biegsame Stimme ist wie ein Schock für mich, genau wie die Tatsache, dass er meinen Namen kennt. Ich halte die Luft an, als könnte er mich durch die Holztür zu Lauras Büro hindurch atmen hören.

Dreißig Sekunden oder noch länger verharre ich so, keine Bewegung, kein Atemzug. Als von draußen kein Geräusch mehr hereindringt, gestatte ich mir auszuatmen.

In diesem Moment dreht sich der Türknauf.

Bevor ich noch reagieren kann, wird die Tür aufgerissen, und das Licht flutet von draußen herein.

Ich schließe die Augen.

45

LAURA

»Ich freue mich, dass Hannah mich ihr helfen lässt. In ihr hat sich so viel Freudlosigkeit angesammelt, es ist wie ein Tumor. Weißt du, wie wenn man von Krebspatienten hört, die aufgeschnitten werden und in denen man dann einen Tumor von der Größe einer Grapefruit oder eines Fußballs oder eines Kleinkinds findet? Arme Hannah! Manche Menschen sind einfach zu sensibel für diese Welt.«

Ihre Mutter stöhnte und rutschte zur Seite, und Laura lehnte sich nach vorn übers Bett, um sie sanft wieder aufzurichten. Sie war froh, dass sie sich die Zeit für diesen raschen Morgenbesuch genommen hatte. In fünfundzwanzig Minuten musste sie bei Annabel sein, um eins dann in *The Meadows,* doch selbst das kürzeste Plaudern heiterte das öde Leben ihrer Mutter auf.

»Schon gut, Mummy. Ich weiß, dass du nicht gern an die ganzen unglücklichen Frauen denkst. Aber ich kümmere mich jetzt ja um sie. Mach dir keine Sorgen, gestern, als sie mein Büro verließ, wirkte sie schon so viel leichter. Ich lasse sie nicht allein. Darüber musst du dir keine Gedanken machen. Ich werde sie sicher nicht *ihm* überlassen.«

Draußen im Wohnzimmer aß Katya eine Mikrowellenlasagne direkt aus dem Plastikbehälter. Ihre Füße steckten wie immer in den Häschenpantoffeln und lagen auf dem ledernen Schemel. Wie immer plärrte der Fernseher auf voller Lautstärke.

»Ist Inspector Barnaby. Geht um Dorf, wo alle Leute sterben. Ich würde nicht gern in dieses Dorf leben.«

»Meine Mutter erscheint mir heute aufgeregter als sonst, Katya. Ist dir irgendwas aufgefallen?«

Katya schüttelte den Kopf, ohne den Blick vom Bildschirm zu lösen. »Ist wie immer. Amtsschwester ist gestern gekommen. Sagt, Ihre Mutter hat roten Hintern. Ich habe erklärt, Ihre Mutter hat roten Hintern, weil sie Kacke hat wie gelbe Soße und unmöglich ist, ganze Zeit Windel zu wechseln.«

Katya hatte ein rundes, teigiges Gesicht, das von strähnigem braunen Haar eingerahmt war, und eine wulstige Unterlippe, die vorstand, wenn sie sich wie jetzt aufregte oder angegriffen fühlte.

»Ich bin nur eine Person, sage ich ihr. Ich habe nur zwei Hände.« Demonstrativ hielt Katya ihre fleischigen Hände hoch.

Als sie später durch das schmuddelige Hinterland von North London zur Klinik fuhr, grübelte Laura über ihre Mutter nach. Sie hatte getan, was man tun sollte, hatte Fotos in der Wohnung verteilt, die ihre Mutter in ihren prächtigen Jugendtagen zeigten, mit dem glänzenden schwarzen Haar, das sich um ihre Schultern lockte, und dem breiten Lächeln mit der Zahnlücke. Dann gab es noch eins mit Laura als Baby. Sie hielt sie hoch über ihren Kopf und lachte in ihren mit Farbe befleckten Shorts. Die Haare hatte sie mit einem Tuch zurückgebunden, und die bloßen Füße standen fest und stark auf der Erde. Es sollte das Pflegepersonal daran erinnern, dass sie es mit einem Menschen zu tun hatten, der ein Leben gelebt und gelacht und geliebt und das eigene Baby in den wolkenlosen blauen Himmel gehalten hatte. Es gab nicht nur diese bettlägerige Kreatur.

Manchmal fragte sie sich jedoch, ob Katya und Femi, die dreimal die Woche die Nachtschicht übernahm, jemals wirklich geglaubt hatten, dass ihre Mutter ein menschliches Wesen wie sie selbst war. Denn dann müssten sie fürchten, dass das, was ihr zugestoßen war, auch ihnen zustoßen konnte, dass auch sie am Ende in einer Windel voller gelber suppiger Kacke säßen. Und diese Aussicht war zu furchterregend, um sie zuzulassen.

Normalerweise waren die Straßen um Annabels Haus um diese Zeit relativ verkehrsarm, doch Laura bemerkte, dass sich vor ihr ein Stau gebildet hatte. Als sie näherkam, wurde ihr klar, dass sie offenbar knapp einen Unfall verpasst hatte. Ein übel zugerichtetes Fahrrad lag auf dem Asphalt, eins der Räder war vollkommen verbogen, und ein weißer Kastenwagen parkte mit offener Vordertür auf der gegenüberliegenden Straßenseite. Laura stellte den Motor ab und stieg eilig aus dem Auto. Zwei Männer lehnten an der Rückseite des Kastenwagens, und als Laura sich näherte, hörte sie, wie einer von ihnen ständig wiederholte: »Ich hab ihn nicht gesehen, ich hab ihn einfach nicht gesehen.« Wieder und wieder.

Ein wenig weiter die Straße hinunter sah sie einen kleinen Pulk aus Leuten, die sich um eine runde Form auf der Erde versammelt hatten, und sie keuchte auf, als ihr klar wurde, dass es sich dabei um einen etwa sechzehnjährigen jungen Mann mit einem ungewöhnlich hübschen Gesicht handelte – auf der einen Seite. Die andere Seite war zertrümmert, der Schädel wölbte sich dort einwärts. Jemand hatte ihn mit einer Jacke zugedeckt, und Laura staunte, als sie sah, dass sie sich hob und senkte. Er lebte! Und sie standen alle nur um ihn herum und gafften.

Sie warf sich neben ihm auf die Knie und ergriff seine Hand.

»Alles in Ordnung«, versicherte sie ihm. »Du kommst wieder in Ordnung.« Sofort sah sie, dass mit ihm gar nichts in Ordnung war. Ohne Rücksicht auf ihre Kleidung oder die Zuschauer, die schockiert die Hände vor den Mund schlugen, bettete sie seinen zerquetschten Schädel in ihren Schoß. »Sie sollten ihn nicht bewegen«, sagte irgendwer, doch das ignorierte sie. Er war irgendjemandes Sohn, irgendjemandes Baby. Wenigstens würde seine Mutter wissen, dass er gestorben war, während er Liebe und Geborgenheit erfahren und keine Furcht verspürt hatte.

»Ruh dich jetzt aus, mein Liebling«, raunte sie ihm mit leiser, ruhiger Stimme zu. »Du musst keine Angst haben. Alles ist friedlich. Alles ist Liebe. Du gehst jetzt ins Licht. Du gehst auf die Liebe zu.«

Es war genau wie Hypnose. Man musste Schlüsselsätze und -worte wiederholen. Im Grunde ging es nur um die Stimme. Man musste seine Stimme zu einem warmen Bad machen, in das sie gern eintauchten.

Das schien zu funktionieren. Der junge Mann atmete ruhiger, und die Gesichtshälfte, die noch zu einem Ausdruck fähig war, wirkte auch entspannter.

Sie beugte sich tiefer über ihn, sodass sie in ihre eigene Welt eingeschlossen waren und er weder die Gaffer sehen musste, die so wenig getan hatten, um ihm zu helfen, noch den grau verhangenen Himmel über ihnen. Von irgendwoher drang eine Sirene zu ihr heran, doch Laura sperrte sie aus und schenkte ihre gesamte Aufmerksamkeit dem zerstörten Jungen in ihrem Schoß.

»Du fühlst dich ganz friedlich«, erklärte sie ihm. »Es ist der wunderbarste, glückseligste Frieden, den du je erlebt hast. Du bist ruhig und voller Liebe und hast überhaupt keine Angst, während du auf das Licht zugehst, während du auf das …«

»Miss!«

Die Stimme des Mannes war nur wenige Zentimeter von ihrem Ohr entfernt, und auf einmal waren sie von Menschen umgeben, und grobe Hände versuchten, sie wegzuzerren.

»Um Gottes willen, was treiben Sie denn da?«

Der Polizist, der sie auf die Füße zog, war mittleren Alters und vor Ärger ganz rot im Gesicht.

»Ich habe ihn getröstet.«

»Sie haben ihn *erstickt*!«

Doch als Laura eine halbe Stunde später wieder ins Auto stieg, um den Rest des Weges zur Arbeit zurückzulegen, nachdem sie ihre Personalien hinterlassen und eine Zeugenaussage gemacht hatte, fühlte sie sich von einem warmen, zufriedenen Glühen umgeben. Die Polizei und die Sanitäter hatten doch keine Ahnung. Sie hatten das Leiden auf dem Gesicht des Jungen nicht gesehen.

Sie war diejenige gewesen, die entschlossen Hilfe geleistet hatte.

Und sie würde es jederzeit wieder tun.

46

CORINNE

In ihrem Büro in der Uni blickte Corinne durchs Fenster auf den Mann in der Wohnung gegenüber. Er schien zu tanzen. Einen Arm streckte er nach vorn aus, das Bein nach hinten. Sein nackter Fuß war gerade noch zu sehen und zuckte wie ein Schwanz.

Er streckte beide Arme nach oben, beugte sich dann vor und verschwand aus ihrem Blickfeld. Kein Tanz. Training. Unversehens spürte sie eine Woge der Zärtlichkeit für ihn. Dieser Mann mittleren Alters machte das Beste aus dem, was er hatte.

Vor ihr auf dem Schreibtisch lag ein dicker Band mit dem Titel *Unpopuläre Kultur: Die Politik der Kreativität in einer feindlichen Gesellschaft.* Es war die neueste Veröffentlichung eines Gastprofessors aus Berkeley, den sie zu einem Vortrag eingeladen hatte.

Entschlossen schlug sie es auf und begann zu lesen. *Ästhetische Bestätigung, Urbane Ethnizität.* Die Begriffe tanzten vor ihren Augen und verbanden sich zu einer einzigen unverständlichen Zeile. Sie blätterte zum Ende des Buches. 763 Seiten.

Dank eines hartnäckigen Angstgefühls, das dadurch noch

schlimmer wurde, dass sie den Grund dafür nicht ausmachen konnte, vermochte sie sich nicht zu konzentrieren.

Die Begegnung mit Steffie vor zwei Tagen hatte sie aus der Bahn geworfen. Nicht zuletzt, weil ihr die Frau sympathisch gewesen war, die – ob nun wissentlich oder nicht – die Ereigniskette in Gang gesetzt hatte, die zu Hannahs Zusammenbruch geführt hatte. Außerdem fürchtete Corinne sich davor, ihrer Tochter Eleanors Existenz beichten zu müssen. Doch das Gefühl der Bedrohung, das sie verspürt hatte, nachdem sie die Mütze vor ihrer Tür gefunden hatte, sollte inzwischen eigentlich verflogen sein.

Und obwohl es verstörend war, dass Dr. Roberts seine Karriere als Mediziner unter einem anderen Namen begonnen hatte, war ihm doch nicht die Lizenz entzogen worden, also brach er kein Gesetz, indem er seine Laufbahn fortsetzte. Tatsächlich gab es an den Ergebnissen, die er erzielte, nichts zu mäkeln. Sie begriff, warum Hannah die Entscheidung darüber vertagen wollte, was sie mit ihren Erkenntnissen anfangen würden. Sobald es ihr besser ging, wäre dafür noch ausreichend Zeit.

Doch obwohl Corinnes Bedenken hätten beschwichtigt sein müssten, bildete all das, was sich ereignet hatte und was sie herausgefunden hatten, zusammen eben doch ein Muster aus Ereignissen, die zu unheimlich waren, um sie einfach zu ignorieren.

Und dabei zog sie noch nicht einmal ins Kalkül, dass Hannah beinahe von einem Lastwagen überfahren worden wäre. Obwohl es ihr so viel besser zu gehen schien, musste Corinne die Möglichkeit in Betracht ziehen, dass ihre Tochter vielleicht doch absichtlich auf die Fahrbahn getreten war.

Corinne hatte genug Kollegen, Freunde und Studenten

mit Depressionen gekannt, um zu verstehen, dass geistige Gesundheit kein lineares Konstrukt war. Sie war wie diese verrückten Muster eines Kaleidoskops, die sich im Kreis drehten, sich in sich selbst einfalteten und wieder öffneten. Dabei waren das doch nur Lichtpunkte, die schärfer wurden und wieder verschwammen, größer oder kleiner wurden, auf und ab wanderten. Mit Glück überstand man das heil. Mit Pech wurde man davon verschlungen. Es gab keine Ziellinie, über die ein großes Transparent mit der Aufschrift »Geheilt« gespannt war. Man wachte einfach nur eines Morgens auf und stellte fest, dass es einem nicht mehr so viel ausmachte, aufstehen zu müssen.

Allerdings konnte sie immer noch nicht glauben, dass Hannah absichtlich vor den Lastwagen getreten war. *Nicht ihre Tochter. Bitte, lieber Gott. Nicht Hannah.*

Eine eingehende Mail machte sich durch einen Ton bemerkbar – eine willkommene Ablenkung. Es war eine Mail von Paddy, in der er sie um ihre Leseempfehlungen bat. Sie war höflich und respektvoll formuliert, klang aber distanziert, als wären sie sich nie persönlich begegnet.

Seine Gefühle verletzt zu haben wand sich wie ein Draht um ihr Herz. Sie überlegte kurz, ob sie ihm eine Erklärung schicken sollte, doch dann fand sie nicht die richtigen Worte. Alles, was sie schrieb, fühlte sich wie ein Verrat an ihrer Tochter an. Am Ende löschte sie den Entwurf und schloss ihren Posteingang.

Der Mann im Haus gegenüber hielt inzwischen in jeder Hand etwas, das wie eine Dose Bohnen aussah, und streckte die Arme abwechselnd in die Höhe. Es wirkte wie eine Choreografie zu einer Melodie, die Corinne nicht hören konnte.

Wieder dachte sie an Hannah in *The Meadows,* wo sie

unter Dr. Roberts' Obhut stand, der – wie sich herausgestellt hatte – nicht nur ein junges Mädchen zu seinem Vergewaltiger zurückgeschickt, sondern auch dazu beigetragen hatte, zwei Frauen für nicht begangene Verbrechen ins Gefängnis zu schicken und damit zwei Familien zu zerstören.

Er war der Mann, der entschied, ob Hannah gegen ihren Willen weiter dort festgehalten würde.

Corinne rief ihre Suchmaschine auf.

Wie lautete noch einmal der Name, den Hannah ihr gestern genannt hatte? William irgendwas. Der Nachname lag ihr auf der Zunge, Corinne konnte ihn fast schon schmecken, doch jedes Mal, wenn sie ihn aussprechen wollte, entzog er sich ihr in allerletzter Sekunde. War das schon immer so gewesen, oder ließ etwa ihr Gedächtnis nach? Wie viele ihrer Altersgenossen, hielt Corinne stets nach Anzeichen einer abnehmenden geistigen Leistungsfähigkeit Ausschau, nach den ersten gefürchteten Merkmalen, die das obere Ende einer schiefen Ebene markierten. Sie gab ins Suchfeld »William Neurologe Schütteltrauma« ein und wartete auf die Ergebnisse.

Kingsley. So hieß er.

Die Links führten zu Zeitungs- und Zeitschriftenartikeln, die Corinne das Herz brachen. Trauernde Mütter, die zu Unrecht eingesperrt worden waren, weil sie angeblich ihre Kinder getötet hatten. Wie konnte man so etwas nur überleben?

Mehrere Berichte waren mit Fotos von Dr. William Kingsley bebildert, dem Sachverständigen für die Anklage, wie er vor Gericht eintraf, und Corinne musste diese Fotos sehr lange anstarren. Obwohl er beinahe ein Vierteljahrhundert jünger und glatt rasiert war, obwohl er dunkles kurzes Haar anstelle seiner angegrauten Mähne trug, konnte man Oliver Roberts immer noch erkennen, wenn man wusste, nach wem man suchte. Corinne vermutete allerdings, dass eine Person, die zufällig auf sein Foto stieß, nur schwerlich eine Verbindung zwischen den beiden Männern herstellen würde.

Corinne überflog die Ergebnisse und klickte auf Links, die besonders vielversprechend aussahen. Eine der beiden zu Unrecht beschuldigten Frauen, Lucy McDermott, hatte einen Ehemann, der auch nach der Verhaftung noch treu zu ihr hielt und die Bewegung anführte, die den Namen seiner Frau wieder reinwaschen wollte.

»Ich werde niemals glauben, dass Lucy irgendetwas getan hat, um unserem Sohn zu schaden«, erklärte er einem Boulevardblatt gegenüber, »und ich werde nie aufhören, für ihre Freilassung zu kämpfen.«

Der Mann hatte dickes, helles Haar, das an einer Seite abstand, und auf seinem Gesicht lag eine Mischung aus Trotz und Traurigkeit, die Corinne die Tränen in die Augen trieb.

Die zweite Frau, Barbara Phillips, war zum Zeitpunkt ihrer Verhaftung erst acht Monate verheiratet gewesen. Ihr frischgebackener Ehemann äußerte sich unverbindlicher als der von Lucy McDermott, und es überraschte Corinne nicht sehr, als sie erfuhr, dass die Ehe geschieden worden war, während Barbara Phillips noch im Gefängnis saß. Barbara Phillips hatte noch eine ältere Tochter, die damals zwölf Jahre alt war, und eines der Boulevardblätter gab sich alle Mühe, die Umstände der Zeugung des Mädchens zu eruieren. Der Vater, so schien es, war verheiratet gewesen und hatte seine Geliebte bekniet, die Schwangerschaft abzubrechen. »Barbara ist die selbstsüchtigste Person, die ich jemals getroffen habe«, sagte er, als die Medien ihn aufspürten. »Eigentlich glaube ich, dass sie absichtlich schwanger geworden ist, um mich dazu zu zwingen, meine Frau zu verlassen.«

Das nannte sie mal eine öffentliche Vorverurteilung.

Alle Berichte stammten aus dem Jahr 1994, als die Frauen verurteilt worden waren, oder aus dem Jahr 1996, dem Jahr ihrer Freilassung, nachdem der Beweis erbracht worden war, dass die Babys auch an Blutgerinnseln gestorben sein konnten, die sich aufgrund einer Infektion gebildet hatten. Doch in der Mitte der dritten Seite stieß Corinne dann auf einen Link neueren Datums.

»Das Urteil wurde zwar aufgehoben, doch der Albtraum endet nie.«

Sie klickte darauf und gelangte zu einem Porträt aus einer Sonntagsbeilage aus dem Jahr 2009, in dem es um die Geschichte menschlicher Fehlurteile ging. Es gab einen Fall von einem Mann, der fälschlich wegen eines Raubüberfalls verurteilt worden war, bis Bilder einer Überwachungskamera ihn zur Tatzeit an einer Tankstelle 53 Meilen vom Tatort entfernt zeigten. Ein weiterer Mann hatte wegen Vergewaltigung und Mordes neunzehn Jahre hinter Gittern verbracht, bevor neue technische Entwicklungen den Beweis möglich machten, dass die DNA, die man am Körper des Opfers gefunden hatte, nicht von ihm stammen konnte. Beide wurden zu den psychologischen Langzeitfolgen einer unrechtmäßigen Inhaftierung befragt.

Schließlich gab es noch ein Interview mit Lucy McDermott, der ersten Frau, die – vor allem auf Grundlage der fehlerhaften Aussage von Dr. William Kingsley – für das Schütteln ihres Babys ins Gefängnis gewandert war.

Ich habe um mein Baby getrauert, und ich saß zusammen mit Frauen im Gefängnis, die mich für eine Kindsmörderin hielten. Selbst nachdem ich ganz rehabilitiert war, gab es noch immer Menschen, die glaubten, dass es keinen Rauch ohne Feuer gibt. Dieser Mann hat mein Leben zerstört.

Corinne gingen Lucy McDermotts Worte und der rohe Schmerz, der sogar acht Jahre nach dem Ereignis noch in ihnen lag, so nahe, dass sie ein paar Sekunden brauchte, bis sie weiterlesen konnte.

Wie zerstörerisch diese Erfahrung war, lässt sich an Barbara Phillips' Schicksal ermessen, der zweiten Frau, die für das Schütteln ihres Babys zu Unrecht verurteilt wurde, ging es in dem Zeitungsartikel weiter. *Nach ihrer Freilassung versuchte Phillips die Scherben zu kitten, zog mit ihrer älteren Tochter, die während des Gefängnisaufenthalts ihrer Mutter in einer Pflegefamilie untergebracht gewesen war, in eine andere Stadt und nahm wieder ihren Geburtsnamen an, um ihre Vergangenheit zu verschleiern. Allerdings konnte sie sich niemals ganz von ihrem Martyrium erholen, sondern litt unter langen depressiven Phasen. 1997 versuchte sie, sich mit einer Überdosis der Tabletten, die ihr gegen ihre Depression verschrieben worden waren, das Leben zu nehmen. Obwohl sie überlebte, erlitt sie einen entsetzlichen Schlaganfall, nach dem sie weder sprechen noch weiter für sich selbst sorgen kann.«*

Sofort wurde Corinne in die schäbige Wohnung zurückkatapultiert und sah vor ihrem geistigen Auge die schmuddeligen rosa Ohren von Katyas Häschenschuhen, sah Katya, wie sie gegen den Fernseher anbrüllte.

»Vielleicht zwanzig Jahre, seit sie hat Schlaganfall.«

Laura.

47

LAURA

Aus Annabels Küche strömte ein wunderbarer Geruch.

»Bananenbrot«, erklärte Annabel, als Laura sie fragte. »Ich hab schnell eins gebacken.«

»Wie schön«, sagte Laura, doch die Einladung, nach der sie sich so sehnte, erfolgte nicht. Sie erinnerte sich an eine Zeit, in der Annabel ihr Tee und selbstgebackenen Kuchen und Kekse hingestellt hatte, doch allmählich war sie immer distanzierter geworden, was Laura nur umso anhänglicher werden ließ. Manchmal kam es ihr vor, als würde sie, egal wie sehr sie sich bemühte oder was sie tat, immer nur Zuschauerin des Lebens anderer Menschen bleiben.

Der Geruch nach Selbstgebackenem verursachte bei Laura geradezu konkrete Magenschmerzen, denn er erinnerte sie an das Leben, das ihr verwehrt geblieben war. »Früher habe ich mit meiner Mum gebacken«, sagte sie. »Sie war eine ausgezeichnete Köchin.« Das war übertrieben. Ihre Mutter hatte gut gekocht. Nicht mehr. Doch Laura mochte die idealisierte Version ihrer Mutter, die sie sich in ihrem Kopf geschaffen hatte. »Als ich noch bei meinen Pflegeeltern war und mir zusammen mit Tania und Nat und den anderen Mädchen das Haus teilte, haben wir ständig gebacken.«

Auch das war gelogen. Zwar hatten Tania und Nat bisweilen miteinander gekocht und dafür die Küche in Beschlag genommen, auf voller Lautstärke Amy Winehouse gehört und waren dann und wann in lautes Gelächter ausgebrochen, es war jedoch jedes Mal verebbt, sobald Laura zu ihnen gekommen war. Laura hatte selten irgendetwas zubereitet. Es hatte so wenig Sinn, nur für sich selbst zu kochen.

»Ich denke darüber nach, wieder als Krankenschwester zu arbeiten.«

Da. Das hatte Annabels Aufmerksamkeit erregt. Das bemerkte Laura an der Art, wie sie sich im Sessel aufrichtete und der Blick in ihren weit auseinanderstehenden Augen wieder konzentrierter wurde. Als Annabel dann etwas sagte, geschah es in ihrem üblichen gemäßigten Tonfall.

»Aber was ist mit deinen Plänen? Du hattest doch den Eindruck, in *The Meadows* tatsächlich etwas zu bewirken. Denk doch nur an die Liste, die wir gemeinsam zusammengestellt haben, mit all den Leuten darauf, denen du glaubtest, helfen zu können.«

Das war schon besser. Laura fühlte sich besänftigt. Doch dann verdarb Annabel alles, indem sie Laura fragte, ob sie vielleicht Probleme habe, sich ganz auf etwas einzulassen. Annabel erinnerte sie daran, wie sie vor ihrer Yogaphase Meditation gelernt hatte. Und jetzt sogar noch Hypnosetherapie.

»Das war doch deine Idee!« Laura war sauer. Sie war sich sicher, dass Annabel die Hypnosetherapie vorgeschlagen hatte, und jetzt wollte sie sie als *wankelmütig* erscheinen lassen. Was war überhaupt schlimm daran, sich breiter aufzustellen? Wenn man Laura fragte, war das Leben wie Pappmaché, man trug immer weitere Schichten auf, eine nach der anderen, eine

Erfahrung nach der anderen, ein Segen nach dem anderen, bis es zu etwas Vielgestaltigem und Dynamischem wurde.

»Ich meine ja nur, dass es vielleicht an der Zeit wäre, mal bei etwas zu bleiben, die Verpflichtungen zu respektieren, die du eingegangen bist.«

Sie klang so streng. Annabel konnte eben nicht verstehen, wie Leute mit Lauras Geschichte, den Eindruck haben konnten, unfähig zur Stabilität zu sein, sich ihrer eventuell sogar unwürdig fühlten. Doch Annabel überraschte sie.

»Meinst du, ein Teil davon könnte auch Eigensabotage sein? Wenn dich Leute zu sehr mögen und schätzen, hast du das Gefühl, das nicht zu verdienen?«

Das war die Sache mit Annabel. Erst glaubte man, dass sie einen nicht verstand, und dann sagte sie etwas so Kluges, dass es einem den Atem raubte.

»Darf ich deine Toilette benutzen?«

Annabel zögerte einen Augenblick, bevor sie antwortete: »Natürlich.«

Draußen in dem schmalen Flur überwältigte der Geruch nach Kuchen Laura beinahe. Es gab eine Gästetoilette unter der Treppe. Sie war stets tadellos sauber, aber so winzig, dass man sich darin wie in einem gekachelten Sarg fühlte, also ließ Laura sie links liegen und schlich stattdessen die Treppe hinauf, vorbei an einer Reihe gerahmter akademischer Urkunden. Oben tappte sie über den Treppenabsatz. Glücklicherweise hatte sie die Schuhe im Wohnzimmer ausgezogen. Die erste Tür zu ihrer Linken war nur angelehnt, und sie linste hinein. Ein lindgrün gestrichenes Schlafzimmer mit einem ordentlich gemachten Doppelbett. Der Bettbezug war cremefarben, ein paar hellbraune Schaffelllatschen standen darunter. Nichts davon verriet etwas über die Person, die hier lebte und schlief, deren Kopf auf diesem glatten, leeren Kissen träumte.

Unzufrieden öffnete sie auch die Tür rechts vom Treppenabsatz. Da war Annabels Arbeitszimmer. Ein Bücherregal erstreckte sich über die gesamte linke Wand und war vollgestopft mit zerlesenen Bänden, während direkt gegenüber ein weißer Schreibtisch unter dem einzigen Fenster stand. Wie alles in diesem seltsamen, kleinen Haus, war der Schreibtisch sehr aufgeräumt. Darauf stand nur ein aufgeklappter Laptop, auf dessen Bildschirm ein geöffnetes Dokument zu erkennen war.

Nun, es schadete ja nicht, einen Blick darauf zu werfen, oder?

So leise, wie sie konnte, durchquerte Laura den Raum, um besser zu erkennen, was wie eine Titelseite aussah.

Die Macht der …

»Was machst du hier?«

Annabel klappte den Laptop zu. Sie war ihr so leise nach oben gefolgt, dass Laura nicht das kleinste Geräusch gehört hatte. Wieso schlich sie so herum?

»Ich wollte einfach nur das Bad hier oben benutzen. Da hat man mehr seine Ruhe.«

Annabel verschränkte die Arme. Für eine so kleine Person konnte sie sehr furchteinflößend wirken. »Darüber haben wir doch gesprochen.«

Lauras Mund war ganz ausgetrocknet, aber sie zwang sich, selbstsicher zu klingen. »Wenn du so ein großes Problem damit hast, kann ich auch die Toilette unten benutzen.«

Sie drehte sich um und wollte die Treppe hinabsteigen.

»Laura!«

Annabels Stimme klang laut und scharf. Laura hielt an, drehte sich aber nicht um.

»Laura«, sagte Annabel noch einmal und senkte dabei ihre Stimme, klang jetzt ruhig und gemessen wie sonst. »Wir haben doch darüber gesprochen. Warum hast du solche Schwierigkeiten damit, Grenzen zu akzeptieren. Mein Haus. Mein Leben. Das geht dich nichts an.«

»Ich dachte, wir wären Freundinnen.« Laura bemerkte, wie weinerlich sie klang, konnte das allerdings nicht vermeiden. Direkt vor ihr, über den akademischen Urkunden hing auf Augenhöhe ein kleines gerahmtes Foto, das ihr vorher nicht aufgefallen war. Annabel war darauf eine junge Frau, und sie hielt ein kleines blondes Mädchen an der Hand, das die gleichen flachen Gesichtszüge wie sie selbst hatte. In Lauras Kehle bildete sich ein Kloß, sodass sie Schwierigkeiten beim Schlucken hatte.

»Aber darum geht es doch gerade, Laura, oder? Ich bin weder deine Freundin noch deine Mutter. Ich bin deine Psychotherapeutin.«

48

HANNAH

»Du bist ja verrückt.«

Mein Herz hämmert nicht mehr so wild, aber ich schnappe noch immer nach Luft, und mein Adrenalinpegel ist am Anschlag, sodass ich meine Nerven wie Nadelstiche spüre.

Drew ist verrückt.

Seit dem Moment, in dem er in Lauras Büro platzte, wo ich mich vor ihm versteckt habe, hat er mir atemlos komische Sachen erzählt. Verrückte Sachen. Er behauptet, alles zu wissen, was es über *The Meadows* zu wissen gibt. Er behauptet, dass die Leute ihn gar nicht wahrnehmen, weil er sich so unaufdringlich verhält, und dass sie Dinge sagen, die sie andernfalls vielleicht nicht gesagt hätten.

Außerdem hat er winzige Kameras in den Gemeinschaftsräumen installiert, die ununterbrochen filmen, obwohl natürlich nichts von diesem Material ohne Zustimmung verwendet werden darf. Gestern ist er die Aufzeichnungen aus dem Kunstraum durchgegangen. Und obwohl man nicht in Lauras Büro sehen konnte, waren trotzdem Stimmen zu hören.

Es war zu hören, was Laura zu Sofia sagte, als sie noch am Leben war. Und zu Charlie.

Und zu mir.

»Die Hypnose. Erst gibt sie euch ein Gefühl der Ruhe und der Geborgenheit. Und dann geht sie tiefer. Sie redet über einen wunderbaren, friedlichen Ort, an dem alles nur aus Licht und Liebe besteht. Sie sagt, dass ihr etwas ganz Besonderes seid. Und dass ihr einen sicheren Ort verdient, wenn die Welt zu düster wird. Wenn ihr dann ganz entspannt und unkonzentriert seid, sagt sie euch, wie ihr da hinkommt.«

»Wohin?«

Ich stehe hinter dem Sessel, auf dem ich normalerweise sitze, und halte damit Drew auf Abstand. Ich zupfe an der Karodecke herum, als wollten meine Finger darauf Morsezeichen tippen.

»An den sicheren Ort, an den ihr euch alle fortsehnt. Zum Licht. Charlie musste sich dafür schneiden. Das hat Laura aber nicht so gesagt. Sie hat ihr eingeredet, dass sie sich einen Reflexpunkt an ihrem Handgelenk massierte, um Glückshormone auszuschütten. Indem sie etwas Scharfes benutzte. Je schärfer, desto besser, hat sie gesagt. Charlie würde schon merken, wenn sie das Richtige fand. Schmerz würde sie erlösen, hat sie gesagt. Ganz unvorstellbaren Frieden würde sie finden, hat sie gesagt. Bei Sofia war es anders. Ihr hat sie gesagt, sie kann fliegen.«

Da spreche ich es aus.

»Du bist verrückt.«

Aber Drew tut so, als hätte ich gar nichts gesagt. »Sofia hat sie gesagt, dass sie an den schönen Ort gelangen würde, wenn sie gewichtslos wäre. Dass sie einfach nur daran glauben musste, fliegen zu können, damit es wahr würde. Und bei dir waren es Scheinwerfer. Die Lichter würden dich heimführen, hat sie gesagt. Geh ins Licht.«

Er steht vor der Tür und versperrt mir so den Ausweg. Der

fensterlose Raum fühlt sich an, als würde er sich um mich herum zusammenziehen.

»Sie hat dir Auslöser genannt«, fährt er fort, »Dinge, die dich dazu bringen sollten, nach dem sicheren Ort zu suchen. Das Gefühl der Überwältigung. Das Gefühl der Beengtheit und der Ausweglosigkeit. Zu viele Erwartungen, die an dich herangetragen würden. Zukunftsangst. Ein trockener Mund, schwitzige Handflächen. Alles Auslöser.«

Unversehens muss ich an den Moment zurückdenken, als ich mit Stella an der Straße im Nieselregen stand. Und an den Moment, in dem ich mich zum ersten Mal gefragt hatte, wie viel es mich am Ende kosten würde, bei einem Mann zu bleiben, der seine Schuld nie ganz eingestehen würde. Unmittelbar darauf habe ich dann den Lkw gesehen. *Geh ins Licht.*

»Dein Besuch gestern bei Laura ist auch drauf«, erklärt Drew.

Hier drin gibt es nicht genug Luft für uns beide. Ich spüre, dass ich seinen Atem einatme. Und wie ich mich dadurch missbraucht fühle. Drew ist wie ein Dieb, der mit schmuddeligen Händen Dinge durchwühlt, auf die er kein Anrecht hat. In meinen Einzelstunden bei Laura bin ich am allerehrlichsten gewesen und habe mich ganz offenbart. Zu wissen, dass Drew das alles angehört hat, fühlt sich wie eine schreckliche Entblößung an.

»Sie hat mit dir über Wasser gesprochen, Hannah. Es war nicht wie in der ersten Sitzung, wo es um Verkehr ging und darum, dass Autoscheinwerfer dir einen Heimweg zeigen könnten. Diesmal hat sie dir gesagt, dass dein sicherer Ort tief unter der Wasseroberfläche ist. *Tief. Tief. Tief.* Das Wort muss sie ungefähr hundertmal gesagt haben.« Etwas regt sich wie ein Aal im Schlamm meiner Erinnerung, ein Gedanke, der sich mir entwindet, sobald ich ihn zu fassen meine. Drew erkennt das an meinem Gesichtsausdruck.

»Du kannst dich erinnern, oder? Du weißt, dass ich die Wahrheit sage.«

Doch da öffnet sich die Tür, und Licht strömt auf einmal in den halbdunklen Raum.

»Guten Tag«, sagt Laura.

Zwar lächelt sie, aber sie wirkt wachsam, und Hannah stellt sich die Frage, wie lange sie wohl schon vor der Tür gestanden und wie viel sie mitangehört hat.

»Sorry.« Drews Stimme ist nicht viel mehr als ein Murmeln. »Ich muss jetzt los.« Er zwängt sich an Laura vorbei, ohne eine von uns noch einmal anzusehen, und eigentlich sollte ich erleichtert sein, dass er jetzt fort ist, doch Furcht tätowiert sich mir mit feinen Nadelstichen in die Haut.

Woran kann ich mich erinnern? Ich verfluche die Schlaftablette von gestern Abend und die von ihr verursachte morgendliche Benebelung.

»Ist alles in Ordnung, Hannah?«

An dieser Stelle sollte ich ihr eigentlich verraten, was Drew mir gerade erzählt hat, ihr die Gelegenheit geben, sich zu erklären, alles abzustreiten.

»Alles gut, Laura, wir haben nur geplaudert. Wir sind hier reingegangen, weil wir hier ungestörter sind. Das macht dir doch nichts aus, oder?«

Die Wörter kommen aus einem Teil von mir, der sich vom ganzen Rest abgespalten hat. Beim Sprechen schiebe ich mich langsam um den Sessel herum, auf die offene Tür zu.

Plötzlich passieren zwei Dinge auf einmal: Laura macht einen Schritt auf mich zu, und genau in diesem Moment erscheint Odelle in der Tür.

»Da bist du ja, Laura. Hast du vergessen, dass du versprochen hast, mir bei meinem Tonkopf zu helfen? Der Mund ist ganz falsch.«

Sie funkelt mich böse an, als würde ich mich aufdrängen. Erleichtert drücke ich mich an ihr vorbei. »Ich lasse euch zwei dann mal allein.« Mein Herz fühlt sich an, als hätte es sich aus seiner Verankerung gelöst, und mein Kopf ist voller Fragen, auf die ich keine Antworten habe.

In der Eingangshalle halte ich einen Moment lang unter dem glitzernden Kristallleuchter inne. Der Earl betrachtet mich mit kaltem Blick von seinem Ölgemälde an der gegenüberliegenden Wand her. Dann drücke ich den Türöffner neben dem Haupteingang, reiße die Tür auf und renne los.

49

CORINNE

Der Parkplatzkies knirschte unter ihren Reifen, und Corinnes Brust spannte schmerzhaft. Sobald sie die Bedeutung ihrer Entdeckung erkannt hatte – nämlich dass Laura Whittaker einen sehr guten Grund hatte, sich an Dr. Roberts zu rächen –, hatte sie versucht, Hannah in *The Meadows* telefonisch zu erreichen. Stocksteif saß sie da, während Bridget Ashworth sich aufmachte, um Hannah zu suchen.

Bitte, lass sie in Sicherheit sein. Lass sie in Sicherheit sein.

Doch je länger die Verwaltungschefin nicht wieder ans Telefon kam, desto überzeugter war Corinne, dass etwas nicht stimmte. Als Bridget dann schließlich doch zurückkam, um Corinne in einem vor Missbilligung triefenden Ton mitzuteilen, dass Hannah anscheinend das Gelände verlassen hatte, ohne irgendwem Bescheid zu geben oder ihre Abwesenheit in dem »dafür vorgesehenen Buch« einzutragen, war Corinne schon aus der Tür, bevor Bridget den Satz überhaupt beendet hatte.

Auf der gesamten Fahrt wiederholte sie ihr neues Mantra. *Bitte, lass sie in Sicherheit sein. Lass sie in Sicherheit sein.*

Als sie den Wagen abstellte, ließ Corinne ihren Blick über

den Parkplatz schweifen. Angesichts des bonbonrosa Autos von Laura fühlte sie eine kleine Erleichterung. Wohin auch immer Hannah verschwunden war, wenigstens war sie nicht mit *ihr* zusammen. Gott sei Dank.

Drinnen warf sie fast schon ihre Handtasche nach Joni, die an der Rezeption saß.

»Sie haben es aber eilig«, sagte Joni und zog die Augenbrauen hoch. Corinne hatte den Eindruck, dass sie die Tasche dann mit übertriebener Sorgfalt durchsuchte.

Als Corinne den Kunstraum erreichte, drohte sie schier zu zerplatzen vor Anspannung. Durch die offene Tür sah sie, dass Laura mit einer Kunsttherapiesitzung beschäftigt war. Eine der Patientinnen, die Frau, die erst vor Kurzem hier eingetroffen war, saß auf einem Hocker und starrte geradeaus, als befände sie sich im Wartezimmer eines Zahnarztes, während die anderen mit Kohlestiften an ihren Zeichnungen arbeiteten.

Alle trugen Augenbinden.

»Corinne! Kommen Sie rein. Die Damen haben Katy eine ganze Weile studiert, bevor ich ihnen die Augenbinden verpasst habe, also wissen sie im Großen und Ganzen, wo die Linien und die Kurven zu sein haben. Bei dieser Aufgabe geht es um Erinnerung und Interpretation und die Dinge, an die unser Geist sich klammert.«

»Hannah?«

Mehr wagte Corinne nicht zu sagen, aus Angst, Laura anzuschreien.

Laura runzelte die Stirn, zog die Nase kraus und neigte den Kopf. »Hannah ist leider nicht da, Corinne. Sie war vor ungefähr einer halben Stunde hier, aber dann ist sie nicht mehr zurückgekommen, was ungewöhnlich ist. Normalerweise verpasst sie nie eine Stunde.«

Lauras braune Augen waren wie geschmolzene Schokolade und voller Mitgefühl, und plötzlich zweifelte Corinne an allem, was sie gerade herausgefunden hatte. Man merkte das doch, wenn jemand sich verstellte, oder etwa nicht? Wenigstens wenn man einmal wusste, worauf man achten musste. Doch alles an Laura dröhnte vor Aufrichtigkeit.

»Hilfe!«, der hohe Schrei ließ Corinnes angespannte Nerven reißen.

An der anderen Seite des Raums, am Fenster, kämpfte Frannie, offenbar von Panik ergriffen, mit ihrer Augenbinde. Sie stolperte und riss ihre Staffelei um, die krachend zu Boden ging.

»Oh, mein Gott«, rief Odelle und drehte sich nach der Quelle des Aufruhrs um. »Was ist denn da los?«

Laura eilte zu der aufgelösten Frannie, um sie zu beruhigen, und Corinne nutzte die Gelegenheit, diskret aus dem Raum zu schlüpfen. Jede einzelne ihrer Zellen und jede Faser ihres Körpers spannte sich an, um ihre Tochter zu finden und sie mit heimzunehmen. Sie hetzte die Stufen hinauf und den Korridor entlang zu Dr. Roberts' Büro.

»Entschuldigung! Gerade ist jemand bei ihm«, rief Bridget Ashworth, als Corinne durch das winzige Verwaltungsbüro stürmte, doch Corinne ignorierte sie. Sie klopfte an Roberts' Tür und hielt kurz inne, bevor sie sie aufriss und hineinmarschierte. Dann blieb sie wie angewurzelt stehen, denn Roberts war tatsächlich nicht allein.

Danny war bei ihm.

»Corinne.« Danny war der Erste, der sich von dem Schrecken erholte. »Oliver bringt mich gerade bezüglich Hannahs Fortschritte auf den neuesten Stand.«

Oliver?

»Oliver ist der starken Überzeugung, dass es Hannah noch nicht gut genug geht, damit sie wieder heimkommen kann, und ich muss dir sagen, dass ich ihm da zustimme.«

»Wo ist sie? Wo ist Hannah?«

Die beiden Männer sahen einander an und zuckten beinahe mit den Schultern, was Corinnes Wut nur noch weiter anfachte.

Dr. Roberts ergriff das Wort: »Hannah scheint irgendwo hingegangen zu sein, ohne jemandem Bescheid zu sagen, hält sich also wieder nicht an die Vorschriften. Und auch wenn ich an ihr schätze, dass sie ihren eigenen Kopf hat und ihre Unabhängigkeit unter Beweis stellen muss, bestehen bei mir immer noch Fragezeichen wegen dieses Vorfalls und einiger ihrer Verhaltensweisen in der letzten Zeit.«

Fragezeichen. Was für eine Arroganz.

»Ich weiß, wer Sie sind.«

»Bitte?« Roberts' übliches Lächeln saß zwar noch immer wie festgefroren auf seinem Gesicht, allerdings wurde sein Blick von einem Schleier der Verwirrung eingetrübt.

»Wie sind Sie damit nur die ganze Zeit durchgekommen? Mit dieser kriminellen Neuerfindung Ihrer eigenen Person?«

»Tut mir leid, Mrs. Harris, ich habe keine Ahnung, wovon …«

»William Kingsley.«

Der Name plumpste ins Zimmer wie eine entsicherte Handgranate.

»Corinne, ich weiß wirklich nicht, wovon …«, mischte Danny sich ein, doch Roberts unterbrach ihn.

»Ich sehe, dass Sie Erkundigungen über mich eingezogen haben.« Seine Stimme klang nun höher und angespannter als üblich, aber immer noch empörend gelassen. »Viele

Menschen, auch Mediziner, ändern aus dem einen oder anderen Grund ihren Namen. Ich nehme an, Sie haben Ihren Namen geändert, als Sie geheiratet haben. Das ist nichts Unerhörtes.«

Danny drehte seinen Stuhl, um Corinne besser sehen zu können, und blickte dann von der einen zum anderen, die dunklen Augenbrauen hatte er verblüfft hochgezogen.

»Wollen Sie mir ernsthaft weismachen, dass Sie nicht deshalb Ihren Namen geändert und ihr medizinisches Fachgebiet gewechselt haben, weil wegen Ihrer Aussage zwei Frauen zu Unrecht ins Gefängnis mussten?«

»Ich glaube noch immer, dass ich in diesen Fällen die richtige Einschätzung abgegeben habe, Mrs. Harris. Außerdem hatte ich stichhaltige persönliche Gründe, aus denen ich mich von meiner Vergangenheit lösen wollte. Nichts davon hat irgendetwas mit meiner anschließenden Entscheidung zu tun, auf Psychiatrie umzusatteln, und auch nichts mit meinen fachlichen Fähigkeiten. Ich habe auf diesem Feld einen ausgezeichneten Ruf, wie Sie wissen. Sonst hätten Sie uns doch auch niemals Ihre Tochter anvertraut.«

»Dann wird es Sie ja nicht weiter beunruhigen zu erfahren, dass die Tochter einer der Frauen, deren Leben Sie zerstört haben, aktuell eine Festanstellung in Ihrer Klinik hat?«

Das saß. Endlich verlor er seine geschmeidige, lässige Attitüde, setzte sich kerzengerade auf und stellte beide Füße in den ledernen Halbschuhen flach auf den Boden.

Danny bemerkte die Veränderung, und die Frage stand ihm ins Gesicht geschrieben, als er Roberts ansah: »Kann mir bitte irgendwer erklären, was hier los ist?«

»Laura Whittaker«, sagte Corinne immer noch direkt

an Roberts gewandt, »ist Barbara Phillips' Tochter, also die Tochter einer der Frauen, die nicht zuletzt Ihretwegen für zwei Jahre hinter Gitter gewandert sind.« Dann blickte sie zu Danny. »Barbara hat einige Jahre nach ihrer Entlassung versucht, sich das Leben zu nehmen, und ist seither weder in der Lage, zu gehen noch selbstständig zu essen. Man könnte sagen, Laura hat allen Anlass, einen Groll zu hegen.«

»Sie wollen doch nicht ernsthaft sagen …« Roberts war aufgesprungen. Nun da die Haltung, die er wie einen Anzug von der Savile Row trug, von ihm abgefallen war, wirkte er schlaff und älter, sein Gesicht eingefallen, als wäre sein gewohnheitsmäßiges Lächeln alles, was es stabilisiert hatte.

»Wissen Sie, dass sie sie hypnotisiert?«, warf Danny ein, der sich endlich erholt zu haben schien.

»Ich weiß, dass das eines ihrer Gebiete ist, doch ich kann Ihnen versichern, dass Laura Whittaker niemals die Erlaubnis bekommen hat, in *The Meadows* Hypnosetherapie anzuwenden.«

»Vielleicht hat es ihr niemand erlaubt, aber das hat sie verdammt noch mal nicht davon abgehalten, es trotzdem zu tun«, blaffte Corinne. »Sie hat es mit ihnen allen gemacht. Mit Charlie, Sofia und Hannah. Meinen Sie etwa, das ist ein Zufall?«

»Wollen Sie damit andeuten, dass Laura ihnen in der Hypnose einredet, sich etwas anzutun? Sie wissen aber schon, dass das niemals klappen würde, oder? Hypnose kann niemanden dazu bringen, etwas zu tun, das er oder sie nicht will. So funktioniert die menschliche Psyche nicht.«

»Ach, und Sie wissen natürlich ganz genau, wie die menschliche Psyche funktioniert, ja?«, Corinne war außer sich. »Obwohl Sie nicht einmal bemerkt haben, dass Sie eine

Ihrer Patientinnen hier vorher schon einmal behandelt und übel im Stich gelassen haben?«

»Jetzt reden Sie vollkommen in Rätseln, Mrs. Harris. Laura Whittaker war nie meine Patientin, auch ihre Mutter nicht.«

»Nein, aber Catherine Pryor.«

Roberts stand stocksteif an seinem Schreibtisch. Sein Gesicht ließ erahnen, dass der Name ihm bekannt vorkam.

»Ich darf mit Ihnen nicht über meine Patienten sprechen, Mrs. Harris.«

»Dann frische ich Ihr Gedächtnis mal auf. Sie war damals zwölf Jahre alt und hat sich Ihnen anvertraut, weil ihr Stiefvater sie vergewaltigt hat. Sie haben sich dafür entschieden, ihr nicht zu glauben, und sie stattdessen wieder in seine Obhut zurückgeschickt.«

Endlich war es so weit: Roberts wurde wütend, seine Wangen verfärbten sich dunkel.

»Ich nehme an, Sie sprechen über eine Patientin von Westbridge House. Ich muss Ihnen doch sicherlich nicht erzählen, dass ich mir dort nichts habe zuschulden kommen lassen. Jedes Fehlverhalten ist als eines der Klinikleitung unter Professor Dunmore eingestuft worden, einer ziemlich gefährlichen Person. Ich muss schon sagen, Mrs. Harris, ich kann der Richtung, die diese Unterredung nimmt, nichts abgewinnen. Ihre Andeutungen grenzen inzwischen an üble Nachrede. Ich muss Sie nun bitten, mein Büro zu verlassen und alle Bedenken, die Sie haben, schriftlich vorzubringen. Ich werde dann nach bestem Wissen und Gewissen darauf antworten – sobald der Rechtsberater der Klinik sie geprüft hat.«

»Ohne meine Tochter gehe ich nirgendwohin. Und niemand hier scheint zu wissen, wo sie ist!«

Danny sprang auf. »Wenn diese Frau sie irgendwo festhält …«

»Sie ist nicht bei Laura. Da hab ich schon nachgesehen.«

»Aber was ist, wenn sie ihr befohlen hat, sich etwas anzutun? Wenn sie sich in ihr Unbewusstes geschlichen hat. Ich weiß ja nicht, wie das funktioniert.«

»Das habe ich Ihnen bereits gesagt«, schaltete sich Dr. Roberts ein. »Es ist unmöglich.«

Abrupt drehte Danny sich zu Roberts um, und für einen Moment glaubte Corinne, er wollte ihn schlagen, doch stattdessen drängte er sich an ihm vorbei. »Ich geh sie suchen«, verkündete er und riss die Tür auf.

»Ich habe nichts falsch gemacht«, rief Roberts Dannys sich entfernendem Rücken nach, seine Stimme klang dünn wie Papier.

Nichts falsch gemacht?, dachte Corinne, als sie ihrem Schwiegersohn nacheilte. Bei all dem angerichteten Schaden?

Ein ganzes Stück weiter vorn sah sie Danny auf den Kunstraum zugehen. Sie schloss zu ihm auf, als er gerade hineinplatzte.

»Wo ist sie?«, bellte er und stürmte auf Laura zu, die in der gegenüberliegenden Ecke des Raums stand und Judiths Augenbinde wieder festband.

»O Gott, o Gott, o Gott, o Gott.« Am Fenster schaukelte Frannie auf ihrem Stuhl vor und zurück und riss sich dabei die Haare aus. »O Gott, o Gott, o Gott.«

Zu Corinnes Rechter hörte sie ein Klicken. Justin Carter schaltete sein Mikrofon an. »Laura, wir wissen, wer Sie sind«, rief sie. »Wir wissen, wer Ihre Mutter war … und was Roberts ihr angetan hat. Wir verstehen, wie schrecklich das für Sie gewesen sein muss, aber Sie wissen doch auch, dass Hannah nichts damit zu tun hatte. Wir wollen einfach nur, dass sie in Sicherheit ist.«

Laura stand halb über Judith gebeugt da und schien in dieser Haltung festgefroren zu sein, eine Hand noch immer an dem Tuch, das sie Judith vor die Augen gebunden hatte.

Danny war nun kaum noch ein paar Meter von Laura entfernt, nur Judiths Staffelei stand wie ein Holzschild zwischen ihnen.

»Wo ist sie? Wo ist meine Frau?«

»Sie dringen in unseren sicheren Raum ein.« Odelle hatte ihren Pinsel abgelegt, stand mit zitternden Fingern an ihrem Platz und hielt sich an ihrer Staffelei fest, als wollte sie verhindern, dass ihre Beine unter dem Gewicht ihres Oberkörpers durchbrachen.

»Wir haben ein Recht darauf, uns an unserem sicheren Ort beschützt zu fühlen. Ist das nicht so, Laura?«

»Absolut«, stimmte Laura zu und gewann wieder ausreichend die Fassung zurück, um einen Schritt nach vorn zu machen und Odelle einen Arm um die Schultern zu legen. »Ich glaube, Hannahs Mum und Hannahs Mann haben irgendetwas missverstanden, aber darum müsst ihr euch keine Sorgen machen …«

Nina war während der gesamten Szene von einem Fuß auf den anderen getreten und stieß nun ein bellendes Lachen aus. »Genial«, sagte sie, »einfach nur verdammt genial.«

Corinne hatte den Eindruck, als schwankte der Boden unter ihren Füßen, als rückten die Wände immer weiter zusammen.

»Corinne? Was ist denn los? Ist Hannah in Schwierigkeiten?« Man konnte Corinnes Zerstreutheit daran ermessen, dass sie Stella nicht einmal bemerkt hatte. Sie stand an der Seite und hatte ihr leuchtend blondes Haar mit einer roten Spange hochgesteckt, auf der winzige, fein ziselierte rote Rosen zu sehen waren.

»Ich weiß es nicht«, räumte Corinne ein. »Es wäre immerhin möglich. Wir müssen sie finden.«

Laura trat vor und stellte sich direkt vor Corinne, und zwar so nah, dass Corinne sich zurücklehnte, einfach nur, um ein wenig Abstand zwischen sie zu bringen.

»Ich habe keine Ahnung, wo Hannah ist«, sagte die Kunsttherapeutin in ihrem süßesten Ton, »und wie Sie sehen, bin ich mitten in einer Stunde. Wie schon gesagt, Hannah war vorhin hier und wirkte vollkommen in Ordnung. Ich bin sicher, es besteht kein Grund zur Sorge.« Laura hatte den Kopf geneigt, sodass ihr Lächeln zu einer Seite abzurutschen schien. Sie machte einen weiteren Schritt nach vorn, und Corinne tat einen Schritt vor ihrer rücksichtslosen Aufdringlichkeit zurück.

Sie war ziemlich verrückt. Warum war das bisher keinem aufgefallen?

Corinne bemerkte eine Bewegung an ihrer rechten Schulter. Sie zuckte zusammen, als sie sich bewusst wurde, dass Justin Carter, der Filmemacher, neben ihr stand und ungewöhnlich aufgeregt wirkte.

»Nicht jetzt«, blaffte sie und wandte sich ihm zu. »Kennt ihr denn gar keine Scham?«

»Wasser«, sagte er sinnloserweise.

»Ach, verdammt noch mal«, warf Danny ein. »Jetzt machen auch noch die verfickten Medien mit. Das hier ist doch eine einzige Freakshow!«

Plötzlich drang das Wort zu Corinne durch. Wasser. »Was meinen Sie mit ›Wasser‹?« Corinnes Stimme überschlug sich.

»Das hat Drew zu mir gesagt. Ich kann ihn im Moment nur nirgends finden, damit er es Ihnen erklärt.«

»Na, dann erklären *Sie* es doch.«

»Offenbar hat *sie*«, dabei machte er eine Kopfbewegung Richtung Laura, »das zu Hannah gesagt. Während der Hypnose. Sie hat ihr gesagt, dass sie, wenn sie sich gestresst fühlte, nach tiefem Wasser suchen soll. Dass das ihr sicherer Ort ist. Hören Sie, ich weiß, wie verrückt das klingt, doch Drew hat gesagt, dass das Hannahs Schlüssel ist.«

»Was zum Teufel …«, platzte es aus Danny heraus, und Justin trat einen Schritt zurück.

»Anscheinend benutzt sie irgendwelche Stichworte, die die Frauen dazu bringen sollen, etwas Bestimmtes zu tun. Hören Sie, ich hab doch auch nur die Hälfte von dem verstanden, was er mir erzählt hat. Es war vor ungefähr vierzig Minuten, er hatte es eilig und hat nur wirres Zeug geredet. Erst jetzt bin ich drauf gekommen, dass damit etwas Bedrohliches verbunden sein könnte.«

Corinne war hilflos. Sie verstand gar nichts mehr.

»Oh, mein Gott!« Der Aufschrei kam von der Staffelei her, die Lauras Büro am Nächsten stand und hinter der die neue Patientin, deren Namen Corinne einfach immer wieder vergaß, die ganze Zeit über still dagesessen hatte.

»Ich hab sie gesehen. Hannah. Ich hab sie gesehen. Oh, mein Gott.«

»Verdammt noch mal, warum haben Sie das nicht gleich gesagt?« Danny war im Bruchteil einer Sekunde quer durch den Raum geschossen und stand nun neben ihr, einen Meter neunzig groß, beugte er sich drohend über die Frau. Sie verschränkte die Arme vor der Brust, und Corinne eilte zu ihnen, um Danny beiseite zu ziehen.

»Wo haben Sie Hannah gesehen? Bitte, versuchen Sie sich zu erinnern. Das könnte wirklich helfen.«

Die Frau schien besänftigt zu sein und nahm die Arme von der Brust. »Ich habe sie vor ungefähr einer Stunde gesehen, als ich auf dem Weg hierher war. Sie ist runter zum See gegangen.«

50

HANNAH

Es ist, als würde ein Schalter umgelegt.

Im einen Moment stolpere ich noch keuchend zwischen den Bäumen hindurch, und mein Herz pocht in meinen Ohren wie der Bass der House-Musik, die wir vor einer Ewigkeit auf der Uni immer gehört haben, im nächsten Moment jedoch stehe ich auf dem Rasen, und der See erstreckt sich zu meinen Füßen, reglos und still wie eine wässrige Decke, in die ich mich einhüllen könnte, und sofort werde ich ganz ruhig.

Es ist eigenartig. Der ganze Stress der letzten Wochen und Monate, die Nächte, in denen ich wachgelegen habe, während Steffies Züge sich vor meinen Augen materialisierten, die Morgen, in denen ich Dannys Gesicht auf dem Kissen neben mir anschaute und nur einen Fremden sah, diese seltsam traumartigen Monate der nicht existenten Schwangerschaft, in denen ich umhertrieb, als säße ich auf einer Wolke und die nagende Angst ignorierte, die sich die ganze Zeit über durch meine Eingeweide fraß, die Lügen, die ich erzählt habe, die Lügen, die ich bereitwillig geglaubt habe, Sofia zu verlieren, dann Charlie – all das ist jetzt egal, fällt von mir ab, als ich über die Wasserfläche hinausblicke. Stattdessen durchströmt mich ein wohlig warmes Gefühl. Es ist, als ob mein ganzes Leben – das Gute, das Schlechte, das Herzerwärmende und das, was mir das Herz brach – mich an diesen Punkt geführt hat. Hier, an diesem See, ist genau der Ort, an dem ich sein soll.

»Hannah!«

Jemand ruft aus der Ferne meinen Namen. Ich blicke hinaus über den See, und auf einmal – ganz unerklärlicherweise – ist Charlie da, ihr dunkler Schopf ist aus dem Wasser aufgetaucht.

»Charlie?«

Sie winkt. »Komm rein. Es ist wunderbar. Sofia ist auch hier.«

Ich kann nun einen weiteren Kopf direkt hinter Charlies erkennen, eine weitere winkende Hand. Ich gehe fünf Schritte vorwärts, bis ich direkt an dem Punkt der Böschung stehe, an dem sie steil abfällt. Wenn ich nach vorn sehe, wirkt das Wasser schwarz, doch direkt zu meinen Füßen erkenne ich dunkle Wasserpflanzen unter der Oberfläche, die mir durch den Schlamm hindurch zuwinken.

»Hannah!«, ruft Charlie erneut. »Stell dich nicht so an und komm rein!«

Ich blicke zur Mitte des Sees, wo sie zusammen mit Sofia in ihrem kleinen sonnigen Fleckchen herumplantscht, und lächle. Es fühlt sich wie das erste Lächeln seit Monaten an. Dann spüre ich, wie sich eine Wärme in mir ausbreitet, als hätte das Lächeln etwas in mir gelöst, das sich dort ganz lange verkeilt hatte.

»Ich komm schon«, rufe ich.

Und dann springe ich.

51

CORINNE

Corinne hasste es zu rennen, doch nun flog sie geradezu durch die Eingangshalle, drückte gegen die große Tür und verstand nicht, warum sie sich nicht öffnete, bis Danny den Summer daneben betätigte. Dann waren sie draußen und folgten dem Weg um das Haus herum, am Tanzstudio vorbei, bis zur Rückseite, wo sich der Rasen vor ihnen erstreckte und der See in der Ferne glitzerte.

Jetzt rannte sie wieder und rannte. Danny war direkt hinter ihr, obwohl er so viel jünger war und sie eigentlich hätte überholen müssen, aber sie hatte keine Zeit, darüber nachzudenken, was das bedeutete.

Bitte, lass sie in Sicherheit sein. Lass sie in Sicherheit sein.

Die Worte hielten Schritt mit den durch das nasse Gras eilenden Füßen.

Bitte, lass sie in Sicherheit sein.

Jetzt waren sie halb unten und … Ja. Ja. Etwas bewegte sich im Wasser. Ganz weit draußen, in der Mitte des Sees. Oh Gott. Sie war zu weit draußen, das konnte Corinne sogar von hier aus sehen. Die Form, die erkennbar Hannahs Kopf mit Hannahs blondem Haar war, tauchte immer wieder unter. Im einen Moment war er da, im nächsten verschwunden, und Corinne rannte weiter und weigerte sich zu atmen, bevor sie ihn nicht wiedergesehen hatte. Doch die Abstände, in denen er wieder auftauchte, wurden immer länger, und Corinne begriff, dass sie nicht rechtzeitig bei ihr sein würden.

Sie drehte den Kopf. »Schnell!«, schrie sie Danny an, sodass er das glitschige Gras hinunterschlitterte, gerade als Hannahs Kopf einmal mehr unter die Seeoberfläche tauchte.

»Seht nur!« Stella hatte es hinter ihnen gerufen, die Reibeisenstimme war sogar jetzt unverkennbar, als die Anstrengung ihre vom Rauchen zerstörte Kehle zerkratzte.

»Jemand ist bei ihr. Da links. Seht ihr?«

Corinne verlangsamte den Schritt und blickte in die Richtung, in die Stella zeigte. Und tatsächlich war jemand dort. Schon im Wasser. Auf dem Weg in die Mitte. Auf dem Weg zu Hannah … *Bitte, beeil dich.*

Mitten im See sank Hannahs Kopf erneut langsam unter Wasser, gerade als Danny am Seeufer ankam und die Schuhe auszog.

Hinter ihm hielt Corinne den Atem an und wartete darauf, dass der Kopf wieder auftauchte, doch die Wasseroberfläche hatte sich über ihm geschlossen.

»Hannah!«

Ihr Schrei riss ein klaffendes Loch in die Luft.

52

HANNAH

»Hannah!«

Charlies Stimme klingt nicht mehr ruhig. Stattdessen liegt eine irritierende Dringlichkeit in ihr. Ich schließe die Augen und versuche, den Frieden wiederzufinden, den ich vor wenigen Momenten noch verspürt habe, dieses tröstliche Gefühl der Sicherheit und des Wohlergehens. Doch obwohl ich mich zu entspannen versuche, kann ich dieses anmutige Gefühl nicht mehr spüren, das ich noch beim Losschwimmen hatte.

»Hannah!«

Der Schrei durchfährt mich wie ein elektrischer Schlag, reißt mich ins Leben zurück, und nun habe ich Angst, fühle, wie ich unter Wasser gezogen werde. Ich schlage die Augen auf, und alles um mich herum ist schwarz. Ich halte den Atem an und versuche, mich nach oben zu stoßen, doch mein Fuß hat sich an irgendetwas in der Dunkelheit verfangen. Ich beginne, wild mit den Armen zu rudern, und verfalle in Panik, kämpfe gegen den See und die Schwärze. Der Kampf ist wütend, ich strample mit den Beinen und versuche, meinen Fuß zu befreien, komme aber nicht los. Der Druck in mir wächst, weil ich weiter den Atem anhalten muss.

Ist das hier wirklich das Ende?

Immer noch kämpfe ich, doch ich fühle nun, wie meine Kraft schwindet. Am Rand meines Bewusstseins entsteht eine Finsternis, die sich auszudehnen und auf mich einzupressen scheint.

Plötzlich steht mir Mums Bild vor Augen, wie sie sich auf ihrem plüschigen Sofa zusammenrollt, die Füße unter sich zieht, ein Glas Wein in der Hand hält und mich anlächelt. Auch unser süßer alter Hund Madge ist bei ihr, und ich schicke ihr eine stumme Nachricht: *Es tut mir leid. Ich liebe dich.*

Dann wird der Druck unerträglich, verursacht mir Schmerzen, die sich in meiner Brust ausbreiten, bis sie mich ganz erfüllen. Ich presse die Lippen zusammen, doch das Bedürfnis zu atmen ist zu groß, um sie weiter zusammenzudrücken. Ich kann nicht mehr anders. Ich öffne den Mund.

53

CORINNE

Hannah war zu lange unter Wasser gewesen. Obwohl Danny inzwischen im Wasser war, konnte Corinne bereits erkennen, dass er es nicht rechtzeitig zu ihr schaffen würde.

All ihre Aufmerksamkeit konzentrierte sich nun auf die unbekannte Person, die dort draußen schwamm.

Komm schon, feuerte Corinne sie an. *Bitte, komm schon.*

Nun verschwand auch dieser Kopf. Aber war das auch die Stelle, an der Hannah untergegangen war? Corinne war sich nicht sicher. Ein Bild trat ihr vor die Augen, ihre Tochter, die im dunklen Wasser trieb, und sie gab ein Geräusch wie ein Jaulen von sich, das sogar sie selbst schockierte.

Ganz am Rande nahm sie wahr, dass sich andere Menschen um sie herum am Ufer scharten – das helle Leuchten von Stellas Haar, Roberts, der endlich einmal verwirrt aussah und dem die Krawatte über der Schulter flatterte, mit feuchtem, zerzaustem Haar.

Der Kopf des unbekannten Retters erschien wieder, und Corinne hielt die Luft an, hielt nach einer weiteren Bewegung im Wasser Ausschau, die bedeutet hätte, dass auch Hannah wieder auftauchte, aber nichts dergleichen geschah.

Dann tauchte der Kopf ein weiteres Mal unter und hinterließ nur eine glatte Wasseroberfläche.

Die Zeit zog sich endlos, und eine schreckliche Vorahnung lag in der Luft.

Bitte bitte bitte bitte bitte.

Schließlich erschien ein Umriss. Corinne verließ der Mut, als sie wieder den dunklen Schopf der fremden Person erkannte, die versuchte, ihre Tochter zu retten, die nun aber wieder in ihre Richtung schwamm, als gäbe sie auf.

Doch plötzlich war da noch etwas anderes im Wasser, eine lange, dunkle Form, die der Schwimmer hinter sich herzog.

Und endlich traf auch Danny am Ort des Geschehens ein und übernahm es, die Gestalt ans Ufer zu ziehen. Und ja, Corinne konnte es nun erkennen. Es war ein Mensch. Hannah. Ihre Hannah.

Hoffnung loderte in ihr auf, die fast umgehend durch eine schreckliche Angst ersetzt wurde, als sie sah, dass Hannah sich nicht bewegte.

Während sich das Trio näherte, konzentrierte Corinne sich vollkommen auf Danny und seine Fracht. Als sie nur noch wenige Meter vom Ufer entfernt waren, streckte sie die Hand nach ihrer Tochter aus und kümmerte sich nicht darum, ob sie gleich ins Wasser fiel. Alle Umstehenden halfen nun ebenfalls mit, die reglose Hannah aus dem Wasser zu ziehen, und es herrschte solch ein aufgeregtes Tohuwabohu, dass Corinne die Person erst gar nicht erkannte, die hinter Danny aus dem See stieg und dann erschöpft zu ihren Füßen niedersank, bis sie schließlich eine Hand auf ihrem Bein spürte und eine vertraute Stimme hörte.

»Mum? Geht es ihr gut? Geht es Hannah gut?«

Da erst blickte sie hinab auf die schlanke, vornübergebeugte Gestalt zu ihren Füßen, deren dunkles Haar ihr am Schädel klebte, deren Kleider tropfnass waren und die in der kalten Märzluft unkontrolliert zitterte.

Hannahs Retterin war Megan.

54

HANNAH

Der Himmel hat die Farbe von Schmutzwasser, wie Danny es immer nach dem Abspülen im Spülbecken stehen lässt, weil er vergisst, den Stöpsel rauszuziehen. Noch immer spüre ich, wie in mir ganz irrational die Wut aufgewallt ist, wenn ich in die Küche kam und diese paar Zentimeter fettiges Schmutzwasser entdeckte. Ich habe das immer als persönlichen Angriff gewertet, als Stinkefinger an die Adresse meines gutbürgerlichen Hausfrauenstolzes. Inzwischen halte ich es für möglich, dass es – und so hat er es auch damals schon erklärt – einfach nur Schmutzwasser gewesen ist. Nichts weiter.

Ich habe mir gestattet, mich von unbedeutenden Dingen ablenken zu lassen. Ich habe mir gestattet, durch das definiert zu werden, was ich nicht habe. Ich habe die Schönheit dieses grauen Himmels, dieser feuchten Luft, der Gesichter der um mich herum versammelten Menschen, die mich warmzuhalten versuchen, vergessen, die schiere ausgedehnte, dreckige, atmende und pulsierende Majestät des großen Ganzen.

Ich entscheide mich fürs Leben.

Ich entscheide mich für meine Mutter, die samstagmorgens zu Beyoncé durch die Küche tanzt. Ich entscheide mich für meine Schwester, die einfach nur ihre Augenbrauen hochziehen und mich ansehen muss, um mich mit ihrer skeptischen Haltung auf die Palme zu bringen. Ich entscheide mich für meine Erinnerungen an Madge, die sich langsam – kalte, feuchte Nase voran – unter meine Bettdecke schob, und für die Erinnerungen an Danny in den Tagen, als wir noch unbezwingbar waren. Ich entscheide mich für Becks und Stella und all die Freunde, die mich aufrichten, mich herausfordern, mir sagen, wenn ich Spinat zwischen den Zähnen oder einen schlechten Männergeschmack habe, die mich stützen, wenn ich strauchle.

Ich entscheide mich für das hier. Ich entscheide mich fürs Leben.

Mit allem Drum und Dran.

55

CORINNE

Nachdem Corinnes Ehe gescheitert war, waren es die Sonntage, die ihr am meisten zusetzten. In Kindertagen war der Sonntag der langweiligste Tag der gesamten Woche gewesen, kein Fernsehprogramm außer Sport oder religiösen Sendungen, die Geschäfte waren geschlossen, es war einfach nur ein gähnender Abgrund aus langsam verstreichenden Minuten. Als sie und Duncan noch zusammen und die Mädchen noch jünger waren, wurde der Sonntag dann zu ihrem Lieblingstag. Duncan konnte nicht besonders gut kochen, aber er bildete sich viel auf seinen Braten ein und verbrachte den ganzen Morgen mit Schälen und Schneiden, während Corinne und Megan Hannah beim Basketball oder Fußball zusahen, oder welcher Sport auch immer bei ihr gerade angesagt war. Der Nachmittag war dann Familienzeit. Sie kuschelten sich gemeinsam auf das Sofa, sahen sich einen Film an, spielten ein Spiel oder hörten die Tochter ab, die gerade auf eine Klassenarbeit lernte.

Die Scheidung war dann mit dem Zeitpunkt zusammengefallen, an dem die Mädchen ihr eigenes Leben begonnen und eigene Vorstellungen entwickelt hatten, was die Gestaltung der Wochenenden betraf, und Corinne hatte sich mehr und mehr zu den öden Sonntagen ihrer eigenen Kindheit zurückversetzt gefühlt. Allein vor dem Fernseher, aß sie gebackene Bohnen auf Toast und vermied es, die heilige Zweisamkeit ihrer Freundinnen mit intakten Beziehungen zu stören.

Deshalb wurde sie von einer riesigen Welle der Dankbarkeit überrollt, als sie nun am Herd stand, in letzter Sekunde noch eine Soße zusammenrührte und dabei den plaudernden Stimmen zuhörte, die aus dem Wohnzimmer zu ihr hereindrangen. Sie hatte so kurz davor gestanden, alles zu verlieren, und doch würde sie gleich den Menschen, die sie auf der Welt am meisten liebte, einen zugegebenermaßen alles andere als perfekten Sonntagsbraten vorsetzen.

»Ist er denn bald fertig, Mum. Wir sind am Verhungern.«

Noch immer durchzuckte sie ein freudiges Gefühl, wenn sie ihre jüngere Tochter hier in der Küche sah. Megan würde in ein paar Tagen in die Staaten zurückfliegen, doch Corinne hatte in der vergangenen Woche viel Zeit mit ihr verbracht. Außerdem konnten Hannah und sie sich schon auf Weihnachten in New York freuen.

Wenn Corinne darüber nachdachte, wie anders alles hätte ausgehen können, wenn Megan vor sieben Monaten nicht die verrückte, spontane Entscheidung getroffen hätte heimzufliegen, um Hannah in *The Meadows* zur Rede zu stellen und sie zu einem Gespräch zu zwingen … Corinne mochte es sich nicht ausmalen.

Endlich war das Essen fertig, und alle saßen um den Tisch versammelt.

»Das schmeckt fantastisch«, sagte Paddy und legte kurz unter dem Tisch seine große Hand auf ihr Knie.

»So weit würde ich nicht gehen«, lachte Corinne, strich

sich die Haare aus dem Gesicht und hoffte, dass sie nicht so erhitzt und aufgeregt aussah, wie sie sich fühlte. Wie seltsam war es doch, dass Paddy hier zusammen mit ihr und ihren Töchtern saß, aber zugleich fühlte es sich auch ganz selbstverständlich an. Vor allem jetzt, wo sie nicht mehr seine Betreuerin war.

Natürlich waren sie noch frisch verliebt. Aber trotzdem.

Hannah zerlegte das Hühnchen. Noch immer trug sie das weite Sweatshirt, das sie vorhin nach dem Duschen übergeworfen hatte. Corinne konnte nicht behaupten, dass es ein reines Zuckerschlecken gewesen wäre, seit ihre Tochter vor sieben Monaten bei ihr eingezogen war. Sie hatten sich erst wieder an ihre jeweiligen Spleens und Verhaltensweisen gewöhnen müssen, doch alles in allem war es auf eine Weise, die sie sich nie hätte vorstellen können, eine lohnende Erfahrung gewesen. Bald würde Hannah wieder ausziehen. Als Becks' Untermieter gekündigt hatte, war das eine zu gute Gelegenheit gewesen, um sie einfach verstreichen zu lassen. Corinne würde Hannah vermissen. Sie schaute zu Paddy, der Megan von seinem Sommer in New York erzählte, als er mit neunzehn Jahren an der Haustür hässliches Kunsthandwerk verkauft hatte, die Freiheitsstatue in Neon auf schwarzen Samt gestickt. Natürlich hatte es auch Vorteile, wenn sie ihr Haus endlich wieder für sich allein hatte …

Hannahs Telefon klingelte. Warum um alles in der Welt sie sich entschieden hatte, diesen Beyoncé-Song zu ihrem Klingelton zu machen, würde Corinne nie kapieren.

»Danny«, sagte Hannah, während sie einen Blick auf das Display warf. »Ich ruf ihn später zurück.«

Corinne versteifte sich, hielt aber den Mund. Obwohl sie sich schwer damit tat, ihrem nun bald Exschwiegersohn zu verzeihen, musste sie doch akzeptieren, dass es hier um Hannahs Leben ging. Es war Hannahs Entscheidung.

»Schau nicht so, ich will nicht wieder mit ihm zusammenkommen, wenn es das ist, worüber du dir Sorgen machst.«

Das war neu, Hannahs unheimliche Fähigkeit, ihre Gedanken zu lesen. Corinne vermutete, dass es etwas damit zu tun hatte, dass sie in den letzten Monaten so aufeinandergehockt hatten.

»Ich mach mir keine Sorgen.«

»Na klar. Hör zu, Mum, er bedeutet mir noch was, aber das ist ganz natürlich. Man kann doch Gefühle nicht wie ein Ventil auf- und zudrehen. Aber ich liebe ihn nicht mehr. Eigentlich tut er mir ein bisschen leid. Ich meine, sieh doch, wo er am Ende gelandet ist: Er hat keinen Job mehr, seit er diesen Krach mit Dad gehabt hat und aus dem Büro gestürmt ist, ohne mich kann er sich die Miete für die große Wohnung nicht leisten. Und es ist ja nicht so, dass er auf absehbare Zeit einen auf glückliche Familie macht.«

Corinne hatte sich davor gefürchtet, Hannah über Steffie und Eleanor aufzuklären. Nach allem, was sie durchgemacht hatte, nach all den Versuchen, mit Danny ein Kind zu bekommen, nach allem, was es sie gekostet hatte – wie würde sie damit umgehen, wenn sie erfuhr, dass ihm eine andere Frau ein Kind geboren hatte?

Schlussendlich hatte Danny es ihr selbst gesagt. Es war ihm herausgerutscht, als sie noch im Krankenhaus lag und sich von ihrer Unterkühlung erholte. Und obwohl es sie schwer getroffen hatte, war sie nicht am Boden zerstört gewesen. Zu diesem Zeitpunkt hatte sie nämlich schon beschlossen, sich von ihm zu trennen. Später hatte sie gesagt, dass sein Geständnis ihr diesen Entschluss sogar erleichtert habe.

Keiner ihrer Töchter hatte sie etwas von ihrem ersten Zusammentreffen mit Steffie oder davon erzählt, wie sie Eleanor auf dem Arm gehalten hatte, während Steffie auf der Toilette war. Das winzige, schnaubende Wesen hatte sich in den Hohlraum zwischen Schlüsselbein und Hals geschmiegt, der wie für einen Babykopf gemacht zu sein scheint. Sie hatte ihnen auch nichts von ihrem zweiten Treffen mit Steffie erzählt oder davon, dass sie ihr angeboten hatte, ihr eine Empfehlung zu schreiben, damit sie sich auf dem zweiten Bildungsweg an der Uni einschreiben konnte. Sie mochte Steffie. Wann immer Corinne an dieses seltsame Haus in Tunbridge Wells oder daran zurückdachte, wie Patricia Garitson sich darüber beklagt hatte, wie enttäuschend die eigenen Kinder sein konnten, fühlte sie eine Woge des Mitleids für die junge Frau, die geglaubt hatte, dass Danny Lovell ein Neuanfang sein könnte, die Belohnung dafür, dass sie ihre Vergangenheit überstanden hatte. »In gewisser Weise war ich genauso verblendet wie Hannah«, hatte Steffie zu ihr gesagt. »Die Wahrheit hat mir auf einer verdammten Vuvuzela ins Gesicht getrötet, doch ich wollte sie einfach nicht hören.«

Wenn Corinne im letzten Jahr eine Sache gelernt hatte, dann, wie schmal der Grat zwischen dem war, was als »normal« galt, und seinem Gegenteil, wie schnell es passieren konnte, dass ein Mensch aus Versehen diese Grenze überschritt. Sie bewunderte Steffie Garitson dafür, dass sie versuchte, dem destruktiven Sog ihrer Familie zu widerstehen, und auch dann standhaft geblieben war, als ein frisch getrennter Danny bei ihr um eine zweite Chance gebettelt hatte. Corinne hatte keinerlei Zweifel, dass es so gewesen war. Sie musste daran denken, wie er mit dem silbernen Armband gespielt hatte, das Steffie ihm geschenkt hatte, als handelte es sich dabei um einen Talisman. Hätte er doch nur von Anfang an den Mut gehabt, Hannah zu beichten, dass er jemand anderen getroffen hatte!

»Er ist ja kein schlechter Mensch«, sagte Hannah nun und las einmal mehr ihre Gedanken. »Nur ein bisschen schwach. Wie wir alle.«

»Vielleicht kommt er am Ende wieder mit *ihr* zusammen. Würde ihnen beiden recht geschehen«, warf Megan ein, während sie misstrauisch in ihrem Essen herumstocherte. »Täusche ich mich, oder sollte eine Füllung nicht ein bisschen nachgeben?«

»Ich hab das Hühnchen vielleicht einen Hauch zu lange im Ofen gelassen«, räumte Corinne ein. »Und wenn du über Dan und Steffie sprichst: Ich bin mir sicher, dass sie einen großen Bogen um ihn macht. Sie hatte keine Ahnung, dass er noch verheiratet war.«

»Das behaupten sie immer«, widersprach Megan.

Später beim Abräumen raunte Hannah Corinne in theatralischem Flüsterton zu: »Ich glaube, Megan mag Paddy. Das ist wie der päpstliche Segen.«

Corinne spürte, wie sie vor Freude strahlte. »Wann hast du morgen denn deinen Termin bei Seema?«, fragte sie.

»Darüber wollte ich noch mit dir sprechen«, erwiderte Hannah und drehte sich weg, um eine Pfanne in den Schrank zu räumen. »Ich hab mich entschlossen, nur noch alle zwei Wochen zu gehen statt wöchentlich, und Seema unterstützt das.«

Corinne schluckte ihre erste Reaktion herunter, die darin bestanden hätte zu sagen: »Nein, es ist noch zu früh.« Nachdem Hannah nach ihrer Rettung aus dem Krankenhaus entlassen worden war, war sie als Externe von der psychiatrischen

Abteilung der örtlichen Klinik betreut worden. Jeden Tag war sie hingegangen, um über die gerade vergangenen Geschehnisse zu sprechen. Nach einem Monat hatte sie dann zweimal pro Woche einen Termin bei Dr. Seema Chauhan gemacht, schließlich einmal wöchentlich. Corinne sorgte sich, dass sie einen Rückfall erleiden könnte, doch sie wusste, dass es keinen Sinn hatte, mit ihrer dickköpfigen Tochter zu diskutieren. »Du musst sie sich selbst wiederfinden lassen«, hatte Paddy ihr erst ein paar Tage zuvor geraten. »Und vielleicht gehört dazu auch zuzulassen, dass sie ihre eigenen Fehler macht.«

»Wenn du dir da sicher bist«, sagte sie also sanft.

»Mum, alles ist gut. Ich möchte nur endlich weiterleben.«

»Das weiß ich doch, Liebes.«

Keine von ihnen sprach das aus, was sie wirklich dachte: Dass es niemals möglich sein würde, Laura Whittakers Vermächtnis vollständig zu vergessen. Nicht nur die beiden Patientinnen, die sie in den Selbstmord getrieben hatte, sondern auch den armen Drew Abbott. Die Leiche des Kameramanns war im Eiersessel im Achtsamkeitsbereich aufgefunden worden, mehrere Stunden nachdem die Krankenwagen Hannah und Megan ins Krankenhaus gebracht hatten. Er hielt sein Telefon noch in der Hand, und die Theorie war, dass er gerade die Polizei anrufen wollte, als er von einem Schlag auf den Kopf getötet wurde, ausgeführt mit einem am Tatort zurückgelassenen Tonkopf.

Zu diesem Zeitpunkt war Laura schon längst über alle Berge. Sie war aus der Klinik geschlüpft, während alle anderen dem Drama am See beigewohnt hatten. Die Fahndung, die daraufhin eingeleitet wurde, war eine der umfangreichsten in der jüngeren Geschichte gewesen. Sie endete erst, als ihr pinkfarbener Käfer bei den Klippen in Beachy Head gefunden wurde, Handtasche und Telefon lagen noch darin.

Das verhinderte nicht, dass es Gerüchte gab, sie sei immer noch am Leben. Es hatte einige unbestätigte Sichtungen in Frankreich gegeben, sowie eine in Holland. Doch die meisten gingen davon aus, dass sie sich ins Meer gestürzt hatte, um nicht für ihre Verbrechen zur Rechenschaft gezogen zu werden.

Corinne hatte gehofft, damit wäre es gut, doch die Medien hatten sich mit kaum verhohlener Schadenfreude auf Lauras Fall gestürzt, ihr Leben durchkämmt, alte Schulfreundinnen aufgespürt, sowie Kolleginnen interviewt, die mit ihr zusammen im Krankenhaus gearbeitet hatten und die alle vollkommen verblüfft waren. Der Satz »Sie konnte keiner Fliege was zuleide tun« wurde immer und immer wieder bemüht. Mehrere Leute wiesen darauf hin, dass ihre ersten beiden Opfer eine Geschichte von Selbstmordversuchen und selbstverletzendem Verhalten hinter sich hatten. »Vielleicht hat sie geglaubt, ihnen damit einen Gefallen zu tun«, hatte ein Kommentar gelautet, der Corinne im Gedächtnis geblieben war.

Offiziell hieß es, dass sie die Todesfälle in *The Meadows* eingefädelt hatte, um Oliver Roberts' Ruf zu zerstören und die Schließung der Klinik zu erreichen, der er sein Leben gewidmet hatte. Es gab Spekulationen darüber, dass sie auf seinen Identitätswechsel aufmerksam geworden war, nachdem sie ein Interview mit ihm im Fernsehen gesehen hatte, was sie dazu brachte, sich von der Krankenschwester zur Beschäftigungstherapeutin und schließlich zur Kunsttherapeutin weiterbilden zu lassen. Manche hatten sogar behauptet, sie habe einen halbherzigen Versuch unternommen, nach Sofia Reddings Tod ein Geständnis abzulegen, was der Grund dafür sei, dass Charlie Chadwick die Initialen WK am Morgen vor ihrem Tod im Internet recherchiert hatte. *Hat Psychotherapeutin zweitem Opfer einen Hinweis gegeben?*, brüllte es einem von der Schlagzeile eines Boulevardblattes entgegen.

Das Interesse war nur noch gestiegen, nachdem im vergangenen Monat dann Justin Carters neugierig erwartete Dokumentation ausgestrahlt worden war. Hannah hatte sich geweigert, sie anzuschauen, und Corinne hatte nach dem Hinweis abschalten müssen, der im Vorspann eingeblendet worden war: »Dieser Film ist dem Andenken an Drew Abbott gewidmet«.

Gestern erst war Corinne auf einen Zeitungsartikel gestoßen, in dem ein Professor, dem sie einmal bei einer Tagung begegnet war, behauptet hatte, dass Laura Whittaker an einem Gotteskomplex litt. »Wenn sie leidende Menschen sah, die schon mehrere Selbstmordversuche hinter sich hatten, fühlte sie sich dazu berufen, sie aus ihrer vermeintlichen Not zu erlösen, wie sie es bei ihrer eigenen Mutter nicht vermochte«, schrieb er.

Oliver Roberts war ebenfalls untergetaucht. »Eine Auszeit«, hatte die Webseite von *The Meadows* es genannt, bevor sie abgeschaltet worden war. Corinne vermutete, dass er nach einer weiteren Neuerfindung seiner Person wiederkehren würde. Die Klinik selbst wurde im Rahmen einer Untersuchung geschlossen, die den Ereignissen auf den Grund gehen sollte. Die Patientinnen hatten sich in alle Winde zerstreut, zum Großteil waren sie nun in anderen psychiatrischen Einrichtungen. Odelle – bei der die Polizei inzwischen davon ausging, dass sie ursprünglich das dritte Opfer hätte sein sollen, bevor Hannah in Lauras Gegenwart den Namen William Kingsley erwähnt hatte und so zum neuen Zentrum ihrer

Aufmerksamkeit wurde – war ganz unerwartet nach Hause zurückgekehrt. Die Tatsache, dass sie so knapp den Kopf aus der Schlinge gezogen hatte, schien bei ihr einen Schalter umgelegt zu haben, sodass sie wieder zu essen begann. Vor ein paar Monaten hatte sie Hannah noch einmal angerufen, um sich für die Dinge zu entschuldigen, die sie getan hatte, als sie alle noch Patientinnen in *The Meadows* waren. Sie hatte das makabre Plüschtier in ihrem Zimmer deponiert, nachdem Hannah in der Gruppentherapie erzählt hatte, wie sie für ihr Baby einen Stoffhasen gekauft hatte, sie hatte ein Baby in ihr Malbuch gezeichnet und die Ultraschallaufnahme geschickt. Sie war eifersüchtig gewesen, gab sie nun zu, dass Laura Hannah mehr Aufmerksamkeit schenkte als ihr. Jetzt stellte Hannah fest, dass ihr das wahrscheinlich das Leben gerettet hatte. »Ich war nicht ich selbst«, sagte Odelle zur Erklärung. Hannah konnte es verstehen.

Gegen jeden medizinischen Ratschlag hatte Stella darauf bestanden, zurück in die Wohnung in Notting Hill zu ziehen, die ihre Mutter für sie gekauft hatte. Das letzte Mal, als Hannah sie dort besucht hatte, hatten Prospekte einer Schönheitsklinik in Südafrika herumgelegen. »Ich hab nur ein bisschen geblättert«, hatte Stella behauptet.

Manche Narben reichen zu tief, um auszuheilen.

In Corinnes Küche drehte Hannah sich jetzt wieder zu ihrer Mutter um, lehnte sich gegen die Arbeitsplatte, das Geschirrhandtuch locker über die Schulter geworfen. Corinne sah, dass es eins von denen war, die Megan aus den Staaten mitgebracht hatte. Darauf stand das Aristoteles-Zitat »Es gibt kein großes Genie ohne einen Schuss Wahnsinn«. »Das ist postironisch«, hatte sie erklärt, und einen Moment lang hatte ihr Herz ausgesetzt, während sie auf Hannahs Reaktion gewartet hatte, an der sich zeigen würde, wie zerbrechlich der neu gefundene Frieden zwischen ihren Töchtern war. Doch Hannah hatte darüber gelacht.

»Mum, ich wollte nur sagen, wie dankbar ich dir bin, denn ich glaube, dass ich das noch nie so klar gesagt habe. Wenn du mir nicht geglaubt hättest …«

»Sei nicht albern. Natürlich hab ich dir geglaubt. Schließlich bist du meine Tochter.« Und doch hatte es Momente des Zweifels gegeben, für die Corinne sich ewig Vorwürfe machen würde.

Beide wussten, dass sie das alles niemals vollständig würden hinter sich lassen können. Doch manche Wahrheiten wurden besser verschwiegen.

Corinne war sich inzwischen bewusst, wie sehr ihr aller Leben auf Messers Schneide stand. Und doch konnte sie nicht anders, als optimistisch zu sein. Sie hatten die Finsternis einmal überstanden, sie und ihre beiden Töchter. Und das könnten sie wieder tun, wenn es notwendig wäre.

Die Wirklichkeit war unbeständiger, als sie es sich je vorgestellt hätte. Das menschliche Hirn war empfindlicher. Und manchmal genügte Liebe eben nicht, um durchzuhalten. Doch sie war alles, was sie hatten.

56

ANNABEL

An ihrem ordentlichen weißen Schreibtisch in ihrem ordentlichen Haus machte Annabel ein paar letzte Änderungen an ihrem Manuskript und fühlte sich dabei energiegeladener als in den vergangenen vierzehn Jahren. Das war es, da war sie sich sicher, das Buch, das sie wieder in die erste Reihe der psychiatrischen Forschung zurückbringen würde. Sie strich mit der Hand über die Titelseite.

Die Macht der Überzeugung, von Professor Annabel Dunmore.

Ach, wie schön der Titel war. Und gewagt. Und brillant. Nach fast anderthalb Jahrzehnten, in denen sie sich hier in diesem nichtssagenden kleinen Haus versteckt hatte und langweiligen Leuten dabei zugehört hatte, wie sie für sechzig Pfund die Stunde über ihre langweiligen Probleme sprachen, nachdem sie sich nicht einmal mehr als Psychiaterin bezeichnen durfte, sondern nur noch als Therapeutin, würde sie nun endlich wieder im Rampenlicht stehen. Dank Laura Whittaker. Wirklich, Annabel hätte sie küssen können.

Falls sie nicht tot war.

Ihr Triumph war umso süßer, da sie so lange darauf hatte warten müssen. Die Jahre der geduldigen Planung zahlten sich endlich aus.

Als ihr die Lizenz nach dem Debakel in Westbridge House entzogen worden war, war Annabel so am Boden zerstört gewesen, dass sie ein paar Monate gebraucht hatte, um zu begreifen, dass ihr eigener Zögling Oliver Roberts es gewesen war, dessen Aussage den Kern des Verfahrens gegen sie gebildet hatte. Zu diesem Zeitpunkt hatte sie bereits alles verloren. Die Karriere, der sie alles andere geopfert hatte, lag in Trümmern, ihr Mann hatte nach zehnjähriger Ehe die Scheidung eingereicht und das volle Sorgerecht für die gemeinsame Tochter erhalten. Sie war als nachlässige Mutter gebrandmarkt worden. Niemand hatte sich dafür interessiert, wie ganz und gar verheert sie das zurückgelassen hatte, wie unmöglich ihr es wurde, sich auf etwas anderes als die Ungerechtigkeit zu konzentrieren, die ihr angetan worden war.

Als sie sich endlich am eigenen Schopf wieder aus der dunklen Grube der Verzweiflung gezogen hatte und in dieses Haus gezogen war – das Einzige, das sie sich leisten konnte, da ihr Mann und ihre Tochter das gemeinsame Haus hatten behalten dürfen –, hatte sie damit begonnen, Dr. Roberts ausfindig zu machen, und zwar mit dem ganzen Eifer, den sie zuvor ihrer Arbeit gewidmet hatte. Sie hatte Bescheid gewusst über seine Vergangenheit und die fehlerhaften Gutachten bezüglich dieser beiden Frauen. Das hatte er alles einräumen müssen, als er sich auf den Job bei ihr beworben hatte, doch sie hatte das nicht ihr Urteil beeinflussen lassen. Jeder verdient eine zweite Chance. Außerdem erkannte sie in ihm den eigenen Ehrgeiz wieder, sich einen Namen zu machen.

Das machte seinen Verrat nur umso unerträglicher.

Nachdem sie öffentlich sehr in Ungnade gefallen war, hatte sie alles gelesen, was es über Dr. William Kingsley und die beiden Frauen zu lesen gab, deren Leben er hatte zerstören helfen. Und zur selben Zeit hatte sie auch aufmerksam Oliver Roberts' Karriere verfolgt. Na ja, sie hatte damals eben jede Menge Freizeit.

Als Roberts *The Meadows* eröffnet hatte, hatte sie am Anfang solche Bitterkeit verspürt, dass sie jeden Morgen mit einem Erstickungsgefühl aufgewacht war. Nach einer Weile hatte sie dann aber begriffen, dass sich hier vielleicht eine Gelegenheit zur Vergeltung bot. Als sie in der Zeitung davon las, wie er sich bei Fundraising-Veranstaltungen mit Prominenten umgab oder einen Vortrag vor einer andächtig lauschenden Menge hielt, hatte sie sich die Freude vorgestellt, die sie dabei verspüren würde, ihn vor seinen Anhängern als zweifach in Verruf geratenen Opportunisten zu entlarven.

Doch dann war sie eines Morgens aufgewacht und hatte eine Google-Alert-Meldung im Postfach, die sie auf einen neuen Link zu Dr. William Kingsley hinwies. Sie hatte sie aufgerufen und war auf das Interview mit einer Krankenschwester gestoßen, deren Mutter aufgrund von Kingsleys Aussagen ins Gefängnis hatte gehen müssen und nun als Folge eines gescheiterten Selbstmordversuchs nach ihrer Freilassung rund um die Uhr auf Betreuung angewiesen war. *Ich versuche, keinen Hass irgendwem gegenüber zu verspüren,* hatte die Frau zu Protokoll gegeben, *doch wenn ich könnte, würde ich Dr. Kingsley für das bezahlen lassen, was er meiner Familie angetan hat.*

Annabel musste immer noch an die Aufregung denken, die sie beim Lesen durchprickelt und ihr Hirn mit Glücksgefühlen geflutet hatte. Durch die paar biografischen Anhaltspunkte, die im Interview verraten wurden, war es nicht allzu schwer herauszufinden, in welchem Krankenhaus Laura arbeitete. Und ihr alter Ausweis als Professorin der Psychiatrie erwies sich als hilfreich, als sie sich zu ihr durchfragte. Zum ersten Mal seit Jahren hatte Annabel sich wieder lebendig gefühlt.

Der Zeitungsartikel hatte ihr sofort den Eindruck vermittelt, hier eine Person vor sich zu haben, die außergewöhnlich stark nach Zuwendung gierte. Annabel hatte früher schon mit Menschen gearbeitet, deren Verhältnis zu ihren Eltern in der Kindheit beeinträchtigt worden war und die beinahe alle auf dieser Stufe stehen geblieben waren: Ihr Gefühlshaushalt entwickelte sich nie voll und ganz über diesen Verlustpunkt hinaus.

Es war nicht schwer gewesen, sich mit Laura anzufreunden. Ihre Pausen verbrachte sie allein in der Cafeteria der Notaufnahme, wo sie sich an einer Tasse Tee festhielt und einen Roman aus der Tasche zog und las. Voller Sehnsucht nach Liebe.

Von Annabels Referenzen war sie beeindruckt gewesen, hatte sich durch ihr Interesse geschmeichelt gefühlt. Annabel behauptete, dass sie zur psychiatrischen Abteilung des Krankenhauses gehöre, und Laura hatte das niemals infrage gestellt. Zuerst hatte Annabel nicht gewusst, was sie mit Laura anfangen sollte, ihr war nur klar gewesen, dass es sich lohnen würde, die Beziehung zu der einen Person zu pflegen, deren Hass auf Dr. Oliver Roberts ihren eigenen noch überstieg.

Doch während sie der Jüngeren zuhörte, sie dazu animierte, über ihr Leben zu sprechen, den harten, scharfen Ton bemerkte, der sich in Lauras Stimme schlich, sobald sie von Dr. William Kingsley sprach, begann etwas, in Annabels Kopf Gestalt anzunehmen, so hart und glänzend wie ein Diamant. Es war eine Idee, ihm Schaden zuzufügen und ihre eigene Karriere auf eine spektakuläre Weise neu zu beginnen, die all die Zweifler und Missgünstigen dazu zwingen würde, aufzuhorchen und von ihr Notiz zu nehmen.

Einfach war das nicht gewesen. Es hatte Zeiten gegeben, in denen sie Laura wegen ihres einfältigen Esokrams, der Segnungen und des Gequatsches über Frieden und Erleuchtung anschreien wollte. Aber sie war drangeblieben und hatte ihre Dienste als Therapeutin gratis angeboten, nur aus Herzensgüte. Laura hatte so hündische Dankbarkeit für ihre Aufmerksamkeit gezeigt und war ihr so treu ergeben gewesen, dass Annabel genau wusste, wie sie dieses Gefühl befeuern musste, damit Laura sich stets nach mehr sehnte. Es war nicht schwer gewesen, sie davon zu überzeugen, dass Kunsttherapie die perfekte Karrierewahl für sie sei, da sie so ihre Erfahrung als Krankenschwester nutzen konnte, während sie zugleich ein Ventil für ihre Kreativität hatte. Ihr den Posten in *The Meadows* zu verschaffen, war schon schwieriger gewesen, doch mit einer persönlichen Empfehlung gegenüber Roberts hatte sie auch das geschafft. Sie hatte sich seine Schuldgefühle zunutze gemacht, und er musste es wohl für einen kleinen Preis gehalten haben, die Freundin seiner alten Mentorin einzustellen, um sein Gewissen zu besänftigen.

Als ob irgendetwas, was er tun konnte, jemals ausreichen würde, um wiedergutzumachen, was sie verloren hatte. Er hatte ihr alles genommen, was ihr etwas bedeutet hatte, und an sie dabei nicht den kleinsten Gedanken verschwendet. Nun, das würde sich jetzt ändern.

Allein an ihrem Schreibtisch, blätterte Annabel das Manuskript durch, das sie wieder zu einem Star der modernen Psychiatrie machen würde.

Alle wussten nun über Laura Whittaker Bescheid. Die Öffentlichkeit konnte nicht genug von der Kunsttherapeutin bekommen, die zur Mörderin geworden war. Jeden Tag gruben die Zeitungen ein neues Detail aus ihrem Leben aus.

Doch niemand kannte sie besser als die Frau, die sie über den Großteil des letzten Jahrzehnts behandelt hatte. Nur Annabel Dunmore konnte die wahre Geschichte dessen erzählen, was Laura dazu veranlasst hatte, Hypnose gegen zwei wehrlose Patientinnen einzusetzen und sie davon zu überzeugen, sich das Leben zu nehmen. Nur Annabel Dunmore wusste, warum sie beinahe auch Hannah Lovell getötet hatte.

Ihr Buch, die ganzen fünfhundert Seiten, war die unübertreffliche Untersuchung eines soziopathischen Geistes, ein Meisterstück, ein Blick in den Kopf einer Killerin.

Natürlich hatte sie ihre eigene Rolle dabei beiseitegelassen, wie sie am einen Tag zugewandt gewesen war, ihr am nächsten die kalte Schulter gezeigt hatte, bis Laura alles dafür getan hätte, sich ihre Anerkennung zu verdienen. Laura hatte nie etwas anderes gewollt als jemanden, der sie bemutterte, und bisweilen hatte Annabel sogar das getan. Nicht oft. Aber oft genug, um in ihr die Sehnsucht nach mehr zu erzeugen und sie am nächsten Tag wieder damit zu enttäuschen, dass sie zu ihrer Rolle als sachlich kühle Psychotherapeutin zurückkehrte.

Sie hatte ausgelassen, wie sie in Laura den Gedanken eingepflanzt hatte, dass sie Sofia und Charlie einen Gefallen tun würde, wenn sie ihnen dabei half, das zu vollenden, was sie schon so oft zuvor versucht hatten, und dass sie damit zugleich Oliver Roberts' Ruf zerstören konnte. Sie hatte ausgelassen, wie sie Lauras Zweifel nach Sofias Tod und dann auch nach Charlies Tod besänftigt hatte, indem sie ihr gegenüber bekräftigte, dass sie sich nun an einem besseren Ort befänden und ihr dankbar dafür seien.

Auf dem Papier war Annabel nur ihre Therapeutin, nichts weiter. Und obwohl sie »Bedenken« über einige der Dinge zum Ausdruck brachte, die ihre Patientin ihr gegenüber in den vertraulichen Sitzungen enthüllt hatte, hatte Laura Whittaker doch nie irgendeine Straftat gestanden, sodass Annabel keinerlei Schuld traf.

Annabel nahm den Papierstapel vom Schreibtisch und wog ihn in der Hand. Das Gewicht war so wohltuend. Die Arbeit all der Jahre. Sie fühlte enormen Stolz in sich. Und was das Gefühl noch süßer machte, war die Gewissheit, dass es niemanden mehr gab, der hätte anzweifeln können, was sie schrieb.

Es hatte immer das Risiko bestanden, dass sich Laura nach ihrer Verhaftung – oder eher nachdem Annabel vorgeblich mit ihrem Gewissen gerungen und sie schließlich angezeigt haben würde – gegen ihre Mentorin wenden könnte wie damals Roberts. Darauf hatte Annabel sich natürlich vorbereitet, eine Fülle von Notizen gemacht, die Laura als verblendete Fantastin zeigten, die von ihr in einem Maße besessen war, dass sie, sollte sie sich zurückgewiesen fühlen, vor nichts zurückschrecken würde, um sich an Annabel zu rächen. Nicht einmal davor, sie des Mordes zu bezichtigen.

Zu erfahren, dass Laura sich das Leben genommen hatte und somit all diese Pläne obsolet wurden, war eine unbeschreibliche Erleichterung gewesen. Die verbreitetste Theorie war, dass sie nach dem dritten Mord nicht mehr mit ihrer Schuld hatte leben können. War sie noch in der Lage gewesen, sich die Tode von Sofia Redding und Charlie Chadwick als Gnadentode zurechtzubiegen, war der Mord an Drew Abbott einfach nur kaltblütig begangen worden, um die eigene Haut zu retten, nachdem ihr klar geworden war, dass er die Polizei rufen wollte. Als ihr das Ausmaß dieser Tat bewusst geworden war, hatte sie sich von den Klippen in Beachy Head gestürzt.

Nur Annabel wusste, dass sie sie vor ihrer Ankunft dort noch einmal von einer Telefonzelle aus angerufen hatte, und zwar auf ihrem Prepaidhandy, das Annabel sich extra für Laura angeschafft hatte. Nur Annabel wusste, wie fassungslos Laura gewesen war, als sie ihr mitgeteilt hatte, dass sie sich nicht mehr treffen könnten.

Die arme Laura war tot, Oliver Roberts war ruiniert, und ihre eigene Karriere stand kurz vor einem furiosen Neubeginn.

Es hätte wirklich kaum besser laufen können.

57

LOUISE

Louise Bradford stieg aus dem Bus und ging langsam die Hauptstraße hinunter, die so spät nachts ziemlich verlassen dalag, da war niemand, bis auf einen Mann, der mit gegen den Regen hochgeschlagener Kapuze neben einem Pub rauchte, und eine Gruppe von Teenagern vor dem Schnellimbiss. Sie selbst trug einen billigen beigefarbenen Regenmantel, der um ihre breiten Schultern spannte, und ihre geschwollenen Beine waren in flache braune Stiefel gezwängt.

Die Nacht war finster, und die Straßenlaternen erhellten den feuchten, vermüllten Asphalt. Louise runzelte die Stirn, als eine Windbö eine leere Burgerverpackung aus Styropor über die Straße blies. Die Menschen hatten einfach keinen Anstand mehr.

Als sie nach links in eine Seitenstraße abbog, fuhr ein weißer Kastenwagen an ihr vorbei und spritzte ihren Regenmantel nass, sodass darauf Schmutzwasserflecken zurückblieben. Sie atmete tief ein. Zählte bis fünf. Und atmete dann wieder aus, wobei sie erneut bis fünf zählte.

Coleridge Court lag an einer Sackgasse, zwei Seitenstraßen weiter. Es war ein trostloser grauer Bau mit Reihen kleiner, schäbiger Fenster und einem halb kaputten Schild davor, sodass darauf nur noch »idge Court: Seniorenresidenz« zu lesen war.

Louise ging zum Seiteneingang, tippte einen Code ein und trat dann ein.

Über den Korridor ging sie zum Gemeinschaftsraum. »Alles okay?«, sagte Joy, die Nachtschwester, über die Louise oft dachte, dass es wohl keinen Menschen gab, zu dem sein Name weniger passte. Joy hatte sich auf das klobige braune Zweisitzersofa gefläzt und sah sich eine Realityshow auf ihrem Laptop an. Louise öffnete ihren Spind, faltete den Regenmantel zusammen und legte ihn hinein. Dann nahm sie eine Kittelschürze aus Nylon vom Haken und zog sie über ihr unförmiges braunes Kleid. Die Knöpfe spannten über ihrer Brust.

»Mit der Diät läuft's wohl nicht so gut«, sagte Joy.

»Nicht wirklich, keine Willenskraft«, erwiderte Louise.

»Du solltest echt nicht weiter zunehmen. Eine größere Größe als die kriegen wir nicht.«

Auf der Innenseite der Spindtür war ein kleiner, runder Spiegel angebracht, und Louise warf einen flüchtigen Blick hinein, obwohl sie üblicherweise so weit wie möglich vermied, ihr Spiegelbild zu betrachten. Die schlaffen, schuppigen Falten an Wangen und Hals schienen zu einer anderen Person zu gehören, genau wie das Haar mit der billigen Dauerwelle. Es war schmerzhaft gewesen, das Mausbraun wieder herauswachsen zu lassen, nachdem sie ihr Haar jahrelang glänzend schwarz gefärbt hatte.

»Mach den Speisesaal zuerst, ja?«, sagte Joy, wobei sie mehr auf ihren Computerbildschirm achtete als auf alles andere. Es war auch keine wirkliche Frage. »Dann den Beschäftigungsraum. Mr. Turner ist dort ein kleines Malheur passiert, als die Tagschicht gerade am Gehen war. Sie haben getan, was sie konnten, aber der Teppich hat eine gründliche Reinigung nötig.«

Louise trat in den Gang und öffnete einen Schrank, holte den Staubsauger und den Wagen mit den Putzmitteln hervor. Schon war sie am Keuchen. Sie war nicht daran gewöhnt, so schwere Dinge mit sich herumzuschleppen. Zuerst ging sie in den Speisesaal, wie es ihr aufgetragen worden war. Es war ein trostloser Raum, der in einem tristen Grünton gestrichen war, wie man ihn oft in solchen Einrichtungen fand, und der von einem fahlgelben Licht erhellt wurde. Die einzigen Wandbehänge waren eine eingeschweißte Kopie des Fluchtplans im Brandfall und die kläglichen Überreste einer selbst gemachten Papiergirlande, die von Weihnachten noch übrig und mit Klebeband an der Wand befestigt war.

Nachdem sie dort fertig war, rollte Louise den Wagen in den Beschäftigungsraum und sah sofort die Stelle, an der Mr. Turner sein »Malheur« passiert war, nämlich einen dunkelbraunen Fleck auf dem grauen Teppich. Sie seufzte. Doch statt sich an die Arbeit zu machen, ging sie zurück zur Tür und blickte einmal den Korridor auf und ab, obwohl natürlich keine Gefahr drohte. Joy verließ das Schwesternzimmer nur, wenn sie es nicht vermeiden konnte. Und das übrige Nachtpersonal würde erst in einer Stunde eintreffen. Wahrscheinlich entsprach es nicht der gesetzlichen Vorschrift, dass nur ein Mitglied der Belegschaft ganz allein die Stellung hielt, doch die Besitzer des Pflegeheims beugten die Regeln, wo sie nur konnten. Sie fuhren die Stundenanzahl der Angestellten herunter, drückten bei den Raumpflegekräften ein Auge zu, wenn sie zwar die erforderlichen Bescheinigungen nicht beibringen konnten, dafür aber bereit waren, sich unterhalb des Mindestlohns bar bezahlen zu lassen.

Es machte einen krank mit anzusehen, wie wenig sich um die alten Leute gekümmert wurde.

Sie ging den Flur entlang, umschiffte den engen Lift, auf dessen Türen eine Überwachungskamera gerichtet war, und stieg die Treppe hinauf in den zweiten Stock.

Hinter der ersten Tür, an der sie vorbeikam, drang ein tiefes Ächzen hervor, und sie nahm sich vor, auf dem Rückweg nach dem Rechten zu sehen. Mrs. Goldstein litt inzwischen permanent. Bald wäre es so weit.

Wie an allen Zimmern, war auch an der dritten Tür links ein eingeschweißtes Schild angebracht, auf das der Name der Bewohnerin in fetten schwarzen Buchstaben gedruckt war. **Mrs. Barbara Whittaker.** Rasch und lautlos drehte Louise den Knauf und schlüpfte hinein.

»Hallo, Mummy«, flüsterte sie der zusammengekrümmten Gestalt unter der Decke zu. »Dachtest du, ich würde nicht mehr kommen?« Sie ließ sich mühsam auf den Sessel neben dem Bett sinken und streckte den Arm aus, um eine der verkrümmten Hände in ihre zu nehmen.

»Du weißt doch, dass ich dich niemals im Stich lasse, oder, Mummy?«

Durch das Halbdunkel drang ein leises Stöhnen.

»Reg dich nicht auf. Ich muss nur ein paar kleine Angelegenheiten klären, ein paar Fehler ausbügeln, aber wir sind bald wieder zusammen, und wo immer sie dich auch hinbringen, ich finde dich. Wir haben immer noch uns beide, und das wird auch immer so bleiben. Ist das nicht ein Segen?«

Danksagung

Heute wirst du sterben ist mein neunter Roman, und je mehr Bücher ich schreibe, desto mehr wird mir bewusst, wie sehr das Verlegen von Büchern echtes Teamwork ist. Was für ein Glück, wenn man dann das beste Team der ganzen Branche hat!

Bei Curtis Brown möchte ich zunächst und vor allem meiner brillanten Agentin Felicity Blunt danken, der ich so viel verdanke. Außerdem Melissa Pimentel, deren Name in meinem Posteingang immer ein Zeichen für eine gute Nachricht ist. Danke auch an Luke Speed, Jessica Whitlum-Cooper und Enrichetta Frazzato.

Transworld ist immer noch der beste Verlag, den sich eine Autorin nur wünschen kann. Ich danke meiner Lektorin Jane Lawson für ihren Scharfsinn, ihre Begeisterung und dafür, dass sie immer auf meiner Seite steht. Außerdem danke ich Alison Barrow, Becky Hunter, Alice Murphy-Pyle, Richard Ogle, Larry Finlay und all den anderen, die *Transworld* zu einem so besonderen Unternehmen machen.

Über psychische Erkrankungen zu schreiben, ist verantwortungsvoll, und ich danke von Herzen dem Facharzt für Psychiatrie Dr. Mark Salter, der sich trotz seines vollen Terminplans immer Zeit für meine (manchmal auch skurrilen) Fragen genommen hat. Danke auch an Dr. Roma Cartwright für ihre wertvollen Ratschläge. Wie immer gehen sämtliche Fehler einzig und allein auf mein Konto.

Danke auch an alle befreundeten Schriftsteller*innen und Blogger*innen, die diesen verrückten und wundervollen Job so unendlich viel verrückter und wundervoller machen. Zu ihnen gehören Amanda Jennings, Lisa Jewell, Marnie Riches, alle Killer Women, Prime Writers, Anne Carter und Tracy Fenton.

Und schließlich noch ein riesiges Dankeschön an all die Leser*innen, die weiterhin meine Bücher kaufen und rezensieren. Nichts von alldem wäre ohne euch möglich.

Vier tote Mädchen.
Vier trauernde Familien.
Ein Killer auf freiem Fuß.

400 Seiten. ISBN 978-3-7341-0437-4

Vor vier Jahren erschütterte der Mord an der siebenjährigen Megan Purvis ganz London. Die Leiche des Mädchens wurde in einem abgelegenen Waldstück gefunden, auf ihrem nackten Schenkel stand das Wort »Sorry«. Zwei Jahre später verschwand Tilly Reid, auch ihre Leiche wurde gezeichnet und im Wald gefunden. Vierzehn Monate danach fand man erneut eine Mädchenleiche. Der Mörder der drei wurde nie gefasst. Und nun ist die kleine Poppy Glover verschwunden ...

Lesen Sie mehr unter: **www.blanvalet.de**